Hot Ride

WEITERE TITEL VON HEATHER VAN FLEET

IN DEUTSCHER SPRACHE

Wild Ride

Rough Ride

Hot Ride

IN ENGLISCHER SPRACHE

Her Wild Ride

Her Rough Ride

Her Hot Ride

HEATHER VAN FLEET

Hot Ride

Bookouture

Für Emma. Ich werde dich bis in alle Ewigkeit lieben.

EINS

ARCHER

Whiskey, Weiber und wilde Nächte. Es gab einen Grund, warum der Buchstabe W einer meiner liebsten im Alphabet war. Zudem hieß die Frau hinter mir im Bett, die gerade mit einem Fingernagel meine Wirbelsäule entlangfuhr, Willa.

Zumindest soweit mir bekannt war.

»Hast du nicht noch zehn Minuten für mich?«, säuselte sie.

»Tut mir leid, Süße.« Ich warf ihr einen Blick über meine Schulter zu, stand auf und zwinkerte ihr zu. »Ich muss noch wohin.«

»Wie wäre es mit *fünf* Minuten?«

»Das geht nicht.«

Ich beugte mich vor und griff nach meiner Jeans. Es war unmöglich, dass ich auch nur eine weitere Minute blieb. Sobald mir morgens die Sonne ins Gesicht schien, konnte ich nicht mehr still sitzen. Ich hatte immer das Bedürfnis, früh aufzustehen, und lebte dafür, den kommenden Tag zu erobern. Meine Gedanken wanderten bereits vom Bett weg zu all dem Mist, der heute anstand. Besorgungen, die ich erledigen musste, Brüder, die ich im Zaum halten musste, Dinge, die ich für den Club in Ordnung bringen musste ... Das gute alte

ADHS schadete nicht nur meiner geistigen Verfassung, sondern auch meiner Fähigkeit, eine Frau länger als einen Monat in meinem Bett zu halten – oft genug sogar deutlich kürzer.

Willa und die anderen Frauen, mit denen ich schlief, waren in Ordnung. Aber die meisten waren Groupies. Und Groupies waren berechenbar, immer auf der Suche nach der großen Liebe mit einem Biker. Aber ich wollte nicht mehr als etwas Spaß. Nicht, dass ich es ihnen verübelt hätte. Es war nur so, dass alles Vorhersehbare meine Aufmerksamkeit nicht lange aufrechterhielt; es forderte mich nicht heraus, zwang mich nicht, mich zu konzentrieren, überraschte mich nicht.

Ich liebe eine gute Überraschung.

Ich streifte meine Jeans über und betrachtete Willas wildes blondes Haar. Wie jede andere Frau, mit der ich geschlafen hatte, hatte sie versucht, mich zu küssen – vergeblich. Und jetzt sah sie aus wie ein Häufchen Elend. Aber egal. Ein hübsches kleines Ding wie sie kannte die Regeln, genau wie alle anderen auch: Ich, Archer Benedict, küsste *niemals* eine Frau. Jedenfalls nicht auf den Mund.

»Einer der Jungs wird dich nach Hause fahren«, sagte ich und nickte ihr zu, während ich meine Pistole aufhob und sie in den Bund meiner Jeans steckte.

Ihre Unterlippe schob sich zu einem Schmollmund vor. »Sehe ich dich wenigstens heute Abend bei Flicks Willkommensparty?«

»Ich werde vorbeischauen.« Ich zwinkerte, schnappte mir mein Portemonnaie und ging hinaus.

Ich ließ die Tür hinter mir zufallen. An diesem Morgen war das Haus von Niyol »Hawk« Lattimore mein Hauptziel. Ich ging den Flur entlang, bog nach links ab und erstarrte beim Anblick von Talker, einem meiner Clubbrüder, der ohnmächtig auf dem Boden vor der Couch in der Eingangshalle lag.

»Na, schau mal einer an.« Ich kicherte leise vor mich hin,

ging zu ihm hinüber und betrachtete ihn. War ich mit neunzehn so dumm gewesen? Ja. Eigentlich war ich es immer noch.

Der Kerl trug nur einen knappen weißen Slip und sonst nichts – es sei denn, man zählte die knallroten Kratzer von Fingernägeln auf seinem Rücken dazu. Wenigstens hatte er offensichtlich die Nacht genossen.

Ich stieß ihn mit der Seite meines Stiefels in die Rippen. »Aufwachen.«

Er stöhnte und rollte sich auf die Seite. »Noch zehn Minuten, Mom.«

Ich grinste und beschloss, ihn dort liegen zu lassen. Idiot.

Der Rest des Barbereichs war leer, abgesehen von einer Putzfrau.

»Morgen!« Ich nickte der dunkelhaarigen älteren Frau zu, die mit einem Staubsauger bewaffnet war.

Sie lächelte mich fest an, aber sie sprach nicht und sah mir nicht direkt in die Augen. Ich war mir ziemlich sicher, dass sie sich vor uns allen fürchtete und deshalb nur in den frühen Morgenstunden herkam.

Der Schotterplatz war heute nicht so voll wie sonst. Links von unserer Werkstatt hielten sich ein paar Männer auf – hauptsächlich Prospects, die vermutlich eine Raucherpause machten. Sie beobachteten mich, aber ich würdigte sie keines Blickes, als ich zu meinem Motorrad ging.

Als Vizepräsident der Red Dragons hätte ich mir die Zeit nehmen sollen, die neuen Jungs besser kennenzulernen. Aber gleichzeitig wusste ich, dass eine freundliche Begrüßung ihnen das Gefühl geben würde, willkommen zu sein ... und das würde sie nur schwach machen.

Wir befanden uns im Krieg. Seit Februar, also seit vier Monaten, hatte es keine Toten mehr gegeben, aber wir wussten, dass unsere Feinde da draußen waren und jederzeit zuschlagen konnten. Wir mussten in Verteidigungsbereitschaft bleiben.

Meine Brüder waren nicht dumm. Und sie waren auch

nicht faul. Aber sie waren in letzter Zeit schwach geworden, waren nicht mehr so wachsam, wie sie es sein sollten, und das lag hauptsächlich an ihren Frauen. Es machte mir Sorgen. Sich auf ewig einer Pussy zu verschreiben? Das schien mir sinnlos, ehrlich gesagt. Warum jeden Abend dasselbe essen, wenn ein Buffet unendlicher Vielfalt zur Verfügung stand? Ein *köstliches* Buffet mit Blondinen und Brünetten, die zumindest *meinen* Appetit gebührend sättigen konnten.

Für den Moment hatten wir uns darauf geeinigt, dass es in Sachen Krieg am sichersten war, keine Offensive zu starten, und das machte mich wahnsinnig. Ich wollte unseren Hauptfeind finden, Pops, unseren ehemaligen Präsidenten, und das Ganze beenden, bevor die Scheiße noch schlimmer wurde – bevor noch jemand sterben musste.

Ich trat an meine Harley heran und studierte ihre Formen, die Unterlippe zwischen die Zähne geklemmt. Kurvige, glatte silberne Rohre und ein Ledersitz, der sich perfekt anfühlte. Ich liebte meine Harley fast so sehr, wie ich es liebte, zum ersten Mal in einer Frau zu versinken. Sie war hübsch, gehörte mir allein, und ich behandelte sie wie die Königin, die sie war, indem ich sie auf eigene Faust reparierte und instand hielt. Ich hatte alte Teile verwendet und sie mit neuen kombiniert. Ich hätte alles dafür gegeben, eines Tages einen eigenen Laden zu haben. Aber in meiner Welt war Zeit Geld, und beides hatte ich im Moment kaum, weshalb es nichts weiter als ein Traum blieb.

Als ich auf meine Harley aufstieg, konnte ich nicht anders, als ihren Lenker zu streicheln. Glatt und doch rau, meine Lackierung war gut, aber nicht die beste. Ich ließ den Motor hochdrehen, um ihr Zeit zum Aufwärmen zu geben, bevor ich zu Hawks Haus am Ende des Geländes fuhr.

»Du bist zu spät«, bellte Hawk mir fünf Minuten später von der Tür aus entgegen. Das kleine Wesen in seinen Armen wackelte fröhlich bei meinem Anblick.

»Hatte zu tun.« Ich zuckte mit den Schultern und betrat sein Haus.

»Tja, wir haben auch zu tun, schon vergessen?«

Ich nahm Biker-the-mutt aus seinen Händen und unter meinen Arm. Sein Körper schmiegte sich an mich wie ein Football, und irgendwie hasste ich die Tatsache, dass ich den kleinen Scheißer liebte. Er hatte schwarzes Fell und glotzende kleine Augen, zu winzig für meinen Geschmack. Hawk hatte ihn letzten Monat seiner Frau Summer geschenkt, als Aufmunterung, weil ihr wegen der Schwangerschaft so übel war. Hawk wollte alles tun, um sie glücklich zu machen. An dem Tag, als mein ältester Freund den pelzigen Kerl abgeholt hatte, hatte ich ihn einen Idioten geschimpft. Wer zum Teufel lastete einer schwangeren Frau noch mehr Verantwortung auf? Aber es funktionierte. Biker-the-mutt war die perfekte Ablenkung für Summer. Offenbar kannte Hawk sie besser als jeder andere.

Ich folgte Hawk ins Haus und fragte: »Ist Summer schon weg?«

Hawk holte einen Becher aus dem Küchenschrank. »Ja. Sie ist vor etwa einer Stunde gegangen.« Er winkte mir mit der Tasse zu, und ich schüttelte den Kopf.

»Muss sie immer noch ständig kotzen?« Ich sah ihm zu, wie er sich eine Tasse schwarzen Kaffee einschenkte und dann einen Schluck nahm.

»Ja.« Er runzelte die Stirn. »Aber nur am Morgen.«

»Tja, fürs nächste Mal, wenn du deinem besten Stück etwas Spaß gönnen willst: Sei kein Dummi, mach's mit Gummi.« Ich kratzte Bikers Hinterkopf und schnaubte verächtlich.

Kinder in die Welt setzen? In *diese* Welt? Auf keinen Fall. Mir schauderte bei dem Gedanken.

»Wen hast du heute auf sie angesetzt?«, fragte ich und wunderte mich, dass er mich nicht angeschnauzt hatte.

»Chop.«

Ich nickte. Seitdem Pops uns den Krieg erklärt hatte, ließen wir alle Old Ladys beschatten.

Obwohl Chop von den Frauen im Club als netter Kerl bezeichnet wurde, mochte ich ihn nicht. Ich traute ihm auch nicht besonders. Sein hübsches Jungengesicht hatte etwas an sich, das mir nicht gefiel. Ich konnte noch nicht genau sagen, was es war. Aber das würde ich noch herausfinden. Das war ein Talent von mir, Menschen zu lesen und sie zu durchschauen. Ich war vielleicht schlecht darin, bei der Sache zu bleiben, aber dafür konnte ich verdammt gut Menschen einschätzen. Aus irgendeinem Grund zeigten die Leute in meiner Nähe ihr wahres Gesicht.

»Er soll auch Emily im Blick behalten«, fügte Hawk hinzu. »Aber sie benimmt sich total seltsam. Hört nicht zu, geht ohne Vorwarnung weg ...«

Ich räusperte mich und versuchte, mir meine Verärgerung nicht anmerken zu lassen. Hawks kleine Schwester Emily machte allen das Leben schwer – vor allem mir. Sie hatte sich ein Leben außerhalb des Clubs aufgebaut, aber seit der Sache mit Pops stand sie unter unserem Schutz, und das gefiel ihr nicht besonders.

Ich verstand sie ja. Die Frau wollte ihre Unabhängigkeit. Sie wollte für sich selbst sorgen und sich die Freiheit bewahren, die sie genossen hatte, bevor sie dem Club beigetreten war. Sie wollte Normalität in einer Welt, die niemals normal sein würde. Aber sie war nun mal Pops' Tochter und ein Teil dieser Welt, ob sie es mochte oder nicht. Hawk – als Pops' Sohn – hatte das akzeptiert. Je eher sie es auch begriff, desto besser für uns alle.

»Benimmt sie sich sonst noch irgendwie seltsam?«, fragte ich.

»Sie ignoriert Summer. Und mich. Bleibt die ganze Zeit zu Hause und tut nichts.« Er zuckte mit den Schultern. »Es bringt Summer durcheinander, und das gefällt mir nicht.«

Mit finsterer Miene erinnerte ich mich daran, was ich letzte Woche auf dem Weg zum Club gesehen hatte: Emily auf dem Parkplatz, an ihr Auto gelehnt, weinend. Ich hatte mir nicht die Zeit genommen, um anzuhalten und zu fragen, was los war. Je weniger ich mich mit der kleinen Juwelenboxerin abgeben musste, desto besser. Ich hatte sie nie verstanden, und nach einem langen Arbeitstag hatte mein Schwanz andere Pläne, die nicht beinhalteten, eine weinende Tussi zu trösten, die ich nicht ficken wollte.

»Vielleicht ist es ihr Ex oder so. Vielleicht sind sie wieder in Kontakt.«

»Das bezweifle ich. Er ist vor etwa einem Monat umgezogen. In einen anderen Bundesstaat.« Hawk nahm noch einen Schluck von seinem Kaffee und seufzte. »Wir müssen nur sicherstellen, dass sie hierbleibt und nichts anstellt.«

»Sicher ist nur, dass sie dir nichts anvertrauen wird.« Ich lachte. Emily war die ultimative Verkörperung der Verschlossenheit. Niemand konnte sie knacken und ihr Vertrauen gewinnen, allem Anschein nach nicht einmal Summer, und sie waren beste Freundinnen.

Hawk grunzte. »Ihr Bruder zu sein, reicht offenbar nicht aus, um vertrauenswürdig zu sein.«

»Das weiß ich nicht.« Ich hatte schon lange keine richtige Familie mehr. So lange, dass ich mich kaum noch daran erinnern konnte, wie es war, eine zu haben. Wahrscheinlich verstand ich deshalb nicht, warum mein bester Freund diese Frau beschützen wollte. Es war offensichtlich, dass sie keine Hilfe wollte. Aber Hawk war als Clubpräsident eingesprungen, bis Flick zurückkam, und ich würde nie seine Entscheidungen infrage stellen.

»Solange sie tut, was man ihr sagt, und keine Probleme

macht, mache ich mir erst mal keine Sorgen mehr.« Er zuckte mit den Schultern.

»Du glaubst doch nicht, dass sie abhauen würde, oder?«

»Das würde ich ihr zutrauen.« Er runzelte die Stirn. »Emily denkt mit ihrem Herzen, nicht mit dem Kopf.«

»Wenn du Chop nicht zutraust, sie im Auge zu behalten, solltest du jemand anderen beauftragen.«

»Würde ich ja. Aber alle hassen sie. Sie ist hochnäsig und versnobt. Sie hat sich nie die Mühe gemacht, diesem Ort eine Chance zu geben.« Hawk schüttelte den Kopf und verzog das Gesicht.

Ich öffnete meinen Mund und schloss ihn wieder, weil ich nicht wusste, was er von mir hören wollte. Wenn die Frau sich nur ein wenig entspannen und diesen riesigen Stock aus ihrem Arsch ziehen würde, dann wäre sie vielleicht erträglicher.

»Es sei denn ...« Hawks Augen verengten sich, und er spitzte die Lippen.

Ich kannte diesen verdammten Blick. »O nein! Gar keine gute Idee. Sie hasst mich.«

»Sie *hasst* dich nicht«, sagte Hawk und lachte. »Du fühlst ihr auf den Zahn. Deshalb bist du der perfekte Mann für den Job.«

Ich biss die Zähne zusammen und zischte ein dickes, fettes »Nein, verdammt!«.

Ihr auf den Zahn fühlen? Sie mit meinen frechen Sprüchen auf die Palme bringen? Ja, all dessen war ich schuldig und fähig. Verdammt, wenn ich müsste, könnte ich den kleinen Löwen mit einem einzigen Peitschenknall zähmen. Aber ich *wollte* es nun mal nicht. Emily ging mir aus irgendeinem Grund tierisch auf die Nerven. Fünf Minuten in ihrer Gegenwart, und ich war bereit, mir die Trommelfelle rauszureißen, vielleicht sogar die Haare vom Kopf zu rupfen, wenn ich schon dabei war. Ihre Gehässigkeit und ihr dreckiger, hochnäsiger Blick, der verriet, dass sie dachte, sie sei besser als alle anderen ... Es machte mich wahnsinnig. Niemals würde ich ihr kleiner Löwenbändiger sein. Nicht, solange ich nicht in der Stimmung war, den Zirkus zu leiten.

»Komm schon. Du hast doch im Moment nichts zu tun.« Hawk grinste. »Dir fällt bald der Schwanz ab, wenn du nicht aufhörst, dich willkürlich von Frau zu Frau zu vögeln.«

»Ich wechsle meine Affären immerhin im Monatsrhythmus.« Ich runzelte die Stirn. »Und ich packe meinen Lümmel ein, im Gegensatz zu dir.«

»Wie wäre es hiermit: Du passt eine Weile auf Emily auf und schaust, dass sie hierbleibt. Versuch etwas aus ihr rauszubekommen. Du kannst Menschen lesen. Du hast diese Fähigkeit, zu verstehen, was sie denken.«

»Ich habe keine übernatürlichen Fähigkeiten. Und ich werde *ganz* sicher nicht der Babysitter deiner kleinen Schwester sein.«

Er grinste mich an. Er wusste, dass er in der Position war, mir Befehle zu geben.

»Und ich werde sie nicht ficken.« Ich lächelte und hoffte, dass ihm dieser Gedanke die ganze Idee verleiden würde.

Hawks Oberlippe kräuselte sich. »Das meine ich nicht, das weißt du.«

»Vielleicht ist das alles, was sie braucht. Einmal ordentlich gevögelt zu werden, kann bei einer Frau Wunder bewirken.« Was den Umgang mit Ladys betraf, war ich unschlagbar. Ich machte den Frauen, die ich abschleppte, immer meine Absichten klar: Ich war kein Beziehungsmaterial. Und ich küsste niemals auf die Lippen. Aber ich vögelte gut und leckte noch besser. Ich war der perfekte Kandidat für ein bisschen Spaß.

Aber Emily würde ich nicht anfassen. Sie sah gut aus mit ihren dunklen Augen und den dunklen Haaren, aber sie war nicht mein Typ. Sie war nicht blond. Sie sah auch nicht heiter und fröhlich aus. Tatsächlich war Emily mir vermutlich ähnlicher als jede andere Frau, die ich kannte, und ich hatte nicht vor, mein kleines weibliches Double zu ficken.

»Sechs Wochen«, fuhr er fort. »Das ist alles, was ich verlange. Du passt auf sie auf, beschäftigst sie und versuchst, sie zu durchschauen. Dann werden wir uns hoffentlich um Pops kümmern, und Emily wird frei sein, zu gehen.« Er zuckte mit einer Schulter. »Flick kommt heute Abend zurück, also sind wir einen Tag näher dran, endlich etwas zu unternehmen.«

»Zwei Wochen«, entgegnete ich und ignorierte den Kommentar über Flick. Unser Präsident lebte zurzeit mit einem anderen Club in Texas. Er sagte, er wolle Allianzen im Krieg gegen Pops schließen. Niemand wagte es, mit ihm zu diskutieren.

Hawk verschränkte die Arme. »Vier Wochen. Keinen Tag weniger.«

Großer Gott! Hawk hatte seinen Verstand verloren. »Gut. Aber dein Arsch schuldet mir was.« Ich wusste nicht einmal wirklich, was er von mir wollte. Ich würde ja sicher nicht jeden Abend mit der Kleinen Monopoly spielen. Die einzige mir bekannte Art und Weise, Frauen aufzuheitern, war, ihre Beine zu spreizen und meinen Mund unter ihren Rock zu stecken.

Hawk streckte seine Hand aus, packte meine und schüttelte sie. Als er den Mund öffnete, um etwas zu sagen, fuhr draußen ein Auto in die Einfahrt und schnitt ihm das Wort ab. Biker kläffte in meinen Armen, und Hawk und ich liefen zur Haustür und blieben wie angewurzelt stehen.

»Wenn man vom Teufel spricht«, murmelte er und ging raus.

Als Emily ausstieg, zuckte ich bei ihrem Anblick unwillkürlich zusammen. Heilige Scheiße, sie sah schlimm aus. Rotes Gesicht, Tränen, gerötete Nase ... Es war, als hätte sie den ganzen Tag geweint – vielleicht sogar die ganze Nacht.

In der Absicht, die Situation unbemerkt zu beobachten, schlich ich mich durch die Seitentür des Hauses hinaus, setzte

Biker zum Pissen ins Gras und begann, vom Hinterhof aus zu lauschen.

»Warum bist du schon zu Hause? Solltest du nicht bei Summer sein und ihr bei diesem Cheer-Camp-Zeug helfen, das sie im Sommer mitorganisiert?«, fragte Hawk und folgte ihr den Weg hinauf zu dem winzigen Haus, das Emily bewohnte.

»Ich habe Kopfschmerzen. Wollte früher nach Hause kommen. Talker sollte mich begleiten, aber er ist nicht aufgetaucht.«

Ich stöhnte auf und rieb mir mit beiden Händen über das Gesicht. *Talker* sollte kommen und sie nach Hause bringen? Dieser blöde Wichser lag gerade halb nackt und ohnmächtig in der Lobby des Clubhauses.

»Verdammt, Emily? Du weißt, dass du nirgendwo hingehen darfst, ohne dass jemand bei dir ist. Weiß Chop, dass du abgehauen bist?«

»Nein.«

»Hast du Todessehnsucht oder so was?«, knurrte Hawk.

Selbst von dort, wo ich stand und Biker dabei beobachtete, wie er sich im hohen Gras versteckte und seine Nase in das Dreckloch steckte, das er gefunden hatte, konnte ich den Ärger in Emilys leisen Worten hören.

»Lass mich in Ruhe, bitte. Ich habe Kopfschmerzen.«

»Aber ...«

»Ich bin hier, ich lebe, mir geht es gut«, murmelte sie. »Also hör bitte auf mit dieser nervigen Big-Brother-Nummer.«

»Du kennst die Regeln«, warnte Hawk. »Trotzdem bist du ohne Beschützer gegangen. Schon wieder. Es muss sich was ändern, Em. Ab heute.«

Emily knurrte. »Ich bin weder eine Gefangene *noch* ein Red Dragon, das solltest du dir gut merken, *Hawk*.«

Ich erstarrte und stellte mir vor, wie sie die Hände in die Hüften stemmte und ihre braunen Augen rollte, als wartete sie darauf, dass Hawk zuschlug. Nicht, dass er das tun würde.

Emily fasste er noch mehr mit den Fingerspitzen an als alle anderen Frauen. Er ließ ihr Dinge durchgehen, die er besser nicht erlaubt hätte.

Jahrelang hatte ich versucht, aus Emily schlau zu werden. Ihre Macken und Ticks waren so unauffällig, dass es mich wahnsinnig machte. Körpersprache sollte eigentlich meine Stärke sein. Das war es, was mich zu einem verdammt guten Vizepräsidenten und laut den meisten meiner Partnerinnen auch zu einem fantastischen Liebhaber machte. Aber die kleine Löwin Emily war unmöglich zu lesen.

»Schenk mir ein klein wenig Vertrauen, ja? Ich bin immerhin nicht weggelaufen, sondern wie ein braves Mädchen zu deinem kostbaren Anwesen zurückgekehrt.«

»Es geht hier um deine Sicherheit, verdammt noch mal«, bellte Hawk.

»Ich habe sogar die ... die *Waffe* in meinem Handschuhfach, weil du darauf bestehst, dass ich sie mit mir rumtrage. Was willst du noch von mir?« Emily stöhnte auf.

»Ein bisschen Kooperation, bis wir die Sache geklärt haben, wäre schön.«

Ich verstand sie. Die Welt der Red Dragons war nicht ihr Ding. Aber wenn sie nur ein bisschen Geduld aufbringen würde, bis wir ihren Vater ausgeschaltet hätten, dann könnte sie tun, was immer sie wollte und wo immer sie es wollte. Dass sie sich nicht an die Regeln hielt, die wir für alle im Club aufstellten – nicht nur für sie –, lenkte uns nur davon ab, zu tun, was wir tun mussten. Wie konnte sie das nicht sehen?

Ich hob Biker auf, der mit geschlossenen Augen auf der Spitze meines Stiefels saß. »Lass uns gehen, du kleiner Scheißhaufen«, flüsterte ich.

»Entschuldige, wenn ich nicht das Gefühl habe, dass ich deine dummen Regeln befolgen sollte, Bruderherz. Wenn du jetzt verschwinden und mich in Ruhe lassen würdest, wäre ich dir *sehr* dankbar.«

Hawk knurrte etwas, das ich nicht verstand, als ich mich auf den Weg zur Garage machte. Ich war nicht überrascht, als ich hörte, wie seine Stiefel über die Kiesauffahrt schlurften und kurz darauf die Tür zu seinem Haus zugeschlagen wurde. Der Kerl hatte an den meisten Tagen die Geduld eines Kleinkindes.

In der Annahme, Emily würde auch reingehen, blieb ich ein paar Sekunden bei der Garage stehen und wartete darauf, dass die Tür ein weiteres Mal zugeschlagen wurde. Doch das Türknallen blieb aus. Stattdessen erfüllte das Geräusch der knarrenden Verandaschaukel die Luft, gefolgt von gemurmelten Flüchen.

Offenbar begann jetzt die Operation Babysitting.

Ich schritt die Stufen des Hauses hinauf und setzte mich neben sie auf die Schaukel, ohne sie zu fragen. Wenn die Operation gelingen sollte, mussten wir uns zuerst ein wenig unterhalten. Den Rahmen abstecken, sozusagen.

»Bist du krank oder so? Oder schlägt dir der Mangel an Sex auf die Stimmung? Ich mag dich vielleicht nicht, aber ich bin bereit, mich in den Laken zu wälzen«, sagte ich, obwohl Hawk klargestellt hatte, dass ich die Finger von ihr lassen sollte.

Emily kniff sich in den Nasenrücken und lehnte ihren Kopf zurück, während Biker sich an ihre Titten schmiegte. »Nein. Ich bin müde, ich bin gestresst, und ich habe Kopfschmerzen. Was ich will, ist Zeit für mich allein. Was hier anscheinend zu viel verlangt ist.«

Ich betrachtete ihre Wangen und bemerkte, wie rot sie waren. Auch an ihrem Hals waren Flecken zu sehen. Es sah nach Kratzern aus. Ich runzelte die Stirn. Hatte ihr jemand wehgetan?

»Nichts für ungut, aber du siehst beschissen aus.«

Sie öffnete eines ihrer Augen und kräuselte die Oberlippe. *Das* war die Emily, mit der ich umgehen konnte. Der harte Kerl, der Rückgrat zeigte.

»Um Himmels willen, *verpiss dich*, Archer! Sofort.«

Ich ging nicht. Stattdessen lächelte ich noch breiter. Ich hatte viel zu viel Spaß daran, sie zu ärgern. »Du bist zu verkrampft, JB. Komm heute Abend mit mir zu Flicks Willkommensparty. Ich zeige dir, wie man sich amüsiert.«

»Nein danke. Ich glaube nicht.«

»Ich kann dich mit meinem Whiskey betrunken machen, und dann können wir die Handschellen ausprobieren, die ich an meinem Bett befestigt habe. Das wird lustig.«

Mit einem Augenzwinkern hob sie den Mittelfinger und wies mich ab.

»Ich bin nicht wirklich in Gefahr«, sagte sie eine Minute später und überraschte mich. »Wenn Pops gewollt hätte, dass ich verschwinde, meinst du nicht, er hätte mich schon längst gekriegt?«

Es war seltsam, mit einer Frau über Clubangelegenheiten zu sprechen. Aber diese Sache betraf sie in mancher Hinsicht mehr als mich, weshalb es mir nicht viel ausmachte.

»Ich wünschte, ich könnte die Gedanken dieses Arschlochs lesen. Dann könnte ich dir eine richtige Antwort geben. Aber wie auch immer ... Ist es das wirklich wert, dein Leben auf diese Weise zu riskieren?«

Sie stand auf und strich sich mit den Händen über den Rücken ihrer Kakihose. »Ich wäre wahrscheinlich ein guter Köder, meinst du nicht auch?«

»Vielleicht.« Der Gedanke war mir schon einmal gekommen. Wenn Emily ging, würde Pops wahrscheinlich versuchen, sie sich zu schnappen, und wir hätten die Möglichkeit, ihn auszuschalten und diesen Krieg zu beenden, bevor noch jemand verletzt wurde.

Hawk hatte die Idee sofort verworfen, als ich sie zur Sprache gebracht hatte. Aber ich war es leid, mich zu verstecken, und bereit, die Sache ein für alle Mal zu beenden. Wahrscheinlich mehr als jeder andere in diesem Club. Und warum? Weil mich diese ganze Ungewissheit verunsichert hatte. Und als ein Mann, der niemals still sitzen konnte, brauchte ich in meinem Leben ab und zu auch mal etwas Ruhe, verdammt!

Aber niemand hörte auf mich, trotz meines Status als Vizepräsident. Deshalb war ich kurz davor, die Sache selbst in die Hand zu nehmen, auch wenn das vielleicht bedeutete, mein Leben zu opfern. Ich würde die Sache auf die eine oder andere Weise beenden. Ich musste nur herausfinden, wie und wann.

Ich kannte *meine* Argumente, aber was war mit ihr? Warum zum Teufel war Emily damit einverstanden, als Köder für die RDs einzuspringen, wenn sie keinen einzigen von uns mochte?

»Was verheimlichst du?«, fragte ich und beobachtete, wie sie auf ihre Haustür zuging.

Über ihre Schulter hinweg sah sie mich mit zusammengekniffenen Augen an. »Nichts.« Ein fest zusammengebissener Kiefer, zuckende Lippen.

Ich stand auf und trat näher heran. »Lügnerin.«

Sie drehte sich vollständig um und verschränkte die Arme. »Nein. Ich lüge nicht. *Ich lüge nicht.*«

»Bist du dir da sicher?« Ich drückte sie mit dem Rücken gegen die Tür und hielt sie dort mit meiner Brust fest. Ich legte meine Hände um ihr Gesicht und sah, wie sie zusammenzuckte. Bei diesem Anblick runzelte ich die Stirn und ließ meine Hände sofort wieder sinken, aber ich bewegte meine Füße nicht.

»Sag mir, was es ist. Oder ich gehe zu Hawk.«

»Ich verheimliche nichts.« Sie blinzelte, ihr Gesicht war leer. Keine Emotionen.

»Bullshit.«

Ein weiteres Zucken ihrer Augen.

Langsam trat ich zurück und erlaubte ihr, sich umzudrehen. Ob sie es wusste oder nicht, sie hatte mir zu viel gezeigt. Jetzt würde ich sie auf gar keinen Fall mehr aus den Augen lassen. Hawk hatte recht gehabt, sich Sorgen zu machen.

»Jemand wird dich heute Abend um acht abholen«, rief ich ihr hinterher.

Ihre Schultern versteiften sich, und die Hand am Türknauf erstarrte. »Nein. Ich *sagte,* ich gehe nicht.«

»Oh, JB. Siehst du, das ist der Punkt, an dem du dich irrst. Ich habe dich gebeten zu kommen, und du wirst kommen.«

Sie lehnte ihre Stirn gegen die Tür. »Hör auf, mich JB zu nennen.«

»Du magst den Namen nicht?« Ich atmete übertrieben dramatisch auf und schlug mir eine Hand auf die Brust.

»Nein.« Sie drehte sich wieder zu mir um. »Weil ich das Gefühl habe, dass es für eine Beleidigung steht oder so.«

»Was, wenn ich dir sagen würde, dass es eigentlich ziemlich cool ist?«

»Ja, klar.« Sie rollte mit den Augen. »Weil du immer so nett zu mir bist. Ich soll dem Typen glauben, der mich vor ein paar Jahren ein ›heißes Brett‹ genannt hat.«

»Warst du ja auch.« Ich sah sie grinsend von oben bis unten an. »Aber jetzt ganz bestimmt nicht mehr.«

Sie wies mich ab. »Fahr zur Hölle!«

Emily war ungefähr sechzehn, als ich sie kennenlernte. Ein schmächtiges kleines Ding mit kurzen Beinen und keiner einzigen Kurve. Braunes Haar, Bubischnitt, Zahnspange, volle Wangen und ein verdammt freches Mundwerk, das mir schon mit zwanzig auf die Nerven gegangen war. Sie und Hawk waren nie miteinander ausgekommen und hatten sich ständig gestritten, lange bevor sie herausfanden, dass sie Geschwister waren. Als sie zum ersten Mal in meiner Anwesenheit den Mund aufgemacht hatte, war mir sofort klar gewesen, warum das so war.

»Das war ein Scherz, JB. Im Ernst. Du solltest lernen, ein bisschen lockerer zu werden.« Ich zuckte mit einer Schulter.

Sie schüttelte den Kopf, ihre dunklen Augen waren voller

Verzweiflung. »Nenn mich Emily.« Sie stupste mich mit dem Finger in die Brust. »Oder nenn mich gar nichts.«

»*Nichts?* Das ist ja langweilig. Wie kann ich mir auf diesen Namen einen runterholen, hm? *O Gott, Nichts, ich k...*«

Sie schubste mich, ihr Gesicht war rot wie eine reife Tomate. Beinahe hätte ich sie so genannt, aber ich beschloss, dass es besser war, die Arschloch-Tour sein zu lassen. Das Problem war nur, dass ich es mochte, Leuten Spitznamen zu geben, und es fiel mir schwer, es nicht zu tun. Es geschah ganz spontan. So war ich halt. In dieser Hinsicht ähnelte ich vielleicht meinem Vater. Er war genauso gewesen, wenn es um Spitznamen ging, aber aus einem anderen Grund. Ich war kreativ, während er meist zu betrunken gewesen war, um sich die richtigen Namen zu merken.

Emilys neuester Spitzname, JB, war meine Lieblingserfindung und stand für Juwelenplätterin – wie ich schon sagte, eigentlich ziemlich cool. Letzten Sommer hatte ich sie zum ersten Mal seit vier Jahren wiedergesehen – zum ersten Mal, seit ich sie ein heißes Brett genannt hatte. Sie hatte sich genauso gut an mich erinnert wie ich mich an sie. Für sie war ich der Kerl, der sie einst damit aufgezogen hatte, dass sie wie zwölf und nicht sechzehn aussah, und dass ich sie »flach wie ein Brett« genannt hatte, hatte sie mir offenbar nicht verziehen. Ich sollte damals auf sie aufpassen, was ihr nicht in den Kram passte, und es hatte nicht viel meiner üblichen Provokationen bedurft, bis sie mir in die Eier getreten hatte.

Daher der Spitzname.

»Tut mir leid.« Ich trat einen Schritt zurück und tat so, als wollte ich ihr Raum geben. »Der Name hat eine besondere Bedeutung für mich.«

»Besondere Bedeutung?«, sagte sie mit zusammengekniffenen Augen.

»O ja. *Sehr* besonders.« Ich zwinkerte ihr zu und schob mich um sie herum. Sie folgte mir mit ihren Augen über die

Schulter, hielt aber ihren Körper zur Tür gerichtet und griff erneut nach dem Knauf. »Er ist sogar so besonders, dass es mir wahrscheinlich mein kaltes Herz brechen wird, wenn ich ihn nicht weiter benutzen kann. Das verstehst du doch, oder?«

Sie wandte den Kopf ab und presste die Lippen aufeinander. Ich konnte nicht anders, als die Dinger von der Seite zu betrachten, vor allem weil sie so ungewöhnlich rot waren, ähnlich wie ihre Wangen. Die untere war größer als die obere, und als ich mir vorstellte, wie sie sich um meinen Schwanz legten, wiegte ich mich etwas näher und atmete den Duft ihres Parfüms ein. Orangen und Vanille. Eine verdammt gute Kombination. Eine, die ich noch nie an einer Frau gerochen hatte.

»Wie auch immer, du Unverbesserlicher.« Sie drehte den Türknauf und betrat ihr Haus. Dann drehte sie sich zu mir um und sagte grinsend: »Aber ich gehe trotzdem nicht zu dieser blöden Party.«

ZWEI

EMILY

Ich war unruhig. Rastlos. Ich hatte das Gefühl, eine tickende Zeitbombe zu sein, die nur herumsitzt und nichts tut.

Ich *würde* diesen Ort verlassen – auch wenn ich keine Ahnung hatte, wie. Aber zumindest hatte ich ein Ziel. Ein Ziel, das mit den geheimen Briefen zu tun hatte, die ich in meinen Küchenschränken versteckt hatte.

Ich hätte alles dafür gegeben, in mein altes Leben zurückzukehren. In das Leben, das ich mir mit Sam, meinem Ex-Verlobten, aufgebaut hatte. Nicht, dass ich *ihn* als Person vermisste. Vielmehr vermisste ich die stabile Welt, die wir gemeinsam aufgebaut hatten. Unser riesiges, zweistöckiges Stadthaus in St. Charles, etwa eine Stunde von Rockford entfernt, war der Ort gewesen, an dem wir nach unserer Heirat eine Familie hatten gründen wollen. Ein Vorort, ruhig, vor allem an den Wochenenden – abgesehen von dem Lärm der Kinder, die durch die Straßen rannten. Der große Garten mit hohen Eichen, die über unser Dach hinauswuchsen, war der Grund gewesen, warum er es überhaupt hatte kaufen wollen. Die Bäume spendeten Schatten und wären perfekt für ein Baumhaus für unsere zukünftigen Kinder, hatte er mir gesagt. Kinder, die ich in nächster Zeit nicht bekommen würde.

Ein paar Wochen nach unserer Rückkehr von der Kreuzfahrt letzten Sommer hatte Sam eine Hängematte aufgehängt. Ich hatte nur insgesamt dreimal darin gelegen, bevor mein Leben auseinanderbrach und ich praktisch komplett neu anfangen musste.

Ich war mir ziemlich sicher, dass er und seine neue Freundin die Hängematte mitgenommen hatten, als sie letzten Monat wegen seines Jobs nach Des Moines gezogen waren. Ich mochte diejenige gewesen sein, die mit Sam Schluss gemacht hatte, aber das hieß nicht, dass ich darüber glücklich war. Er war zu gut, um ihn in das sich anbahnende Chaos meiner Familie zu hineinzuziehen, weshalb ich die Beziehung beendet hatte, bevor es so weit kommen konnte. Sam hatte es nicht verdient, mit mir unterzugehen, nur weil mein Leben plötzlich aus den Fugen geriet. Er hatte wirkliche Lebensziele, die über Motorradclubs und kriminelle Eltern hinausgingen, die wegliefen, weil sie zu viel Angst hatten, zu bleiben und für das zu kämpfen, was wichtig war.

Wie auch immer, dieser Teil meines Lebens war nun vorbei, und anstatt *zukünftige* Geburtstagsfeiern für meine und Sams *zukünftige* Kinder zu planen, heckte ich einen genialen Plan aus, um diesem gottverlassenen Motorradclub ein für alle Mal zu entkommen.

Der letzte Brief von vor einem Monat war der elfte, den ich von meiner Mutter erhalten hatte, seit sie mit Pops weggegangen war. Er war in einem schlichten weißen Umschlag in meinem Postfach im Lehrerzimmer aufgetaucht, zusammen mit Informationen zum Sommerfest, was seltsam war. Die anderen waren in meinem Postfach auf dem Postamt in der Innenstadt angekommen. Warum sollte sie sie jetzt an meine Arbeitsstelle schicken? Das verwirrte mich nicht nur, es war auch nicht gut für die Sicherheit meines Arbeitsplatzes. Ich konnte mir nicht vorstellen, was der Schulbezirk von Rockford denken, geschweige denn *tun würde*, wenn herauskäme, dass ich, eine Lehrerin für Naturwissenschaften an einer Mittelschule, mit einem der berüchtigtsten Motorradclubs im ganzen Mittleren Westen zu tun hatte, geschweige denn mit ihm *zusammenlebte*.

Gott, mein Leben war so verkorkst.

Ich hatte alle Briefe mit nach Hause genommen und sie unter der Spüle aufbewahrt. Es gibt nichts Besseres, als Dinge vor aller Augen zu verstecken. Wenn mein Bruder oder einer der Red Dragons sie finden würde – wenn sie herausfänden, dass ich mit dem *Feind* kommuniziert hatte –, würde man mich mit ziemlicher Sicherheit töten. Aber selbst mit diesem Wissen konnte ich sie nicht wegwerfen. So dumm es auch klingen mag, sie waren für mich wie das Kuscheltier eines Kindes. Emotionale Unterstützungsbriefe, die mir bewiesen, dass meine Mutter nicht wirklich weg war, sondern eher auf einem ausgedehnten Urlaub, der dazu diente, mich und meinen Bruder am Leben zu erhalten, in Sicherheit zu bringen und vor Pops' Fängen zu bewahren. Die Red Dragons würden das natürlich niemals so sehen.

Ich strich mir den Pony aus der Stirn und benutzte den Fuß, der von der Verandaschaukel hing, um mich hin- und herzuwiegen. Die Ruhe vor dem Sturm, so fühlte sich das alles jetzt an. Irgendwann diese Woche würde ein weiterer Brief ankommen, diesmal mit einer Wegbeschreibung. Wenn es so weit war, würde ich meine Tasche gepackt haben und bereit sein, keine Zweifel.

Egal, was passierte, ich musste meine Mutter finden und sie ein für alle Mal von Pops wegbringen. Und danach würde ich uns beide aus dem MC-Leben herausholen. Endgültig. Ja, die Red Dragons behaupteten, dass sie dasselbe wollten wie ich, aber nicht mit denselben Absichten. Wenn sie meine Mutter vor mir fänden, würden sie sie als Verräterin behandeln. Sie würden sie ohne Vorwarnung töten, weil sie mit Pops mitgegangen ist, anstatt hier bei ihnen zu bleiben. Das würde ich nicht zulassen. Und genau deshalb musste ich sie zuerst finden.

Ich hatte es satt zu warten. Besonders nach dem, was letzte Woche passiert war.

Bei dem Gedanken daran erschauderte ich. Dann kam ein Motorrad von der Straße gerauscht und bog einen Moment später in die Einfahrt ein. Ich drehte meinen Kopf und erblickte einen vertrauten roten Helm, als Talker in der Einfahrt zum Stehen kam. Er gehörte zu den Bikern, die mich auf die Palme brachten, mehr noch als Archer Benedict. Die Erinnerung an Archers heißen Körper, der so nah an meinem gewesen war, hielt auch Stunden später noch an. Ich schüttelte sie ab, war mir aber nicht ganz sicher, ob ich sie so unangenehm fand, wie ich es mir einredete.

»Yo«, sagte Talker und ließ den Motor an. Er schnalzte mit der Zunge und wedelte gleichzeitig mit einer Hand in der Luft, die Finger wie eine Pistole zusammengelegt. »Wir müssen los, Lady.«

Ich verdrehte die Augen und zog meinen Rollkragenpulli ein wenig höher. Das Letzte, was ich wollte, war, dass Gerüchte über mich aufkamen.

»Yo«, erwiderte ich und ahmte ihn nach, allerdings ohne die Fingerpistole. »Ich gehe heute Abend nirgendwo mit dir hin. Ich habe Kopfschmerzen.«

»Du hast keine Wahl. Ich habe meine Befehle von ganz oben.«

»Und wer wäre das genau?«

»Der Vize selbst«.

Ich rollte mit den Augen. Dieser verfluchte Archer. Er war schlimmer als mein Bruder. Ich war mir nicht sicher, was für ein Spiel er da spielte.

»Was will er?«, fragte ich und wiegte mich wieder hin und her.

»Ich weiß nicht. Ich bin nur der Bote. Jetzt steh auf, zieh dir was Kurzes an und lass uns gehen.«

»Ich sag dir was.« Ich hielt inne. »Wenn dein *Vizepräsident* sich beklagt, dass du mit leeren Händen kommst, kannst du ihn gerne persönlich zu mir schicken.«

Talker schüttelte den Kopf, sein langes braunes Haar fiel ihm über eines seiner Augen. Seine Gesichtszüge ekelten mich an; sie ließen mich an eine Ratte denken. Wenn ich ehrlich bin, roch er an den meisten Tagen auch wie eine.

»Du checkst gar nichts, oder?« Talkers Stiefel kamen neben der Veranda zum Stehen. »Keine von euch Old Ladys tut das.«

Ich machte mir nicht die Mühe, ihn zu korrigieren. Ich war für niemanden *etwas*, schon gar nicht eine »Old Lady«.

»Deshalb glaube ich auch nicht an die Idee, sich auf nur eine Frau zu beschränken.« Talker tat weiter das, was er am besten konnte: Mist reden. »Archer hat es genau richtig gemacht.« Er schnalzte mit der Zunge gegen den Gaumen, etwas, das er oft tat, auch ohne Fingerpistole. »Eine Muschi pro Monat. Eine nach der anderen.«

»Kotz«, murmelte ich.

Offensichtlich hörte er mir nicht zu und fuhr fort: »Verdammt, du wärst eine gute Kandidatin für ein kleines temporäres Abenteuer. Besonders deine Titten. Eine Handvoll genügt mir völlig.« Er pfiff und begutachtete meine Brüste.

»Bist du jetzt fertig damit, mich zu beleidigen?« Ich griff nach der Rückenlehne der Verandaschaukel, um mich draufzusetzen.

Er zuckte mit den Schultern. »Wenn du nicht mit mir auftauchst, wird das sehr bald dein Problem sein.«

»Ich lasse es darauf ankommen, danke.« Mit anderen Worten: Ich würde lieber sterben, als mich jetzt im Club blicken zu lassen.

Vierzig Minuten später klopfte es an meiner Haustür. »Mach auf, JB. Ich weiß, dass du da drin bist.«

Ich legte die Füße auf die Couch, drehte den Fernseher lauter und ignorierte ihn. Ich war mir nicht sicher, warum sich Archer plötzlich so sehr dafür interessierte, wo ich mich herumtrieb. Wir beide sprachen kaum miteinander.

Ein weiteres Klopfen ertönte, diesmal kräftiger und ohne Worte. Was musste eine Frau tun, um hier ein wenig Ruhe zu haben? Nach dem vierten Klopfen herrschte Stille, die ganze zwei Minuten anhielt. Doch dann hörte ich das Schloss drehen, gefolgt vom Knallen der Tür, als sie gegen die Wand schlug. Ich stieß einen Schrei aus, schmiss aus Versehen die Popcornschüssel von meinem Schoß und zog mir schnell die Decke über Sams alte Boxershorts, die ich trug.

»Was zum Teufel machst du da?«, brüllte ich und stand auf.

Archer stand nur drei Meter von meiner Couch entfernt und roch nach Aschenbecher, einer Flasche Parfüm und irgendeinem Schnaps. Lange blonde Haarsträhnen hingen ihm über das rechte Auge und verliehen ihm einen gewissen Sexappeal, von dem ich wünschte, ich hätte ihn nicht bemerkt.

Sosehr ich es auch leugnen wollte, es gab wirklich nichts Unattraktives an Archer Benedict – körperlich gesehen. Volle rosafarbene Lippen, die auf seiner blassen Haut fehl am Platz wirkten, und eine spitze Nase, die eines Models würdig war. Er war ein hübscher Junge, der zu viel Whiskey trank – Leberversagen würde ihn umbringen, bevor er überhaupt gelernt hatte, was das Wort »nüchtern« bedeutete.

Ohne mich zu beachten, ging er die letzten paar Schritte hinein und ließ die Tür hinter sich zufallen. Ich beobachtete ihn mit zusammengekniffenen Augen, als er Bilderrahmen hochhob und dahinterschaute, nur um sie wieder loszulassen und weiterzugehen. Als er schließlich ganz in meinem Wohnzimmer stand, hatte er jeden einzelnen Gegenstand untersucht, umgedreht und begutachtet.

»Suchst du etwas?«, fragte ich, zog die Decke höher über meine Brust und wickelte sie dann wie ein Handtuch um mich.

Das Leder seiner Weste knarzte, als er schließlich vor mir stehen blieb. Er fixierte mich mit einem scharfen Blick. Seine Augen brannten und prickelten mit einer Neugierde, die ich nicht mochte.

»Kommt drauf an. Hast du was zu verbergen?«

»Nein.« Ich stemmte eine zitternde Hand in die Hüfte, sah ihn finster an und betete, dass er es nicht bemerkte.

Er musterte mich, seine hellen Brauen waren leicht gerunzelt. Sekunden später setzte er sich unaufgefordert auf meine Couch und tätschelte den Sitz neben sich. »Setz dich!«, befahl er.

Mein Herz raste weiter, aber irgendwie schaffte ich es, meine Atmung ruhig zu halten. »Ich fürchte, du bist auf dem Holzweg, wenn du hierhergekommen bist, um mit mir zu schlafen.«

»JB, JB, JB ...« Er seufzte. Immer dieser blöde Name. »Wenn ich dich in meinem Bett haben wollte, dann gäbe es keine Frage: Ich würde dich dorthin kriegen, und zwar sehr freiwillig, da bin ich mir sicher.« Er ergriff meine Hand und zog mich auf die Couch.

»Hey!« Ich zog meinen Arm zurück, gerade als sein Blick auf mein Dekolleté fiel.

Er schmunzelte. »Aber vertrau mir.« Er zwinkerte. »Ich bin zufrieden mit dem, was ich im Moment habe.«

Wurde die Größe meiner Brüste schon wieder beleidigt? »Du meinst deine aktuelle Monatsaffäre, richtig?«

»Bist du eifersüchtig?« Er zog eine Augenbraue hoch und lehnte sich näher heran.

Ich konnte nicht anders, als zu zittern. Abgesehen von dem einen Mal, als ich ihm in die Eier getreten hatte, waren wir uns noch nie so nahe gewesen. Ich hasste es, dass es mir gefiel: der Geruch von Whiskey, gemischt mit dem Parfüm, das er trug.

»Wohl kaum«, schnaubte ich. »Ekelhaft ist nicht mein Typ.«

Er grinste.

»Was machst du hier?« Ich verschränkte meine Arme.

»Du bist nicht im Club.« Er zog beide Brauen hoch. »Kannst du mir sagen, warum?«

»Weil ...« Ich rollte mit den Augen. »Weil ich heute Abend ein wenig emotionale Self-Care betreibe, Filme schaue und Popcorn esse. Deshalb.« Seit letztem Freitagabend hatte ich nichts anderes gemacht.

Er lehnte sich zurück und legte einen Fuß über sein Knie. »Du wirst heute Abend dort gebraucht, und doch bist du hier.« Er rieb sich sein stoppeliges Kinn. »Ich mag es nicht, wenn man meine Befehle ignoriert.«

Ich schnappte mir eine Handvoll Popcorn und schob es mir in den Mund. »Tja, entschuldige, wenn ich nicht auf dich höre. Du bist nicht mein Erziehungsberechtigter.«

»Ohne Scheiß«, sagte er lachend, richtete sich wieder auf und ging in Richtung meines Zimmers.

»Was zum Teufel machst du da?« Ich stellte die Popcornschüssel ab, lief ihm hinterher und fand ihn vor meinem Kleiderschrank, wo er Kleiderbügel hin und her schob.

»Das ist wie der Kleiderschrank einer Oma. Besitzt du nichts, was kein Rollkragenpullover oder eine Strickjacke ist? Es ist Sommer, verdammt noch mal!«

Mein Mund öffnete sich, schloss sich und öffnete sich wieder. »Weg da!« Ich packte seine Lederhose und riss ihn zurück, aber das brachte ihn nur noch mehr zum Lachen.

Er schob weiter Kleiderbügel beiseite, bis er schließlich auf etwas stieß. »*Das* ist ja heiß.« Er warf es mir mit einem Augenzwinkern zu.

»*Das* ist die Unterwäsche, die ich in den Flitterwochen tragen sollte.« Es waren sogar noch die Etiketten dran. Die Quittung war auch in meiner Handtasche, genau wie die Quittungen für all die anderen Kleider, die ich für die Flitterwochen gekauft hatte. Ich hatte es noch nicht übers Herz gebracht, die Sachen zurückzubringen. Es waren die letzten Stücke meines alten Lebens, alles, was ich noch hatte, und ich wollte sie so lange wie möglich behalten.

»Warum zum Teufel würdest du das tragen? Solltest du auf deiner Hochzeitsreise nicht nackt sein?« Er verschränkte die Arme und kniff die Augen zusammen.

Ich stöhnte und ging um ihn herum, um das Nachthemd in den hinteren Teil meines Schranks zu schieben, wo es hingehörte. Wo es auch *bleiben* würde.

»Kannst du nicht einfach verschwinden, bitte? Ich gehe heute Nacht nirgendwo anders hin als in mein Bett.«

Er sah an mir vorbei zu meiner Matratze. »Das ist kein Bett. Das ist ein Geländewagen.«

Ich verdrehte die Augen, weil ich seine Beleidigungen satthatte. »Es gehörte mir und Sam. Er mochte seine Matratze superhart, und ich mochte meine weich, also haben wir ein verstellbares Bett gekauft und ...«

»Guter Gott! Du bist ohne ihn besser dran. Ein Weichei, das dich nicht jede Nacht ins Koma ficken kann, ohne sich Gedanken darüber zu machen, wie fest seine *Matratze* sein könnte, ist es nicht wert.«

»Du hast überhaupt keinen Filter, oder?« Ich seufzte, trat einen Schritt zurück und hasste die Tatsache, dass seine frechen Worte mein Gesicht so leicht zum Glühen bringen konnten. Vielleicht hatte er recht. Vielleicht war ich prüde. Ein weiterer Grund, warum ich nicht für den RD-Lebensstil geschaffen war.

»Doch, wenn es nötig ist. Aber du hast einen richtigen Stock im Arsch. Der muss raus.« Er griff in den Schrank und holte diesmal eine Jeans heraus, gefolgt von einem Spitzen-Top, das ich manchmal trug, wenn ich mich bei der Arbeit unter meinen Strickjacken ein wenig schick machen wollte. Ich hatte es noch nie ohne etwas darüber getragen, vor allem, weil es meine Brustwarzen zeigte.

»Ich hab keinen Stock im Arsch«, sagte ich verärgert.

»Doch, hast du. Und du kannst mir später dafür danken, dass ich dir helfe, ihn loszuwerden.« Er zwinkerte mir zu und drückte mir das Top in die Hand. Sein irischer Akzent wurde immer stärker, je herrischer er wurde. »Jetzt zieh dich an. Ich habe eine Überraschung für dich.«

Ich zuckte bei der Erwähnung einer Überraschung zusammen. Der letzte Mensch, der mir gesagt hatte, er hätte eine *Überraschung* für mich, hatte mir kurz darauf mit seinen Zähnen in den Hals gebissen. »Nein.«

»Doch.«

»Nein.« Ich stützte eine Hand in die Hüfte.

»Wie du willst.« Er zückte sein Handy und tippte etwas ein.

»Was machst du da?«

»Ich lasse dir keine Wahl.«

Ich zerrte seine Hand mit dem Handy zu mir, und meine Augen weiteten sich beim Anblick der Nachricht auf dem Display. Sie war für Hawk.

Emily verheimlicht etwas.

»Das würdest du nicht wagen.« Ich riss ihm das Handy aus der Hand, bevor er auf »Senden« drücken konnte.

»Dann zieh dich an.« Er riss es zurück und hielt es über seinen Kopf.

»Gut.« Ich biss die Zähne zusammen. »Ich werde zu deiner blöden Clubparty gehen.«

Er hob eine Augenbraue. »Einfach so, hm?«

»Ich hab anscheinend ja keine Wahl?«

Archer musterte mich eine Sekunde lang mit gerunzelter Stirn. Es war offensichtlich, dass er mir nicht vertraute, also würde ich ihn *dazu bringen müssen,* mir zu vertrauen. Was, wenn unsere Diskussion heute Vormittag nur Show war? Was, wenn er mich auf einmal bewachte, weil er irgendwie herausgefunden hatte, dass ich wegwollte? Dieser Mann konnte meine Pläne ernsthaft durchkreuzen, und deshalb war es am besten, wenn ich versuchte, sein Vertrauen zu gewinnen und ihn davon zu überzeugen, dass wir auf der gleichen Seite standen. Er war nicht der Einzige, der Hintergedanken hatte.

»Raus!« Ich schubste ihn zur Tür, grinste und versuchte, mich zu entspannen. Ich hatte keine Lust, in den Club zu gehen. Vor allem, weil *er* wahrscheinlich dort sein würde. Aber wenn ich in der Nähe von Archer blieb, musste ich mir vielleicht keine Sorgen machen.

»Ich bin ganz glücklich hier.« Er verschränkte seine Arme und lehnte sich gegen meine Kommode.

Ich knurrte. »Ich gebe keine Gratisshows.«

Er rieb sich den Kiefer und grinste schief. »Wenn es mich wirklich interessieren würde, was unter deiner Kleidung ist, JB, dann würde ich dich für einen Blick bezahlen.«

»Wenn du nicht interessiert bist, warum stehst du dann noch da rum?«

Er wedelte mit der Hand. »Gehört alles zum Prozess. Du weißt schon, um den Stock aus deinem süßen kleinen Arsch zu bekommen.«

»Ich hasse dich echt so sehr.« Ich schob ihn zur Tür und schloss sie ab, sobald er über die Schwelle stolperte.

Von der anderen Seite hörte ich ihn lachen. Aber überraschenderweise hielt er sich mit weiteren Kommentaren zurück.

Obwohl ich kein Fan von Archer war, lehnte ich mich dicht an ihn, als wir eine halbe Stunde später den Club betraten.

»Warum ist es hier so voll?«, fragte ich über den Lärm hinweg. Der ganze Raum roch wie ein Aschenbecher – eine typische Bar. Aber die Männer hier waren größer und wütender als die, mit denen Summer und ich ausgingen, als wir auf dem College waren. Die Biker-Typen waren auch alle gleich gekleidet: schwarze Jeans oder Lederhosen mit Aufnähern. Und alle trugen irgendeine Form von Gesichtsbehaarung.

Es waren nur drei andere Frauen da. Ich hatte sie alle schon einmal im Vorbeigehen gesehen, aber nie aus der Nähe. Zwei von ihnen klebten an ein paar älteren Clubmitgliedern, die an der Bar saßen. Die dritte hatte sich einem von ihnen auf den Schoß gesetzt. Die meisten Biker saßen an verschiedenen Tischen im Raum, aber keiner von ihnen kam mir bekannt vor – nicht, dass ich mir große Mühe gegeben hätte, einen von ihnen kennenzulernen.

Na ja, abgesehen von *meinem größten Fehler*, der zum Glück nicht in Sicht war.

Archer senkte seinen Mund an mein Ohr, wahrscheinlich, damit ich ihn trotz der lauten Musik hören konnte. »Flick kommt heute Abend zurück, deshalb werden alle hier sein.«

Ich nickte und senkte den Kopf, wobei ich darauf achtete, mit niemandem Augenkontakt aufzunehmen. Meine Nerven lagen blank. Wenn ich daran dachte, was diese Männer sagen oder mir antun würden, wenn sie herausfänden, dass ich Briefe von meiner Mutter erhalten hatte ...

Archer führte mich weiter in den Club und blieb immer wieder stehen, um mit den Leuten zu reden. Er war so gesellig, und das machte mich irgendwie nervös, weil ich keine Ahnung hatte, warum er mich hier haben wollte, wo es doch noch drei andere Frauen gab, die er hätte quälen können.

Es war offensichtlich, dass ich kein gern gesehener Gast war, und ich war mir ziemlich sicher, dass es an meiner Mutter lag. In gewisser Weise war ich zu einer Ausgestoßenen in diesem Club geworden. Ja, ich war genauso schuld wie alle anderen. Schließlich verkroch ich mich ständig zu Hause und hielt mich vom Hauptgebäude fern. Abgesehen von letztem

Sommer, als ich einmal hier war, und letzten Freitag mit *ihm*. Anders als Summer oder Slades Freundin Maya gehörte ich nicht hierher.

Trotzdem hielt Archer die ganze Zeit seine Hand auf meinem Rücken, was mir eine Menge Blicke einbrachte, und zwar nicht nur von den Männern. Seltsame Blicke. Wütende Blicke. Unverhohlen feindselige Blicke der Frau auf der anderen Seite des Raumes, die dem Typen an der Bar auf dem Schoß saß. Eine schöne Blondine, die nur ein paar Jahre jünger aussah als ich. Lange Beine, viele Locken und stechend blaue Augen, die mir sagten: *Du bist für mich gestorben.*

Ich erschauderte und brach den Blickkontakt ab. Das Letzte, was ich wollte, war, mir weitere Feinde zu machen – auch wenn ich diesen Ort ohnehin bald verlassen würde.

Immer mehr Biker kamen in den Raum, aber keine anderen Frauen. Mit zitternden Händen zupfte ich an der Vorderseite meiner roten Strickjacke und bereute die Wahl meines Outfits. Ich sah nicht nur noch deplatzierter aus als eh schon, es war auch heiß hier drin. Ich hatte das Top, das Archer ausgesucht hatte, und meine schönste Jeans angezogen und trug mein langes Haar offen, sodass es die Flecken an meinem Hals verdeckte. Wenn ich meine Strickjacke ausziehen würde, wäre ich viel zu unbedeckt. Und obwohl ich nicht prüde war, fühlte ich mich auch nicht gerade wohl bei dem Gedanken, mich hier weiter zu entblößen.

»Drink?«, fragte Archer, sein Mund wieder an meinem Ohr, als er mich zur Bar drängte.

»Nein danke, ich trinke nicht mehr.«

»Schade.«

Ich verzog den Mund und wollte etwas entgegnen, als eine hochgewachsene Gestalt aus dem Flur zu meiner Rechten auftauchte, der zu den Schlafsälen führte.

Mist! *Er* war hier.

Mein Körper versteifte sich, und ich senkte schnell den

Kopf, wobei ich mein Haar benutzte, um mein Gesicht zu verbergen. *Bitte lass ihn nicht rüberkommen, bitte lass ihn nicht rüberkommen.*

Archer zerrte mich an meinem Pulloverärmel auf einen Barhocker. »Setz dich. Beweg dich nicht. Ich bin gleich wieder da.«

Meine Augen weiteten sich. »Was? Nein. Du kannst mich hier nicht allein lassen.«

Er klopfte auf die Theke und pfiff jemandem hinter mir zu. »Ich muss pissen. Niemand wird dich stören.«

»Bitte«, flehte ich leise, stand auf und zerrte an seinem Arm. *Was, wenn er zu mir rüberkommt? Was, wenn er ...*

»Hey, Arch. Was kann ich dir bringen?« Ich schaute nach links und erblickte eine Frau mit wunderschönem rotem Haar und einem freundlichen, wenn auch müden Lächeln. Ein Lächeln, das ein wenig nachließ, als sie mich ansah. »Hey, ich kenne dich.« Sie zeigte mit einem Finger auf mich und winkte. »Du bist mit Chop am Freitag hierhergekommen, nicht wahr?«

Ich hielt den Atem an, kaute auf meiner Unterlippe. Neben mir konnte ich Archers fragenden Blick spüren. Ich schenkte der Frau ein steifes Lächeln, nickte kurz und betete, dass sie es dabei belassen würde.

»Ja, er war ganz schön voll, nicht wahr? Ich habe gesehen, wie du weinend rausgerannt bist. Hat er dir wehgetan, Schatz?«

Mein Gesicht wurde heiß. Ich öffnete den Mund, wusste aber nicht, was ich sagen sollte. Archer packte mich am Ellbogen und zog mich von der Bar weg.

»Wir verschieben die Drinks auf später, Tam«, sagte er zur Barkeeperin und begann, mich in Richtung Flur zu ziehen. Seine Finger umschlossen mein Handgelenk, nicht fest, aber doch so, dass ich den Druck deutlich spüren konnte.

Er lief so schnell, dass ich beinahe meine Schuhe verlor. Dann blieb er vor einem Raum stehen und stieß die Tür auf. Ich trat hinter ihm ein, dankbar für die Atempause und den

Abstand zu Chop. Archer schloss die Tür. Wir waren allein in dem beinahe stockdunklen Raum.

»Bleib hier«, befahl er und ging zum Fenster.

Trotz der plötzlichen Nervosität in meinem Magen rief ich ihm hinterher: »Ich bin kein Hund. Du kannst wenigstens *Bitte* sagen.«

Er ignorierte mich und zog die Vorhänge etwas zurück, um einen Blick nach draußen zu werfen, bevor er sie wieder schloss und sich mir zuwandte. »Setz dich aufs Bett.«

Meine Augen weiteten sich. »W...Was?«

»Setz. Dich. Auf. Das. Bett. Du siehst aus, als würdest du gleich ohnmächtig werden.«

Ich schüttelte den Kopf. »Ich kann gut stehen.«

»Dein Gesicht ist kreidebleich, und deine Hände zittern. Jetzt setz dich aufs Bett und sag mir, was zum Teufel los ist.«

Ich wich zurück und sprach nicht sofort. Es würde schwierig werden, die Sache zu erklären. Aber es gab nur eine wirkliche Erklärung, und daran führte kein Weg vorbei. Chop war aufdringlich und wütend geworden und hatte mir wie ein dummer, betrunkener Vampir in den Hals gebissen und meine Haut verletzt. Ich war weinend aufgestanden, um zu gehen, und hatte ihm gesagt, er solle nie wieder mit mir sprechen, worauf er mir gedroht hatte, dass er meine Geheimnisse kenne. Dass er meinem Bruder alles enthüllen würde, wenn ich jemandem erzählte, was gerade passiert war.

Ich habe nicht gefragt, woher er es wusste. Ich habe auch nicht gefragt, *was* genau er wusste. Ich bin einfach losgerannt, umhüllt von Angst wie von einem Sturm in der Nacht. Ich bin aus dem Gebäude gerannt, und dann hatte ich nach Luft ringend neben meinem Auto gestanden, während ich das Blut an meinem Hals mit einem alten T-Shirt aufsaugte, das ich in meinem Kofferraum gefunden hatte.

Archer ging zu seinem Bett und knipste eine Nachttischlampe an. Dann setzte er sich auf einen Stuhl in der Ecke des

Zimmers und deutete erneut auf das Bett. »Mach den Mund auf, Emily. Sag mir, was zum Teufel mit Chop los ist.«

Mein Magen zog sich zusammen, aber ich hob mein Kinn und stellte mich dumm. »Ich weiß nicht, wovon du redest.«

»Ich habe die verdammte Wunde gesehen, JB. Heute Morgen auf der Veranda. Und gerade eben auch, als ich mit Tammy gesprochen habe. Man muss kein Genie sein, um hier eins und eins zusammenzuzählen, und ich bin jetzt dafür verantwortlich, auf dich aufzupassen.« Er spuckte die Worte aus wie eine wütende Viper, eine Vene pochte an seiner Schläfe, und mein Magen zog sich noch mehr zusammen.

»Mir geht es gut. Chop und ich sind Freunde. Wir haben zusammen abgehangen und Filme geschaut und so.« Bis Freitagabend. Bis er versucht hatte, eine Grenze zu überschreiten, die ich von vornherein gesetzt hatte.

Archer stand vom Stuhl auf, ging um das Fußende seines kleinen Bettes herum und stellte sich neben mich. Er lehnte sich mit einer Schulter gegen die Wand, die Beine an den Knöcheln gekreuzt. Selbst nachdem ich ihm letztes Jahr in die Eier getreten hatte, hatte er nie Anstalten gemacht, sich an mir zu rächen. Er hat mich gestichelt und geärgert, ja. Und er wurde auch wütend auf mich, so wie jetzt. Aber er hat wenigstens mit mir gesprochen, anders als die meisten Leute im Club.

»Er hat dir also nicht wehgetan«, sagte Archer ironisch.

Panik durchströmte mich so plötzlich, dass ich sprach, bevor ich zu Ende gedacht hatte. »Nein.« Aber bei Archer war es schwer zu lügen.

»Und das sind keine *Zahnabdrücke* an deinem Hals?«

Ich zuckte zusammen und atmete tief durch. »Doch, sind es.«

»Von Chop«, stellte er fest.

Ich nickte. Ich musste gut darauf achten, welche Worte ich jetzt wählte. »Ich habe ihm gesagt, dass es in Ordnung ist.«

»Wie zum Teufel soll das bitte in Ordnung sein?« Er knurrte und zeigte auf meinen Hals.

»Weil ich ... Ich mag es hart, okay?« Es war schwierig, überzeugend zu schauen, während ich das sagte. Aber es war notwendig. Niemand durfte wissen, was passiert war. Nicht, wenn die kleine Chance bestand, dass Chop meine Pläne kannte. Meine Geheimnisse.

Ich schaute auf meine Füße und runzelte die Stirn. Tränen stachen mir in die Augen, aber ich weigerte mich, sie fließen zu lassen. Weinen war anstrengend, und ich hatte es in letzter Zeit so oft getan, dass ich mich wunderte, dass meine Tränendrüsen noch nicht völlig ausgetrocknet waren. Wenn Chop mich und Summer zur Arbeit begleitete, hatten wir immer ein wenig herumgewitzelt. Das hatte sich schnell dazu entwickelt, dass er jeden Abend nach Einbruch der Dunkelheit zu mir kam, um mit mir abzuhängen.

Letzten Freitagnachmittag hatte er mich gebeten, zum Wohngebäude zu kommen. Er sagte, er wolle mich sehen, aber er habe den ganzen Nachmittag getrunken und könne weder fahren noch laufen. Weil ich einsam war und dringend einen Freund brauchte, war ich zum Hauptgebäude gefahren – obwohl ich mich dort nicht wohlfühlte. Chop war vorher immer nett zu mir gewesen. Er passte auf mich auf, war freundlich, schubste mich nicht herum und *befahl mir nie*, seine Regeln zu befolgen. Ich genoss es, in seiner Nähe zu sein. Seine Gesellschaft erinnerte mich in gewisser Weise daran, wie es einmal mit Sam gewesen war – nur ohne die körperliche Anziehung meinerseits.

Ich hatte Pizza für uns bestellt und ihn gezwungen, eine Menge Wasser zu trinken. Ich dachte, er sei wieder nüchtern, weil er immer noch wach war, als der Film vorbei war. Aber es war nur eine Frage der Zeit, bis ich merkte, dass ich mich in Chop und in seinen Absichten mir gegenüber völlig getäuscht hatte.

Archer blickte auf mich herab, immer noch an die Wand gelehnt, die muskulösen Arme vor der Brust verschränkt. Seine Augen waren misstrauisch verengt, aber diesmal ging er nicht weiter auf meine Lügen ein.

»Ich mag den Kerl nicht. Ich mochte ihn noch nie. Wenn du also Angst hast, mir die verdammte Wahrheit darüber zu sagen, was wirklich zwischen euch beiden passiert ist, dann solltest du wissen, dass ich ein Mitglied, das Frauen schlägt, ohne zu zögern, auf die Straße setzen werde.«

Trotz der Härte in seiner Stimme wurde mir warm ums Herz. Es war seltsam beruhigend, zu wissen, dass er mich beschützen wollte. Das allein sorgte dafür, dass ich mich etwas sicherer fühlte als noch vor wenigen Minuten.

»Ich weiß dein Angebot zu schätzen, aber ich schwöre, dass nichts passiert ist«, beharrte ich.

In Archers Blick lagen viele verschiedene Emotionen: Misstrauen, Wut, aber auch Neugierde ...

Ein Klopfen ertönte an seiner Tür. »Flick ist zurück«, rief Niyol von der anderen Seite.

»Scheiße!« Archer verschränkte die Arme und richtete sich auf. »Bleib hier.«

»Was? Warum?«

Er schüttelte den Kopf. »Es war ein Fehler, dich in mein Zimmer zu bringen. Hawk wird mir die Hölle heißmachen, wenn er dich hier sieht.«

»Warum? Es ist ja nicht so, als ob hier irgendetwas ›laufen‹ würde«, spottete ich und formte Anführungszeichen mit meinen Fingern.

Er schüttelte den Kopf. »Das spielt keine Rolle. Dass du in meinem Zimmer bist, wird hier für Gerede sorgen. Die anderen werden entweder denken, dass du meine neue Monatsaffäre bist oder dass ich dich zu meiner Old Lady machen möchte.«

»Ja, vielleicht hättest du mich nicht zwingen sollen, überhaupt hierherzukommen.«

»Vielleicht solltest *du* versuchen, nicht so eine nörgelnde Göre zu sein und ab und zu etwas Spaß zu haben, dann hätte ich dich vielleicht nicht zwingen müssen zu kommen.«

Ich sah ihn finster an.

Er zwinkerte.

Genervt von seiner frechen Art ging ich zum Fenster, um mir einen Weg nach draußen zu verschaffen.

»Dann gehe ich eben *hier* raus.« Ich riss die Vorhänge auf und ging zum Fenster.

»Daraus wird nichts.« Archer zerrte mich am Ärmel meiner Strickjacke zurück, bevor ich einen Fuß aufs Fensterbrett setzen konnte. »Wir haben überall Wachen. Die Leute werden noch misstrauischer werden, wenn sie sehen, wie du hier aus irgendwelchen Fenstern und über Mauern kletterst.«

»Was soll ich dann tun?« Ich legte die Hände in den Schoß. Das Letzte, was ich wollte, war, auf unbestimmte Zeit hier fest-zusitzen, nur weil *Archer* seinen *Ruf* nicht ruinieren wollte.

Ein weiteres Klopfen ertönte. »Lass uns gehen, Mann. Bei der Ankunft müssen alle präsent sein. Du weißt, wie es läuft.« Diesmal war es Slade, mein Cousin und einer der besten Freunde von Archer und Niyol.

»Du wartest hier drin«, flüsterte er. »Eine Stunde. Bitte.«

Ich verdrehte die Augen, denn ich wusste, dass ich auf gar keinen *Fall* hier drin warten würde.

»Gut. Geh!«

Er stand da und starrte mich an.

»Was?« zischte ich.

»Nichts.« Dann drehte er sich um und ging zur Tür hinaus. Auf der anderen Seite der Tür hörte ich etwas einrasten.

»Was zum Teufel?« Ich ging hinüber und drehte den Türknauf. Er hatte die Tür verriegelt. »Arschloch.« Ich schlug mit der Handfläche gegen das Holz, dann trat ich mit dem Fuß dagegen.

In diesem Moment wurde mir klar, was ich tun musste.

Vierzig Minuten später, nachdem ich pausenlos in Archers Zimmer auf und ab gegangen war und schließlich meiner Angst befohlen hatte, sich aus dem Staub zu machen, öffnete ich das Fenster und ging.

Tatsächlich war draußen kein einziger Wachmann, der mich beobachtete.

DREI

ARCHER

»Ihr Jungs wisst eben, wie man eine gute Party schmeißt.« Flick grinste, trank noch einen Shot und zündete sich dann eine Zigarette an – seine fünfte in einer Stunde. Falten bedeckten seine braunen, schlaffen Augen, und ich fragte mich, was er mit ihnen in den letzten Monaten alles gesehen hatte.

»Wir lernen von den Besten, Boss.« Ich nahm einen Schluck von meinem Whiskey und versuchte, das Gespräch locker zu halten.

Heute Abend ging es um seine Rückkehr, um die Vorbereitung der nächsten Schritte in unserem Krieg gegen Pops ... Aber meine Gedanken waren ganz woanders: bei der brünetten Frau in meinem Zimmer. Ich nahm an, dass JB aus Rache meine Sachen in Stücke riss, stinksauer, dass ich sie eingesperrt hatte. Aber es war nur zu ihrem Besten. Zumindest redete ich mir das immer wieder ein.

Zu wissen, dass sie in meinem Zimmer war und möglicherweise auf meinem Bett lag, löste in mir ein komisches Gefühl aus. Ich vermutete, dass es daran lag, dass ich mich von dem Reiz des Verbotenen angezogen fühlte. Und genau das war Emily für mich: verboten. Ab und zu schaute ich zu

Chop rüber, der am Tisch neben uns saß, und stellte mir vor, wie ich meine Hände um seinen Hals legte und zudrückte, bis er blaue Flecken am Hals hatte, die zehnmal schlimmer waren als die Verletzungen, die er an JBs Hals hinterlassen hatte.

Kratzer, eine Wunde, blaue Flecken von seinen Fingern. Er war ein verdammt kranker Bastard. Und Emily stritt alles ab und verharmloste es ... Hier war irgendetwas faul. Es musste einen Grund geben. Vielleicht hatte er ihr gedroht. Vielleicht wusste er etwas über sie, das niemand sonst wusste. Ich würde es früh genug herausfinden. Nur nicht heute Abend.

»Archer«, knurrte Slade in mein Ohr. »Was ist dein Problem?«

Ich strich mir mit zwei Fingern über den Mund und konzentrierte mich wieder auf Flick. Heute Nacht sollte gefeiert werden, aber der alte Mann sah aus, als würde er gleich einen Herzinfarkt bekommen.

»Es gibt kein Problem. Ich denke nur über was nach.« Etwas, worüber ich im Moment nicht nachdenken sollte.

»Morgen früh Church?«, hakte sich Hawk ein.

Flick nickte. »Jep. Zurück an die Arbeit.« Dann hob er zwei Finger und winkte Willa heran, die eine Sekunde später seinen Schoß tätschelte. Sie lächelte breit, als sie breitbeinig Platz nahm und ihre Titten gegen seine Brust drückte.

Das war gut. Zurück in den Alltag zu kommen, bedeutete, dass die Dinge endlich wieder in Bewegung geraten würden und ich mich nicht selbstständig um alles kümmern musste. Ich bevorzugte es, nicht alleine zu handeln, aber wenn nötig, würde ich es tun, ohne mit der Wimper zu zucken.

»Wie geht es Maya?« Flick schaute Slade an. Während er sich nach seiner Nichte erkundigte, schob er seine Hände hinten in Willas Rock hinein. Sie krümmte sich gegen seine Schenkel und drehte ihren Kopf, um mich anzuschauen. Ich sah die Lust in ihren Augen und wie sich ihre Lippen zu einem leisen Stöhnen verzogen. Doch es war leichter, sie zu ignorieren, als es wahrscheinlich hätte sein sollen.

»Es geht ihr gut.« Slade räusperte sich. »Das Geschäft läuft gut für sie.«

Slades Freundin hatte gegenüber von unserer Hauptwerkstatt, ein paar Kilometer die Straße runter in Richtung Innenstadt von Rockford, ein Tattoo-Studio eröffnet. Sie hatte die meisten der Jungs aus dem Club dort tätowiert und hatte auch darüber hinaus einen guten Kundenstamm aufgebaut. Die Kleine war verdammt talentiert. Ich hatte mehrere Tattoos auf meinem Körper, die das unter Beweis stellten, darunter eines auf der Innenseite meines rechten Handgelenks, das lautete: *Self-made or never made.*

»Du hast sie gut im Auge, ja?« Flick runzelte die Stirn, während er Willa etwas zurückdrückte, um mit ihren Titten in ihrem knappen Tank zu spielen.

Ich liebte unseren Präsidenten, aber seine sexuellen Gelüste waren noch schlimmer als meine. Was Frauen und den Umgang mit ihnen im Club betraf, war er von der alten Schule. Er nahm sich, was er wollte, ohne wirklich zu fragen ... Die Frauen ließen ihn natürlich immer gewähren. Mit einem Mann um die sechzig zusammen zu sein, war für die meisten von ihnen das große Los – Willa anscheinend eingeschlossen.

»Ja. Ihr geht's gut.« Slade nickte. »Gehst du morgen zu ihr?«

»Ich bezweifle, dass sie mich sehen will.« Flick zuckte mit den Schultern.

»Was zum Teufel meinst du damit?«, bellte Slade. »Ja, verdammt, sie will dich sehen. Du bist ihr Onkel. Du bist der einzige Verwandte, den sie noch hat.«

Bevor jemand etwas sagen konnte, ertönte ein lautes Geräusch von draußen über den Bass der Lautsprecher.

»Was zum Teufel war das?« Slade wartete nicht auf Befehle, sondern stand einfach auf und ging zur Tür, wobei er eine Pistole und ein Messer aus seiner Jeans zog.

Die Musik ging aus, Stühle quietschten, Männer stürzten mit gezogenen Waffen zu den Fenstern. Hawk ließ sein Handy auf den Tisch fallen und rannte hinter Slade her, wobei ihm vermutlich nur ein Gedanke durch den Kopf ging: *Summer.*

Ich stand auf, während alle übrigen anwesenden Brüder meinen besten Freunden nach draußen folgten. Flick richtete sich neben mir auf, eine Hand auf den Tisch gestützt, um das Gleichgewicht zu halten. Der alte Mann war betrunkener, als ich dachte. Wie Slade zog er eine Pistole aus dem Hosenbund, trotz seines betrunkenen Zustands bereit, den Feind zu töten und zu bezwingen, genau wie wir anderen auch.

»Wir müssen los«, sagte ich. Er nickte zustimmend. »Crazy!«, rief ich einem der Red-Dragons-Urgesteine zu. »Bring Flick weg.«

Der alte Mann nickte und tat, wie ihm befohlen.

Kaum war ich aus der Tür getreten, fiel mir ein, dass ich Emily in meinem Zimmer gelassen hatte, und ich verfluchte die Tatsache, dass ich sie beinahe dort eingesperrt gelassen hätte. Sie war keine Gefangene, aber ich war mir nicht sicher, was vor sich ging und ob sie hier draußen bei uns oder in meinem Zimmer sicherer war.

Ich eilte zurück in den Club und lief den Flur hinunter zu den Schlafsälen, entriegelte schnell meine Tür und stieß sie auf.

»JB, wir müssen ...«

Ich sah mich um und verengte die Augen, als ich sie nicht sah.

Sie war nicht da. Das Fenster war offen.

Sie war gegangen.

Verdammte kleine Göre!

Mein Herz raste, als ich wieder aus dem Haupthaus hinauslief. *Wo zum Teufel ist sie hin?* Ich suchte die Dunkelheit ab und erblickte orangegelbe Flammen, die wie ein Lagerfeuer zum Himmel emporzüngelten – direkt hinter Hawks Haus auf der anderen Seite des Tors.

Scheiße!

»Los, los, los!«, schrie Flick vor mir, fuchtelte mit den Händen herum und gab den Prospects Befehle.

Die Brüder rechts und links von mir eilten los, einige auf Motorrädern, andere zu Fuß, alle in Richtung Feuer.

»Wir werden zusätzliche Unterstützung brauchen«, rief Flick Crazy über das Dröhnen der Motorradmotoren hinweg zu.

»Schon dabei«, rief Crazy zurück und zückte sein Handy.

Wir benötigten eine Feuerwehr, aber es mussten Leute sein, die nichts mit dem Gesetz zu tun hatten. Zum Glück hatte Flick Kontakte.

Ich machte mich auf den Weg zu meiner Harley auf dem Parkplatz. Diesmal hatte ich keine Zeit für ein Vorspiel vor der Fahrt, denn meine Gedanken waren in diesem Moment nur bei Emily. Hatte sie es nach Hause geschafft, oder war ihr etwas zugestoßen?

Ich blinzelte und verdrängte den Gedanken. Es ging ihr gut. Das musste so sein. Denn Hawk würde mich umbringen, wenn es nicht so wäre.

Der Wind fegte über mein Gesicht und durch mein Haar und brachte den Geruch von Rauch mit sich, als ich mich dem Feuer näherte. Als ich ankam, war eine Gruppe unserer Männer bereits dort und sah ein brennendes Auto an. Mir wurde flau im Magen, als ich den Motor abstellte. Jedoch nicht wegen des Feuers, sondern wegen der Frau, die neben dem einsamen Baum vor Hawks Haus stand und beide Hände auf Chops Brust gelegt hatte, um ihn zurückzudrängen.

Emily.

»Lass mich in Ruhe!«, hörte ich sie schreien, als er sich nicht bewegte.

Chop legte seine Hände um ihre Taille und hielt sie fest. Heiße Wut flammte in mir auf. Der Kerl hatte einfach keinen verdammten Respekt.

Über Chops Schultern hinweg trafen sich Emilys und mein Blick, und ihre Augen weiteten sich für den Bruchteil einer Sekunde.

»Du steckst ganz schön in der Scheiße«, murmelte ich leise, kräuselte die Lippen und schwor mir, dass ich sie mir später wegen ihrer Flucht vorknöpfen würde – *nachdem* ich mit Chop fertig war.

»Lass uns gehen. Ich bringe dich zurück in mein Zimmer«, sagte Chop und umklammerte ihr Handgelenk.

»Halt dich verdammt noch mal von ihr fern, Chop!«, knurrte ich dicht hinter ihm.

Seine Augen verengten sich, als ich ihn am Kragen seines Hemdes packte und zu Boden stieß.

»Was zum Teufel, Archer?«, zischte er mir zu. Zwei Sekunden später war er auf den Beinen und schubste mich zurück. »Fass mich nicht an!«

Da ich zehn Zentimeter größer und deutlich schwerer als der Ex-Marine war, rührte ich mich nicht. »Verpiss dich und mach zur Abwechslung mal was Sinnvolles! Emily ist tabu.«

»Archer, hör auf. Es ist alles in Ordnung.« Wenn man vom Teufel spricht.

Chop ignorierte sie, als sie zwischen uns trat, den Rücken mir und das Gesicht ihm zugewandt. Stattdessen knurrte er mich an wie ein tollwütiger Wolf. »Einen Scheiß ist sie. Sie gehört mir. Ich erhebe Anspruch auf sie, hier und jetzt, verdammt noch mal!«

»Ja, sehr erwachsen, du Arschloch. Und bestes Timing, genau jetzt, wo wir gerade angegriffen worden sind.«

Früher konnte ich den Mann nicht ausstehen. Aber jetzt? Ich *hasste* diesen Wichser. Wenn Chop eine Frau verletzt hatte, wer sagte, dass er nicht auch weitere verletzen würde? Willa oder Tammy? Sie hatten diesen Scheiß nicht verdient. An einer kleinen perversen Vorliebe war an sich nichts auszusetzen. Aber sie musste korrekt ausgelebt werden.

Ein Lastwagen ohne Aufschrift fuhr vor dem Tor vor und zog unsere Aufmerksamkeit auf sich. Ich drehte mich um, um endlich die Szene zu begutachten, und starrte zuerst auf das brennende Auto, das etwa fünf Meter vom Zaun entfernt stand. Es waren keine anderen Autos in der Nähe, was bedeutete, dass es sich nicht um einen Unfall, sondern um ein absichtlich gelegtes Feuer handelte. Aber wer hatte es gelegt? Leute, die mit Pops in Verbindung standen? Und wenn ja, wo waren sie jetzt?

Männer machten Schläuche bereit und schlossen sie an einen nahe gelegenen Hydranten an. Das Wasser begann zu fließen, und es dauerte weniger als eine Minute, bis die Flammen gelöscht waren. Wenn das ein Angriffsversuch war, dann war er ziemlich erbärmlich.

»Sie gehört mir«, wiederholte Chop leise in mein Ohr, eine Art Erinnerung oder Warnung.

Kopfschüttelnd drehte ich mich zu ihm um, um ihm zu sagen, dass Hawk das niemals zulassen würde, vor allem nicht, wenn er herausfinden würde, was der Mistkerl ihr angetan hatte. Aber Chop war schon auf den Zaun zugelaufen, wo einige Brüder standen, die Finger in die Zaunmaschen eingehakt.

Selbst im Dunkeln sah ich, wie Chops sich mit beiden Fäusten wütend auf die Oberschenkel schlug. Ich hätte wetten können, dass er sich vorstellte, wie es sein würde, mir mit einer oder beiden ins Gesicht zu schlagen.

Nur zu, du Arschgesicht.

Sekunden später eilte Emily an mir vorbei, unbemerkt von allen außer mir.

»Du hättest hierbleiben sollen«, rief ich ihr nach.

Sie schnauzte mich an, wurde aber nicht langsamer, bis sie ihre Tür erreichte.

»Hey, hörst du mich?« Ich folgte ihr und packte sie an der Schulter, als sie ihren Schlüssel ins Schloss steckte. Ich drehte sie herum und zwang sie, mich anzuschauen, eine Hand an ihrem Kinn. Mit meinem Daumen strich ich über die blauen Flecken an ihrem Hals.

Sie zuckte zusammen und schloss die Augen. »Lass mich in Ruhe. Bitte.«

»Du bist durch das Fenster abgehauen, obwohl ich es dir verboten hatte. Warum? Was ist so schwer daran, zuzuhören?«

»Ich habe es dir gesagt. Ich bin nicht irgendein Hund, den du herumkommandieren kannst.« Ihre Augen weiteten sich wieder, und sie schob meine Hand weg. »Ich verstehe nicht, warum dich das überhaupt interessiert.«

»Du gehst weg und stößt dann *zufällig* auf ein Feuer, das in deinem Hinterhof brennt? Das sieht wirklich verdammt schlecht für dich aus.«

»Willst du mir das etwa anhängen?« Sie hob ihr Kinn. »Ich bin *nicht* Pops. Dein Club und die Leute darin sind mir völlig egal.«

»Summer gehört zu diesem Club«, argumentierte ich.

»Ganz genau. Ich habe sie verloren. Ich *verliere* alle. Und wenn ich nicht aufpasse, verliere ich auch ...«

Ich ließ sie los und runzelte die Stirn. »Was? Was verlierst du?«

»Nichts.« Dann drehte sie sich um und ging hinein. Diesmal griff ich nicht nach dem Ersatzschlüssel in der Leuchte, von dem Hawk mir erzählt hatte. JB konnte weglaufen, aber sie konnte sich nicht verstecken. Und ihre Geheimnisse auch nicht.

VIER

EMILY

Meine Knie zitterten, als ich ins Haus trat. Auf der Innenseite der Tür lauschte ich, wartete darauf, dass Archer wegging, und betete die ganze Zeit, dass er nicht die Panik in meinem Gesicht gesehen oder in meinen Worten gehört hatte. Ich hatte das Feuer nicht gelegt. Aber ich wusste genau, wer es getan hatte und warum.

Eine Sekunde.

Zwei.

Drei ...

Endlich verklangen seine Schritte, als er die Veranda hinunterging, weg von mir, von meinem Haus ... Ich stieß meinen angehaltenen Atem aus und konnte zum ersten Mal seit zwanzig Minuten wieder klar denken, ohne dass Angst und Adrenalin meinen Verstand vernebelten. Die Red Dragons würden mir nie verzeihen, wenn sie herausfanden, was ich vorhatte. Das bedeutete, dass ich gehen musste. Und zwar sofort.

Ein jüngerer Kerl in einer Lederkutte, das Gesicht von der Krempe eines schwarzen Hutes verdeckt, hatte auf der Veranda vor meinem Haus auf mich gewartet, als ich vom Club nach Hause gekommen war. Ruhig und furchtlos beobachtete er mich, einen Brief in der Hand, der nun an der Innenseite meines BHs klemmte. Seine Worte waren ausdruckslos gewesen, aber seine Augen hatten gezeigt, was seine Stimme nicht verriet.

Das ist er. Der letzte Brief. Der Brief, auf den du gewartet hast.

Sekunden nachdem er ihn mir überreicht hatte, war er wie ein Geist in der Nacht verschwunden. Ich kannte ihn nicht. Ich hätte ihn auch nicht bei einer Gegenüberstellung wiedererkennen können. Zweifellos kannte dieser Mann meine Mutter und stand auch mit Pops in Kontakt. Das Schlimme daran? Er hatte es geschafft, durch die Tore des Geländes und zu meinem Haus zu gelangen.

Fünf Minuten nachdem er gegangen war, erschien das Auto vor dem Tor. Derselbe Mann war herausgesprungen und auf die Straße gerannt. Zehn Sekunden nachdem er verschwunden war, war das Auto wie eine Bombe in die Nacht explodiert, und die Flammen waren zum Himmel emporgeschlagen. Es war eine idiotische und dramatische Aktion, aber auch die perfekte Ablenkung von der Flucht dieses Mannes. Und auch für *meine* Flucht. Wäre Chop nicht aufgetaucht, hätte er mich nicht von der Veranda gezerrt und gegen den Baum geschleudert, dann wäre ich schon längst weg gewesen.

Wenigstens hatte er mich nicht mit dem geheimnisvollen Mann gesehen.

Jetzt, da alle am Tor hinter meinem Haus versammelt waren, konnte ich endlich von hier verschwinden, vorausgesetzt niemand bewachte den Hintereingang des Geländes. Ich eilte durch mein Haus, meine Handflächen feucht vor Nervosität, froh, sowohl Chop als auch Archer los zu sein. Aus meiner obersten Schublade holte ich das Bargeld heraus, das ich in den letzten Monaten zur Seite gelegt hatte, dann griff ich nach der Reisetasche in meinem Schrank und stopfte den Umschlag in die Seitentasche. Zweihundertfünfundzwanzig. Das war alles, was ich hatte. Gott, ich hoffte, es würde reichen, um mich ans Ziel zu bringen. Durch Illinois und Indiana bis nach Kentucky, wo Mom war. Dort, wo sie laut dem Brief die letzten zwei Wochen verbracht hatte.

Sie hatte mir gesagt, dass sie dort eine Weile bleiben würden und dass sie in den Wäldern des Pine Mountain State Resort Park versteckt seien. In einem verlassenen Gebäude, in dem Pops ein Zuhause für seinen neuen Club einrichten wollte. Gut genug versteckt, um nicht entdeckt zu werden, aber in der Nähe einer Vielzahl von Städten mit allen Ressourcen, die ein wachsender Motorradclub braucht.

Lag in diesen Informationen eine Warnung? Es war egoistisch von mir, niemandem hier auf dem Gelände etwas zu sagen, deshalb schnappte ich mir einen Stift von meiner Kommode und kritzelte einen kurzen Brief an Summer auf einen Schreibblock.

Sei wachsam. Der Feind ist näher, als wir dachten.

Das war der Moment, in dem ich zusammenbrach. Tränen flossen über mein gerötetes Gesicht, und ein schlechtes Gewissen überkam mich. Mir war nicht klar, dass der Abschied von meiner besten Freundin so wehtun würde. Wahrscheinlich hatte ich deshalb nie wirklich über diesen Moment nachgedacht. Ich war Summer eine Erklärung schuldig, ohne Details zu nennen. Also schrieb ich ihr, dass ich sie liebte und dass es mir leidtat, dass ich gehen musste. Ich schrieb, dass sie sich um das Baby kümmern solle, dass ich es jetzt schon über alles liebte, vielleicht genauso sehr wie sie.

Die Stimmen vor meinem Fenster wurden lauter. Ich

versteifte mich und hielt den Atem an, bis sie verklungen waren. Mir lief die Zeit davon, und ich musste gehen, sofort. Also faltete ich den Zettel und legte ihn auf mein Bett. Ich wusste, dass Summer morgen vorbeikommen würde, um die Decke zu holen, die sie mir geliehen hatte. Dann machte ich mich an die Arbeit und packte meine Sachen.

Es wäre nicht klug, mit dem Auto hier wegzufahren. Jemand würde mich bemerken. Das bedeutete, dass ich zu Fuß gehen musste, zu Fuß in die Stadt. Dann vielleicht weiter in einem Greyhound oder so. Ein Flug wäre klüger und schneller, aber das Geld, das ich hatte, musste so lange wie möglich reichen.

Sobald meine Tasche gepackt war, schaltete ich das Licht aus und ging ins Wohnzimmer. Dort blieb ich eine Minute lang stehen, die mir wie eine Ewigkeit erschien, sah mich um und bewunderte das winzige Heim, das ich geschaffen hatte. Als ich einatmete, roch es nach der selbst gemachten Hühnersuppe, die ich gestern Nachmittag zum Mittagessen gekocht hatte. Sosehr ich es auch hasste, es zuzugeben, es gab etwas an diesem Haus, das ich vermissen würde – obwohl ich niemals das Gelände vermissen würde, auf dem es stand.

»Ich bereue nichts«, sagte ich mir, schnappte mir meine Tasche und ging zur Haustür. Als ich einen Blick nach draußen warf, fiel mir als Erstes auf, dass vor der Tür keine Männer zu sehen waren. Aber hinter dem Haus waren laute Stimmen zu hören, was bedeutete, dass sie immer noch beim Feuer waren. Sie würden nicht lange dort bleiben. Ich musste gehen, jetzt.

Ich stieß die Tür auf und schlich auf Zehenspitzen nach draußen. Ich hielt den Atem an, als ich die knarrenden Stufen der Veranda hinunterging. Dann warf ich einen Blick nach links und bemerkte, dass im Haus von Summer und Niyol Licht brannte. Der Range Rover meiner besten Freundin war nicht da, aber Niyols Motorrad. Drinnen konnte ich gerade noch das

Jaulen von Biker hören, der versuchte, das Gebrüll der Männer draußen zu übertönen.

Ich verabschiedete mich leise von dem Welpen und schlich nach rechts durch die Bäume, die die Seite des Hauses säumten, in die dunklen Schatten. Äste knackten unter meinen Füßen bei jedem Schritt, und in den Bäumen huschte etwas herum. Ich war dankbar, dass mein Bruder beim Bau der beiden kleinen Häuser auf etwas Privatsphäre geachtet hatte. Ohne den Wald wäre meine Flucht nicht möglich gewesen.

Ich blieb dicht am Zaun zu meiner Rechten, aber nicht so dicht, dass mich jemand hätte sehen können, der sich auf der anderen Seite des Zauns befand. Wenn mich jemand hier sah, würde er sofort auf mich schießen, weil er mich für jemanden halten würde, der sich durch das Tor geschlichen hatte und Böses im Schilde führte. Wie dieser mysteriöse Mann es geschafft hatte, unbemerkt durch die Tore zu meinem Haus zu gelangen, war mir ein Rätsel. Aber egal, ich sollte es als Geschenk des Himmels annehmen.

Ich ging weiter und verdrängte die Angst in meinem Bauch, während ich mich immer weiter von dem Feuer und meinem Haus entfernte und dem Hauptgebäude näherte. Ich musste am Hauptgebäude vorbeigehen und mich dann hinter die Garagen schleichen, um zum hinteren Teil des Geländes zu gelangen. Dort gab es ein kleines Loch im Zaun, das groß genug war, um meinen kleinen Körper hindurchzuzwängen.

Zu meiner Linken ertönten Stimmen, genauer gesagt eine Männerstimme.

Ein Ire.

»Was soll das heißen, die Kameras sind alle deaktiviert? Chop meinte, er hätte sie letzte Woche getestet.«

Die Wut in Archers Stimme ließ mich erschaudern. Wenn er wütend war, wurde sein Akzent stärker, fast unverständlich. Und aktuell konnte ich seine Worte nur mit Müh und Not verstehen.

»Du bringst das besser so schnell wie möglich in Ordnung, sonst wird die Hölle los sein.«

Seine Stimme klang wie ein wütendes Knurren, als er auflegte. Ich war mir ziemlich sicher, dass unter anderem ich der Grund für seine miese Laune heute Abend war. Aber egal, ich würde bald genug weg sein. Was bedeutete, dass auch er bald nicht mehr in meinem Leben sein würde – was gut war. Ich kam nicht gut mit Männern zurecht, die glaubten, ihre Meinung und ihre Bedürfnisse stünden über meinen eigenen; Archer machte mich trotz seiner angeblich guten Absichten wahnsinnig.

Sich zu bewegen war keine Option. Archer war zu nah, also blieb ich still und beobachtete ihn durch die dunklen Schatten. Sein Handy piepte in seinen Händen, und ich konnte sehen, wie er den Kopf senkte, als er auf das Display schaute.

»Scheißkerl«, murmelte er leise vor sich hin. Sekunden später steckte er das Handy in seine Tasche und lehnte den Kopf zurück, während er sich mit den Händen durch sein gewelltes blondes Haar fuhr. Gott, war er groß! Der größte Mann auf diesem Gelände. So groß, dass er, wenn er sich auch nur ein bisschen drehte, durch die Lücke in den Bäumen sehen könnte und mich wahrscheinlich bemerken würde.

Ich hielt den Atem an, wartete, wartete und wartete ...

»Flick!«, rief er und setzte sich in Bewegung. »Es gibt ein Problem.«

Und dann war er weg, mit stampfenden Schritten auf dem Weg zum Club.

Jetzt war der Moment, um zu fliehen.

Hinter der Garage, als ich durch das hohe Gras auf den Zaun zukroch, bissen mich Mücken in die Hände und in den Nacken. Offenbar konnte meine Strickjacke die Insekten nicht abhalten. Trotzdem tat ich, was ich tun musste, und meine Augen weiteten sich vor Erleichterung, als ich feststellte, dass mir niemand folgte. Ich hatte offenbar einen Schutzengel.

Immer noch kriechend, die Tasche schwer und drückend, eilte ich zu dem Loch im Zaun, stieß erst meine Tasche hindurch und kroch dann wie ein Hund hinaus.

Sekunden später war ich auf der anderen Seite. Frei. Bereit, diesen Ort endgültig zu verlassen.

FÜNF

ARCHER

Ich hatte seit vierundzwanzig Stunden nicht mehr geschlafen. Keiner meiner Brüder hatte geschlafen. Die Spannung am Tisch in der Church war von Ungeduld geprägt. Wir waren alle wütend und konnten unsere Wut nirgendwo anders als aneinander auslassen.

»Warum war sie so spät noch unterwegs? Das ist alles, was ich verdammt noch mal wissen will.« Crazy sah zu Hawk, dann zu mir. »Ich traue dieser Frau nicht. Keiner von euch Idioten tut das.«

»Sie wohnt da, verdammt«, murmelte ich. Natürlich kannte ich den Grund, warum Emily draußen gewesen war. Sie war mir entwischt, durch *mein* Fenster entkommen. Ja, dass das Auto genau in dem Moment Feuer gefangen hatte, als sie draußen war, sah nicht gut für sie aus. Aber die Frau wäre niemals in der Lage gewesen, unbemerkt Dynamit anzuzünden. Hätten die verdammten Kameras funktioniert, müsste das gar nicht diskutiert werden.

»Beschuldigst du etwa meine Schwester, du Arschloch?« Hawk stieß sich knurrend von seinem Sitz ab. »Von jetzt an überlegst du dir besser zweimal, was du sagst. Sie ist keine verdammte Gefangene. Sie hat Rechte. Und wenn sie um Mitternacht an einem verdammten Mittwoch rausgehen will, wen kümmert das?«

»Hör auf, Hawk.« Flick legte den Kopf zurück und wischte sich mit den Händen über das Gesicht. Der Typ sah beschissen aus, noch schlechter als am Abend zuvor.

»Ich höre auf, wenn Crazy aufhört, Emily zu beschuldigen ...«

»Halt die Klappe«, knurrte ich meinen besten Freund an, dann sah ich zu Crazy und sagte: »Und du auch.« Ich schüttelte den Kopf. »Mein Gott, Mann, du spinnst doch. Auf keinen Fall wäre sie in der Lage, dieses verdammte Auto in die Luft zu jagen. Und sie hat auch keinen Grund dazu.« Ich verzog die Lippen und konzentrierte mich wieder auf die restlichen Brüder: Flick, Mute, Talker, Slade, Hawk und schließlich Chop. »Ihr wisst alle, wer dahintersteckt«, schnauzte ich. »Tut nicht so, als wüsstet ihr es nicht.«

Der Raum wurde still. Alle senkten den Kopf, auch Hawk. Gerade von ihm hätte ich etwas mehr Klarsicht erwartet? Ich lehnte mich auf den Ellbogen nach vorne über den Tisch, während ich weitersprach. Diese Sache würde ich nicht auf sich beruhen zu lassen. »Wir müssen etwas unternehmen, und zwar sofort. Wenn wir es nicht tun, werden wir sie wieder aus den Augen verlieren. Sie sind wahrscheinlich in der Nähe. Verdammt, vielleicht sind sie hier, um einen Großangriff vorzubereiten. So oder so ist es an der Zeit, etwas dagegen zu unternehmen.«

Pops war nicht so dumm, nach einem solchen Angriff lange in der Gegend zu bleiben. Zumal der Angriff überhaupt keinen Sinn machte. Ein verdammtes Auto vor den Toren des Clubs in die Luft zu jagen – was sollte das bringen?

»Ich stimme Archer zu. Wir brauchen einen Plan.« Slade war die einzige Stimme der Vernunft am Tisch. »Ich werde nicht länger herumsitzen und abwarten, bis noch mehr

Scheiße abgeht.« Er blickte zu Hawk. »Was, wenn dieses verdammte Auto durch das Tor gefahren wäre und dein Haus getroffen hätte, während Summer und dein ungeborenes Kind drinnen schliefen? Hast du schon mal darüber nachgedacht?«

Hawks Kiefer spannte sich an, aber er sagte nichts. Er wusste, dass Slade recht hatte.

Slade war der einzige andere Bruder am Tisch, der wie ich auf Vergeltung aus war. »Wir waren schon zu lange leichte Beute«, beharrte er. »Es ist Zeit, zu jagen. Letzte Nacht war offensichtlich eine Warnung. Die Zeit ist gekommen, zu handeln.«

Ich nickte und tauschte einen Blick mit Slade. »Das sehe ich auch so.« Ich schaute mich im Raum um und begegnete den Blicken meiner Brüder auf der anderen Seite des Tisches. Ein gemeinsamer Seufzer ertönte, und ich spürte zum ersten Mal seit Langem, wie wir uns vereinten, und betete zu meinem verdammten Gott, dass die Eintracht anhalten würde – vor allem jetzt, wo Flick zurück war.

»Ich bin ja dafür, Pops auszuschalten, aber wir haben keine glaubwürdige Spur«, meldete sich Flick zu Wort und verschränkte die Hände hinter dem Kopf. »Außerdem haben wir nicht genug Leute, um es zu schaffen.«

»Ich habe vor etwa einer Stunde ein paar Jungs losgeschickt, um zu sehen, ob sich hier in der Nähe etwas getan hat«, sagte Slade.

Flick schüttelte den Kopf. »Die Sache ist die, dass wir keine konkreten Anhaltspunkte haben. Und genau deshalb müssen wir noch ein bisschen abwarten.«

»Es war nichts bei dem Auto? Keine Nachricht oder so etwas?«, fragte Chop. Es war das Erste, was er während der ganzen Sitzung gesagt hatte.

Das Arschloch musste sich zurückhalten. Ich war kurz davor, Hawk zu sagen, was er Emily angetan hatte. Er war vielleicht Flicks Liebling, aber das hieß nicht, dass wir ihn nicht eines Nachts leise verschwinden lassen konnten.

Chops Augen schossen in meine Richtung, fast so, als hätte er meine Gedanken gehört. Ich grinste und tippte die Zeigefinger aneinander. Vielleicht würde ich einfach ein paar tollwütige Tiere auf ihn hetzen. Ihn in eine Wolfshöhle stecken, damit sie ihn in Stücke reißen konnten.

Mit finsterem Blick schaute er weg und rutschte auf seinem Stuhl hin und her.

Ganz recht, Arschloch. Du solltest dich besser in Acht nehmen.

»Ich versteh's nicht«, mischte sich Talker ein. »Warum zum Teufel hat unser Sicherheitssystem niemanden erwischt? Unsere Kameras sind überall. Wir sollten in der Lage sein zu sehen, wer das Auto gefahren hat.«

Ich schaute Chop noch intensiver an. Er war für diesen Scheiß verantwortlich. Und doch ...

»Die Drähte wurden durchgeschnitten.« Er blickte Talker finster an und sah dann zu Flick, ohne mich zu beachten.

»Der Junge hat recht.« Flick nickte. »Ich habe es mit meinen eigenen Augen gesehen.«

»Von innen?« Talker lehnte sich in seinem Stuhl zurück und rieb sich sein kahles Kinn. Er konnte sich kein einziges Haar auf seinem Bubigesicht wachsen lassen, egal, wie sehr er es versuchte.

»Ja«, sagte Chop und nickte. »Das heißt, es könnte jeder hier gewesen sein.« Ein Achselzucken. »Vielleicht sogar Emily.«

»Du Arsch.« Hawk war von seinem Stuhl aufgesprungen, bevor ich blinzeln konnte. Sekunden später hatte er Chop unter sich auf dem Boden, die Hände um seine Kehle gelegt. Niemand hielt ihn auf, als er Chop einen Schlag aufs Auge verpasste. Wahrscheinlich weil wir alle dasselbe dachten: Der Kerl war ein Arschloch. Ich grinste und hatte nicht die Absicht, dazwischenzugehen. Hawk hatte nicht die geringste Ahnung, was Chop seiner Schwester angetan hatte. Wenn er es wüsste, würde er ihn vor mir umbringen.

»Genug.« Flick schob seinen Stuhl vom Tisch weg und stand auf. »Ihr Arschlöcher geht mir auf den Sack, und ich habe letzte Nacht nicht genug Pussy bekommen, um mich mit dieser Scheiße zu beschäftigen.« Dann packte er Hawks Hemd von hinten und warf ihn zur Seite, als würde er nichts wiegen.

»Ich habe den Anruf getätigt«, bellte Flick und trat einen Schritt näher an die Tür heran. »Ich wollte es niemandem sagen, bis sie hier sind, aber ihr lasst mir keine Wahl.«

Ich runzelte die Stirn und lehnte mich in meinem Stuhl vor. »Wen hast du angerufen?«

Flick sah mich an. »Rodent schickt Ende des Monats ein paar Brüder vom Fallen Order. Sobald sie hier sind, werden wir uns überlegen, was wir als Nächstes tun.«

»Auf keinen Fall.« Ich stieß mich vom Tisch ab und stand auf, den Blick auf Slade gerichtet, dessen Gesicht blass geworden war.

Rodent. Der Anführer des Fallen Order. Der texanische Club, bei dem Flick untergekommen war. Sie handelten mit jungen Frauen und verkauften sie. Ihnen war nicht zu trauen. Und ich wollte es auch nicht.

»Du hast in dieser Angelegenheit kein offizielles Mitspracherecht«, sagte Flick mit versteinerter Miene zu mir.

Wer zum Teufel war dieser Mann?

»Und ob ich das habe. Ich bin der Vizepräsident.« Mir stockte der Atem bei dem Gedanken, dass diese Männer hierherkommen würden. »Ich habe es dir gesagt, bevor du zu diesem verdammten Ort gegangen bist, und ich sage es dir noch einmal. Hier und jetzt, vor unseren Brüdern: Wir. Brauchen. Sie. Nicht.«

»Ich habe bereits alles arrangiert.« Flick strich sich über den Bart und griff nach dem Türgriff.

»Was soll das heißen, du hast schon alles arrangiert?« Ich

eilte zur Tür und stellte mich vor ihn. Er konnte nicht einfach so abhauen. »Es ist nicht einmal ein Bruderverein von uns.«

»Aber sie haben die Manpower, die Waffen und den Mumm.« Flick verscheuchte mich mit seiner Hand.

»Da muss ich Flick recht geben«, mischte sich Hawk von hinten ein.

Ich warf meinem besten Freund einen Blick über die Schulter zu; seine zusammengekniffenen Augen klebten auf dem Tisch. »Was soll das, Mann? Willst du diese Arschlöcher etwa in der Nähe von Summer haben?«

Bevor Hawk etwas dazu sagen konnte, stand Slade auf und wischte sich mit den Händen kräftig über das Gesicht. »Das ist nicht in Ordnung, Flick«, murmelte er und kniff die Augen zusammen, als er die Hände vom Gesicht nahm. Ich vermutete, dass er versuchte, das Bild der Mädchen in Handschellen aus seinem Kopf zu bekommen, so wie ich es schon seit Monaten tat. The Forsaken – ein Outlaw-Club in Texas – hatte mit ihnen gehandelt, im Tausch gegen Drogen, und Slade und ich waren mittendrin gewesen. Wir hatten die Mädchen in dem Club gesehen, und Flick wahrscheinlich auch, verdammt noch mal!

Irgendetwas stimmte mit unserem Präsidenten nicht, wenn er glaubte, das sei der Weg, den wir einschlagen mussten. Ich hatte gewusst, dass es nicht ohne Konsequenzen bleiben würde, wenn er nach Texas ging, dass es seinen Verstand durcheinanderbringen würde. Und ich hatte recht gehabt. Das war jetzt bewiesen.

»Ich bin hier fertig.« Flick schob mich zur Seite, verließ den Raum und knallte die Tür hinter sich zu.

Ich beäugte Hawk vom anderen Ende des Raums aus; sein Blick war auf mich gerichtet. Mein ältester Freund hatte keinen blassen Schimmer. Keiner dieser Männer, um genau zu sein. Aber dass Flick es wusste und trotzdem keinen zweiten Gedanken darauf verschwendete ... Ich war mir nicht mehr sicher, ob ich hinter diesem Mann stehen wollte.

»Mach auf, JB. Wir müssen reden.« Meine Gedanken waren vernebelt. Ich brauchte eine Pause von der Church, von der ganzen Scheiße, die passiert war, und vor allem von Flick mit seiner verdammten Ansage und seinem Abgang. Er war noch *nie* einfach so gegangen. Was bedeutete, dass er etwas wusste, aber nicht die Eier hatte, es uns zu sagen.

Außerdem wollte ich sicherstellen, dass Chop Emily heute in Ruhe lassen würde, auch wenn der halbe Club ihr nicht traute. Ich sollte sie schließlich immer noch beschatten.

Ich hatte im Moment keine Monatsaffäre, und ein Teil von mir wusste, dass ein Streit mit Emily meinen Adrenalinspiegel in die Höhe treiben würde.

»Hey! Mach die verdammte Tür auf!« Ich hämmerte wieder mit der Faust dagegen. Vielleicht antwortete sie nicht, so wie sie es gestern getan hatte. Sie hasste mich. Ich nahm es hin. Bis vor Kurzem hatten wir nur selten miteinander zu tun gehabt. Jetzt konnte ich mich anscheinend nicht mehr von ihr fernhalten. Was immer das auch bedeuten mochte, ich war nicht in der Stimmung, es herauszufinden.

Ihr Auto stand in der Auffahrt. Sie war nicht bei Summer und Hawk – ich hatte die beiden gerade vor zehn Minuten in ihrem Range Rover wegfahren sehen.

»Scheiß drauf.« Ich schnappte mir den Ersatzschlüssel, steckte ihn in die Tür und drehte den Griff. »JB. Was zum Teufel machst du hier drin, masturbierst du?« Ich runzelte die Stirn und ging ein paar Schritte ins Zimmer. Es wäre ein Spaß gewesen, wäre das wirklich der Fall gewesen, ehrlich gesagt.

Aber sie war weder im Wohnzimmer noch in der Küche. Auch das Licht war aus. Ich lauschte nach der Dusche, hörte aber kein Wasser. Sie musste im Schlafzimmer sein. Die Tür stand weit offen, und auch da war sie nicht. Ich sah mich um und dachte, dass sie vielleicht jede Sekunde aus dem Schrank springen würde, um mir einen Karatetritt in die Eier zu verpassen, weil ich ohne ihre Erlaubnis reingekommen war. Aber ... nichts.

Ich runzelte die Stirn und holte mein Handy heraus, um Hawk anzurufen, als etwas auf ihrem Bett meine Aufmerksamkeit auf sich zog.

Ein gefaltetes Blatt Papier, auf dessen Außenseite der Name »*Summer*« *geschrieben stand.*

Neugierig nahm ich es in die Hand, setzte mich auf ihr Bett, faltete es auf und las den Text.

Ich schüttelte den Kopf und blinzelte. »Was zum Teufel?«

Sei wachsam. Der Feind ist näher, als wir dachten. Ich werde dich vermissen.

Was sollte das heißen?

Hinter meinen Augenlidern blitzte es rot auf. Meine Oberlippe kräuselte sich. Heilige Scheiße! Sie war abgehauen. Sie war tatsächlich abgehauen. Und das Schlimmste war, dass ihre Warnungen an Summer den Anschein erweckten, als hätte sie Kontakt zu Pops gehabt. Wahrscheinlich zu ihrer Ma.

Ich knüllte das Papier zusammen und schaltete das Licht an, während ich schwer atmete und meine Fingernägel in meine Handflächen grub. Steckte sie also doch hinter der Sache gestern Abend?

Verdammt noch mal, Emily! Ich atmete durch die Nase ein und versuchte, ruhig zu bleiben, meine Gedanken zu zügeln und sie nicht sofort in Verdacht zu nehmen. Das Wichtigste zuerst: Ich brauchte Beweise. Zumindest Hinweise darauf, dass sie tatsächlich so weit gegangen war.

Wo sollte ich anfangen? Wo sollte ich verdammt noch mal anfangen?

Schubladen.

Ich zog sie eine nach der anderen heraus, ohne zu wissen,

wonach ich suchte. Ich warf baumwollene BHs und Slips heraus, wobei meine Finger die Säume und Träger streiften. Obwohl ich mich ärgerte, dass sie möglicherweise eine Verräterin war, konnte ich nicht umhin, mir vorzustellen, wie sie in diesen einfachen Sachen aussehen würde. Sie waren verdammt schlicht, aber sie passten zu ihr. Zu jedem verkopften Zentimeter von ihr.

Ich fluchte und knallte die Schubladen zu, als ich nichts fand. Da ich keine Ahnung hatte, wonach ich überhaupt suchte, rannte ich als Nächstes zu ihrem Kleiderschrank. Ich warf alles raus: Schuhe, Klamotten, leere Kartons ... Wieder nichts. Verdammt! Die Frau war nicht dumm. Wenn das irgendjemand herausfand, wäre sie tot. Selbst Hawk würde so einen Verrat nicht verzeihen.

Ich hinterließ eine Spur der Verwüstung, durchwühlte ihr ganzes Haus, weitere Schränke, durchsuchte ihre Couch, zerfetzte Kissen ... Eine gute Stunde lang richtete ich in ihrer Wohnung Chaos an. Es gab nur noch einen Raum, den ich überprüfen musste: ihre Küche. Ich hatte schon gestern Abend, als ich zu ihr kam, gespürt, dass etwas nicht stimmte. Ich hatte eine Ahnung, von der ich dachte, dass sie etwas mit Chop zu tun hatte. Aber jetzt war ich mir nicht mehr sicher, was ich überhaupt denken sollte, verdammt noch mal! Ich würde sie ans Bett fesseln, ihr Handschellen anlegen, ihr die Hände über dem Kopf festbinden und ...

Ach, Scheiße! Das würde mir zu viel Spaß machen.

Das Erste, was ich in der Küche durchschaute, waren die Schubladen. Ich war mir immer noch nicht sicher, wonach ich eigentlich suchte. Nach einem Beweis dafür, dass mein Bauchgefühl richtig war? Vielleicht hatte sie deshalb vorgeschlagen, der Köder zu sein? Weil sie etwas wusste, das sonst niemand wusste, und deswegen ein schlechtes Gewissen hatte.

Ich durchwühlte ihre Schränke und den Kühlschrank, riss Handtücher, Flaschen, Lebensmittel und ähnlichen Kram heraus ... und fand nichts. Verschiedene Szenarien gingen mir durch den Kopf, und als ich mit dem Durchwühlen fertig war, war ich mir nur in einem Punkt sicher: Emily *hatte* Geheimnisse. Nur nicht die Sorte Geheimnisse, die ich vermutet hatte.

Der letzte Ort, der noch ausstand, war unter der Spüle. Ich hockte mich vor den offenen Schrank und war schon kurz davor, aufzugeben, Hawk anzurufen und ihm zu sagen, das Emily verschwunden war, als ich etwas sah. Eine verdammte Keksdose.

Langsam zog ich sie heraus, öffnete sie und ...

»Fuck ...«

Briefe. Ich zählte sie. Elf. Der Name auf der Absenderadresse: Lisa Lincoln. Emilys Mutter.

Ich konnte mich nicht entspannen. Ich saß mitten auf dem Highway in einem klapprigen Greyhound zwei Stunden außerhalb von Rockford – wie auf dem Präsentierteller sozusagen. Vielleicht war das ein Zeichen. Vielleicht wollte mein Körper mir sagen, dass ich einen großen Fehler beging, wenn ich versuchte, Mom zu finden. Schlimmer noch, vielleicht war das Ganze eine Falle. Was, wenn Pops die ganze Zeit hinter den Briefen von meiner Mutter gesteckt hatte? Vielleicht hatte er sie dazu gebracht, sie zu schreiben, um mich auszutricksen. So oder so, wenn ich nicht versuchte, zu ihr zu gelangen und ihr bei der Flucht zu helfen, würde ich es mir nie verzeihen.

»Achtung an alle«, rief der Busfahrer von vorne. Ich setzte mich auf, schaute den Gang hinunter und war dankbar für den freien Platz neben mir. Überraschenderweise war der Bus fast leer, was gut war. Je weniger Augen mich gehen sahen, desto besser.

»Ich entschuldige mich für die Unannehmlichkeiten, aber es gibt ein Problem mit dem Motor, das ich nicht beheben kann. Ein neuer Bus wird in einer Stunde hier eintreffen, um Sie an Ihr Ziel zu bringen.«

In einer Stunde? Verdammt noch mal!

Nervös zückte ich mein Handy. Verspätungen standen nicht auf meiner Tagesordnung. Ich tippte auf den Bildschirm und betrachtete stirnrunzelnd die SMS von einer unbekannten Nummer. Langsam tippte ich mein Passwort ein und öffnete die Nachricht. Mir stockte der Atem, als ich sah, was dort geschrieben stand.

Du kannst weglaufen, aber du kannst dich verdammt noch mal nicht verstecken.

Eine Gänsehaut lief mir über den Rücken. Ich setzte mich auf und betrachtete die Gesichter im Bus. Als ich mir sicher war, dass niemand heimlich zugestiegen war, schaute ich aus dem Fenster und sah mit Schrecken, was sich auf der anderen Seite des Highways abspielte.

O Gott!

Archer lehnte mit verschränkten Armen an seinem Motorrad und sah beinahe *gelangweilt aus.*

Wie hatte er mich gefunden? Ich hatte darauf geachtet, am Busbahnhof keine Aufmerksamkeit auf mich zu ziehen. Ich hatte dort keine einzige Person gesehen, die jemanden aus dem Club kennen könnte.

Mein Handy piepste wieder. Ohne auch nur hinzusehen, wusste ich, dass er es war. Und dann dämmerte es mir: Er hatte mich wegen des GPS-Signals von meinem iPhone gefunden. Das musste es sein. Shit! Ich hätte es wissen müssen.

»Ganz ruhig. Alles wird gut«, murmelte ich zu mir selbst, schloss die Augen und atmete tief ein und aus.

Ich biss mir auf die Lippe und schaute nach rechts, aus der Fensterreihe auf der anderen Seite des Ganges. Felder mit Sojabohnen oder Mais bedeckten das ganze Land, das sich draußen neben der Fahrbahn erstreckte. Wenn ich mein Handy hier auf dem Sitz liegen lassen und mich aus dem Bus schleichen würde, könnte ich durch sie hindurchkriechen und mich in der Mitte des Feldes verstecken, bis der nächste Bus kam. Wenn Archer dann merken würde, dass ich nicht im Bus war, würde er abfahren.

In jedem Fall musste ich weg von hier. Und zwar sofort. Sonst steckte ich in ernsten Schwierigkeiten.

Ich ergriff meine Tasche und warf sie mir über die Schulter, dann duckte ich mich, schob mein Handy unter den Sitz und begann, auf Händen und Knien den Gang hinunterzukriechen. Nicht gerade einer meiner glorreichsten Momente.

»Verzeihung, tut mir leid«, entschuldigte ich mich bei jedem, den ich anrempelte, und schob mich weiter vor, wobei meine blöde Reisetasche gegen Beine, Oberschenkel und Füße stieß. Vorne blieben die Füße des Fahrers direkt vor meinem Gesicht stehen. Ich blickte auf und zuckte zusammen, als ich seine zusammengekniffenen Augen auf mich gerichtet sah.

»Gibt es ein Problem, Miss?«, fragte er.

Ich biss auf die Innenseite meiner Wange und dachte über meine Antwort nach. *Sollte ich ihn ignorieren? Oder meine Lage erklären? Was zum* Teufel *sollte ich sagen?* »Ich, ähm, ich muss mal eine rauchen.« Ich lächelte ihn vom Boden aus an, und sah mit Sicherheit aus wie eine völlig Verrückte.

Seine Lippen schürzten sich, aber zum Glück stellte er mir keine Fragen. Stattdessen nickte er und öffnete die Tür.

»Danke, ich, äh, brauche nur eine Sekunde.« Dann drehte ich mich auf den Hintern und rutschte die Treppe hinunter. Anmutig war anders.

Sobald meine Füße den Schotter berührten, rannte ich zu einem Reifen, kauerte mich dahinter zusammen und betete, dass Archer meine Schuhe nicht unter dem Bus gesehen hatte. Autos und Lastwagen fuhren laut vorbei, die überfüllte Interstate lenkte definitiv ab. Ich hängte mir meine Tasche wieder über die Schulter und lief in den Graben hinunter, ohne auf meine Schritte zu achten, und rutschte prompt im Schlamm aus, wobei mein Fuß in einem tiefen Erdloch stecken blieb – wahrscheinlich der Bau eines Tiers.

»Nein, nein, nein ...« Ich schloss die Augen, zog an meinem Fuß und verlor dabei den Schuh. Auf dem Bauch liegend griff ich in das Loch hinunter, zitterte und betete, dass keine kleinen Viecher herauskrabbeln würden. Ich bekam den Schuh zu fassen, zerrte und zerrte und zog ihn heraus. Mein Arm war in Schlamm getränkt. Leider war mein Erfolg nur von kurzer Dauer, denn in der nächsten Sekunde hörte ich das Rascheln von Füßen hinter mir, gefolgt von dieser blöden, nervigen, sexy Stimme.

»Wo willst du eigentlich hin, JB?« Seine Arme legten sich um meine Taille, und er hob mich hoch und über seine Schultern.

»Ich gehe nicht zurück.« Ich schlug meine Fäuste gegen seinen Rücken und versuchte, ihn zu treten, während meine Knöchel an seine Brust gepresst waren. »Weder mit dir noch mit sonst jemandem.«

Ein lautes Lachen ertönte aus Archers Kehle, als er hinter dem Bus vorbeiging – wahrscheinlich damit der Fahrer mich nicht sah. Ich hätte um Hilfe schreien können, aber ich wusste auch, was Archer mit mir anstellen könnte, wenn ich es versuchte.

»Da irrst du dich leider ganz gewaltig. Von jetzt an sage ich, wo es für dich langgeht, verstanden?«

»Ich kann nicht zurück«, sagte ich. »Sie werden mich umbringen.«

»Das wäre zu einfach. Du verdienst was anderes.« Er grinste und begann die Fahrbahn zu überqueren, während der Verkehr mit hundertzwanzig Sachen dahinbrauste. Er arbeitete sich im Schneckentempo von Fahrspur zu Fahrspur vor, und ich musste vor Angst die Augen schließen und meine Stirn an seine Schultern pressen.

»Du bist ziemlich dumm, weißt du«, fuhr er fort. »Regel

Nummer eins bei einer Flucht ist: Nimm niemals dein Handy mit. Nicht, dass ich mich beschweren würde. So war es sehr einfach, dich aufzuspüren.«

Ich rollte mit den Augen, obwohl ich wusste, dass er es nicht sehen konnte. »Und woher sollte ich wissen, dass ich es mit einem Stalker zu tun habe?«

»Ich bin kein Stalker, Baby. Nur schlau.« Als wir bei seinem Motorrad ankamen, setzte er mich so hart auf den Füßen ab, dass mein ganzer Körper durchgerüttelt wurde. Ich verlor das Gleichgewicht und fiel mit einem lauten Grunzen auf meinen Hintern.

»Nenn mich *nie* wieder Baby«, zischte ich zu seinem selbstgefälligen Gesicht hinauf.

»Wie soll ich dich denn nennen, hm?« Er hockte sich vor mich hin und zwinkerte mir zu.

»Bei meinem *Namen*. Das wäre schön.«

»Wie vorhersehbar«, spöttelte er.

»Hau! Ab!«

»Nein.« Seine Nase kräuselte sich. »Ich fange an, dieses kleine Katz-und-Maus-Spiel zu mögen, für das du offenbar einen Fetisch hast.«

»Ich habe keinen verdammten Fetisch.« Ich rieb mir die Augen und hielt mich an der Seite seines Bikes fest, um wieder auf die Beine zu kommen.

Archer streckte die Hand aus und packte meinen Arm. »Fass mein Motorrad nicht ohne meine Erlaubnis an, JB.«

Ich stieß ihn zurück und stand auf. »Das Gleiche gilt für dich und mich. Fass mich nicht an, es sei denn, ich erlaube es dir.«

Er grinste und zog die Augenbrauen bis zur Mitte der Stirn hoch. »Hast du das vor?«

»Nein.« Ich erschauderte und sprang zurück. »Niemals.«

»Gut.« Er hob kapitulierend die Hände, ein verschmitztes Grinsen umspielte seine Lippen.

»Gut.«

»Gut.« Er verschränkte die Arme.

Ich nickte und erwiderte: »Ja. Sehr gut.«

Er sah mich nicht mehr wütend an. Wenn überhaupt, schien Archer unseren kleinen Kampf am Straßenrand zu genießen. Dann verengten sich seine Augen. »Weißt du, ich habe mich heute in der Church für dich eingesetzt.«

»Wie das?« Ich runzelte die Stirn.

»Alle außer deinem Bruder sagen, *du* hättest das Feuer gestern gelegt.«

Ich zuckte zusammen und schüttelte den Kopf. »Das war ich nicht. Ich schwöre es.« Aber ich wusste, wer es war.

Mehr oder weniger.

»Aber du bist abgehauen ...« Er rieb sich das Kinn.

»Ich weiß, es sieht aus, als hätte ich etwas damit zu tun ...« Ich hielt meine Hände hoch. »Aber du musst wissen: Ich hatte schon länger vor wegzugehen, und der Autobrand war ...«

»Eine Ablenkung. Ich verstehe schon.« Er kam näher, baute sich vor mir auf, und seine freche Verspieltheit wich dem einschüchternden Biest, von dem ich wusste, dass er es in sich trug. »Arbeitest du für Pops und deine Ma? Versteckst du etwas für sie? Wenn das der Fall ist, bist du wirklich saudumm. Dümmer, als ich dachte.«

Ich schaute zu ihm auf und blinzelte, als ich mit dem Rücken gegen seinen ledernen Motorradsitz stieß. »Nein. Ich schwöre.«

»Sag mir die verdammte Wahrheit, *Emily*.« Er legte seine Hände auf den Sitz und klemmte mich zwischen seinem harten Körper und dem Motorrad ein. »Arbeitest du für Pops?«

»Nein!« Ich schüttelte den Kopf so heftig, dass mir schwindelig wurde. Oder war es sein Duft, der mir die Sinne raubte? Der Geruch von Benzin und dem Drink der letzten Nacht, von Seife und Leder. »Bitte. Ich würde Summer und Niyol nie in

Gefahr bringen. Deshalb habe ich ihnen eine Nachricht hinterlassen.«

»Ich könnte dich auch einfach zurückbringen und dich Flick überlassen. Wie hört sich das an?« Seine Oberlippe kräuselte sich, und eine lange Strähne seines blonden Haares löste sich und streifte seinen markanten Kiefer. Er machte sich nicht die Mühe, sie sich aus dem Gesicht zu streichen.

»Natürlich wirst du mich dorthin zurückbringen und es *den anderen* überlassen, sich darum zu kümmern. Weil du faul bist«, zischte ich. »Und vorhersehbar.« Ich wollte ihn ärgern und beweisen, dass ich nicht die sanftmütige kleine Schwester von Niyol Lattimore war. Nicht mehr.

»Wie das?« Er neigte den Kopf zur Seite und beobachtete mich mit seinen geheimnisvollen Augen.

Meine Handflächen begannen wieder zu schwitzen, also rieb ich sie über die Vorderseite meiner Jeans. »Ich wusste, dass du mich zurück in den Club bringen würdest, dass du mich ausliefern würdest wie ein guter kleiner Red Dragon, anstatt die Sache selbst in die Hand zu nehmen.«

Wut blitzte in seinen grünen Augen auf. »Einen Scheiß weißt du über mich.« Er packte mich bei der Taille und hievte mich auf den Motorradsitz.

»Hey!«, protestierte ich, woraufhin er sich dicht vor mich stellte. »Lass mich los, oder ich schreie.«

Er ignorierte mich, spreizte meine Beine über den Sitz und hielt mich mit seinen heißen, gebieterischen Fingern fest im Griff. Sekunden später war sein Körper eng an meiner Seite, und ich spürte, wie etwas Hartes sich gegen meine Hüfte presste.

Ein plötzlicher Blitz der Lust durchzuckte mein Inneres, und jeder weitere Kommentar, der mir auf den Lippen gelegen hatte, blieb mir im Hals stecken. Er beugte sich nach vorne und strich mein Haar hinter meine Schulter – eine Geste, die ich bei einem Mann schon immer geliebt hatte –, und ich hielt den

Atem an. Er wusste, wie er mich berühren musste, als wäre auf meinem Körper eine Bedienungsanleitung abgebildet. Ich verfluche diesen Mann dafür, dass er so gut darin war, Schlimmes zu tun.

Als wüsste er genau, welche Wirkung er auf mich hatte, fuhr Archer mit seinen Fingern langsam meinen Hals entlang, hinab zu meiner Schulter, bis er an meinem Ellbogen ankam und zudrückte.

Er senkte sein Gesicht zu meinem Ohr und flüsterte: »Versuch nicht noch mal wegzulaufen, hörst du? Nicht jetzt. Nie wieder.«

Ich leckte mir über die Lippen, unfähig, den verführerischen Ton in meiner Stimme zu unterdrücken, als ich sagte: »Und wenn ich es tue ...?«

Langsam trat er einen Schritt zurück, seine Augen richteten sich auf meine Lippen. Mein Herz pochte noch heftiger gegen meine Brust, und die Welt drehte sich in schwindelerregenden Kreisen um mich herum. Ich wusste nicht, was geschah oder warum, aber der plötzliche Drang, diesen Mann zu küssen – diesen Mann, den ich hasste und der mein Schicksal in seinen Händen hielt –, war so stark, dass mir das Atmen wehtat.

»Du wirst die schmutzigen Tricks nicht mögen, die ich auf Lager habe, Emily. Glaub mir.«

Anstatt mich zurück nach Rockford zu bringen, überraschte mich Archer, als er mit seinem Motorrad weiter nach Süden fuhr. Er wusste nicht, wo Pops und meine Mutter waren, aber er fuhr so, als wüsste er es.

Vierzig Minuten später hielten wir in einer kleinen Ortschaft in Illinois, die quasi nur aus einer einzigen Tankstelle und einem winzigen Diner bestand. Das Setting hatte etwas Postapokalyptisches, da keine der Zapfsäulen funktionierte und außer uns, einer Kellnerin und einem Koch niemand im Diner war.

»Setz dich.« Er wies auf einen Tisch. Es war kein Lokal, in dem man sich einfach hinsetzen konnte, eigentlich sollte man abwarten, bis man an einen Tisch geführt wurde, aber Archer beherrschte den Raum mit seinem Auftreten sofort, und die Kellnerin war ohnehin mit Rauchen beschäftigt.

»Nein.«

Er schürzte die Lippen und zeigte stur in Richtung Tisch. »Ich sag es dir noch einmal: Es wäre besser für dich, zuzuhören und nicht zu widersprechen ...«

Ich verdrehte die Augen, tat aber, was er verlangte, da ich nicht wie ein gezüchtigtes Kind aussehen oder mich so fühlen wollte. Immerhin: Er hatte mich nicht in den Club zurückgebracht, was möglicherweise bedeutete, dass er erst mit mir reden wollte, bevor er es tat. Wenn ich ihn zur Vernunft bringen und ihm verständlich machen könnte, was ich wollte, würde er mich vielleicht gehen lassen. Aber darauf wollte ich nicht hoffen.

»Wir müssen reden. Jetzt sofort«, sagte er, sobald er sich mir gegenüber hingesetzt hatte.

Mein Magen zog sich zusammen, als ich in die Augen meines neuen Widersachers blickte. »Es ist nicht so, wie du denkst. Ich schwöre es.«

»Dann sag mir, was zum Teufel hier los ist, JB. Ich brauche einen guten Grund, warum ich dich nicht sofort in den Club zurückbringen und dort einsperren sollte, bis wir wissen, was wir mit dir machen.«

Ein Teil von mir fragte sich, warum er mich nicht einfach zurück nach Rockford fuhr und mich auslieferte, wenn er so verliebt in seinen blöden Club war. Was war der Sinn davon, hier nett zu plaudern? Warum so tun, als ob meine Meinung von Bedeutung wäre, wenn sie es wahrscheinlich nie sein würde? Fragen würde ich ihn das aber nicht. Nicht, wenn die geringste Chance bestand, dass er mir zuhören würde.

Ich atmete tief durch die Nase ein, lehnte mich in meinem Sitz zurück und überlegte, wie ich es ihm erklären sollte. Archer konnte über mich denken, was er wollte, aber meine Loyalität galt meiner Mutter, nicht seinem blöden Club und schon *gar nicht* Pops.

Ich schaute auf meine zitternden Hände, dann faltete ich sie auf dem Tisch fest zusammen. »Der erste Brief kam zwei Wochen nach ihrer Abreise.«

»Verdammte Scheiße! Du hast das all diese Monate geheim gehalten?«

Ich erschauderte. »Du musst das verstehen. Sie ist meine Mutter und ...«

»Es ist mir scheißegal, wer sie ist. Diese Frau gehört zu *Pops*. Also ist sie für mich und meine Brüder und den ganzen Club eine Verräterin.«

Ich zuckte zusammen, als ich den Hass in seinem Blick sah. Der Mann, der mir jetzt gegenübersaß, war nicht der verspielte Archer, den ich kennengelernt hatte, der mich ärgerte und neckte und mir mit den schmutzigen Gedanken drohte, die ihm durch den Kopf gingen.

»Ich hatte keine andere Wahl«, flüsterte ich. »Sie könnte in Gefahr sein.«

»Natürlich hattest du eine Wahl. Genau wie deine verdammte Ma.« Er schlug mit der Handfläche auf den Tisch und stieß den Serviettenhalter gegen die Wand. »Wir haben zwei Menschen wegen deines alten Herrn verloren. Stell dir vor, was wir hätten tun können, wenn du uns die hier früher gezeigt hättest.« Er griff in seine Tasche und holte einen Satz weißer Umschläge hervor, die mit einem Gummiband zusammengehalten wurden. »Da sind Postleitzahlen drauf, verdammt noch mal!«

Ich presste eine Hand an meinen Hals und versuchte, ruhig zu bleiben.

»Darüber hast du aber nicht nachgedacht, was?« Sein irischer Akzent wurde immer deutlicher, sodass er kaum noch zu verstehen war. »Du hast dich nur um dich selbst gekümmert.«

»Es tut mir leid.« Das galt für viele Dinge. »Aber du musst verstehen. Meine Mutter ist und bleibt der wichtigste Mensch in meinem Leben. Und wenn sie in Schwierigkeiten ist, dann werde ich alles tun, um ihr zu helfen.«

»Also, was ist dein Plan? Willst du einfach dorthin gehen, wo auch immer Pops jetzt gerade ist? Da reintanzen, mit deinen großen braunen Augen blinzeln und sagen: ›Bitte, Daddy, gib mir meine Mommy zurück?‹«

»Dieser Mann ist *nicht* mein Vater.« Ich schürzte meine Lippen.

»Sicher.« Er lachte. »Erzähl das mal einem DNA-Test.«

Plötzlich sehnte ich mich nach einer Gnadenfrist und zog den Umschlag mit dem Geld aus meiner Reisetasche und reichte ihn ihm. »Hier. Nimm das.«

»Was ist das?« Er betrachtete den Umschlag und kräuselte die Nase, als ich ihn vor ihn legte.

Wenn ich den Kerl bestechen musste, würde ich es tun. Ich wusste nicht, wie ich ohne Geld nach Kentucky kommen sollte, aber ich war verzweifelt. So sehr, dass ich bereit war, so ziemlich alles zu tun, damit er mich in Ruhe ließ.

»Es ist das Geld, das ich gespart habe. Vielleicht kannst du – ich weiß nicht – etwas für dein Bike kaufen oder es in einen Fonds für den Club stecken.« Ich holte tief Luft und atmete durch die Nase aus. »Ich weiß, dass ich Mist gebaut habe, weil ich niemandem von den Briefen erzählt habe, und ich weiß auch, dass Menschen darunter gelitten haben, aber wenn du das nimmst ...«

»Keiner will dein verdammtes Geld, Emily. Schon gar nicht

ich. Was wir wollen, ist, dass Pops stirbt und dass der Kopf deiner Mutter direkt neben ihm auf einem Spieß steckt.«

»Bitte.« Ich schüttelte den Kopf, meine Augen quollen über vor Tränen. »Das kannst du nicht tun. Ich weiß, dass sie einen Fehler gemacht hat, aber sie hatte keine andere Wahl, als mit ihm zu gehen.«

»Natürlich hatte sie eine verdammte Wahl«, knurrte er.

»Hast du ihre Briefe gelesen?«, fragte ich.

Er verschränkte die Arme und lehnte sich in seinem Sitz zurück. »Einen von ihnen. Den Rest habe ich nicht vertragen.«

»Hast du den *ersten* Brief gelesen?«

»Nein.«

Ich deutete auf den Stapel Briefumschläge und bat ihn wortlos, sie aufheben zu dürfen. Er nickte überrascht, und ich nutzte die Gelegenheit, den Stapel zu durchsuchen, um den ersten Brief zu finden. Langsam zog ich ihn aus dem Gummiband und achtete darauf, ihn nicht zu beschädigen, als ich ihn aus dem Umschlag holte. Nachdem ich ihn entfaltet hatte, legte ich ihn flach vor ihn hin. Meine Finger zitterten, als ich auf die ersten Zeilen zeigte.

»Siehst du? Sie hatte Angst.«

Er beugte sich vor, las eine Sekunde lang und zuckte dann mit den Schultern, als seine Augen wieder auf meine trafen.

Ich machte meiner Frustration Luft. »Sie hatte keine andere Wahl. Hier steht, dass Pops mir und Niyol etwas antun würde, wenn sie ihn nicht in Sicherheit brächte.«

»Ja. Und wie zur Hölle hätte er das tun sollen, hm? Wir hatten ihn gefangen genommen, verdammt noch mal! Die Frau hat alles vermasselt, weil sie den RDs nicht mehr vertraut hat und ihm zur Flucht verholfen hat.«

Tief im Inneren wusste ich, dass er recht hatte. Aber ich hatte mein Bestes getan, um nicht über die Entscheidungen meiner Mutter nachzudenken und darüber, wie sie sie getroffen hatte. Seit fast einem Jahr litt ich unter den Folgen ihrer

Entscheidungen. Zugegeben, niemand hatte mir so wehgetan wie sie, aber trotzdem. Neunzig Prozent der Männer im Red-Dragons-Club hatten mich wie Müll behandelt – wie eine Ausgestoßene. Da war es ja wohl verständlich, dass ich einen Neuanfang wollte.

»Die Frau hat uns nicht vertraut, dass wir uns schon um alles kümmern würden«, fuhr Archer fort und schüttelte den Kopf. »Lisa hat sich für *Pops* entschieden und nicht für die Red Dragons. Das geht nicht, nicht einmal, wenn man glaubt, man handle aus Loyalität.« Sein eckiger Kiefer krampfte sich so fest zusammen, dass ich sicher war, er würde sich einen Backenzahn spalten. Es war ein beängstigender Anblick, der mich erschaudern und meinen Blick wieder auf den Tisch lenken ließ.

»Sie bereut es jetzt.« Ich konzentrierte mich wieder auf den Brief, faltete ihn akribisch zusammen und steckte ihn zurück in den Umschlag. »In ihren späteren Briefen ist es offensichtlich. Wenn du die nur lesen würdest ...«

»Scheiß auf die Briefe!«, zischte er und riss mir den Stapel aus der Hand. Ich zuckte zusammen, als die Worte wütend aus seinem Mund flogen. »Sie bedeuten mir einen Scheißdreck.«

Mein Gesicht erhitzte sich vor Scham. Archer hatte recht. Meine Mutter hatte einen großen Fehler gemacht. Aber ich wollte sie nicht verleugnen. Sie hatte Angst bekommen.

»Niemand im Club traut dir mehr«, murmelte er diesmal und starrte aus dem Fenster des Diners.

»Ich weiß.« Ich seufzte. »Aber es ist mir auch egal.«

Archer stützte sein Gesicht in die Hände. »Warst du schon immer so ...?«

»Dumm?«, beendete ich den Satz für ihn, das Kinn hoch erhoben.

»Ich wollte stur sagen, aber du hast es zuerst gesagt.« Er zuckte mit den Schultern und ließ seine Hände sinken.

»Beleidige mich, so viel du willst, Archer, aber das wird

meine Meinung nicht ändern. Sie ist meine Mutter. Und da man in diesem Leben nur eine Mutter hat, werde ich alles tun, um meine zu schützen.«

Daraufhin riss er den Kopf hoch und starrte mich an, als hätte ich ihm gerade erzählt, dass Schweine fliegen können und eines gerade über meinen Kopf hinwegflattert. Er starrte mich eine ganze Weile lang mit seinen grünen Augen an, bis etwas durch seinen Blick huschte, das ich nicht ganz deuten konnte. Er sah fast ... traurig aus. Gequält.

Der Moment hielt nicht lange an.

Er stand auf, griff in seine Tasche und zog einen kleinen Stapel Geldscheine heraus. Er warf das Geld auf den Tisch, dann nahm er meinen Umschlag mit Bargeld und steckte ihn ein.

»Hast du dich jemals gefragt, warum zum Teufel deine Ma uns nicht zugetraut hat, euch beide beschützen zu können?«

»Ständig«, flüsterte ich und wandte meinen Kopf ab, während ich meine Sachen zusammensuchte.

»Sie hat dich benutzt, wie uns alle. Du bist nur zu verblendet, um es zu sehen.« Er schüttelte den Kopf und fuhr fort: »Sie hat sich *entschieden*, mit Pops zu gehen, anstatt mit dir zusammen zu sein, dem Menschen, der in ihrem Leben verdammt noch mal am wichtigsten sein sollte.«

Ich zuckte zusammen. Er hatte recht, aber ich konnte die Gedanken und Gefühle meiner Mutter nicht kontrollieren. Und laut ihren Briefen war sie aus Angst weggelaufen. Ich liebte sie so sehr, dass ich glaubte, sie sei geflohen, um mich zu beschützen. Archer sah das offensichtlich nicht so.

»Dir ist klar, dass Pops das nicht zulassen wird, oder? Dass er eher sie oder dich umbringen wird, als sie gehen zu lassen?«

Ich schluckte schwer und sah ihm wieder in die Augen. »Der Gedanke ist mir nicht neu, ja.«

Er blinzelte, und wieder fiel eine Haarsträhne nach vorne

und umschmeichelte seinen kantigen Wangenknochen. »Du hast also Todessehnsucht. Ist es das, worum es hier geht?«

»Nein, natürlich nicht. Aber ich muss etwas tun. Ich kann nicht nur rumsitzen und warten.«

Er schüttelte den Kopf. »So verdammt dumm.«

Ich zuckte mit den Schultern und leugnete es nicht. »Also. Wirst du mich ausliefern?«

Archer beobachtete mich von oben herab, in seinem Kopf arbeitete es – ein inneres Ringen darum, was er tun sollte. Ich fragte mich, warum er überhaupt hin- und hergerissen war?

»Wo sind sie?«, fragte er.

»Wer, meine Mom und Pops?«

Er nickte.

»Irgendwo im Süden.« Das ist alles, was ich ihm verraten würde.

Er rieb sich den Kiefer, nickte, packte mich am Ellbogen und führte mich aus dem Lokal. Nicht in der Lage, zu widersprechen, ließ ich ihn gewähren.

»Wann hast du den letzten Brief bekommen?«, fragte er, als wir nach draußen traten.

Ich leckte mir über die Lippen und zögerte, bevor ich sagte: »Letzte Nacht«.

Er drehte mich herum und drückte mich mit dem Rücken gegen die Backsteinwand. »Was soll das heißen, *letzte* Nacht?«

Ich holte tief Luft und atmete durch die Nase ein. »Als ich aus dem Club zurückkam, stand ein Mann auf meiner Veranda. Er, ähm, hat mir den Brief gegeben.«

»Welcher verdammte *Mann*?« Er kochte. »Jemand aus dem Club? Ein Verräter?« Seine Augen funkelten vor Wut. Aus der Nähe konnte ich mehrere Narben an seinen Schläfen erkennen, vor allem an seinen Augen. Es waren Stellen, an denen er wahrscheinlich hätte genäht werden müssen, sich aber nicht die Mühe gemacht hatte.

»Nein. Ich habe ihn nicht erkannt.«

Er ließ meine Schultern los, trat einen Schritt zurück, schritt auf dem Bürgersteig auf und ab, leise »Scheiße, Scheiße, *Scheiße*« murmelnd. »Du hast nicht einen einzigen Blick erhaschen können? Haarfarbe, Augenfarbe, dunkle Haut, helle Haut …?«

»Nein. Es tut mir leid. Es war dunkel, und er hat mir den Brief gegeben. Ich konnte sein Gesicht nicht sehen, weil er einen Hut trug und es im Schatten lag. Er hatte einen Kapuzenpulli an. Blau, glaube ich.«

Archer sah mich nicht an, sondern sprach weiter – er knurrte regelrecht. »Wie ist er reingekommen?«

»Ich weiß es nicht. Ich habe nur … Ich habe den Brief gelesen, und plötzlich war er weg, und dann ist das Auto vor dem Tor explodiert.«

»Du weißt, was das bedeutet, oder?« Mit gefletschten Zähnen blieb er vor mir stehen.

Ich schüttelte langsam den Kopf, die Angst in meiner Brust machte mir das Atmen schwer.

»Das bedeutet, dass der Club gefährdet ist. Das Gelände ist verdammt unsicher, wenn jemand auf diese Weise eindringen kann.« Er schüttelte den Kopf. »Oder noch schlimmer, vielleicht haben wir einen Verräter mitten unter uns. Jemand, der für Pops arbeitet.«

»Er ist nicht aus dem Club. Ich kenne ihn nicht.«

»Aber du hast doch gerade gesagt, dass du ihn nicht sehen konntest.« Archer blieb vor mir stehen, seine wilden Augen suchten mein Gesicht ab.

»Na ja, nicht wirklich. Ich … Er sah jung aus. Das weiß ich. Er war weiß. Aber seine Haare waren von dem Hut verdeckt, wie ich schon sagte, und es war zu dunkel, um seine Augen zu sehen, aber er war sehr groß und schlank.«

Archer holte sein Handy heraus, tippte etwas ein, wartete, tippte wieder etwas ein und steckte das Handy einen Moment später in seine Tasche zurück. Statt mich zu packen oder wegzugehen, stand er einfach weiter da und starrte mich an, mit gnadenlosen, hasserfüllten Augen, die mich nicht losließen. Ich wusste nicht, was er wollte, was er mit mir vorhatte. Noch nie in meinem Leben hatte ich so viel Angst gehabt.

Langsam kam er noch näher und drückte mich gegen die Wand, seine Hände an beiden Seiten meines Kopfes. Seine Nasenlöcher blähten sich auf, und eine Ader in seiner Schläfe zuckte.

»Du hast so ein verdammtes Glück, dass ich etwas von dir brauche«, fuhr er fort. »Sonst wären wir jetzt schon auf meinem Motorrad auf dem Heimweg, und du würdest auf deine Bestrafung warten.«

Ich verschränkte meine Arme, damit sie nicht zitterten, und atmete den Duft des Zigarettenrauchs ein, den seine Haut verströmte. Wenn es sein Ziel war, mich einzuschüchtern, dann war es ihm gelungen.

Archer war viel mehr als nur der lässige, betrunkene Playboy des Clubs. Hinter seinem verspielten Auftreten verbarg sich ein Monster. Es war wie eine Geheimwaffe. Möglicherweise die furchterregendste Waffe von allen. Vielleicht war das der Grund, warum er der zweite Mann im Team war. »Der Vize«, wie mein Bruder ihn oft nannte.

Archer griff hinter seinen Rücken und zog etwas hervor. Ich spürte kaltes Metall auf meinem Bauch, und als ich nach unten schaute, um zu sehen, was es war, keuchte ich und wich zurück.

»Was machst du da?«

»Wonach sieht es denn aus?«

Er hatte mein Handgelenk gefesselt.

»Das ist nicht nötig. Ich werde nicht abhauen. Du hast mein Geld genommen. Und ein Auto habe ich auch nicht.«

»Aber du hast zwei funktionierende Füße und einen knackigen Körper. Du könntest im Handumdrehen von einem einsamen Idioten mitgenommen werden.«

Ich ignorierte seine Bemerkung über den »knackigen

Körper«, schaute erst nach links, dann nach rechts und dann wieder auf die metallenen Handschellen hinunter. »Ich werde nicht weglaufen. Das schwöre ich. Du brauchst mich nicht fesseln.«

»Es fällt mir schwer, dir Vertrauen zu schenken, JB. Und du hast deine Chance verspielt, deshalb ist es sehr wohl nötig, dich zu fesseln.«

»Es tut mir nicht leid, und ich werde mich nicht entschuldigen. Und wenn du glaubst, dass Handschellen die Situation lösen, dann irrst du dich gewaltig.«

Er zerrte an den Handschellen, nicht zu fest, aber fest genug, dass die Haut an meinem Handgelenk schmerzte. In Sekundenschnelle befestigte er die andere Handschelle an seinem eigenen Handgelenk und grinste bei diesem Anblick, als würde er ihn erregen.

»Du willst deine Mutter wiedersehen? Na schön. Aber wir werden das auf meine Art machen, nicht auf deine.«

Ich blinzelte und wartete eine Sekunde. Das musste ein schlechter Witz sein. »Was?«

»Du hast mich gehört.«

»Was hast du davon, hm?« Ich stemmte meine freie Hand in die Hüfte.

»Wenn du mich dahin bringst, wo deine Ma ist, werde ich *dich* als Köder benutzen, um Pops herauszulocken.« Er zog mich hinter sich her und hielt neben seinem Bike an.

Er löste die Handschelle von seinem Arm und befestigte die freie Schelle schnell an der Seite des Motorrads.

»Du wirst mich doch nicht etwa ausliefern?«

»Nö. Und jetzt schwing deinen Hintern auf das Motorrad.« Er klopfte auf den Sitz.

Ich schüttelte verwirrt den Kopf. Eben noch hatte er mich dumm genannt und mir gesagt, ich würde einen Fehler begehen und dass ich damit nicht durchkommen würde. Doch jetzt war er bereit, mich an den Ort zu bringen, von dem er mir gerade noch gesagt hatte, dass ich nicht dorthin gehen sollte.

»Warum würdest du das im Alleingang tun?«

»Ich habe meine Gründe«, sagte er mit gekräuselten Lippen und nickte mit dem Kinn in Richtung Motorrad. »Steigst du jetzt auf, oder muss ich dich wieder hochheben und draufsetzen?«

Ich schaute die Handschellen an. »Ich kann nicht mit Handschellen an dieses Motorrad gekettet sein. Was, wenn wir einen Unfall bauen?«

»Das werden wir nicht.«

»Woher weißt du das?«

»Weil ich der beste Fahrer bin, den du je kennenlernen wirst, JB. Darum.«

»Ich traue dir nicht.« Ich runzelte die Stirn und wünschte, ich könnte seine Gedanken lesen.

Er grinste mich an und klopfte auf den Sitz. »Gut. Ich traue dir nämlich auch nicht.«

ARCHER

Die Sonne ging gerade unter, als ich spürte, wie Emily sich hinter mir zu winden begann. Sie tippte mir weder auf die Schulter, noch forderte sie mich auf anzuhalten, aber ich verstand, dass die Frau pinkeln musste, weil ihre Schenkel ständig gegen meinen Hintern drückten. Wäre ich nicht so verdammt genervt davon gewesen, wäre ich einfach weitergefahren.

»Warum halten wir an?«, fragte sie, als ich an einer Raststätte gestoppt, geparkt und den Motor abgestellt hatte. Wir waren etwa drei Stunden außerhalb von Rockford, es waren so viele Straßenbauarbeiten in Gang, dass wir ewig gebraucht hatten, um hierherzukommen.

»Du musst pissen.«

»Nein, muss ich nicht.«

Ich stieg ab, drehte mich um und drückte ihr in den Bauch.

»Was zum Teufel?«, kreischte sie und zog sofort ihre Schenkel zusammen.

»Siehst du?« Ich grinste.

»Du benimmst dich wie ein kleiner Junge«, murmelte sie

und schwang ein Bein vom Motorrad, den gefesselten Arm ausgestreckt. »Ich muss nicht pinkeln, ich bin nur sehr kitzlig.«

»Kitzelig, sagst du?« Ich grinste und musterte sie von oben bis unten. »Das ist gut zu wissen.«

»Ich werde dir in die Eier treten, wenn du auch nur *daran denkst*, mich zu kitzeln.«

»Du bist wirklich besessen von meinen Nüssen, nicht wahr, JB?« Ich ging um mein Bike herum und löste die Handschelle. Dann befestigte ich die freie Schelle wieder an meinem Handgelenk, da ich kein Risiko eingehen wollte.

»Ich bin von gar keinem Teil von dir besessen. Überhaupt nicht.«

»Jedenfalls noch nicht.« Ich zwinkerte. »Also, komm schon. Lass uns pinkeln gehen.«

Sie stöhnte von hinten, als ich sie zur Raststättentür zerrte. »Zum millionsten Mal, ich muss nicht pinkeln. Mein Hintern ist nur wund vom Fahren.«

»Soll ich ihn für dich reiben?« Ich wackelte mit meinen Fingern und drehte mich zu ihr um, während ich die Tür mit meinem Hintern aufstieß.

Sie verdrehte die Augen, aber ich sah, wie ihre Wangen rosa wurden, bevor sie wegschaute. »Ich verzichte, danke.«

Im Inneren des Backsteingebäudes roch es zuerst nach Gas, dann nach Bleichmittel. Für eine Raststätte war der Raum groß, mit hohen Glasdecken und mit von Landkarten bedeckten Wänden. Ich ging voraus, zog sie zu einer Reihe von Automaten und zückte ein paar Dollarscheine. »Was darf es sein, hm? Ich wäre für Schokolade, aber dafür bist du im Moment zu angetörnt.«

»Angetörnt?« Ich hörte das Stirnrunzeln in ihren Worten.

Ich warf das Geld ein und drückte ein paar Zahlen. »Ja, ich meine, ich nehme an, du bist verdammt erregt. Das geht den meisten Frauen auf dem Rücksitz meines Motorrads so. Und das ganze Gezappel, das du dahinten veranstaltet hast ...« Ich pfiff leise und überflog das Angebot im Automaten. Normalerweise aß ich diesen Mist nicht. Einen Körper wie meinen bekam man nicht, indem man sich den ganzen Tag mit Zucker vollstopfte. Aber harte Zeiten erforderten harte Maßnahmen.

»Ähm, nein. Das bin ich ganz und gar nicht. Glaub mir.«

Ich grinste sie über meine Schulter hinweg an und wartete darauf, dass die Chips und Kekse, die ich ausgewählt hatte, herunterfielen. »Klar.« Ich zwinkerte. »Rede dir das nur weiter ein.«

Sie bedeckte ihr Gesicht mit ihrer freien Hand und stöhnte. »O mein Gott, du bist so ... *schräg*.«

Ich grinste, ihre Worte spornten mich nur noch mehr an. »Nur damit du es weißt, sexuelles Erwachen ist normal, wenn du Zeit mit mir verbringst.«

»Würdest du endlich die Klappe halten?«, zischte sie.

»Das muss dir nicht peinlich sein. Das ist ganz natürlich.«

»Du bist ekelhaft.«

Ich nahm das Essen heraus und warf es auf eine Bank neben dem Automaten. Als Nächstes schnappte ich mir ein paar Flaschen Wasser. Als ich mich umdrehte, um ihr eine zu reichen, sagte ich: »Da bin ich anderer Meinung, Baby. Ich bin das am wenigsten ekelhafte Wesen, das je die Erde beehrt hat.«

Emily ließ ihre Hand von ihrem Gesicht fallen und stieß mich damit gegen den Getränkeautomaten. Ich erstarrte, die Hände in der Luft, und musste noch breiter grinsen, als ich merkte, wie mein Schwanz hart wurde. Ein bisschen weibliche Gewalttätigkeit schien ihm zu gefallen.

»Sind wir etwas gereizt?«

»Nein. Ich bin nicht gereizt. Ich bin *angewidert*«, schnaubte sie. »Alles, was aus deinem Mund kommt, ist entweder erniedrigend oder chauvinistisch, und das macht mich wütend.«

Ich blickte auf ihr Gesicht hinunter. Vor allem auf ihre Nase. Sie hatte ein paar Sommersprossen, die sich über ihre Wangen verteilten. Nicht besonders viele, aber genug, dass es mir auffiel. Mit ihrem strengen, geraden Pony und ihrem langen dunklen Haar hatte sie immer wie ein kleines Mädchen ausgesehen. Diese winzigen Sommersprossen machten die Sache nicht besser. Ich wusste nicht warum, aber etwas an ihrem Anblick schnürte mir die Brust zusammen. So sehr, dass mein Lächeln etwas nachließ.

Bei anderen Frauen nahm ich mir nie die Zeit, solche Details an ihrem Körper zu betrachten, es sei denn, es ging um ihre Pussy oder ihre Titten. Aber bei Emily ... So nah vor ihr und unter den hellen Neonröhren konnte ich nicht anders, als diese Details zu bemerken. Und ich war mir nicht sicher, ob mir die Tatsache gefiel, dass sie mir auffielen.

»Hör zu, du Arschloch«, fuhr sie fort, ohne meinen inneren Aufruhr zu bemerken. »Ich werde nicht die ganze Reise nach Kentucky damit verbringen, dass du mich mit sexuellen Anspielungen aufziehst, verstanden? Ich bin weder an dir noch an deinem Penis interessiert, also schlag dir diesen Gedanken aus dem Kopf.«

Ich zog beide Augenbrauen hoch, als sie das Wort »Penis« benutzte. Aber das war es nicht, was mich aus meinen Gedanken riss. »Kentucky, hm?«

Sie blinzelte, wahrscheinlich weil ihr klar wurde, was sie gerade getan hatte. Emily hatte sich geweigert, mir zu sagen, wohin wir fuhren. Sie hatte nur gesagt, dass es nach Süden ging und auf welchen Highways wir bleiben sollten. Teufel noch mal, ich wäre nicht überrascht gewesen, wenn wir bis nach Florida oder so gefahren wären. Aber Kentucky? Das war *viel* zu nah an Rockford dran.

»Tja, wir, ähm ... Ich meine, wir, äh ...« Sie trat einen Schritt zurück. »Wir müssen durch Kentucky reisen, das ist alles.«

»Verarsch mich nicht, JB. Du hast Kentucky gesagt, was bedeutet, dass Pops genau dort ist.«

Sie blinzelte und wich so weit zurück, wie es die Handschellen zuließen. »Vielleicht bin ich eine bessere Schwindlerin, als du denkst – hast du dir das schon mal überlegt?«

Trotz der Tatsache, dass sie mir gerade die Information gegeben hatte, an die die RDs seit über einem Jahr herankommen wollten, konnte ich nicht anders, als den Kopf zurückzuwerfen und zu lachen. »Ich bin der Meister darin, zu erkennen, ob jemand lügt oder nicht, wusstest du das nicht?«

Kopfschüttelnd holte ich mein Handy heraus und ignorierte sie, während ich durch meine Kontakte scrollte. Ich blieb bei Slades Namen stehen und tippte eine SMS ein.

»Was machst du da?«, fragte Emily, ihre Stimme voller Panik.

»Das, was getan werden muss«.

Sie versuchte, mir über die Schulter zu schauen, aber ich hielt mein Handy außer Reichweite und wandte ihr den Rücken zu.

»Was genau muss getan werden?«

»Das geht dich nichts an.«

Sie stöhnte, hörte aber auf, neugierige Fragen zu stellen, was mir die Möglichkeit gab, meine Nachricht an Slade zu beenden.

Pops ist näher, als wir dachten. Seid wachsam. Ich werde mehr Informationen schicken, sobald ich etwas herausfinde. Ich verschwinde vom Netz.

Da ich wusste, dass er mir die Hölle heißmachen würde, drückte ich auf »Senden« und schaltete dann mein Handy aus. Ich hatte ihm vorhin eine SMS aus dem Diner geschickt und ihm erzählt, was los war – zumindest teilweise. Dass Emily weggelaufen war und ich aufgebrochen war, um sie zu holen. Den Teil darüber, dass ich sie gefunden und mitgenommen hatte, hatte ich weggelassen. Meine Brüder würden mich umbringen, wenn sie wüssten, was ich wirklich vorhatte. Ich wollte Pops allein erledigen, ohne dass jemand anders dabei unterging. Wenn ich sterben musste, um meine Jungs und mein Zuhause zu schützen, dann sollte es so sein. Ich hatte Whiskey und monatlich wechselnde Affären. Sie hatten Leben und Liebe.

Slade gefiel der Gedanke nicht, dass ich allein unterwegs war, aber er wusste auch, dass ich kein Problem damit hatte, auf mich selbst aufzupassen, und dass ich verdammt schlau war. Ich sagte ihm, ich würde höchstens eine Woche weg sein und nach Hause kommen, wenn ich Emily nicht finden würde. Hawk war nicht begeistert von dem knappen Zeitplan. Er wollte, dass ich so lange wie nötig nach seiner Schwester suchte. Er wusste besser als die meisten anderen, wie sehr Emily aus unserer Welt verschwinden wollte, und er sah keinen Sinn darin, jemand anderen auf die Suche nach ihr zu schicken. Ich war der Beste im Aufspüren von Menschen. Wenn jemand sie finden konnte, dann ich.

»Du verrätst doch niemandem, was ich dir gerade erzählt habe, oder?« Ihre Stimme überschlug sich, als ich meine SMS an Slade beendete.

»Keine Sorge.« Ich steckte mein Handy ein und sah sie an. »Deine Geheimnisse sind bei mir sicher.«

Ihre dunkelbraunen Augen weiteten sich vor Überraschung. »Du gibst mir also die Chance, meine Mutter zu befreien, bevor du jemandem sagst, wo wir sind?«

Ich dachte eine Sekunde lang darüber nach und betrachtete sie weiter. Es wäre falsch, es ihr nicht zu erlauben, ja, aber es wäre auch falsch, es zu tun. Fakt war, dass ich es vielleicht nicht einmal lebend da rausschaffen würde, also spielte es eigentlich keine Rolle. Emily war harmlos. Ihre Mutter hingegen hatte es gründlich vermasselt. Aber daran war nicht ihre Tochter schuld, und als ehemaliges Muttersöhnchen hätte ich an Emilys Stelle wahrscheinlich ähnlich gehandelt. Das rechtfertigte ihr Verhalten nicht, aber anscheinend war ich gerade großzügig gestimmt – und ich hatte ein Motiv, von dem niemand sonst zu wissen brauchte.

Wie auch immer. Bis morgen früh könnte sich die ganze Situation wieder ändern – oder sogar in den nächsten zwanzig Minuten. Meine Entscheidungen und Gedanken sprangen mit Lichtgeschwindigkeit in meinem Kopf umher.

»Sicher.« Ich zuckte mit den Schultern und sah weg.

Sekunden später tat Emily das Letzte, was ich je von ihr erwartet hätte. Sie stürzte sich auf mich ... und *umarmte* mich. Ihr nicht gefesselter Arm legte sich so fest um meine Taille, als hätte sie Angst, ich würde mich in Luft auflösen, wenn sie losließe. Ich hielt meine Arme an meinen Seiten, und anstatt einen Witz darüber zu reißen, dass sie mich befummeln wollte, hatte ich plötzlich einen Kloß im Hals. Als ich ihre Umarmung spürte, passierte etwas sehr Merkwürdiges. Es fühlte sich an, als hätte jemand ein Feuer in meiner Brust entzündet. Großer Gott, so war ich nicht mehr umarmt worden, seit, na ja ... Scheiße! Seit meine eigene Mutter mich umarmt hatte, als ich zwölf war.

»Danke«, flüsterte sie. »Du hast keine Ahnung, was mir das bedeutet, Archer.« Ihr Haar kitzelte meine Nase, und ich konnte ihr Shampoo riechen. Es duftete süßlich, nach Blumen, und das berührte etwas in meinem Bauch und in meiner Brust.

Ich zuckte zusammen, neigte meinen Kopf zurück, den Blick zur Decke der Raststätte gerichtet, und gab keinen Ton von mir. Natürlich umarmte ich sie nicht zurück, aber was mich verwirrte, war die Tatsache, dass ich sie auch nicht wegstieß. Stattdessen kamen mir Erinnerungen in den Sinn: der Geruch von Zigaretten, gemischt mit der Seife, die Ma immer benutzt hatte, als ich noch ein Kind war. Wie sie mir einen Kuss auf den Kopf geben und mir dann auf die Schulter klopfen würde, um mich zu beruhigen – so tough sie auch war. Sie hatte mir gesagt, ich solle mir einen schönen Tag machen und dass sie später wiederkommen würde. Dann sah ich nur noch ihren langen braunen Pferdeschwanz, als sie mit meinem Vater auf seinem Bike davonfuhr.

Ich habe sie nie wiedergesehen.

Deshalb hasste ich Brünette mit braunen Augen wie Emily. Sie erinnerten mich zu sehr an Ma.

O Gott! Warum dachte ich über all das nach? Es war ja nicht mal so, dass ich Emily auch nur *mochte*. Wenn überhaupt, machte es Spaß, sie zu necken, aber sie nervte mich zu Tode. Ich schüttelte den Kopf und trat einen Schritt zurück, wobei sich die Finger unserer gefesselten Hände berührten. Ich zitterte, und eine Gänsehaut kletterte meinen Arm hinauf. Das Gefühl der Umarmung dieser Frau war etwas, das ich nicht noch einmal spüren wollte. Ich wollte ihr das auch sagen: *Fass mich nie wieder so an, es sei denn, du willst meinen Schwanz lutschen.* Aber selbst mein normaler Verteidigungsmodus funktionierte nicht, als ich bemerkte, wie verdammt glücklich sie in diesem Moment aussah. Wie strahlend ihre Augen waren, genauso wie ihre leuchtenden Wangen und ihre vollen Lippen ...

Als ich sie ansah, spürte ich wieder dasselbe verdammte Gefühl in meiner Brust. Ich legte meine freie Hand auf mein Herz und umklammerte mein Hemd, in der Hoffnung, dass es verschwinden würde.

»Lass uns essen«, sagte sie und strich sich eine Haarsträhne hinters Ohr, ihr Lächeln verblasste, aber ihre Augen leuchteten noch immer. »Ich bin am Verhungern, und du sicher auch.« Dann deutete sie auf den Stapel gekaufter Sachen und zog mich in Richtung der Bank.

Wortlos setzte ich mich neben sie, das Essen zwischen unseren Schenkeln. Unsere gefesselten Hände berührten sich erneut, als sie nach einer Tüte Skittles griff. »Die liebe ich übrigens. Gute Wahl.« Sie nahm die Tüte und öffnete sie mit ihren Zähnen. »Allerdings nur die roten und grünen. Die lila, orangen und gelben sind Mist.«

Wovon zum Teufel redete sie? Schmeckten die nicht alle gleich?

»Willst du?« Sie hielt mir die Tüte hin, und ich schüttelte den Kopf. »Ich habe Skittles für verschiedene wissenschaftliche Projekte in der Schule verwendet«, fuhr sie fort und sprach, als wären wir beste Freundinnen. Als ob ich Summer oder sogar Maya wäre. »Kinder neigen dazu, den Unterricht besser anzunehmen, wenn man Materialien verwendet, die sie aus ihrem Alltag kennen. Das ist eine erwiesene Tatsache. Ich unterrichte sehr praxisorientiert.«

Ich starrte verwirrt auf den Boden. Warum erzählte sie mir das?

»Ich werde diese Kinder vermissen, ganz ehrlich. Mittelstufenschüler haben einen schlechten Ruf. Aber ich glaube, sie versuchen nur, sich selbst zu finden, und ...«

»Emily«, unterbrach ich sie und sah ihr in die Augen. Ich brauchte eine Antwort auf die Scheiße, die mir durch den Kopf ging, und nur sie konnte sie mir geben.

Sie hörte auf zu kauen und runzelte die Stirn.

»Warum hast du mich umarmt?«

Sie blinzelte, offensichtlich hatte sie diese Frage nicht erwartet. »Ähm, ich ...« Ihr Gesicht wurde rot, und sie sah zu Boden, wie ich es getan hatte. »Tut mir leid. Ich wollte nicht, dass du dich unwohl fühlst.«

Hatte ich mich dabei unwohl gefühlt? Ja, aber nicht wegen der eigentlichen Umarmung. Wenn überhaupt, dann war der Moment ungewohnt ... *schön*. Aber die Gedanken, die damit einhergingen, waren das Problem. Ich mochte sie nicht. Deshalb sagte ich: »Ja. Tu das nicht noch einmal.«

Ich sah sie gerade noch rechtzeitig an, um zu sehen, wie sie nickte und sich auf die Unterlippe biss. Dass sie so unentspannt aussah, ließ *mich* unentspannt werden. Ich konnte nicht gut mit solchen unangenehmen Momenten umgehen. Es kam selten vor, dass mich etwas aus der Fassung brachte, wenn es um

Frauen ging – ich war der Meister darin, zu wissen, was sie wollten und wie sie berührt oder angesprochen werden mochten. Aber Emily? Verdammt! Ich wusste nie, was ihr durch den Kopf ging. Deshalb neckte ich sie auch so oft. Sie langweilte mich nicht. Jede Reaktion, die ich von ihr erhielt, spornte mich dazu an, weitere zu provozieren. Bis jetzt hatte ich nicht viel darüber nachgedacht. Ich war froh gewesen, dass mich ausnahmsweise mal jemand über längere Zeit interessierte, aber ich hatte nicht damit gerechnet, dass ich dieses Gespräch brauchen würde.

»Okay. Kommt nicht wieder vor.« Sie nickte etwas zu schnell. Es fühlte sich komisch an.

»Wenigstens nicht, wenn du angezogen bist.« Ich grinste und entspannte mich, während ich mir einen Müsliriegel schnappte und ihn mit den Zähnen öffnete. »Nackte Umarmungen könnten Spaß machen.«

Emily seufzte und schüttelte den Kopf, aber alles, was sie zu sagen hatte, blieb unter Verschluss. Während der nächsten fünfzehn Minuten aßen wir schweigend.

Das war es, was ich gewollt hatte.

Aber gleichzeitig fühlte es sich plötzlich auch nicht mehr richtig an.

ACHT

EMILY

»Willst du wirklich hier übernachten?« Emily sah sich in der Ein-Zimmer-Airbnb-Unterkunft um, die ich für die Nacht gemietet hatte, und rümpfte angewidert die Nase. Der Raum sah eher wie ein Lagerschuppen auf einem Bauernhof irgendwo mitten in Indiana als eine Übernachtungsunterkunft aus, aber wir waren stundenlang gefahren, und ich war erschöpft. Außerdem gab es ein Bett und eine Dusche. Mehr brauchten wir sowieso nicht. Und die Tatsache, dass der Vermieter Barzahlung akzeptierte, war von Vorteil, weil wir keine nachvollziehbaren Spuren hinterließen.

Slade versuchte wahrscheinlich ungeachtet seines Vertrauens in mich, jede meiner Bewegungen zu verfolgen, und damit mein Plan funktionierte, musste er sich verdammt noch mal fernhalten. Alle Brüder mussten das tun.

»So schlimm ist es nicht.« Ich führte uns zu dem kleinen Bett, setzte mich auf das Ende und wippte. »Es hat viel Federung. Nicht wie der Geländewagen in deinem Zimmer.« Dann zwinkerte ich ihr zu und freute mich, dass ihr Gesicht so schnell vor Wut errötete. Es war schön, die Macht wieder in den

Händen zu haben – die Fähigkeit, ihr ein komisches Gefühl zu geben, statt umgekehrt.

Emily verdrehte die Augen, setzte sich aber neben mich … natürlich so weit weg, wie die Handschellen es zuließen. Seit der Raststätte war sie still gewesen. Nicht, dass wir auf meinem Motorrad viel hätten reden können. Aber dass sie hinter mir auf dem Bike so ruhig war, ließ mich vermuten, dass sie in Gedanken versunken war. Entweder das, oder sie wollte vermeiden, dass ich sie wieder damit aufziehen würde, das Motorradfahren würde sei scharf machen.

Ich fragte mich, ob sie anfing, ihre Flucht zu bereuen. Ich hätte mich sehr viel besser gefühlt, wenn sie zu diesem Zeitpunkt darum gebeten hätte, nach Rockford zurückzukehren – auch wenn tatsächlich eine Chance bestand, dass ich Pops selbst zur Strecke bringen könnte. Nicht, weil ich sie mochte oder weil ich Angst um sie oder mich hatte, sondern weil ich wusste, dass Hawk und Summer verdammt traurig sein würden, wenn sie herausfänden, dass sie nicht zurückkommen würde.

»Mit dir kann ich nicht, Archer.« Sie seufzte schwer.

»Was kannst du nicht mit mir? Entspannen?« Ich lachte. »So viel ist klar.«

»Nein, ich kann mich sehr gut entspannen. Ich kann nur nicht … Ich kann deine Art nicht ab.«

»Du hast meiner Art ja auch nie eine Chance gegeben.«

Sie antwortete nicht, aber ich wusste, dass ich einen Nerv getroffen hatte. Deshalb hakte ich weiter nach.

»Ich versteh's nicht.« Ich ließ mich aufs Bett zurückfallen und zog sie mit mir. Überraschenderweise beschwerte sie sich nicht und wich auch nicht zurück, als sich unsere Schultern berührten.

»Was verstehst du nicht?«, fragte sie, den Blick zur Decke gerichtet.

»Chop hat dich verarscht.« Ich knirschte bei dem Gedanken mit den Zähnen und fügte dann hinzu: »Aber schon vorher hast du uns alle ignoriert, hast jeden abgewiesen, der versucht hat, mit dir zu reden, einschließlich deines Bruders und Summer. Ich verstehe, dass du das Leben im Club nicht magst, aber das bedeutet nicht, dass jeder RD ein Idiot ist.«

Ich ließ meinen Kopf zur Seite fallen und betrachtete sie. Ihre Lippen waren geschürzt. Eine Stelle neben ihrem rechten Auge zuckte. Emily sah aus, als würde sie über das nachdenken, was ich gesagt hatte, und gleichzeitig versuchen, nicht zu schreien. Vielleicht hatten meine Worte sie verärgert, aber ich wollte eine echte Antwort. Obwohl ich nicht wusste, warum es eigentlich wichtig war. Sie wollte ja eh gehen. Vermutlich war es einfach Neugierde meinerseits. Die Red Dragons waren alles, was ich hatte, also waren sie für mich verdammt großartig. Dass manche Leute das anders sahen, hatte mich schon immer gestört.

»Ich habe niemanden *ignoriert*«, sagte sie mit einem weiteren Seufzer.

»Wie nennst du dann das, was du gemacht hast?«

»Selbstschutz.« Sie verzog die Lippen. »Ich wusste vom ersten Tag an, als ich auf das Gelände gezogen bin, dass ich nicht dort bleiben würde. Warum sollte ich so tun, als wäre ich gern dort, und mich mit Leuten anfreunden, wenn es eh nur vorübergehend war?«

»Und was ist mit Chop?«

»Er ist hartnäckig geblieben und hat es immer wieder versucht.« Sie zuckte ein wenig zusammen und senkte ihre Stimme. »Niemand sonst hat das getan.«

»Und schau, was daraus geworden ist.« Ich sah sie finster an. »Ihr Frauen denkt immer, ihr wisst, wer die guten Jungs sind.«

Sie drehte ihren Kopf und starrte mich an, unsere Gesichter

waren nur wenige Zentimeter voneinander entfernt. Ich konnte wieder ihr Shampoo riechen und kämpfte gegen den plötzlichen Drang an, mein Gesicht in ihrem Haar zu vergraben.

»Das ist der Grund, warum ich nicht mit dir oder jemand anderem außer Summer spreche. Alle urteilen über mich und meine Entscheidungen.«

»So wie du über alle anderen urteilst, auch über mich.« Ich stupste ihren Handrücken mit meiner eigenen Hand an.

»Ich *verurteile* niemanden. Wie gesagt, es geht um Selbstschutz. Deine *Brüder,* wie du sie nennst, mögen wunderbare Typen sein. Aber bei denen, mit denen ich zu tun hatte, wurde mir nicht so richtig warm ums Herz.«

»Von wegen, du urteilst nicht«, spottete ich. »Du hast mich von der ersten Sekunde an verurteilt. Damals, als du als Teenager mit deiner Ma in den Club gekommen bist.«

»Du hast mich verdammt noch mal ein *heißes Brett* genannt, Archer.« Sie warf ihre freie Hand in die Luft, bevor sie sie wieder auf die Matratze fallen ließ. »*Entschuldige* bitte, wenn das keinen guten Eindruck hinterlassen hat. Ich bedaure es *zutiefst* und möchte, dass wir *beste Freunde* werden.« Sie machte sich über mich lustig, wie ich es vorhin getan hatte.

Seltsamerweise brachte mich das zum Grinsen.

»Schwamm drüber, Baby.« Ich stieß ihren Ellbogen leicht mit meinem an. »Jetzt lass uns gehen. Ich bin hungrig. Ich habe die Straße hoch eine Pizzeria gesehen.«

»Ich steige heute Abend *nicht* mehr auf das Bike«, schimpfte sie. »Meine Beine fühlen sich an wie Gummi.«

Ich stand auf und zog sie hoch. Still sitzen und nichts tun? Das war nicht mein Ding. Die einzige Zeit am Tag, in der ich zufrieden war, nicht in Bewegung zu sein, war, wenn ich schlief. Es war, als stünde ich ständig unter Strom.

»Dann gehen wir eben zu Fuß.«

Sie schüttelte den Kopf. »Es ist nicht sicher.«

»Was zum Teufel meinst du damit, *es ist nicht sicher?*« Ich zog wieder an ihr und war froh, als sie endlich aufstand. Ich raffte meine Kutte ein wenig hoch, um ihr zu zeigen, wie *sicher* wir mit meiner Glock sein würden, die in meiner Jeans steckte.

Sie schnappte nach Luft. »Du hast eine Waffe?«

Ich nickte.

Sie bedeckte ihr Gesicht, stöhnte und setzte sich wieder auf das Bett.

»O nein.« Ich zog sie wieder an den Handschellen hoch. »Ich bin ein hungriger Mann, was bedeutet, dass ich essen gehen werde. Und wo ich hingehe, gehst auch du hin.«

»Du bist auch in einer Biker-Gang mit Typen, die vielleicht nur darauf warten, sich auf uns zu stürzen.«

Ich schüttelte den Kopf. »Nein. Slade hat die Sache unter Kontrolle. Ich habe ihm gesagt, dass du abgehauen bist und dass ich meine Pflicht als dein Bodyguard tue und dich zurückhole.«

»Mein *Bodyguard*?« Ihre Augen weiteten sich.

»Ja.« Ich zerrte sie hinter mir her zur Tür.

»Und du glaubst wirklich, dass diese Typen dir glauben werden?«

»Natürlich werden sie das. Ich bin der Vizepräsident.«

Aber zum ersten Mal, seit ich diesen Plan ausgeheckt hatte, war ich nicht mehr so zuversichtlich, wie ich es gerne gewesen wäre. Ich hatte Slade zwar gesagt, dass ich Emily zurückholen würde, aber erst nachdem er mich in heller Panik angerufen hatte. Offenbar hatte Summer Emilys Haus durchwühlt vorgefunden und war ausgeflippt. Hawk hatte Slade angerufen, nachdem er mich nicht erreicht hatte – ich hatte ihn ignoriert, weil ich ihm gegenüber nicht zugeben wollte, was passiert war. Slade hatte ich versichert, dass es mir gut ging und dass ich Emily dicht auf den Fersen war. Das würde mir genug Zeit geben, um dorthin zu gelangen, wo wir hinmussten, und sollte Hawk vorerst zufriedenstellen – auch wenn Slade von meiner Story nicht ganz überzeugt schien.

Wenn Flick oder einer der Jungs herausfände, dass ich

versuchen wollte, Pops auf eigene Faust auszuschalten, würden sie mich entweder verstoßen oder mir die Seele aus dem Leib prügeln. Trotzdem, ich konnte diese Gelegenheit nicht an mir vorbeiziehen lassen. Ich würde dafür bezahlen, so viel war klar. Entweder würden Pops und seine Männer mich um die Ecke bringen, oder man würde mich aus dem Club ausschließen. Aber wenn ich den Wichser ein für alle Mal beseitigen konnte, war es das wert.

Emily hörte auf, mit mir zu streiten, und kurz darauf waren wir draußen und liefen eine Schotterstraße hinunter, die zu einer Stadt führte, von der ich noch nie gehört hatte – wahrscheinlich, weil es dort nicht viel zu sehen gab. Auf beiden Seiten der Straße gab es nichts als hochgewachsene Maisstauden, die sich im Wind wiegten. Es war Ende Mai – kurz bevor die große Hitze einsetzte. Ein mitternächtlicher Spaziergang mitten im ländlichen Indiana würde von den Temperaturen her gar nicht so schlecht sein.

Und ich musste meine Gedanken vom Club und meinen Brüdern ablenken.

»Also, JB, erzähl mal. Was genau macht deine Pussy feucht, hm? Was bringt deinen Motor zum Brummen?«

Sie stöhnte und bedeckte ihr Gesicht. »Heilige Scheiße! Könntest du einfach ... mit diesen Fragen *aufhören*?«

»Hey!« Ich hielt meine freie Hand hoch. »Ich muss nur wissen, was dich feucht macht, damit ich es nicht tue.« Ich stupste ihre Schulter an. »Wir wollen doch nicht, dass du auf dumme Gedanken kommst, was mich und meinen heißen Körper betrifft, oder?«

»Ernsthaft. Du benimmst dich wie ein zehnjähriger Junge. Das Letzte, was ich will oder *jemals* wollen würde, ist, mit dir zu schlafen.«

»Gut. Aber tu mir den Gefallen und beantworte die Frage trotzdem.«

»Ganz bestimmt nicht. Es geht dich nichts an, wer oder was *irgendetwas* mit meiner *Pussy* macht.«

»Sag es noch einmal.« Ich leckte mir über die Lippen und grinste.

»Was?«

»*Pussy*.«

Sie rollte mit den Augen und verschränkte die Arme, wobei sie meinen gefesselten Arm zu sich herüberzog. Leider sagte sie mir nicht, was ich wissen wollte, also würde ich es wohl irgendwie selbst herausfinden müssen.

»Gut.« Ich seufzte dramatisch. »Aber sprich mit mir. Ich hasse Stille und langweile mich.«

»Du hast offensichtlich ADHS.«

»Ja, hab ich.« Ich zuckte mit einer Schulter. »Aber die Pillen haben mich als Kind fertiggemacht. Mom hat sie mir abgewöhnt, als ich acht war.«

Sie sagte nichts, sondern sah mich nur komisch an.

»Komm schon, gib mir einen Tipp«, fuhr ich fort. »Wir haben noch fast einen Kilometer Fußmarsch vor uns.«

Unsere Hände berührten sich wegen der Handschellen. Im Gegensatz zu mir ballte sie ihre Hand zu einer Faust, als würde die Berührung schmerzen.

»Was ist mit deinem Ex?«, fragte ich. »Wie war er denn so?« Ich war auch neugierig, warum diese Frau, im Gegensatz zu allen anderen, so unbeeindruckt von mir war. Klar, sie war sehr prüde und anständig. Aber selbst die gottesfürchtigsten Tussis waren bei mir schon schwach geworden.

Im wahrsten Sinne des Wortes. Ich hatte einmal nach einem Run eine Nonne vor ihrer Kirche gefickt.

»War er so ein superschlauer Kerl? Ist es das, was dich feucht macht?«

»Das sage ich dir nicht«, schnauzte sie.

»Ach, komm schon. Ich will all deine kleinen, schmutzigen Geheimnisse kennen.«

»Äh, nein. Das willst du wirklich nicht.«

Ich wollte. Außerdem wurde mir beim Laufen langweilig. Mir wurde generell schnell langweilig. Deshalb liebte ich es, Teil des Clubs zu sein. Ich war immer auf Achse, hatte immer etwas zu tun. Es war immer jemand da, mit dem ich reden konnte. Ich konnte immer am Motorrad arbeiten, eine Frau ficken oder trainieren gehen. Ich brauchte solche Konstanten im Leben. Sonst fing ich an, über Dinge aus meiner Vergangenheit nachzudenken. Und sie zu bedauern.

»Hey, du bist diejenige, die weggelaufen ist. Wir wären jetzt nicht hier, wenn du das nicht getan hättest. Vergiss das nicht.«

Sie schürzte die Lippen und blieb still, als wir die Hauptstraße erreichten. Vor uns sah ich die leuchtenden Schilder der Stadt, und mein Magen knurrte bei dem Gedanken an Essen. Wie lange war es her, dass ich etwas anderes als Zigaretten, Kaffee oder Junkfood konsumiert hatte?

»Ich werde dir *nichts* über meine sexuellen Wünsche erzählen, Archer«, sagte sie schließlich. »Aber wenn du etwas *anderes* wissen oder besprechen willst, bin ich *vielleicht* bereit, mit dir zu reden, je nachdem, worum es geht.«

»Wird das einer dieser offenherzigen Momente, wo du mir etwas erzählst und ich dir im Gegenzug etwas über mich erzähle? Wir können auch ein Spiel draus machen. Wer kneift, muss ein Kleidungsstück ausziehen? Wie beim Strip-Poker, nur mit Worten?«

Sie schüttelte den Kopf und schnauzte mich überraschenderweise nicht wegen meiner schmutzigen Gedanken an. »Nö.«

Ich blinzelte sie an. »Bist du sicher? Könnte lustig werden.«

»Ja.« Sie stöhnte auf. »Ich bin mir sehr sicher, dass ich *nicht* Strip-Poker mit Worten spielen möchte.«

Ich wusste nur sehr wenig über diese Frau. Eigentlich bloß, dass sie Hawks kleine Schwester war, eine Unruhestifterin und eine ausgewiesene Nervensäge. Es nervte mich, dass ich keine Ahnung hatte, wie sie tickte, wo ich doch normalerweise jeden Menschen, den ich traf, lesen konnte wie ein offenes Buch.

»Na gut. Also keine Gespräche über Sex.« Ich hielt inne, sah mich um und versuchte, an etwas zu denken, das nicht unanständig war. Ein normales Gespräch mit einer Frau zu führen war nicht unbedingt meine Stärke, und es machte mich unruhig. Gleichzeitig machte es mich wahnsinnig, dass ich sie nicht einschätzen konnte, und deshalb würde ich mich bei dieser Frau aus meiner Komfortzone herauswagen müssen.

Ich erblickte ein paar Bäume am Straßenrand. Es war nicht unbedingt ein Wald, aber sie boten Sichtschutz, sodass uns niemand in der Dunkelheit beobachten konnte. Es erinnerte mich ein wenig an das Gelände des Clubs – genauso wie der Geruch von Benzin, der von weiter vorne zu uns herüberwehte. Aber als ich in den Himmel schaute und den Mond sah, erinnerte ich mich an einen anderen Ort und eine andere Zeit in meinem Leben – eine Zeit, in der ich viele Stunden mit meiner Mutter auf Drahtstühlen mit rostigen Füßen auf einer Steinterrasse gesessen hatte, die mein alter Herr nie in Ordnung gebracht hatte.

Mein Hinterhof als Kind in Irland war kein Paradies gewesen, nicht wie die Bilder, die man vielleicht im Internet fand, oder wie es in Filmen dargestellt wurde. Nein, mein Hinterhof als Kind bestand aus nichts als kaputten Steinfliesen, rostigen Stühlen, Motorradteilen und dem Geruch des Lieblingswhiskeys meines Vaters, begleitet vom Parfüm meiner Mutter. Und ich hätte daran nichts ändern wollen. Wenn ich die Augen schloss, hörte ich manchmal ihren Lieblingssänger aus dem Plattenspieler dröhnen, während sie und Dad fachsimpelten und an ihren Motorrädern herumwerkelten. Es kam nicht oft vor, dass ich an diese Zeit in meinem Leben zurückdachte, an das steinerne Häuschen inmitten der Unkrautfelder, mit dem beschissenen Dach und der noch beschisseneren Veranda, aber in diesem Moment traf mich die Erinnerung wie ein Faustschlag. Sie würde mich nicht loslassen, bis ich darüber sprach.

Keine Ahnung, warum.

Ich runzelte die Stirn und räusperte mich, bevor ich fragte: »Wie wäre es mit dieser Frage: Wenn du jetzt irgendwo anders sein könntest, wo wärst du gerne?«

Sie lächelte ganz breit. Es war das erste echte Lächeln, das ich seit Langem bei ihr gesehen hatte. Vielleicht seit ich sie kenne. »Das ist einfach. Ich würde nach Brasilien gehen.« Sie hüpfte ein wenig auf der Stelle, was noch merkwürdiger war.

Ich blinzelte. »Das klingt verdammt langweilig.«

»Gar nicht.« Sie schüttelte den Kopf. »Brasilien ist bekannt für den Karneval in Rio und einige wirklich tolle Strände.« Ihre Stimme wurde ein wenig leiser. »Eigentlich wollten meine Mutter und ich vor meiner Hochzeit eine Reise dorthin machen.«

Guter Gott! Zwei heikle Themen in einem Satz? Ich bemühte mich, einen Witz zu machen. »Tja, wenn es Nacktbadestrände gibt, bin ich dabei.«

»Natürlich musst du gleich wieder Sex ins Gespräch bringen, wenn ich versuche, dir etwas Persönliches mitzuteilen.« Sie schritt vor mir her, aber unsere gefesselten Hände ließen sie nicht weit kommen.

»Komm schon, JB. Ich mach nur Witze.«

»Witze reißen ist dein Lebensmotto.«

Ich blieb stehen und forderte sie auf, sich mir zuzuwenden. Sie hatte nicht unrecht. Ich wollte es ihr sagen, aber ihr Gesichtsausdruck verriet mir selbst im Dunkeln, dass sie nicht erfreut darüber wäre, wenn ich mich weiter über sie oder das Gespräch lustig machte.

»Ich bin dran«, sagte ich.

»Ich will es nicht hören, wenn du nur idiotische Antworten von dir gibst.«

»Diesmal keine idiotischen Antworten.« Ich malte mit dem Finger ein X über meinem Herzen.

Ihre Augen verengten sich, als würde sie mir immer noch nicht trauen, aber sie hielt ihre Lippen geschlossen. Es gab nicht viele Menschen, die mir auf diese Weise vertrauten. Es war ... ein gutes Gefühl.

Ich begann wieder zu gehen und hielt sie dieses Mal an den Handschellen nahe bei mir. Nicht, dass irgendjemand sonst hören konnte, was ich sagte, als ich sprach, ich war es einfach nicht gewohnt, mich so zu öffnen. »Es wird dich überraschen, JB. Wenn ich jetzt irgendwo anders sein könnte, dann wäre es in meinem Elternhaus in Irland.«

»Wirklich?« Unsere Blicke trafen sich, und ich sah etwas in ihrem Blick aufblitzen, von dem ich mir ziemlich sicher war, dass ich es nicht sehen sollte. Verwunderung? Neugierde? Ja. Aber ich war mir fast sicher, dass ich auch ein bisschen Respekt darin sah. Ich wusste, was sie von mir hielt. Sie dachte, dass ich nur ein idiotischer Biker war. Aber im Gegensatz zu den meisten meiner Brüder hatte ich ein ganz anderes Leben gehabt, bevor ich ein RD wurde.

»Ja.« Meine Kehle brannte ein wenig, ich war wie erstarrt. Ich räusperte mich und versuchte, mich nicht schwach zu fühlen.

»Ich wette, es ist wunderschön dort, nicht wahr?«

»In manchen Gegenden schon.« Ich zuckte mit den Schultern. »Das Meer war ziemlich krass. Es hat oft die Farbe gewechselt. Manchmal war es blau, manchmal sah es fast helllila aus, besonders wenn es geregnet hat.«

»Du meinst, es sah lavendelfarben aus, nehme ich an.«

Ich runzelte die Stirn und führte uns in Richtung des Restaurants, das etwa fünfzig Meter vor uns lag. »Pizza« war alles, was auf dem Schild stand. Was für ein geniales Werbeschild.

»Was ist falsch daran, einfach helllila zu sagen?«

»Die Farben haben ihre Namen nicht ohne Grund. Wenn du helllila sagst, könntest du Flieder oder Hyazinth oder Veilchenblau meinen.« Sie zuckte mit den Schultern. »Solche Unterschiede sind von Bedeutung, zum Beispiel für Künstler.«

»Scheiße, JB. Das ist zu kompliziert.«

Sie folgte mir hinein, und der Geruch von Fett und Speck schlug uns entgegen. »Nur wenn du es kompliziert machst.«

»Touché.« Ich schmunzelte, als die Gastgeberin uns begrüßte.

»Zwei?«, fragte sie und sah zwischen uns hin und her.

»Ja.« Ich nickte und zerrte JB hinter mir her.

Sekunden später gingen wir in den hinteren Teil des kleinen, ruhigen Restaurants, wo nur wenige Leute saßen, die uns bemerken konnten. Aber die Kellnerin sah unsere gefesselten Arme, als Emily sich als Erste an den Tisch setzte. Ihre grauen Augen weiteten sich, und sie blickte verwirrt zwischen uns hin und her.

»Frisch vermählt. Ein kleiner Spaß«, flüsterte ich gerade so leise, dass Emily mich nicht hören konnte. Dann nahm ich ihr gegenüber Platz, unsere aneinandergeketteten Arme über die Tischplatte gestreckt. Emilys Augenbrauen hoben sich fragend, und ich zwinkerte ihr sanft zu. Wenn sie mitbekäme, dass ich diese Frau verarsche, würde sie wahrscheinlich wieder sauer werden. Und ich hatte heute genug Belehrungen für einen Tag erhalten.

»G...Getränke?«, stammelte die Kellnerin.

»Whiskey.« Ich lächelte zu ihr auf und fragte mich, wie sie wohl im Bett sein würde.

Aber anders als sonst, wenn ich daran dachte, eine Frau zu ficken, kam mir kein konkretes Bild in den Sinn. Stattdessen sah ich den nackten Körper einer kleinen Brünetten vor mir, die auf dem Bett lag, das wir uns heute Nacht teilen würden, meine Zunge zwischen ihren Beinen. Gott, was für Geräusche würde Emily machen, wenn sie kam? War sie ein Schreihals? Wimmerte sie vielleicht? Würde sie meinen Namen stöhnen oder ...

»Archer.«

Ich blinzelte und erwachte aus meiner Fantasie. Ich drehte mich zu Emily und öffnete den Mund, aber es war verdammt schwer, ein Wort herauszubringen.

Herrgott, Archer! Reiß dich zusammen.

»Weißt du, was du essen willst?«, fragte sie mit strengem Ton, als wäre ich ein Kleinkind, das nicht zuhörte.

»Nein.« Ich runzelte die Stirn und sagte dann: »Aber JB hier hätte gerne einen Margarita auf Eis.«

Emily warf mir einen bösen Blick zu, aber sie widersprach auch nicht.

»Du solltest nicht so viel trinken.« Nachdem die Kellnerin gegangen war, nahm sie ihre Speisekarte zur Hand und verbarg ihr Gesicht dahinter, während sie sagte: »Leberversagen ist keine gute Art zu sterben.«

»Und *du* solltest vielleicht mehr trinken. Das hilft womöglich mit dem Stock im Arsch.«

»Ich sagte doch, ich trinke nicht.«

»Warum? Verträgst du keinen Alkohol?«

»Nein. Ich ... Es macht mich dumm.«

Ich strich mir mit dem Finger über die Lippe und musterte sie. »Dumm wie in ›Lass dein Höschen fallen‹-dumm?«

Ich wartete auf eine Ohrfeige oder einen Schlag auf die Schulter, aber es kam nichts. Stattdessen zuckte sie mit den Schultern und sagte: »Hat dir deine Mutter nie gesagt, dass du deinen Mund halten sollst?«

Verdammt! Diese Nicht-Antwort gefiel mir.

»Nein, eigentlich nicht. Ma hatte einen größeren Mund als ich.«

»Die arme Frau«, murmelte sie.

»Ja. Arme Ma und ihr großer irischer Mund. Das war eines der Dinge, die ich am meisten an ihr geliebt habe.«

»Oh, ähm ... geliebt *hast?*«

»Ja.« Ich räusperte mich. »Sie wurde damals in Irland ermordet.«

Emily versteifte sich und starrte mich über ihre Speisekarte hinweg an. »Das wusste ich nicht. Es tut mir leid.«

»Was, du wusstest nicht, dass die Polizei ihre Leiche in lauter Stücke zerhackt gefunden hat? Schaust du kein Fernsehen?« Ich wollte eigentlich witzig sein, aber sie wurde plötzlich ganz blass im Gesicht.

»O Gott!« Sie ließ die Speisekarte auf den Tisch fallen und nahm ihre Hand. Ich runzelte die Stirn und war mir nicht ganz sicher, warum sich mein Magen bei dem Anblick und dem Gefühl ihrer Hand in meiner zusammenzog. Aus irgendeinem Grund wollte ich, dass sie es erfuhr. Mir war danach, zumindest einmal im Leben darüber zu reden. Seit dem Tag, an dem sie gestorben war, vermisste ich meine Ma jeden einzelnen Tag. Und selbst all diese Jahre später tat die Erinnerung an sie weh.

»Dad sagte mir, sie sei ein Zufallsopfer. Ich glaubte ihm. Sie haben den Mörder nie gefunden.«

»Das ist schrecklich«, flüsterte sie.

Ich zuckte mit den Schultern und schaute ihr wieder ins Gesicht. Den Gedanken an Rache hatte ich schon vor langer Zeit aufgegeben, im Gegensatz zu meinem Vater. »Irgendwann hat er wieder geheiratet, aber es hat nicht lange gehalten. Er und meine Mutter waren wie Pinguine.«

Emilys ganzes Gesicht schien sich bei der Analogie zu erhellen. »Pinguine bleiben ein Leben lang zusammen.«

»Siehst du? Ich bin nicht so dumm, wie du denkst.«

»Ich halte dich nicht für dumm«, sagte sie mit einem Stirnrunzeln. »Nur für unreif.«

»Ja. So wie alle anderen auch.« Das war der Grund, warum

ich mich ständig wie ein notgeiler Idiot aufführte. Ich war nicht der, für den mich alle hielten. Und ich korrigierte sie auch nicht. Selbst Hawk, Slade und Flick kannten nicht die ganze Geschichte meiner Kindheit und wussten nicht, wie viel Scheiße ich erlebt hatte. Aber so war es einfacher. Ich verschanzte mich hinter dem Bild, das ich von mir aufgebaut hatte.

»Wenn du es nicht bist, warum verhältst du dich dann so? Warum erlaubst du dir nicht einfach, du selbst zu sein?«

»Wer im Glashaus sitzt, sollte nicht mit Steinen werfen, JB.«

Sie schürzte die Lippen, aber was immer sie dachte, sie behielt es für sich. Das war auch gut so. Das wurde mir alles ein bisschen zu viel. Diese ganze Offenheits-Kacke. Ich war derjenige, der herausfinden wollte, wie Emily tickte – was sie zu der Frau machte, die sie war. Nicht andersherum, verdammt noch mal!

»Wie bist du in den USA gelandet?«, fragte sie und fuhr mit der freien Hand flach über die Speisekarte. Sie zitterte ein wenig, fast so, als wäre sie nervös. »Ich meine, du musst das nicht beantworten. Niyol hat mir gesagt, dass du nicht gerne über deine Vergangenheit sprichst, und das sollte ich respektieren ...«

»Aber du fragst trotzdem.« Ich konzentrierte mich wieder auf meine Speisekarte und runzelte die Stirn. Emily und ich würden bald getrennte Wege gehen, was konnte es also schaden, ihr ein wenig von meinem Scheiß zu erzählen, um sie dazu zu bringen, mir ihren Scheiß anzuvertrauen? War das nicht der Sinn dieses ganzen Spiels? Endlich etwas über sie zu erfahren?

»Tut mir leid«, flüsterte sie und sah aus dem Fenster. Ihr langes Haar streifte meinen Arm, als sie den Kopf drehte.

Ein Schauer lief mir über den Rücken. Ich schloss die Augen und versuchte, mich wieder zu fangen, bevor ich antwortete. Diese ganze verdammte Nähe wegen der Handschellen fing an, ein Problem zu werden. Vielleicht sollte ich doch noch einmal überdenken, ob sie wirklich nötig waren.

Ich wischte mir mit der freien Hand über das Gesicht und stützte meinen Ellbogen auf den Tisch. »Schon in Ordnung. Ich spreche aus einem ganz bestimmten Grund nicht darüber.«

Sie wandte sich mir wieder zu. »Und was ist der Grund?«

»Du bist sehr neugierig.« Ich stieß ihr Knie unter dem Tisch mit meinem eigenen an.

»Das ist die Wissenschaftlerin in mir.« Ein Achselzucken folgte ihrem langen Seufzer.

»Gut. Ich werde es dir sagen. Aber nur unter einer Bedingung.«

»Welcher?« Ihre Augen verengten sich misstrauisch.

»Du beantwortest jede Frage, die ich stelle, wann immer ich sie stelle.«

Sie lehnte sich in ihrem Sitz zurück und atmete hörbar ein und aus. »Das ist nicht fair.«

Ich stupste erneut ihr Knie an und sagte grinsend: »Aber die Wissenschaftlerin in dir wird nicht ruhen, bis du alles über mich weißt, stimmt's?«

Sie starrte mich an, mit dunklen Augen und dunklen Brauen, rosa Lippen und diesen verdammten Sommersprossen, die ich unbedingt zählen wollte.

»Gut.«

»Ja?« Ich hob überrascht die Brauen. Ich hatte nicht erwartet, dass es so einfach sein würde, aber was wusste ich schon über JB?

»Ja.« Ich hörte die Verärgerung in ihrer Stimme und konnte mir nicht verkneifen, leise zu lachen.

»Okay, gut.« Ich rieb mit der freien Hand über meine Jeans. »Eines Tages bekam Dad einen Anruf von Pops. Der Anruf kam aus heiterem Himmel, denn sie waren sich davor nur einmal begegnet, durch einen gemeinsamen Biker-Kumpel. Ich schätze, sie haben sich damals gut verstanden, so gut, dass Pops, als er von meiner Ma hörte, nachgeforscht hat. Er rief meinen Dad an und erzählte ihm, dass er einen Typen kannte, der einen anderen Typen kannte, der wahllos Frauen in Übersee tötete und damit prahlte und so.« Ich sah Emily wieder an und wünschte mir, meine Geschichte würde besser enden, als sie es tat.

»Das war nicht wahr, oder?«, fragte sie mit einem Stirnrunzeln.

»Nein. Pops war nur ein Arschloch, das mehr Leute brauchte, um seinen Club zu gründen.« Ich spielte mit einer Serviette und zerfetzte sie, während ich weitersprach. »Ich sagte meinem alten Herrn, dass er ein Idiot sei, einer Spur nachzugehen, die von vornherein keinen Sinn ergab. Ich war zwölf und wusste, dass es eine verdammte Farce war. Aber der Feldzug meines Alten, um seine Frau zu rächen, führte uns in die Vereinigten Staaten, weg von dem Land, das ich liebte.«

»Das tut mir sehr leid.« Emily griff wie zuvor nach meiner gefesselten Hand und verschlang ihre Finger mit meinen.

Ich runzelte die Stirn und starrte einen langen Moment darauf hinunter. Mir fiel auf, wie unterschiedlich wir waren, ihre winzigen Finger in meinen riesigen Händen. Ich war mir ziemlich sicher – sosehr es mich auch nervte –, dass ich nie vergessen würde, wie ich mich fühlte, wenn ich ihre Hand hielt. Vielleicht war es dasselbe wie mit dem Umarmen, beides hatte ich noch nie einfach so gemacht, ohne weitere Absichten.

»Es ist ein Teil meines Lebens, über den ich nicht mehr viel nachdenke.«

Sie nickte und zog ihre Hand zurück in ihren Schoß. Ich hasste es, dass ich sie mir zurückwünschte. Hasste es, wie sehr ich sie wieder spüren wollte. »Ja. Ich versteh schon. Mom und ich ... wir haben auch schlimme Dinge durchgemacht.« Sie starrte stirnrunzelnd auf ihren Schoß. »Das Traurige daran ist, dass es besser wurde, nachdem Mom Pops getroffen hatte, als ich sechzehn war – angeblich zum ersten Mal. Auf einmal hatten wir keine Geldsorgen mehr, hatten ein tolles Haus, Mom konnte ihr Hochzeitsplanungsbusiness eröffnen ...«

»Du weißt, woher das ganze Geld kommt, oder?«, fragte ich. Ich wollte ihre kleine Traumwelt nicht zum zweiten Mal in einer Nacht niederreißen. Aber dieses Mal musste ich es tun. Nichts an Pops war gut, egal, was andere dachten.

»Ja.« Ihre Augen wurden traurig. »Aber sosehr ich Pops auch hasse, als er in unserem Leben auftauchte, wurde für meine Mutter vieles einfacher. Ich konnte aufs College gehen, ich habe Summer kennengelernt, ich habe an einer tollen Schule unterrichtet.«

Mir entging nicht, dass sie in der Vergangenheitsform von ihrer Arbeit sprach. Ohne Vorwarnung zu verschwinden, wie sie es getan hatte, bedeutete, dass sie wahrscheinlich ihren Job verlieren würde. Es bedeutete ganz generell, dass Emily eine Menge Möglichkeiten in ihrem Leben verpassen würde – und nur, weil ihre Mutter so egoistisch war. In diesem Moment hasste ich Lisa mehr als Pops. Weil sie ihrer Tochter alles vermasselt hatte, auch wenn das nicht ihre Absicht gewesen war.

»Dein Vater ...« Sie zögerte, um das Thema zu wechseln. »Er wurde auch getötet, richtig?«

»Ja. Bei einem missglückten Run, dank Pops.«

»Oh!« Sie blinzelte zu mir hoch.

»Deshalb komme ich mit dir mit. Ich habe vor, das Arschloch zu töten.«

Ihre Augen weiteten sich, aber überraschenderweise sagte sie nichts.

»Willst du mir nicht sagen, dass es eine dumme Idee ist, alleine die Konfrontation mit ihm zu suchen?«, fragte ich, neugierig, was ihr durch den Kopf ging.

»Würde es einen Unterschied machen, wenn ich das sagen würde?«

»Nein.«

»Also sage ich nichts. Zumal es eine ebenso dumme Idee ist, zu versuchen, Mom zu retten.«

»Stimmt.«

Ich wollte ihr aber noch mehr sagen. Ich wollte ihr sagen, dass es nicht nur dumm war, ihrer Mutter zu Hilfe zu eilen – vor allem, weil sie gar nicht genau wusste, warum die Frau sie überhaupt verlassen hatte –, sondern praktisch der sichere Weg in den Tod. Sie wusste nicht, wozu Pops fähig war. Nicht in dem Maße, wie ich und die RDs es taten. Deshalb war ich froh, mit ihr zu gehen – damit ich sie beschützen konnte, falls etwas schiefging. Das Letzte, was ich wollte, war, dass Hawk und Summer sie verloren.

»Nicht, dass ich mich beschweren würde, aber warum erzählst du niemandem, was du vorhast?«

»Ganz einfach.« Ich lehnte mich auf dem Tisch nach vorne und zog ihre gefesselte Hand mit der meinen zusammen. »Wenn ich jemandem die Wahrheit erzähle, kann ich nicht alleine gehen. Ich könnte meine besten Freunde verlieren. Das werde ich nicht zulassen.«

Emily antwortete nicht sofort. Stattdessen sah sie mich an. Niemand sah mich je an, als wäre ich wichtig. Als wäre ich ein Held. Und warum? Weil ich nicht mehr war als ein Typ, der der beste Red Dragon sein wollte, der er sein konnte. Und Red Dragons trugen keine Umhänge wie Superhelden.

»Du bist bereit, dich selbst zu opfern«, erklärte sie sachlich.

»Das bin ich, ja.« Es gab nichts zu ergänzen. Meine Brüder hatten ein Leben. Ich hatte, tja, nichts … Nichts außer ein paar Monatsaffären, meinem Whiskey und diesem Moment, in dieser Pizzeria, mit einer Frau, die etwas suchte, was ich ihr niemals würde geben können, selbst wenn sie es noch so wünschte. Selbst wenn *ich* es wünschte.

Beständigkeit und Freundschaft. Zwei Qualitäten, die ich bei Frauen nicht an den Tag legte. Niemals.

»Genug von mir«, sagte ich und lächelte, um die Stimmung

aufzulockern. »Ich bin verdammt langweilig für ein kluges Ding wie dich.«

Enttäuschung blitzte in ihrem Blick auf, aber sie hielt nicht lange an. Morgen würden wir einen Abend wie diesen nicht noch einmal erleben. Für mich zählte nur das Hier und Jetzt.

NEUN

EMILY

Ein seltsames Gefühl ließ meinen Magen flattern, als wir die Straße zurück in Richtung des Bauernhofschuppens beziehungsweise Airbnbs liefen. Ich will nicht sagen, dass es Glück war, aber es war etwas, das ich schon lange nicht mehr gefühlt hatte. Zufriedenheit? Entspanntheit? Oder war es einfach der Margarita, den ich getrunken hatte? Oder vielleicht die Gesellschaft, in der ich mich befand? Wie auch immer, ich war dankbar dafür.

Archer war definitiv anders, als ich gedacht hatte. Und irgendwie hasste ich mich dafür, dass ich ihm nicht schon früher mehr Vertrauen geschenkt hatte. Mir so voreilig eine Meinung über ihn zu bilden, wie ich es getan hatte, war falsch, und ich fragte mich, ob ich auch *alle* anderen Red Dragons falsch eingeschätzt hatte.

Na ja, alle außer Chop.

Ich strich mit der Hand über die Verletzung an meinem Hals und beschloss, ein neues Thema anzusprechen. Wir beide hatten während des ganzen Abendessens geredet und unsere mittelmäßige Pizza verschlungen, als wäre sie das Beste, das wir je gegessen hatten. Vielleicht lag es am Alkohol, aber ich konnte nicht behaupten, dass ich mich heute Abend nicht amüsiert hätte.

»Was wirst du tun, wenn das alles vorbei ist?«, fragte ich ihn und starrte in den Nachthimmel. Es begann ein wenig zu regnen, genug, um meine Wangen und mein Haar zu benetzen. Normalerweise hätte es mir etwas ausgemacht, aber heute nicht. Meine Strickjacke durfte zwar nur chemisch gereinigt werden, aber ich würde sie so schnell nicht wieder brauchen. Meine Tätigkeit als Lehrerin musste leider für eine Weile – vielleicht für immer – auf Eis gelegt werden.

»Ich geh zurück in den Club und trink Whiskey, bis ich kotze.« Er grinste, und auf seiner rechten Wange bildete sich ein Grübchen, das ich noch nie bemerkt hatte.

»Sehr erwachsen.« Ich rollte mit den Augen.

»Ich habe nie behauptet, ich sei etwas anderes.« Anders als sonst, wenn er solche Scherze machte, verzog er keine Miene.

Hatte ich ihn beleidigt? Ich hoffte, nicht, aber ich hatte auch das Gefühl, dass Archer etwas gesagt hätte, wenn er sich von mir beleidigt gefühlt hätte. Ich fragte mich, ob Archer vielleicht gar keinen Plan hatte, was er nach seiner Rückkehr tun würde, weil er nicht erwartete, das Ganze zu überleben.

Der Gedanke daran ließ mein Herz ein wenig schneller schlagen und schnürte mir die Brust zu. Ich kannte diesen Mann kaum, aber gleichzeitig war er so anders, als ich angenommen hatte. Ich wollte nicht, dass er starb, nicht für seinen dummen Club und ganz sicher nicht für mich.

Ich räusperte mich und stellte meine Frage dieses Mal etwas anders. »Okay. Wie wäre es damit: Wenn du kein Biker wärst und nicht im Club arbeiten würdest, was würdest du dann jetzt tun?«

Zum ersten Mal, seit ich Archer kannte, hatte er nicht sofort eine Antwort für mich parat. Es war fast so, als ob er überlegte, was er sagen sollte. Es war seltsam, ihn so schweigsam zu sehen. Wenn ich eine Sache über Archer gelernt hatte, dann, dass er gerne redete, und sei es nur, um seine eigene Stimme zu hören. Diese ruhige, ernste Version von ihm ließ meinen Magen ein klein wenig hüpfen.

»Das hat mich noch nie jemand gefragt.« Er runzelte die Stirn und starrte nach vorn. Wir waren gerade in den Feldweg eingebogen, wir gingen viel langsamer als auf dem Hinweg. Ich war mir nicht sicher, wer von uns beiden das Tempo mehr drosselte.

»Tja, dann ist es wohl sozusagen eine Premiere.«

Seine Augen verengten sich, und ein schmutziges kleines Lächeln erhellte sein Gesicht. »Oh, glaub mir. Du wärst wirklich eine Premiere. Eine lustige, um ehrlich zu sein.«

»Lass daaas.« Ich schubste ihn, aber anstatt empört zu sein, lachte ich. Nach nur einem Tag, den wir zusammen verbracht hatten, war ich mir ziemlich sicher, diesen Mann ein ganzes Stück besser kennengelernt zu haben.

Was mich selbst betraf, wusste ich, wie mein Leben aussähe, wenn meine Mutter nicht mit Pops abgehauen wäre. Ich liebte es, Lehrerin zu sein, und hatte es für den Rest meines Lebens bleiben wollen. Es hatte etwas Magisches, die leuchtenden Augen der Kinder zu sehen, wenn sie merkten, wie spannend Naturwissenschaft sein konnte. Wenn sie zum ersten Mal durch ein Mikroskop schauten oder sogar einen Frosch sezierten ...

Ich war mir nie wirklich sicher gewesen, ob ich eigene Kinder wollte oder nicht. Kleinkinder waren für mich ein ziemliches Rätsel. Sam hatte sich Kinder gewünscht. Und ich hatte einfach angenommen, dass wir es eines Tages versuchen würden. Aber jetzt, wenn ich darüber nachdachte, war ich mir nicht mehr hundertprozentig sicher, ob Kinder wirklich etwas für mich waren. Ich hatte sogar einmal daran gedacht, ein paar Pflegekinder aufzunehmen oder ein älteres Kind zu adoptieren, das sonst keine großen Chancen im Leben haben würde. Sogar einen lästigen kleinen Biker.

Einen jungen Archer zum Sohn zu haben. Das gäbe nur Ärger und Aufruhr. Ich lächelte ein wenig bei dem Gedanken.

»Ich hätte eine Motorradwerkstatt eröffnet.«

»Ja?« Ich grinste und stellte mir vor, wie er ganz seriös und mit einem Lächeln im Gesicht vor seinem Laden stand und am Eröffnungstag mit einer riesigen Schere feierlich ein großes rotes Band durchschnitt.

»Ja. Das war so eine Sache, die ich immer mal machen wollte, schätze ich.«

Ich stieß mit meiner Hüfte gegen seine. Mir war ein wenig schwindlig, und ich musste meine freie Hand auf seinen Oberarm legen, um das Gleichgewicht zu halten. Sein Lächeln verwandelte sich in ein wissendes Grinsen, woraufhin ich mit den Augen rollte. Trotzdem musste ich sagen, was mir durch den Kopf ging. Wenn ich es nicht tat, würde ich es bereuen. Manchmal brauchte man jemanden, der seine Träume ernst nahm, damit sie sich real und greifbar anfühlten.

»Das kannst du immer noch, weißt du. Einen Laden eröffnen.«

»Nein.« Er schüttelte den Kopf. »Ich bin ein Lebenslänglicher bei den RDs. In der Werkstatt mit ein paar Umbauten auszuhelfen reicht mir.«

Aber tat es das wirklich? Ich wollte ihn fragen, aber gleichzeitig wollte ich nicht anmaßend sein. Nur weil wir zusammen zu Abend gegessen hatten, uns anständig unterhalten hatten und jetzt aneinandergefesselt waren, hieß das nicht, dass wir Freunde werden würden. Archer und ich waren zwei grundverschiedene Menschen, und was ich über ihn und sein Leben dachte, wäre für ihn nichts als eine kleine, unbedeutende Meinung, die er an einem von 365 Tagen im Jahr zu hören bekam.

Er hatte gesagt, er würde mich zu meiner Mutter bringen, weil er zu Pops wolle. Aber er hatte sich selbst auch mehrmals als meinen Leibwächter bezeichnet. Ich war nicht betrunken, nicht im Geringsten, aber der Gedanke, dass er mir überhaupt helfen wollte, verwirrte mich. Ich fragte mich, ob er ehrlich war oder einfach nur seine eigenen Lügen und Vorwände durcheinanderbrachte. Ich wollte ihm nicht misstrauen, aber der Teil von mir, der am liebsten nichts von den Red Dragons wissen wollte, zerrte an meinen Gedanken und drängte mich, Abstand zwischen uns zu bringen.

»Und du?«, fragte er und stieß meine Hüfte an – ein bisschen zu hart für meinen derzeit labilen Gemütszustand und meinen mit Margarita gefüllten Körper.

»Whoa!« Ich stolperte, und Archer legte seinen Arm um meine Hüfte, um mich aufrecht zu halten. Meine Handfläche lag flach auf seiner Brust.

Ich leckte mir über die Lippen, die plötzlich sehr trocken waren, als sich unsere Körper aneinanderpressten, und schlug die Wimpern zu ihm auf. Unter meiner Handfläche konnte ich den Schlag seines Herzens spüren, und je länger er mich ansah, desto schneller schien es zu schlagen. Archer ging es nur um Sex. Er wollte nicht länger als einen Monat mit einer Frau zusammen zu sein, wenn überhaupt. Aber in diesem Moment sah er anders aus als der Mann, den ich kennengelernt hatte, der seine Lippen für allerlei Sachen, nur nicht zum Küssen benutzte. Archer sah fast ... ein wenig verloren aus, als wären meine Augen plötzlich ein Kompass für ihn, den er anstarren musste, um seinen Weg zu finden.

Wir standen so dicht beieinander, dass mir selbst inmitten dieses kargen Feldes unglaublich heiß wurde. Der Schweiß lief mir den Nacken hinab und unter das Top, das ich unter meiner Strickjacke trug. Seine Hüften bewegten sich näher, und ich spürte eine feste Wölbung in seiner Jeans. Ich kommentierte es nicht ... und Archer überraschenderweise auch nicht.

Etwas zwischen uns hatte sich verändert. Ein namenloses Gefühl, das ich vor langer Zeit ausgeschaltet hatte. Als ich seine Lippen sah, seine Augen, die Art, wie sein Haar über sein

Gesicht fiel und an seinen Schläfen klebte, wollte ich dieses Gefühl nie wieder verlieren.

»Geht es dir gut?« Seine Stimme war leise, von Whiskey und Lust getrübt.

Ich erschauderte und genoss es, wie seine Augen tiefer wanderten und über meine Brüste glitten, die aus dem Ausschnitt meines Tops hervorlugten.

»Ja. Nur ein bisschen beschwipst, glaube ich.« Meine Wangen wurden noch wärmer, und ich war dankbar für das kühle Lüftchen, das aufzog. Gerade stark genug, um mein Frösteln durch etwas anderes als seinen berauschenden Blick begründen zu können.

Archer zitterte auch. Ein Teil von mir wünschte sich, dass es nur wegen der kühlen Brise war, aber ich wusste, was ihm durch den Kopf ging. Es war lange her, seit ich das letzte Mal mit einem Mann geschlafen hatte – seit Sam. Verlangen in den Augen eines Mannes ließ sich nicht verbergen.

Instinktiv packte ich die Vorderseite seines T-Shirts etwas fester und zog ihn näher an mich heran – nicht, dass wir uns noch viel näher hätten kommen können. Brust an Brust standen wir da. Ich schloss die Augen, legte den Kopf zurück, öffnete den Mund leicht und wartete und wartete und wartete ... eine gefühlte Ewigkeit, bis der Klang seiner tiefen Stimme meine Ohren erreichte.

»Emily«, murmelte Archer. »Was machst du ...?«

Küss mich!

Ich will mich lebendig fühlen, Archer.

Bitte.

Sein langer Seufzer strich über meine Wange, als er seinen Mund an mein Ohr legte. Aber seine nächsten Worte waren nicht das, was ich erwartet hatte.

»Wenn du einen Kuss und ein Märchen suchst, JB, dann bin ich leider nicht der Richtige für dich.«

Und dann begann er zu lachen.

ZEHN

ARCHER

Okay, ich hatte mich wie ein Arschloch benommen. Aber was zum Teufel hatte die Frau von mir erwartet? Dachte sie, ich würde alle meine Regeln über Bord werfen und ihr eine kleine Abendromantik-auf-der-Farm-Fantasie in Form eines Kusses schenken?

Scheiß drauf. Jeder wusste, dass ich nicht küsste. Auch Emily. Und nur weil ich ihr ein paar persönliche Dinge über mich erzählt hatte, bedeutete das nicht, dass wir jetzt eine wilde Romanze haben würden.

Wie auch immer, ich fühlte mich schlecht, weil ich sie verführt hatte, obwohl das nicht meine Absicht gewesen war. Wahrscheinlich sollte ich es wiedergutmachen. Ich war mir nur nicht sicher, wie. Bei all dem Gezappel, das sie im Bett neben mir veranstaltete – seit einer Stunde lagen wir da und versuchten zu schlafen –, konnte ich an nichts anderes denken als an ihren Duft von frischen Blumen und an ihre glatten Beine, die unter der Bettdecke immer wieder meine streiften. Es half definitiv nicht, dass mein Schwanz steinhart war. Ich brauchte etwas Action.

»Kannst du nicht einfach still liegen?«, knurrte ich und fuhr mir mit einer Hand über die Stirn.

»Kannst du nicht einfach *aufhören*, ein Idiot zu sein?«, schnauzte sie mich an. »Ich kann mit diesen Handschellen nicht schlafen. Ich habe den ganzen Tag nicht geduscht und …«

»Gut, verdammt!« Ich setzte mich auf, griff über das Bett hinweg nach meiner Jeans auf dem Boden. Langsam zog ich den Schlüssel heraus, in der Absicht, die verdammten Handschellen abzunehmen. Aber beim Aufsetzen glitt mir der Schlüssel aus den Fingern und fiel unter das Bett.

»Was machst du da? Das tut weh. Hör auf so zu zerren«, zischte sie mich an.

»Dann komm halt näher hierher, verdammt!«

Sie seufzte, tat aber, worum ich sie gebeten hatte, und knipste klugerweise die Nachttischlampe an. »So. Jetzt kannst du auch was sehen.«

Ich runzelte die Stirn und ärgerte mich, dass ich nicht selbst darauf gekommen war.

Als ich mich auf den Boden knien wollte, blieb mein Blick an ihren nackten Beinen hängen. Hatte sie weder Hosen *noch* Shorts an?

Ach du Scheiße!

Ich hätte gerne behauptet, dass es die Rundungen ihrer blassen, wohlgeformten Oberschenkel waren, die mir als Erstes auffielen, aber so war es nicht. Stattdessen drehte sich mir der Magen um, als ich sah, dass ihr Tränen in den Augen standen und hinunterzukullern drohten. Sie wischte sie schnell weg, aber ich hatte genug gesehen, um zu erkennen, dass sie wütend oder traurig war.

Verdammt! Jetzt brauchte ich den Schlüssel dringender denn je.

Stirnrunzelnd hockte ich mich auf den Boden, unsere gefesselten Hände bis zum Anschlag ausgestreckt. Ich griff unter das Bett und begann zu suchen. Als ich das kalte Metall ertastet hatte, stand ich auf und legte mich wieder neben sie ins Bett.

»Versprich mir, dass du nicht wegläufst«, sagte ich und betrachtete sie im Profil.

Ihre Augen verengten sich ein wenig. »Nach deinem Verhalten heute Abend kann ich keine Versprechungen mehr machen.«

Mit anderen Worten: Sie würde nirgendwo hingehen.

Langsam streckte ich die Hand aus und löste die Handschellen – zuerst ihre, dann meine. Ein Seufzer verließ ihren Mund. In Sekundenschnelle stand sie vom Bett auf und machte sich auf den Weg ins Bad, vermutlich um zu duschen.

»Hey«, rief ich ihr hinterher.

Sie blieb wie versteinert in der Tür zum Badezimmer stehen, die Schultern angespannt, die Hände zu Fäusten geballt. »Was?«

Es gab Hunderte Dinge, die ich in diesem Moment hätte sagen können. Von »Es tut mir leid, dass ich so ein Arsch war« über »Küssen ist ein Fluch« bis »Du bist verdammt sexy, aber ich binde mich nicht gerne an Menschen, weil sie mich immer verlassen«.

Aber das Einzige, was ich sagte, war: »Lass mich das nicht bereuen, JB.«

Sie verließ den Raum und schlug die Tür mit einem lauten »Fick dich« zu.

Ich wachte in einem leeren Bett auf, in der Mitte des Betts auf dem Bauch ausgestreckt – von Emily keine Spur. Wenn diese Frau weggelaufen war ...

»Scheiße!«

Ich sprang auf.

Sie war nicht im Bett, nicht im Bad, nicht in der kleinen Küche ...

Ich rannte nach draußen und hielt kurz inne, als ich sie auf der kleinen Veranda mit einer Tasse Kaffee in der Hand sah. Ich atmete langsam aus und merkte, dass mir nicht klar war, warum ich in solche Panik geraten war. Es war nicht so, dass es mir etwas *ausmachte*, wenn sie ging. Aber ich brauchte ein genaueres Ziel, um Pops in Kentucky zu finden. Vermutlich war das der Grund, warum es mir nicht egal war, ob sie ging oder nicht. Warum mein Herz so wild pochte, dass ich den Puls in den Schläfen, in meiner Brust und in meiner Kehle spürte. Warum mir bei ihrem Anblick die Knie ein wenig weich wurden.

»Was machst du denn hier draußen?« Ich runzelte die Stirn. »Die Sonne ist noch nicht einmal aufgegangen.«

»Ich genieße den schönen Morgen.«

Ihre Stimme war fröhlich. Zu fröhlich. Für Emily zumindest. Sie war nicht Summer. Sie war nie wie ihre muntere beste Freundin gewesen. Ich verengte meine Augen. Mein Bauch zog sich vor Misstrauen zusammen, als ich ihr Profil betrachtete. War das Ganze ein Trick? Hatte sie irgendwelche geheimen Pläne, die mir den Rest unserer kleinen Reise erschweren würden? Es würde mich nicht überraschen.

»Wir sollten bald aufbrechen. Es soll regnen.«

Den ganzen Tag im Regen auf einem Motorrad zu fahren, wäre beschissen. Vor allem, weil ich keinen Helm für mich hatte, nur für sie. »Okay«, sagte ich und räusperte mich. »Ich dusche noch schnell.«

»Sicher. Es gibt Kaffee, wenn du willst.«

Sie sah mich immer noch nicht an. Das gefiel mir nicht, und auch nicht der nette Tonfall. Es war nicht so, dass ich ihre Sticheleien brauchte, aber diese Freundlichkeit fühlte sich falsch an.

Ging es darum, dass sie versucht hatte, mich zu küssen? Dass ich sie zurückgewiesen hatte? Sie musste doch *wissen*, dass es eine wirklich schlechte Idee war, zu versuchen, mich zu küssen. Nicht, dass mir der Gedanke nicht durch den Kopf gegangen wäre oder so. Ich meine, sie war verdammt hübsch im Mondlicht, mit ihren vollen roten Lippen, die ich gerne an meinem Schwanz spüren würde.

Ich räusperte mich und verdrängte diesen gefährlichen Gedanken. »Ich bin in zehn Minuten fertig.«

»Sicher.« Sie winkte mir über ihre Schulter zu, mit den Fingern wackelnd, den Blick immer noch auf die Maisfelder gerichtet.

In der Ferne donnerte es. Ich fuhr zusammen und fragte mich, ob wir es überhaupt hier raus schaffen würden. Ich musste mich beeilen. Ich wollte nicht noch eine Nacht an diesem Ort verbringen müssen, Gott bewahre.

Im Zimmer schaltete ich mein Handy ein, bevor ich unter die Dusche sprang. Wie erwartet, hatte ich eine Unmenge an Sprachnachrichten und noch mehr SMS erhalten, alle von Hawk.

Ruf mich sofort an, wenn du meine Schwester gefunden hast, Arschloch.

Wehe, du krümmst ihr auch nur ein Haar.

Wo zum Teufel bist du?

Ich werde euch beide umbringen, sobald ihr nach Hause kommt.

In der Absicht, Hawk zu ignorieren, drückte ich auf den Knopf, um mein Handy wieder auszuschalten, hielt aber inne, als ich eine Nachricht von Chop sah. Warum zur Hölle hatte er mir eine SMS geschickt?

Du glaubst, du kennst sie? Einen Scheiß weißt du. Ihre Geheimnisse werden dich fertigmachen, Bruder. Nimm dich in Acht.

Ihre Geheimnisse? Was zum Teufel sollte das bedeuten? Bevor ich weiter über seine SMS nachdenken konnte, kam ein Anruf. Slade. Gott, ich wollte nur noch duschen.

»Was geht?« Ich ging ins Bad und pinkelte kurz.

»Wo bist du?«

»Mitten in Indiana, drei Stunden außerhalb von Rockford. Warum?«

»Wir haben Probleme.«

Ich versteifte mich. »Was ist los?«

»Der Fallen Order kommt heute Abend.«

Ich erstarrte mit offenem Mund. *Verdammte Scheiße!* Ich hatte gedacht, ich hätte mehr Zeit.

»Archer«, bellte Slade. »Hörst du mich?«

»Ich höre dich, verdammt noch mal!« Ich lehnte mich mit dem Rücken gegen das Waschbecken und seufzte. »Warum die Eile? Was hat sich in vierundzwanzig Stunden geändert?«

Bei ihm im Hintergrund konnte ich eine Tür zuschlagen hören, dann Füße, die über den Kies stampften. »Chop ist zu Flick gegangen.« Er senkte seine Stimme. »Er sagt, er hat Grund zu der Annahme, dass du lügst und Emily deckst. Dass du wusstest, dass sie vorhatte zu fliehen, und dass das alles mit Pops zu tun hat.« Er stieß ein leises Knurren aus. »Sag mir, dass das verdammt noch mal nicht wahr ist, Arch.«

Verdammter Mistkerl! Ich würde Chop umbringen.

»Sag es mir, verdammt noch mal«, drängte Slade. »Bist du mit ihr zusammen, und verheimlicht sie etwas?«

Ich schaute zur Badezimmertür und kniff die Augen zusammen, als ich Emily auf der anderen Seite pfeifen hörte. Entweder ich machte jetzt reinen Tisch, oder ich riskierte einen Haufen Probleme, falls ich es lebendig zurückschaffte. »Hör zu.

Ich kann nur für mich sprechen. Emily versucht, zu ihrer Mutter zu kommen.« Ich hielt inne und übertrieb ein wenig. »Der einzige Grund, warum ich mit ihr gehe, ist, dass sie mich zu Pops führen wird.«

»Was zum Teufel meinst du damit, dass sie dich zu Pops führen wird?«

Ich erschauderte. »Du hast mich schon verstanden. Ich weiß nicht, wo genau er ist, nur dass er irgendwo in Kentucky ist. Sie wird es mir nicht sagen, bis wir dort sind.«

»Was zum Teufel, Mann? Bist du todessüchtig?«

»Nö. Ich hab die Trödelei einfach satt. Flick handelt mir nicht schnell genug.«

»Also was?« Slade knurrte wieder. »Willst du ihn selbst zur Strecke bringen? Gegen ihn und all seine Schergen antreten? Wie dumm bist du eigentlich, Mann?«

Ich stieß mich vom Waschbecken ab und begann, in dem kleinen Raum auf und ab zu gehen. »Pass auf, du kannst mich entweder für meine Dummheit verurteilen oder mir helfen, wenn ich dich brauche. Lass dein Handy an, halt die Klappe, und wenn du noch etwas hörst, sag Bescheid.« Und dann tat ich etwas, was mich vielleicht noch tiefer in die Scheiße reiten würde. Ich legte auf und schaltete das Handy aus.

»Verdammt noch mal, ich glaub's nicht!« Ich trat gegen die Wand und fluchte. Dann stieß ich die Tür auf und rief: »Scheiß auf die Dusche!« Ich fand Emily in der Küche, wo sie sich eine weitere Tasse Kaffee einschenkte.

»Weiß Chop Bescheid?« Ich trat hinter sie und meine Oberlippe kräuselte sich, als ihr Körper sich verkrampfte. »Antworte mir, verdammt noch mal«, knurrte ich ihr ins Ohr. »Weiß Chop von deinen Briefen? Wenn er davon weiß, kannst du darauf wetten, dass meine Brüder an unseren Fersen heften wie Scheiße an Klopapier.«

Emily gab Zucker in ihre Tasse und lachte. »Das ist die ekelhafteste Analogie, die ich je gehört habe.«

»Hey!«, brüllte ich und knallte meine Handfläche auf die Arbeitsplatte. »Antworte mir, verdammt noch mal! Dieser Scheiß ist nicht lustig.«

Sie schüttelte den Kopf und drehte sich mit hoch erhobenem Kinn zu mir um. »Nein. Ich habe Chop nichts gesagt. Aber er schien etwas zu wissen, und ich habe keine Ahnung, woher.«

»Er ist kein Idiot. Der Kerl hat wahrscheinlich in deiner Wohnung herumgeschnüffelt und die Briefe gefunden, so wie ich«, zischte ich und ging zurück ins Badezimmer, um mir mein Handy zu schnappen. Emily hatte mir nicht alles über ihre Beziehung zu Chop erzählt – was er ihr angetan hatte, was sie möglicherweise ihm angetan hatte. Vielleicht hatte sie gelogen. Vielleicht wollte sie nur mein Vertrauen gewinnen, um mich aus dem Konzept zu bringen. Bisher war ich mir nicht sicher gewesen, ob ich ihr trauen konnte, aber jetzt? Jetzt wusste ich, dass ich es nicht konnte.

»Archer, ich habe ihm nichts gesagt. Ich schwöre es.«

»Es ist sowieso scheißegal. Er hat Flick alles erzählt, was er weiß, und jetzt haben die RDs ein paar sehr gefährliche Leute um Hilfe gebeten.« Ich stand auf und sah sie an. »Leute, die noch schlimmere Dinge getan haben als ich, Emily. Und jetzt werden diese Leute in der Nähe meiner Familie und deines Bruders, deiner besten Freundin und deiner zukünftigen Nichte oder deines zukünftigen Neffen sein.«

Ihr Gesicht wurde weiß. »Ich ... Das wusste ich nicht. Es tut mir leid.«

»Mit einer Entschuldigung ist es diesmal nicht getan, JB. Du hast nicht nur mich und dich in die Scheiße geritten, sondern alle, die du liebst.«

ELF

EMILY

Der Regen ließ uns nicht weit kommen. Wir hatten es gerade einmal hundert Kilometer weiter südlich geschafft und waren immer noch in Indiana. Ich war bis auf die Haut durchnässt, genau wie Archer. Das Dröhnen seines Motorrads wurde von Donner übertönt, der uns zu verfolgen schien und noch schlimmer zu werden versprach.

Archer hielt auf einem Parkplatz vor einer Tankstelle an, nahm meine Tasche von seinem Motorrad und führte uns zum Eingang. Seine Hand lag schützend auf meinem Rücken, und ich fragte mich, ob es eine unterbewusste Geste war. So wütend er auch auf mich war, er tat doch so, als ob er sich um mein Wohlergehen sorgte. Nicht, dass ich es verdient hätte. Nicht, dass ich zu diesem Zeitpunkt irgendetwas verdient hätte. Ich war mir immer noch nicht sicher, wie Chop herausgefunden hatte, was ich vorhatte. In diesem Moment hasste ich die Tatsache, dass ich überhaupt mit ihm Zeit verbracht hatte, sogar noch mehr als nachdem er mich verletzt hatte.

Drinnen ging Archer direkt zum Angestellten und ließ mich zurück, um meine nassen Hosen auszuschütteln und mein

Haar auszuwringen. Dieser Ort war nicht so dubios, wie er von außen aussah, aber das musste nichts bedeuten.

»Wir sind in die falsche Richtung gefahren«, murmelte er und ging an mir vorbei zur Tür.

Meine Augen weiteten sich. »Was? Nein, ich hab dir doch gesagt ...«

»Wir haben uns verfahren, JB. Du hast mir den falschen Highway genannt, und jetzt sind wir hundert Kilometer nach Westen statt nach Süden gefahren.«

Ich kaute auf der Innenseite meiner Wange, dann folgte ich ihm zur Tür hinaus und blieb unter dem kleinen Vordach stehen. Der Regen sah nicht so aus, als würde er in nächster Zeit nachlassen, aber es war noch zu früh am Tag, um ein Hotel zu suchen. Hatte ich ihn wirklich in die falsche Richtung gewiesen? Wenn ja, dann fühlte ich mich schrecklich. Andererseits hatte er sich die Strecke auch auf Google-Maps angesehen, also trug er genauso viel Schuld daran wie ich. Aber ich war nicht in der Stimmung, zu streiten. Ich war nass, hungrig und müde. So, so müde.

»Und was machen wir jetzt? Es gießt in Strömen. Wir können nicht weiterfahren.«

»Meinst du, das sehe ich nicht?«, knurrte er, trat einen Schritt zurück und fuhr sich mit den Händen durchs Haar. »Für wie dumm hältst du mich eigentlich?«

»Warum sagst du das immer wieder? Ich halte dich überhaupt nicht für dumm.«

»Ja, schon klar«, murmelte er.

Und dann passierte etwas Seltsames.

Archer begann zu lächeln.

Ich hielt den Atem an und wusste nicht, was ich von seinem plötzlichen Stimmungsumschwung halten sollte. Vielleicht verlor er den Verstand. Vielleicht hatte ich ihn ein für alle Mal in den Wahnsinn getrieben.

»Hey!«, rief ich ihm von unter dem Vordach zu. »Komm hierher, und wir warten, bis der Regen nachlässt, okay? Wir kriegen das schon hin.«

Er schüttelte den Kopf und ignorierte mich. »Meine Ma hat immer gesagt, dass Regen Glück bringt.«

Ich runzelte die Stirn. Er liebte seine Mutter, so viel war klar. Ich fragte mich allerdings, ob er jemals wirklich um sie getrauert hatte.

»Das sagt man doch nur bei verregneten Hochzeiten«, rief ich und zog meine Strickjacke über den Kopf.

»Scheiß auf Hochzeiten, JB.« Er ließ den Kopf und die Arme sinken und sah mir direkt in die Augen. »Heiraten und dieser ganze Scheiß? Das sind romantische Träume. Es macht einen nur kaputt. Brüderlichkeit ist das wahre Leben. Alles andere ist falsch.«

Ich wollte widersprechen, vor allem, weil ich eine ganz andere Sicht auf die Dinge hatte. Seine Bikerwelt war voll von Tod und Zerstörung. Eine Welt der Liebe hingegen? Sie war voller Momente, von denen ein Mensch nie genug bekommen konnte. Zugegeben, es gab auch schmerzhafte Zeiten. Aber das Glück überwog alles. Mein Herz sehnte sich nach einem Happy End. Ich musste nur erst das Durcheinander in meinem Leben aufräumen, um es zu erreichen. Und vor allem musste ich Mom finden, die mir helfen und die Richtung weisen würde.

»Warum bist du so verbittert?«, schrie ich über ein Donnergrollen hinweg.

»Weil ich gesehen habe, wie das läuft.« Er ging in meine Richtung und blieb einen Meter vor mir stehen. Sein regennasses Haar klebte an seinen Wangen, und unter seinem nassen Hemd zeichnete sich sein muskulöser Oberkörper ab, den ich lieber nicht ansehen wollte. »Willst du wissen, warum ich nie jemanden auf die Lippen küsse?«

Ich schüttelte verwirrt den Kopf. Ich kannte Archer gut genug, um zu wissen, dass er nicht lange wütend bleiben konnte. Eine Eigenschaft, die für ein Leben in der Bikerwelt vielleicht problematisch war, aber für mein Verständnis war es liebenswert. Sogar irgendwie süß. Obwohl Archer keineswegs perfekt war, war er doch anders als alle anderen RDs. Vielleicht anders als alle Männer, die ich je kennengelernt hatte. Er war ein guter Mensch, nur ein wenig ruppig, das war alles.

»Weil es ist, als würde man damit einen Fluch besiegeln, deshalb.«

Ich hob die Hände und legte sie um seine Kehle, wie von einem Instinkt geleitet. Von einem Bedürfnis, ihm zu helfen, zu heilen. Ich ließ meine Hände dort und zwang ihn, mich anzuschauen.

»Du musst mir das nicht erklären. Ich verstehe.«

»Ach ja?« Er nickte. »Wenn du es wirklich verstehen würdest, dann hättest du gestern Abend nicht versucht, mich dazu zu bringen, meine Regel zu brechen, oder?«

Er hatte mich erst gelockt und mich dann zurückgewiesen. Ich hätte wetten können, dass Archer das immer tat, wenn jemand ihm zu nahezukommen drohte. Aber ich ließ mich durch sein Verhalten nicht einschüchtern.

»Ich hab dich gestern doch gewarnt, was passieren würde, wenn ich einen Drink trinke.«

Ich lächelte ihn an, spielerisch. Leicht. Ich wollte, dass er seinen inneren Schmerz oder was auch immer es war, das ihn dazu brachte, so zu handeln, losließ. War ich es? War es die Tatsache, dass Chop Flick alles erzählt hatte? Hatte er Angst vor dem, was jetzt passieren würde? Die Red Dragons waren alles, was er hatte – das hatte er mir von Anfang an klargemacht. Was würde er tun, wenn er sie verlieren würde? Wohin würde er gehen? Ich konnte es ihm nicht verübeln, dass er an dem Club hing. Ich versuchte ja selbst auch, meine Familie zu retten.

»Ja. Das hast du ...« Er schloss die Augen und zuckte zusammen, als ich mit dem Daumen über seinen Hals strich. Stieß ihn meine Berührung so sehr ab? Langsam zog ich mich zurück und ließ meine Hände an die Seite fallen, doch er hielt mich auf, indem er meine Finger festhielt.

Unsere Blicke trafen sich wieder, und in seinen Augen lag ein unbekanntes Gefühl. Es war, als würde er mich anflehen, es zu verstehen.

Eines wusste ich: Im Laufe der letzten vierundzwanzig Stunden war mir klar geworden, dass Archer und ich im Moment das Gleiche wollten, auch wenn unsere sonstigen Lebensziele nicht übereinstimmten. Wir wollten Frieden für unsere Familien. Wir wollten, dass Pops für immer aus unserem Leben verschwand. Und wir wollten, dass es schnell ging, ohne dass dabei die Menschen zu Schaden kämen, die wir liebten. Und aus diesem Grund war ich sehr dankbar, dass er mir so vertraute, wie er es zu tun schien.

Entschlossen schlang ich meine Arme um seine Taille und legte meinen Kopf auf seine Brust.

Er versteifte sich, als wäre die Geste für ihn Furcht einflößend und ungewohnt. Ich drückte ihn etwas fester an mich, in der Hoffnung, er würde spüren, was ich mit Worten nicht ausdrücken konnte. *Du bist nicht allein. Wir stehen das gemeinsam durch, bis zum Ende.*

Der Regen ließ nicht nach, und meine Zähne begannen zu klappern. Aber wenn es ihm nicht gut ging, dann würde es mir auch nicht gut gehen. Ich war es leid, mich mit diesem Mann zu streiten, aber gleichzeitig wollte ich nie aufhören, mich mit ihm zu streiten.

Nach einer Weile spürte ich, wie er einen seiner Arme zaghaft um meine Schulter legte.

»Lass uns einen Ort finden, an dem wir uns abtrocknen können, okay?« Ich vergrub meine Nase an seiner Brust, schwach vor Erschöpfung.

»In Ordnung, JB. Lass uns gehen.«

In diesem Moment spürte ich wieder, wie sich etwas zwischen uns veränderte – diesmal viel ausgeprägter als zuvor.

Wir ließen uns in einem kleinen, nahe gelegenen Lebensmittelladen nieder. Wir waren bis auf die Knochen durchnässt und zitterten beide. Archer schnappte sich einen Einkaufswagen und ging die Gänge entlang, ich neben ihm. Es fühlte sich seltsam vertraut an und erinnerte mich an die Zeiten, als Sam und ich regelmäßig gemeinsam die Besorgungen im Supermarkt gemacht hatten, beide genau wussten, was wir kaufen wollten, und dabei nie die Entscheidungen des anderen infrage gestellt hatten.

Keiner von uns beiden sprach, aber unsere Körper waren im Einklang, ebenso wie unsere Gedanken. Archer holte ein paar Ersatzklamotten, und ich schnappte mir Kaugummi und einen Lippenpflegestift. Nach einer Weile schien der Regen aufzuhören; zumindest sah es durch das Fenster so aus. Aber die Sonne ging bereits unter. Im Grunde hatten wir einen ganzen Tag in dieser Stadt mit Nichtstun vergeudet.

»Hast du Hunger?«, fragte Archer und blieb neben der Feinkosttheke stehen.

»Klar.« Ich strich mir eine Haarsträhne hinters Ohr und sagte ihm, er solle sich vorne im Laden schon mal an der Kasse anstellen, während ich an der Theke ein paar Sandwiches und einen Salat besorgte.

Auf dem Weg zur Kasse fiel mir sofort Archer auf, der sich an den Wagen lehnte und die Frau vor ihm anlächelte. Sie flirtete unverhohlen, strich sich die Haare hinters Ohr und klimperte mit den Wimpern. Ich grinste, und mein Blick wanderte zurück zu Archers Gesicht. Die Art, wie er sich zu ihr lehnte, das sanfte Lächeln und das Grübchen auf seiner Wange ... Es war so schön, ihn anzusehen. Ein hübscher Junge, ja. Aber er hatte auch etwas sehr Männliches an sich. Es wäre gelogen, zu behaupten, dass ich mich nicht zu ihm hingezogen fühlte. Ich spürte immer noch, wie es sich angefühlt hatte, mit den Fingerspitzen über seine Haut zu streichen, die Art und Weise, wie sich seine Nase an meinen Hals gedrückt hatte, als er mir ins Ohr gesprochen hatte, wie sich unsere Beine letzte Nacht im Airbnb unter der Bettdecke berührt hatten ...

Ich schüttelte den Kopf, um die seltsamen Eindrücke zu verdrängen, und ging nach vorne, um mich zu ihm in die Schlange zu stellen, als eine tiefe Stimme von links meinen Namen rief.

»Emily?«

Ich blinzelte, hob den Kopf ... und mein Lächeln verschwand. O Gott ... Sam? Er war hier? In dieser kleinen Stadt in Indiana? Ich dachte, er wäre nach Des Moines gezogen. Wie unwahrscheinlich war es, ihm hier zu begegnen?

»Hey!« Ich lächelte breit und ging auf ihn zu ... bis sich ihm eine Frau von hinten näherte. Eine rothaarige Frau. Hübsches Gesicht, grüne Augen. Etwa gleich groß wie er. Sehr attraktiv und ganz und gar *nicht* mit einer Strickjacke bekleidet, sondern mit einem Kleid, auf dem überall kleine Kirschen prangten.

»Wie geht es dir?«, fragte Sam. Seine Wangen waren so voll wie immer, seine Augen blau, sein Lächeln süß und echt.

»Mir geht es gut.« Die Worte lagen mir schwer auf der Zunge, wie dicke Lügen. Es ging mir nicht gut. Ganz und gar nicht. Ich sah meinen Ex an, wie er dort mit seiner neuen Freundin stand, und verstand sofort, dass es nicht daran lag, dass ich ihn vermisste. Ich vermisste nur, was wir gehabt hatten.

Unbeholfen stellte er mir seine neue Freundin vor. An ihrem aufrichtigen Lächeln und ihrer süßen Stimme konnte ich erkennen, dass sie nett war. Und weil sie so sanft war, wusste ich, dass sie das perfekte Gegenstück zu Sam war. Sie konnte ihm all die Dinge geben, die ich ihm nicht hatte geben können.

»Was machst du hier?«, fragte ich und warf einen Blick

zurück zur Kasse. Archer war aus der Reihe getreten und kam mit zusammengekniffenen Augen auf mich zu.

»Andys Eltern leben in der Stadt. Wir sind zu Besuch.«

In diesem Moment hob Andy ihre linke Hand, und mir fiel etwas Glitzerndes ins Auge. Ein Ring. Ich war mir nicht sicher, ob sie die Handbewegung absichtlich gemacht hatte, aber ich fühlte keinen Stich der Eifersucht. Wenn überhaupt, dann empfand ich Traurigkeit. Traurigkeit, weil er dieses Leben, das er jetzt führte, einst mit mir hatte führen sollen.

»Oh, sehr schön.« Ich nickte. Archer trat neben mich und legte seinen Arm um meine Schulter.

»Wer ist das, JB?«, fragte er.

Ich verdrehte wieder einmal die Augen wegen des Spitznamens, den er mir gegeben hatte. »Das ist Sam.« Ich zeigte auf meinen Ex und schaute dann zu Archer. »Sam, Andy, das ist Archer.«

»Ihr Freund«, ergänzte Archer, und ich versteifte mich, als er seine Hand ausstreckte, um die von Andy zu nehmen, aber ich korrigierte ihn auch nicht. Das Letzte, was ich wollte, war, dass Sam erfuhr, wie unglücklich ich gerade war, also war das die nächstbeste Lösung.

»Freund?« Sam rümpfte die Nase, schaute zwischen uns hin und her und runzelte noch mehr die Stirn, als er einen Blick auf Archers Kutte erhaschte. »Aber du bist ein Motorradclub-Typ.«

»Das ist er.« Ich zuckte mit den Schultern und schaute zu Boden. Ich hatte keine Lust, die Reaktion meines Ex zu sehen.

Sam hatte nie verstanden, warum meine Mutter das Leben gewählt hatte, das sie führte. Er verstand auch nicht, wie die Motorradclubwelt funktionierte. Ich kannte mich zwar auch nicht besonders gut aus, aber ich wusste genug, um das Bedürfnis meiner Mutter zu verstehen, am Leben von Pops teilzuhaben. Zumindest hatte ich das früher einmal getan.

Sam hatte Pops nie getroffen. Aber er hatte Niyol kennengelernt. Trotz seines rauen Charakters war mein Bruder immer freundlich zu Sam gewesen – so freundlich, wie Niyol eben sein konnte. Sam hingegen hatte diese Freundlichkeit nie wirklich erwidert. Wenn überhaupt, hatte er eher auf Niyol herabgesehen, ohne zu bedenken, dass sich Niyol seine Erziehung nicht ausgesucht hatte. Wenigstens *versuchte* mein Bruder, vernünftige Entscheidungen zu treffen, vor allem, wenn es um die Frauen in seinem Leben ging.

Als Sam vorgeschlagen hatte, meinen Bruder nicht zu unserer Hochzeit einzuladen, weil er befürchtete, dass ein Haufen Biker mit ihm auftauchen würde, war ich verletzt, vielleicht sogar ein bisschen wütend gewesen. Ich hatte niemanden außer meiner Mutter, meinem Bruder und meinen Freunden, also war es ausgeschlossen, Niyol *nicht* einzuladen. Wir hatten uns mehrmals darüber gestritten, und für mich war das der Anfang vom Ende gewesen. Das wusste natürlich niemand. Nicht einmal Summer oder meine Mutter. Ich mochte das Leben, das Niyol führte, verachten, aber er war mein Bruder. Für immer und ewig.

Archer beugte sich vor und überraschte mich erneut, als er mir einen Kuss auf den Kopf gab. »JB liebt das Leben als meine Old Lady. Glaub mir.«

Ich schloss die Augen und atmete langsam aus. Gerade als ich angefangen hatte, Archer zu ertragen ...

»Oh!« Sam räusperte sich, sichtlich verwirrt. »Wie geht es eigentlich deiner, äh, Mutter? Ist sie jemals zur Vernunft gekommen und nach Hause zurückgekehrt? Oder ist sie immer noch auf der Flucht mit diesem Aussätzigen?«

Meine Augen weiteten sich bei seinen Worten. Das merkwürdige Grinsen auf dem Gesicht meines Ex war ... daneben. Sam war eigentlich nicht so ein gefühlloses Arschloch. Was war los mit ihm?

»Mom ist ... ähm ...«

»Wir sind gerade auf dem Weg zu ihr«, mischte sich Archer ein und drückte mich enger an sich. »Lisa geht es gut.«

Meine Kehle schnürte sich zu, als mir klar wurde, was Archer tat.

Er wollte mich vor diesem unangenehmen Moment bewahren.

Er musste das nicht tun, und ich hätte ihn nie darum gebeten, aber hier war er und sprang mir zur Seite, ein liebenswerter Mann, von dem ich nicht geahnt hatte, dass er hinter dieser frechen, spöttischen Fassade existierte.

»Das klingt ja gut.« Sam lachte sarkastisch. »Aber ich vermute, sie hat Ärger mit dem Gesetz, habe ich recht? Weil sie sich mit deinem kriminellen Vater rumtreibt.« Er schüttelte abfällig den Kopf, was mich völlig unvorbereitet traf.

Archer ergriff mit einem von Zorn erfüllten Lachen das Wort, bevor ich es tun konnte. »Ärger mit dem Gesetz? Steck dir dein spießiges Gelaber sonst wohin, du gottverdammter ...«

»Archer.« Ich berührte seinen Arm, drückte seine Hand in meiner. Er hörte auf zu reden und starrte auf unsere ineinander verschlungenen Finger hinunter, mit neugierigen Augen beobachtete er, wie mein Daumen über die Außenseite seiner Hand strich. Würdest du bezahlen, damit wir gehen können?« Ich klimperte mit den Wimpern, in der Hoffnung, seinen wütenden Gemütszustand zu durchbrechen. Ich wollte einfach nur weg. Es war schon so unangenehm genug. Eine verbale Auseinandersetzung zwischen Archer und meinem Ex stand heute bei mir nicht auf der Tagesordnung. Weder heute noch sonst irgendwann. Vor allem, wenn besagter Ex unsere Zeit verschwendete.

Andy sah aus, als hätte sie Rattengift geschluckt; ihr Gesicht war bleich, und sie schaute mich mit einem mitfühlenden Blick an, der zu fragen schien: »Was sollen wir tun?«

Ganz ehrlich? Ich wusste es selbst nicht. Ich entschied, Sams offenen Mund als Zeichen zum Aufbruch zu nehmen.

»Hey, hat mich gefreut, dich kennenzulernen«, sagte ich zu Andy.

»Mich auch.« Sie lächelte.

Sams Blick war wie versteinert, als er Archer noch eine Sekunde länger musterte. Als er dann wieder mich ansah, verwandelte sich sein Ausdruck in etwas, das wie Mitleid aussah. »Wenn du etwas brauchst, hast du ja noch meine Nummer, oder?« Er senkte seine Stimme. »Ich mache mir Sorgen um dich und ...« Seine Augen flackerten zu Archer, dessen Körper sich neben meinem versteifte.

»Mir geht's gut, mach dir keine Sorgen.« Er brauchte sich wirklich keine Sorgen machen, solange ich nur zu meiner Mutter kam.

Als ich ihn eine weitere Sekunde lang anschaute, schoss mir die Erinnerung an das letzte Mal, als Sam und ich zusammen gewesen waren, durch den Kopf – Sam, der vor mir kniete, weinte und um eine zweite Chance bettelte. Inzwischen war das Schuldgefühl, das ich damals empfunden hatte, verschwunden. Nicht nur, weil er glücklich zu sein schien, sondern auch weil mir jetzt klar war, wie sehr er mich und meine Familie in Wahrheit verachtet hatte. Ich hätte nie den Rest meines Lebens mit jemandem verbringen wollen, der meine Herkunft nicht akzeptierte.

Bevor ich mich an Archer wenden, ihn am Arm packen und zum Gehen auffordern konnte, sprach er in aller Offenheit seine Gedanken aus.

»Hör zu, Kumpel, ich werde sagen, was mein Mädchen hier aus Höflichkeit nicht sagt.« Er zeigte mit einem Finger auf Sams Brust und stach ihn in die Mitte. »Es war wirklich nicht schön, dich zu sehen *oder* dich zu treffen. Hoffentlich ergibt sich dazu nie wieder Gelegenheit.« Mit diesen Worten drehte Archer uns allen den Rücken zu und ging in Richtung Kasse, wo er diesmal stehen blieb.

Ich schaute ihm nach, und als ich ihm folgte, spürte ich, wie sich meine Lippen zu einem kleinen Lächeln verzogen. Archer war einfach so ... fies. So rauborstig. Aber er war auch eine unerwartete Überraschung, von der ich im Moment irgendwie nicht genug bekommen konnte.

ZWÖLF

ARCHER

Uns blieb nur noch wenig Zeit. In wenigen Stunden würden wir möglicherweise von meinen Brüdern aufgespürt werden. Aber als wir den Supermarkt verließen, nahm mich Emily bei der Hand und führte mich über die Straße in Richtung eines Parks.

»Zum Motorrad geht's da lang.« Ich zerrte sie in die entgegengesetzte Richtung.

»Zehn Minuten, bitte?« Sie warf einen Blick über ihre Schulter und zog mich zurück zu ihr. »Das ist alles, worum ich bitte.«

Ich stöhnte und schaute die Leute auf der Straße an, die um uns herumliefen. Ein paar von ihnen warfen einen Blick auf meine Frisur, ich hatte mein langes Haar zu einem Pferdeschwanz zurückgezogen, aber ansonsten schenkte uns niemand viel Beachtung – jedenfalls im Moment. Wenigstens hatte es aufgehört zu regnen. Vor dem nächsten Regenguss sollten wir wieder auf der Straße sein. Aber Emily war stur und bestand darauf, dass wir verdammt noch mal im Park gegenüber vom Laden essen sollten, während es einen Moment trocken war. Es fiel mir schwer, ihr zu widersprechen, und das war ein Problem.

Ein großes Problem, mit dem ich fertigwerden würde. Nur ... nicht jetzt.

»Das ist keine gute Idee, JB. Wir wissen nicht, wer hier auf der Lauer liegt. Es ist nicht klug, zu lange an einem Ort zu bleiben.«

»Ich weiß. Aber wir können ja auch nicht verhungern. Und da wir heute noch nichts gegessen haben, denke ich, dass wir es unseren Mägen schuldig sind.« Sie grinste mich an. »Du weißt schon, weil *Männer ja auch essen müssen* und so.«

Ich runzelte die Stirn über ihr spöttisches, kluges Mundwerk und war überrascht, dass sie so locker und frech sein konnte, nachdem sie gerade ihrem Ex begegnet war. Der Typ war ein totales Arschgesicht, und die fünf Minuten, die wir mit ihm verbracht hatten, waren fünf Minuten zu viel gewesen. Wie hatte sie es nur so lange mit ihm ausgehalten? Wie lange auch immer es gewesen war.

Sie verlangsamte ihr Tempo, um mit mir Schritt zu halten, und stieß ihre Schulter an meine. »Bist du dir sicher, dass ich hier diejenige mit einem Stock im Arsch bin?«

»Es gibt einen Unterschied zwischen uns. Mein Stock betrifft die Tatsache, dass wir unseren Arsch nach Kentucky bewegen müssen, um nicht von Feinden eingeholt zu werden. Deiner bedeutet einfach nur, dass du langweilig bist.«

»Vielen Dank auch.« Sie seufzte und ging auf einen Picknicktisch zu, der direkt vor ihr stand. »Trotzdem. Auf dem Motorrad können wir ja wohl nicht essen, stimmt's?«

»Nein. Aber wir hätten doch warten können, bis wir in der nächsten Stadt sind, wo nicht so viel los ist.«

Sie packte mich am Handgelenk und zwang mich, mich auf den Holzsitz zu setzen. Sie schaute auf mich hinab, die Hände in die Hüften gestemmt, und sagte: »Mach dir keine Sorgen, ja? Auf zehn Minuten kommt es nicht an.«

»Ja, klar. Erzähl das mal einem von Pops Männern, die da draußen auf der Lauer liegen könnten. Oder meinen Brüdern, die dich zur Strecke bringen wollen, weil sie dich wegen dieser verdammten Briefe für eine Verräterin halten wie deine Mutter.« Ich riss ihr die Tüte aus der Hand und knallte sie auf den Tisch.

Zu meiner Überraschung blieb Emily weiter frech. »Hat dir schon mal jemand gesagt, was für ein Klugscheißer du bist?« Sie setzte sich mir gegenüber, öffnete die Tüte und nahm das Essen heraus.

»Das hat man mir schon ein- oder zweimal gesagt.«

»Es ist echt nervig, aber ich verstehe es jetzt auch.«

»Was verstehst du?«

Sie wickelte ihr Sandwich aus. »Warum du so bist, wie du bist.«

»Und wie bin ich?« Ich kniff die Augen zusammen, stützte die Ellbogen auf den Tisch und musterte sie. Das Letzte, was ich wollte, war, dass sie mich psychoanalysierte, aber gleichzeitig war es interessant, zu sehen, wie jemand versuchte, aus *mir* schlau zu werden, und nicht andersherum. Nicht, dass ich das ihr gegenüber jemals zugegeben hätte.

»Du bist eigentlich wie meine Schüler in der Mittelstufe. Sie geben sich total tough, aber tief im Inneren wissen sie nicht, was sie vom Leben wollen.«

Ich blinzelte. Was zur Hölle sollte das bitte heißen? »Ich bin kein pubertierendes Teenager-Kind, JB. Und glaub mir, ich hab das nötige Format an Eiern, um das zu beweisen.«

Sie rollte mit den Augen. »Ach echt?«

»In meiner Jeans.«

»Ja. Davon gehe ich aus.« Sie bedeckte ihr Gesicht und senkte ihre Hände dann gerade so weit, dass ich ihre Augen sehen konnte, als sie weitersprach. »Aber ich weiß, dass du dich tief im Inneren nach denselben Dingen sehnst wie ich.«

»Nach Sex und Whiskey?« Ich zwinkerte.

»Nein ... ach. Vergiss es. Ich habe es satt, zu versuchen, ein ernsthaftes Gespräch mit dir zu führen, wenn du ständig nur von Körperteilen oder Sex sprichst.« Sie schnaufte und wandte sich von mir ab, während sie den Rest ihres Essens verzehrte, die Augen überall, nur nicht auf mich gerichtet.

Ich wartete darauf, dass sie dieses Spiel, in dem wir so gut waren, weiterspielte, aber selbst nachdem sie den letzten Bissen ihres Sandwiches gekaut hatte, sprach Emily nicht. Es war, als wäre sie in das Loch zurückgekrochen, in dem sie sich früher versteckt hatte, und hätte vor, dort zu bleiben, bis ich sie wieder herausholte.

Ich biss die Zähne zusammen. Gab ihr das einen Kick? Diese »Ich werde Archer ignorieren, um ihm auf die Nerven zu gehen«-Masche? Ich wusste, dass ich an ihrem Stimmungswechsel schuld war, aber ich wollte mich nicht entschuldigen, weil ich eine Scheißangst davor hatte, was passieren würde, wenn ich es tat. Wenn ich sie an mich ranließ, wenn ich mir erlaubte, sie als jemand anderen als Hawks nervige kleine Schwester zu sehen ... Ich hatte das ganz schlechte Gefühl, dass ich sie dann nicht mehr loswerden würde.

Deshalb versuchte ich das Gespräch wieder in sichere Gefilde zu lenken. Mit dem Hin und Her konnte ich umgehen. Ich hoffte, dass sie den Köder schlucken würde, sonst würde das eine verdammt lange Reise nach Kentucky werden.

»Hat dir schon mal jemand gesagt, wie süß du bist, wenn du sauer bist? Besonders mit all den Sommersprossen auf deinen Wangen. Sie werden dunkler, wenn deine Haut rot wird.«

Ihre Augen verengten sich, und ihr Blick blieb an irgendetwas am anderen Ende des Parks hängen. »Ja, schon.« Sie nahm ihren Joghurt in die Hand und führte einen vollen Löffel an die Lippen. »Mein ganzes Leben lang haben die Leute gesagt: ›Du bist so süß, Emily.‹«

»Und das ist etwas Schlechtes?« Ich kratzte mich am Kinn und runzelte die Stirn.

Emily löffelte ihren Joghurt, bevor sie weitersprach. »Nein.

Das ist es nicht. Aber ich möchte viel lieber kultiviert und schön sein. Nicht *süß*.«

»Aber du *bist* süß.« Das war der Grund, warum mich Frauen so verdammt oft verwirrten.

»Ja. Ich war auch das *süße* Kind, als ich klein war. Ein Mädchen, das die Leute kurz ansahen und dachten: ›Die ist aber süß‹, und wenn wir uns das nächste Mal trafen, hatten sie vergessen, wie ich aussah oder wer ich überhaupt war.« Sie zuckte mit den Schultern, und am Tonfall ihrer Stimme konnte ich erkennen, dass sie nicht darüber reden wollte. Aber ich sprach weiter. Solche Sachen faszinierten mich eben.

»Einer Frau zu sagen, dass sie süß ist, ist ein Kompliment«, sagte ich.

»Es bedeutet auch, dass derjenige einen bestimmt bald wieder vergessen haben wird«.

Wie bitte? Dachte sie das wirklich? Was für ein Kerl war dieser Sam eigentlich, dass er ihr das Gefühl gab, sie sei leicht zu vergessen? Ich öffnete den Mund, um ihr zu sagen, dass sie nicht *nur* süß, sondern auch verdammt umwerfend war. Dass die Leute ihre Köpfe nach ihr umdrehten, wann immer sie einen Raum betrat, besonders ich, aber ich brachte die Worte nicht heraus. Und an ihrem Schulterzucken, als sie wieder wegschaute, konnte ich erkennen, dass sie enttäuscht war.

Als sie sechzehn war, hatte ich sie damit aufgezogen, dass sie flach wie ein Brett war, weil es der erste Gedanke war, der mir in den Sinn gekommen war, als wir uns kennengelernt hatten. Aber als Kerl, dessen Komplimente an Frauen sonst lauteten: »*Du hast fantastische Titten*«, oder: »*Deine Pussy schmeckt wie süßer Honig*«, wusste ich nicht so recht, was ich sagen sollte, als ich sie zum ersten Mal sah. Sie hatte mich an Ma erinnert. Sehr sogar. So sehr, dass es mich einen Moment lang innerlich total fertiggemacht hatte, als sich unsere Blicke zum ersten Mal begegnet waren. Mein Mund hatte Worte ausgestoßen, von denen mein Hirn und mein Herz wussten, dass sie nicht besonders nett waren.

Ich räusperte mich, griff nach der anderen Hälfte meines Sandwichs und verschlang es in drei Bissen. Ich war nicht einmal hungrig, aber alles war besser als die Gedanken, die mir gerade durch den Kopf gingen.

Sie zog eine Augenbraue hoch und lächelte wieder ein wenig. »Keinen Hunger, hm?«

»Ich bin ein Mann. Du stellst mir Essen vor die Nase, ich esse es.«

Sie lachte und strich sich gleichzeitig ihre Haare hinters Ohr, was meinen Blick sofort auf ihren Hals lenkte. Die Kratzer dort verblassten langsam, aber ich konnte sie immer noch deutlich sehen. Tief in meinem Inneren wusste ich, dass sie mich darüber, was Chop ihr in dieser Nacht angetan hatte, anlog. Das wiederum brachte mich dazu, mich zu fragen, was zur Hölle sie sonst noch vor mir verbergen mochte. Was, wenn ich nach Kentucky käme, nur um in einen Hinterhalt zu geraten? Aber nein, verdammt! Em würde das nicht tun. Sie würde sich nie auf die Seite ihres alten Herrn stellen.

Oder würde sie es tun, wenn sie dafür ihre Mutter befreien könnte?

Eigentlich hätte es kein Problem sein sollen, der Schwester meines besten Freundes zu vertrauen. Aber Emily war keine Lattimore. Sie war eine Lincoln durch und durch, genau wie ihre Mutter.

Sie nahm einen Schluck von ihrem Wasser, räusperte sich und faltete die Hände auf dem Tisch wie eine Geschäftsfrau, die bereit ist, in Verhandlungen zu treten. »So. Ich wollte mich übrigens bei dir bedanken.«

Ich runzelte die Stirn. »Wofür?«

»Für dein Verhalten im Laden mit Sam.« Sie hob ihre Flasche und nahm einen weiteren Schluck. Winzige feuchte Tröpfchen liefen ihr Kinn hinunter, zu schnell, als dass sie sie hätte wegwischen können. Diese Tröpfchen Wasser ließen meine Gedanken unruhig werden. Wie würde ihre Haut wohl schmecken, wenn ich sie mit meiner Zunge auflecken würde?

Ich erschauderte bei der Vorstellung, dann schob ich sie beiseite und konzentrierte mich wieder auf ihr Gesicht.

»Hörst du mir überhaupt zu?« Sie lachte ein wenig, aber ihre Augenbrauen waren zusammengezogen, als wäre sie verwirrt.

Das bin ich auch, JB. Ich bin auch verwirrt.

»Ja. Ich höre.«

»Wie auch immer, ich denke, ich sollte ein paar Dinge zu der ganzen Angelegenheit mit Sam klarstellen. Weißt du, während wir zusammen waren, war er immer gut zu mir. Und wir waren zweifelsfrei verliebt.«

Da war es wieder, dieses Wort: *Liebe.* Wer zum Teufel liebte jemanden, der ihn dafür verachtete, wer seine Eltern waren? Wenn Liebe bedeutete, sich mit dieser Art von Verhalten auseinanderzusetzen, dann war das für mich ein Grund mehr, mich niemals in jemanden zu verlieben.

»Er war allerdings nie mit meiner Mutter oder dem Motorradclub einverstanden«, fuhr sie fort.

»Du bist auch kein Fan des Clubs«, stellte ich fest.

»Touché«, sagte sie achselzuckend. »Aber ich habe mich damit abgefunden, weil ich meine Mutter liebe, weißt du? Sam hat mir ständig gesagt, dass wir nicht mehr zu ihr gehen sollten, weil wir in Schwierigkeiten geraten könnten.« Sie rollte mit den Augen und spielte mit der Plastikfolie ihres Sandwiches, wobei ihre Wangen ein wenig rot wurden. Fast so, als würde sie sich schämen. Ich war mir nur nicht sicher, wofür. Für Sam? Oder für der Club? Ich wünschte mir, ich hätte ein Handbuch über Frauen, das erklärte, was ihre Worte wirklich bedeuteten.

Ich kam zu dem Schluss, dass es mir nicht gefiel, JB so beschämt zu sehen. Meine Brust spannte sich an. Meine Hände verkrampften sich unter dem Tisch. Keine Ahnung, warum, aber so war es. So war es, und es war ätzend.

»Wir müssen gehen.« Ich erhob mich vom Tisch.

»Warte.« Sie schaute zu mir auf, stand ebenfalls auf und eilte dann an meine Seite, wo sie meinen Oberarm berührte. Es tat gut, ihre Hand dort zu spüren. »Warum hast du Sam gesagt, du wärst mein Freund?«

Mein Kiefer verkrampfte sich. War sie wirklich so blind? Der Kerl hatte sie angesehen, als wäre sie Dreck an seiner Schuhsohle. Ein Stück Scheiße, das er vergessen hatte abzuwischen. Es konnte daran liegen, dass er immer noch in sie verliebt war und dagegen ankämpfte, oder es konnte daran liegen, dass er nicht der Prinz war, für den sie ihn wahrscheinlich hielt. Wie auch immer, ich war nicht in der Stimmung, ihr die Wahrheit zu sagen – dass ich nicht wollte, dass sie da stehen und sich vor diesem Arschloch rechtfertigen musste, wo es ihn doch gar nichts anging, was in ihrem Leben gerade vor sich ging.

»Es hat Spaß gemacht. Deshalb. Ich wollte dich etwas provozieren.« Ich sammelte den Kram zusammen, den wir mitnehmen mussten, und klemmte ihn mir unter den Arm. Den Abfall schob ich in die leere Tüte.

»Aber du hättest auch einfach sagen können, dass du ein Freund bist. Oder eine Mitfahrgelegenheit.«

Ich biss die Zähne zusammen und ignorierte ihre Frage, während ich über die Wiese zurück zu meinem Bike ging. »Lass uns gehen. Es wird bald wieder regnen.«

In der Ferne ertönte ein lauter Donnerschlag, wie um uns zu verhöhnen.

»Archer, warte. Bitte«, rief sie mir nach.

Ich würde nicht warten. Dieses Mal nicht. Ich war heute viel zu vereinnahmt von ihr. Jedes Mal, wenn sie etwas sagte oder tat, verlor ich jegliches Gefühl für Raum und Zeit. Ich vergaß den eigentlichen Grund, warum wir hier waren, und das war besonders gefährlich. Es bedeutete, dass ich etwas für sie empfand. *Empfand.* Nicht Lust. Mit Lust konnte man umgehen – es gab ein Mittel gegen die Lust: Sex.

Ich schnürte ihre Reisetasche wieder an meinem Motorradsitz fest und löste dann den Helm vom Lenker. Nachdem ich aufgestiegen war, streckte ich ihr den Arm mit dem Helm entgegen und wartete, dass sie näher kam.

»Hey, was ist los? Habe ich etwas gesagt, was dich verärgert hat? Habe ich etwas falsch gemacht?«, versuchte sie es erneut. »Bitte, Archer. Antworte mir.«

Mein Kiefer krampfte sich zusammen. Ich ignorierte sie weiter. Vielleicht war ich wirklich wie die Kinder in der Mittelstufe, die sie unterrichtete.

»Gut. Dann eben nicht.« Sie riss mir den Helm aus der Hand und setzte sich auf die Rückseite des Motorrads.

Während ich darauf wartete, dass sie sich startklar machte, fragte ich mich, ob ihr bescheuerter Ex sich jemals grundlos so über sie aufgeregt hatte, wie ich es gerade tat. Der Typ war klug genug, das nicht zu tun, oder? Er schien der Typ Mensch zu sein, der immer gut gekleidet war und adrett aussah, beinahe ein bisschen trottelig. Einer, dessen Fantasie nicht über einen Missionarsfick hinausging. Ich könnte fast wetten, dass er nie auf den Gedanken gekommen wäre, ihr den Hintern zu versohlen, so wie ich es gerade tat. Es gab keinen konkreten Anlass für diese Fantasie, außer der Tatsache, dass ich sehen wollte, wie sich ihre weißen Rundungen durch meine Hand rosa färbten, damit ich anschließend die erhitzte Haut mit meinem Mund beruhigen konnte.

Scheiß auf diesen Mist.

Es war schon schlimm genug, den Schmerz in meiner Brust zu spüren. Wenn jetzt auch noch mein Schwanz mitmischen wollte ... tja ... Shit!

Aber wem wollte ich etwas vormachen? Mein Schwanz war schon mitten dabei, seit ich in jener Nacht im Club ihre knallrote Strickjacke gesehen hatte – wahrscheinlich schon lange vorher, wenn ich ehrlich zu mir selbst war.

»Hey!«, rief sie hinter mir und schnippte mit den Fingern vor meinem Gesicht. »Ich brauche Hilfe. Ich kriege dieses blöde Ding nicht an.« Jetzt klang sie auch noch sauer. Na toll. Eine verärgerte Emily war eine sexy Emily.

Ich drehte mich zu ihr um, um mein Gewicht umzulagern. Keine gute Idee, denn mein Schwanz war im Moment hart wie Stahl, was es wirklich verdammt schwer machte, sich zu bewegen. Außerdem war mein bestes Stück jetzt nur wenige Zentimeter von der himmlischen, faszinierenden Stelle zwischen ihren Schenkeln entfernt.

»Verdammte Strickjacke«, murmelte ich leise und schloss kurz die Augen, um die Kontrolle zurückzugewinnen.

»Was hast du gerade gesagt?«

»Nichts. Komm her.« Ich öffnete meine Augen wieder und beugte mich vor, um den Riemen unter ihrem Kinn zu befestigen. Sie widersprach nicht und machte sich auch nicht die Mühe, mich nochmals zu fragen, was los war, wofür ich unheimlich dankbar war. Trotzdem spürte ich die ganze Zeit ihren Blick auf mir. Ich wollte sie fragen, was es zu schauen gab, aber was, wenn mir ihre Antwort nicht gefiel?

Ich blickte finster drein und tätschelte die Seite ihres Helms, als ich fertig war, die Augen geradeaus auf ihr Gesicht gerichtet. Sie lächelte ein wenig, war wieder entspannt. Und da war wieder dieses Pochen in meinem Herzen wie zuvor.

»Danke. Ich schätze, man muss ein Genie sein, um das Teil zu verstehen.«

Ich war nicht besonders klug, geschweige denn ein Genie. Aber ich korrigierte sie nicht. »Bist du bereit?«

Sie nickte. »So bereit, wie man für eine unbestimmt lange Fahrt mit diesem Motorrad zwischen den Beinen eben sein kann.«

Ich öffnete den Mund, um zu sagen, dass sie auch etwas

anderes zwischen ihre Beine nehmen könne. Aber ich war wegen dieser Frau innerlich völlig durcheinander und ließ es sein.

»Wenn du müde wirst, sag Bescheid.«

»Mach ich.«

Ich drehte mich nach vorne um und kämpfte gegen den Drang an, sie weiter anzuschauen. Ich startete den Motor und ließ ihn laut aufheulen. Dann – als wäre sie dazu bestimmt – schlang Emily ihre Arme um meine Taille und legte ihr Kinn auf meine Schulter, als würde sie schon seit Jahren hinter mir fahren, nicht erst seit Tagen. Normalerweise nimmt man eine Frau nur dann hinten auf sein Motorrad, wenn sie das Zeug zur Old Lady hat. Emily war so weit davon entfernt, wie es nur möglich war.

Doch der Gedanke, eine andere Frau hinter mir auf dem Motorrad zu haben, fühlte sich plötzlich nicht mehr richtig an. Mit ihren Armen um meine Taille geschlungen und ihrem Kopf an meinem Rücken fühlte es sich fast so an, als wäre Emily dazu bestimmt, dort zu sitzen.

Was immer das auch heißen mochte.

»Ein altes Zugabteil«, quietschte Emily voller Aufregung, als sie vom Motorrad absprang. Sie schnallte ihren Helm ab, reichte ihn mir, ohne mich auch nur anzusehen, und ging zur Tür.

»Sag bloß«, murmelte ich.

Ich band ihre Tasche los und warf sie mir über die Schulter, bevor ich ihr folgte. Wir waren in einem Naturschutzgebiet gelandet. Kein idealer Ort, um zu übernachten, aber wir waren jetzt viel näher an Pops, also konnte ich mich nicht beschweren. Was mir an diesem Ort gefiel, war die Tatsache, dass wir von Wald umgeben und von den Autobahnen und Straßen aus nicht zu sehen waren. Niemand würde erwarten, uns hier zu finden, ganz ehrlich. Weder meine Brüder noch irgendjemand da draußen, der mit Pops in Verbindung stand. Außerdem war es der billigste Ort in einem Umkreis von hundertfünfzig Kilometern, der nicht ausgebucht war. Anscheinend war es der Beginn der Jahrmarktssaison oder so. Ich hatte nicht damit gerechnet, dass wir gezwungen sein würden, so oft für Übernachtungspausen anzuhalten, aber der Regen war unerbittlich gewesen.

»Der Mann hat gesagt, dass morgen früh Büffel vor unserer Tür stehen könnten, hast du ihn gehört?« Emily lächelte über ihre Schulter und steckte den Schlüssel ins Schloss.

»Yay.« Ich schmunzelte, dankbar, dass meine Laune nicht mehr so beschissen war wie zuvor. Dank der vergangenen Stunden auf dem Motorrad war ich ruhiger, hatte einen klareren Kopf und meine Ziele wieder fest im Blick. Ich würde Emily bei ihrer Mutter abliefern, Pops zur Strecke bringen und dabei hoffentlich am Leben bleiben.

»Ich dusche zuerst«, verkündete sie.

»Wie du meinst.« Mir fiel nicht einmal ein schmutziger Witz darüber ein, gemeinsam zu duschen, um Wasser zu sparen. Egal, wenn sie duschte, hatte ich vielleicht Zeit, mir einen runterzuholen. Das wäre hilfreich, wenn auch nicht ideal. Eigentlich war es irgendwie krank, dass ich es tun musste. Aber es war nötig, weil wir die Nacht wieder zusammen in einem Raum verbringen würden.

Ich knipste das Licht an, als wir eine kurze, schmale Treppe hinaufstiegen. Der Waggon war so schmal, dass ich mich zur Seite drehen musste, um den Gang entlangzugehen. Vorne gab es eine Toilette, dann eine Küche und hinten zwei Einzelbetten, die einander gegenüber standen.

»Ich nehme das Bett rechts«, sagte Emily.

Ich setzte mich ihr gegenüber auf das andere Bett und wippte oder versuchte es zumindest. Der Matratze fehlte es ernsthaft an Federung. »Ich passe hier nicht rein«, murmelte ich, mehr zu mir selbst, als ich die Länge betrachtete. Das Bett war für ein verdammtes Kleinkind gemacht. Na ja, eher für eine Person unter eins achtzig.

»Das geht schon irgendwie.« Emily rollte mit den Augen und holte etwas aus ihrer Tasche. »Es ist nur für eine Nacht, schon vergessen?« Sie zeigte mit ihrer Shampooflasche auf mich.

»Ist ja auch egal«, murmelte ich und lehnte mich auf dem Bett zurück.

Der Boden schwankte, als sie sich in Richtung Badezimmer bewegte; der ganze Ort war instabil. Ich war beileibe nicht anspruchsvoll, aber verdammt ... ich fühlte mich nicht wohl in diesem Haus.

Als ich das Wasser laufen und Emily unter der Dusche summen hörte, lehnte ich mich gegen ein Kissen und schloss die Augen. Meine Füße hingen über das Bettende, die Schnürsenkel klackerten am Metallgestell. Ich kickte die verdammten Dinger weg und bereitete mich darauf vor, zu tun, was nötig war, um mich aus diesem beschissenen Durcheinander in meinem Kopf zu befreien. Die Wände waren allerdings dünn wie Pappe, also musste ich leise sein.

Ich leckte mir die Lippen, schloss die Augen und öffnete den Reißverschluss meiner Hose. Ich hatte seit Monaten nicht mehr gewichst, ich hatte genug Frauen, die mich auf Trab hielten. Aber selbst wenn in diesem Moment eine meiner Monatsaffären auf magische Weise aufgetaucht wäre und ihre Dienste angeboten hätte, hätte ich wohl dankend ablehnen müssen.

Warum? Weil ich an nichts und niemand anders denken konnte als an die hübsche Brünette, die gerade nebenan in der Dusche summte.

Ich lauschte eine Minute lang und runzelte die Stirn, als sie einen tiefen Ton anschlug. Der Klang schickte eine Welle hitziger Energie durch meinen Bauch und direkt zu meinem Schwanz. Es klang eher wie ein Flüstern und Stöhnen als wie Musik.

Ich erschauderte und schob meine Hand in meine Hose. Mit festem Druck ergriff ich meinen Schwanz, streichelte ihn, meine Lippen öffneten sich, als ihr Gesang ganz aufhörte. Die Dusche lief weiter, und in meinen Gedanken konnte ich sie mir darin vorstellen, wie ihre Finger über ihre Brüste und ihren Bauch und schließlich zwischen ihre Schenkel glitten, wo sie feucht war, weil sie an mich dachte.

Ja, ich war ein versauter Mistkerl, aber es war nicht sehr kompliziert, herauszufinden, was mein Problem war. Ich war nicht nur total angeturnt. Ich hatte auch den ganzen Tag noch keinen Tropfen Whiskey zu mir genommen. Ich war sauer, weil Emily sich irgendwann im Laufe der letzten vierundzwanzig Stunden locker gemacht hatte. Sie hatte ihren Stock im Arsch abgelegt, und jetzt wollte ich bei ihr da unten stattdessen etwas anderes anstellen.

Süße, enge, nasse Hitze ... Ich wichste schneller und biss mir auf die Lippe. Ich murmelte ihren Namen unter meinem Atem, wurde noch schneller, rieb auf und ab, der Druck reichte fast aus, um mich zum Höhepunkt zu bringen. Nur noch eine Minute ...

»Hey, ich brauche deine Hilfe. Ich konnte das Wasser nicht abstellen, weil ... O Gott!«

Ich riss meinen Kopf zurück und zuckte zusammen, als ich Emily sah. Sie hockte auf dem Boden, das Gesicht in den Händen vergraben.

»Mein Gott, JB. Was machst du denn da unten?« Ich musste lachen, obwohl sie drei Meter entfernt war, mich gerade beim Wichsen erwischt hatte und nun ihr Gesicht in den Händen verbarg.

»Tut mir leid. Ich habe nicht ...« Sie hob den Kopf, die Augen auf meinen Schritt gerichtet. Dann stand sie schnell auf, drehte sich um.

Es war mir nicht im Geringsten peinlich, erwischt worden

zu sein. Wenn überhaupt, waren die Dinge gerade noch viel interessanter geworden.

»Du bist ja schon wieder angezogen.« Ich grinste und steckte meinen Schwanz in meine Jeans, ließ aber den Knopf offen. Mein Schwanz war wütend und hart und litt seit Tagen unter Entzug. Ich würde ihm später unter der Dusche besondere Aufmerksamkeit schenken müssen.

»Hast du, ähm ...?« Sie wiegte ihren Kopf von einer Seite zur anderen.

»Habe ich meinen Schwanz weggesteckt?«

»Äh, ja.«

»Ja, hab ich. Du bist in Sicherheit.«

Langsam drehte sie sich wieder um und ging zu ihrer Tasche, wobei sie darauf achtete, ihre Augen bloß nicht auf mich zu richten.

»Was, hast du jetzt Angst vor mir? Angst vor dem, was du sehen könntest?«

»Nein. Ich habe keine Angst.« Sie kramte in ihrer Reisetasche, holte aber nichts heraus.

Ich konnte mich nicht zurückhalten und lehnte mich an die Seite ihres Bettes, um näher an sie heranzukommen. Ich wusste, ich hätte sie einfach in Ruhe lassen sollen. Aber ihr Anblick, wie sie so aufgeregt war und sich nicht unter Kontrolle hatte? Das brachte mich durcheinander und machte es nicht einfach, zu vergessen, was gerade passiert war.

»Du hast mich unterbrochen.« Ich runzelte die Stirn und leckte mir über die Lippen, als ihre Strickjacke von ihrer Schulter rutschte. Ich hatte den Drang, mich vorzubeugen und sie wieder hochzuschieben, aber meine gierigen Augen wollten unbedingt sehen, ob der Rest ihrer blassen Haut zu den Sommersprossen auf ihrer Nase passte.

»Zu meiner Verteidigung: Ich wusste ja nicht, was du, ähm, machst.« Sie schnaufte und drehte sich um, um mich anzusehen. Nasses Haar glitt über ihre Wangen und ihre Brust hinunter. Die Enden durchnässten den Stoff ihres Pullovers direkt über ihren Titten.

Vorsichtig hob ich meine Hand und führte sie zu den Knöpfen ihrer Strickjacke. Mit überraschend ruhigen Fingern spielte ich mit dem obersten und fuhr mit einem Finger über die glatte Oberfläche. Ich grinste, als ich merkte, wie sich ihr Brustkorb ein wenig schneller hob und senkte.

Endlich reagierte sie auch in nüchternem Zustand auf mich. Sie war wie ein Tresor, und ich suchte verzweifelt nach dem Schlüssel, um ihn zu öffnen.

»Was machst du da?«, flüsterte sie.

Ich habe keine Ahnung.

Ich tippte auf den ersten Knopf. »Was dagegen, wenn ich ...?« Ich machte ein schnalzendes Geräusch mit meinem Mund.

Ihre Augen weiteten sich. »Ähm, ja. Es macht mir etwas aus.«

Ich runzelte die Stirn und schob meine Unterlippe vor. »Schade. Du bist total feucht.«

»Was?«, keuchte sie. »Ich bin nicht ... Nein.«

Ich schüttelte den Kopf. Was für ein schmutziges kleines Hirn sie doch hatte. »Deine *Strickjacke*, meine ich.«

»Meine *Strickjacke* ist in Ordnung.«

Ich zuckte mit einer Schulter. »Was hat es übrigens mit diesen Strickjacken auf sich?« Ich fuhr mit dem Finger zum nächsten Knopf, umkreiste die Außenseite und achtete darauf, nicht zu fest zu drücken.

Sie schürzte ihre Lippen.

»Versteh mich nicht falsch. Ich beschwere mich nicht.« Ich begegnete ihren Augen und hielt meinen Blick einen Moment lang dort. Dann betrachtete ich wieder die Kurve ihrer Titten und grinste noch breiter, als ich bemerkte, dass sich unter der Strickjacke ihre Brustwarzen abzeichneten. Beide waren hart, was bedeuten konnte, dass ihr kalt war oder dass sie erregt war.

Ich würde meine linke Nuss auf Letzteres verwetten. Ich konnte die Hitze ihres Körpers spüren.

»Die scharfe Lehrerin, die scharfe Bibliothekarin ... Was für Fantasien kannst du mir sonst noch bieten, JB?«

Emily rollte mit den Augen. Sie drehte sich um und wandte mir den Rücken zu, als sie sich bückte, um wieder an ihrer Tasche herumzufummeln. Mir entging nicht, dass ihre Hände dabei zitterten. Wie sie ihre Hände über ihrer Reisetasche zu Fäusten ballte und wieder entspannte, bevor sie sie weiter durchsuchte. Sie hatte immer noch nichts herausgeholt. Anstatt zu fragen, wonach sie suchte, ließ ich den Moment auf mich wirken und nahm mir die Zeit, ihren Hintern unter der Kakihose zu betrachten.

»Hat dir schon mal jemand gesagt, dass du einen schönen kleinen Arsch hast, JB?« Ich wollte ihn nicht nur anschauen, ich wollte ihn auch anfassen. Beide Seiten, eine Seite ... am liebsten, während sie nackt auf mir lag und ihre heiße Pussy auf meinem pochenden Schwanz auf und ab glitt.

Mann! Ich war ein verdammter Idiot gewesen, jemals zu denken, dass ich sie nicht ficken wollte. Ich steckte tief in der Scheiße, wenn ich nicht bald zu Ende wichsen konnte.

Sie schnaufte.

»Du brauchst dich nicht zu schämen.« Ich trat an ihre Seite, beugte mich zu ihr hinunter, legte meine Lippen an ihr Ohr und flüsterte: »Du hast einen fantastischen Arsch. Das nächste Mal, wenn du unter die Dusche springst, helfe ich dir gerne, ihn einzuseifen.«

Sie zitterte.

Sie widersprach auch nicht.

Yes.

Hatte ich sie *endlich* geknackt? War das der Schlüssel, der Wendepunkt, wirklich? Sollte ich weitermachen, oder besser nicht? Mein Gott, ich wusste nicht, was ich tun sollte. Das war nicht normal für uns. Nicht, dass ich mich beschweren würde.

Aber so hatte sie sich mir gegenüber noch nie verhalten. Sie hatte mich für meine Anzüglichkeiten sonst immer zurechtgewiesen. Ich war mir nicht sicher, ob ich die Tatsache, dass sie es jetzt nicht tat, gerade hasste oder mochte. Ich war spitz wie Nachbars Lumpi, und es wurde mit jeder Minute schwieriger, der kleinen briefeschreibenden Ausreißerin und möglichen Verräterin zu widerstehen. Ich wollte wissen, wie weit sie sich von mir treiben lassen würde. Morgen würde ich es bereuen, aber jetzt? Ich konnte nicht anders.

»Ich sage dir, was passieren wird.« Ich zog sie zu mir heran, meine Hände auf ihren Ellbogen. »Ich werde mich auf das Bett setzen, so wie gerade eben, und beenden, was ich angefangen habe.«

Sie schaute auf, ihre Augen weiteten sich, die Lippen leicht geöffnet.

»Du kannst gerne in der Dusche oder draußen warten, oder, wenn du Interesse hast, kannst du dich dazugesellen.

»Mich dazugesellen?«, brachte sie heraus.

Ich nickte. »Ja. Hast du noch nie einem Mann beim Wichsen zugesehen?«

Langsam schüttelte sie den Kopf, was mich nicht überraschte. Mit ihrem kleinen Ex hatte sie wahrscheinlich immer nur Blümchensex gehabt.

»Ich zeige dir gerne, wie das geht.«

Ihre Lippen spannten sich an, als läge ihr das Nein auf der Zunge. Aber gleichzeitig blitzte etwas in ihren Augen auf, etwas, das ich nur zu gut von mir selbst kannte.

Entschlossenheit.

»Gut«, sagte sie verärgert.

Ich hob die Augenbrauen. »Gut, was?«

»Ich werde dir beweisen, dass du mit deiner Meinung über mich falschliegst, Archer Benedict, *und* ich werde noch einen drauflegen, wenn ich schon dabei bin.« Mit diesen Worten setzte sich Emily auf die Bettkante, wobei sie sie fast verfehlte.

Auch wenn sie unbeholfen und offensichtlich nervös war, wollte ich, dass sie weitermachte. Dass sie aus ihrer Komfortzone heraustrat und mir zeigte, wie sehr ich mich mit meiner Meinung über sie irrte. Ich hatte keine Ahnung, warum, aber ich spielte mit.

»Wie willst du mir beweisen, dass ich falschliege?« Ich warf ihr einen herausfordernden Blick zu und setzte mich ihr gegenüber auf das Bett, das ich ausgesucht hatte. Der Abstand zwischen uns war so eng, dass sich unsere Knie berührten. Aber sie machte sich nicht die Mühe, wegzurutschen, wie ich es erwartet hatte.

»Ich werde mich ausziehen.«

»Ja klar.« Ich lachte und schüttelte den Kopf.

»Du glaubst, du kennst mich«, sagte sie und ließ ihre Hände über ihre Oberschenkel bis zum unteren Rand ihrer Strickjacke gleiten. Ihre rosa lackierten Fingernägel spielten mit dem Saum, während sie weitersprach. »Aber das tust du nicht. Wahrscheinlich wirst du es auch nie.«

»Klar.« Ich grinste.

»Ich meine es ernst«, sagte sie. Dann zuckte sie mit den Schultern, ließ ihre Hände zum obersten Knopf ihrer Strickjacke gleiten und tat das Undenkbare – das Letzte, was ich je erwartet hätte. Sie begann, den ersten Knopf zu öffnen. Den, mit dem ich herumgespielt hatte. Dann den zweiten und den dritten ...

Meine Kehle brannte, es war fast schmerzhaft. »Wirklich?«

»Ja, *wirklich*. Ich bin nicht die Frau mit einem Stock im Arsch, für die du mich hältst. Ich kann Spaß haben und mich entspannen. Ich tue es nur nicht. Als ich auf dem College war, habe ich sogar ...«

Den Rest ihrer Worte blendete ich aus. Nicht, weil ich sie nicht hören wollte, sondern weil sie den letzten Knopf öffnete und ... Verdammt!

Sie zog die Strickjacke aus, ließ die Baumwolle erst von einer, dann von der anderen Schulter gleiten ...

»... und wenn du denkst, dass ich ...«

»Pst!« Ich betrachtete ihre Titten unter dem Tanktop. Ihre Brustwarzen zeichneten sich unter dem dünnen Stoff ab. Ich erschauderte bei dem Gedanken, sie mit meinem Mund zu umschließen. Aber ich wusste, dass ich diese Grenze nicht überschreiten würde.

»Archer?«, flüsterte sie. »Hast du mich gehört?«

Erst dann hob ich meinen Blick, um ihrem zu begegnen.

Und was ich dort sah, machte mir noch mehr Angst als die Vorstellung, irgendwelche Grenzen zu überschreiten.

DREIZEHN

EMILY

Hatte ich den Verstand verloren? Möglicherweise.

Aber es interessierte mich in diesem Moment weniger, als es wahrscheinlich hätte tun sollen.

Je länger ich mit Archer zusammen war, desto mehr wurde mir klar, dass es im Leben nicht darum ging, zukünftige Momente zu planen. Es ging darum, in den Momenten zu leben, die einem im Hier und Jetzt begegneten.

Vielleicht würde ich es am Ende lebend aus Kentucky heraus schaffen, vielleicht auch nicht. Aber einer Sache war ich mir von Anfang an sicher gewesen: Ich mochte es, wie Archer mich ansah – als wäre ich so viel mehr als nur süß. Ich wusste genau, was ich tun wollte – was ich tun musste –, um diesem Mann und mir selbst zu beweisen, dass ich keine Angst hatte, loszulassen.

»Großer Gott, Emily, was machst du da?«, murmelte er und leckte sich die Lippen, als ich begann, meine Hose aufzuknöpfen.

Ich wollte nicht, dass er merkte, wie nervös ich war, aber wenn er genau hinsah, würde er sehen, dass meine Hände zitterten. »Ich mache es mir bequem.«

»Oder besser gesagt: Du ziehst deine verdammten Klamotten aus, das ist es, was du tust.« Er lachte.

»Tue ich«, sagte ich und holte zittrig Luft. »Aber *du* tust es nicht.«

Er presste die Lippen aufeinander und griff, ohne zu zögern, hinter seinen Nacken, um sein Shirt zu packen und auszuziehen. Dann ließ er es zwischen uns auf den Boden fallen und entblößte einen Körper, wie ich ihn bisher nur in Zeitschriften gesehen hatte.

Ich biss mir auf die Lippe und gönnte mir einen egoistischen Moment, in dem ich ihn betrachtete. Perfekte, durchtrainierte Bauchmuskeln und prächtige Brustmuskeln, die wohl das Schönste waren, was ich je gesehen hatte. Was mich überraschte, war, dass er nur ein einziges Tattoo auf der Brust hatte. Soweit ich wusste, waren die meisten Red Dragons über und über mit Tattoos bedeckt, auch mein Bruder.

Archers Blick schweifte über meinen Körper, als er seine Jeans zu öffnen begann. Er legte sich auf den Rücken, wölbte seine Hüften und zog seine Jeans herunter. Dann lag er nur noch in Boxershorts bekleidet da.

»Was jetzt?« Er hob die Augenbrauen und stützte sich auf seine Hand.

Ich schluckte schwer und wusste nicht so recht, was ich sagen sollte. Vor einer Minute hatte ich eine ziemliche Show hingelegt, aber das war *vorher*. *Bevor* ich gesehen hatte, wie perfekt sein Körper war. *Bevor* mir klar geworden war, dass es einen Grund gab, warum er bei den Frauen so beliebt war. *Bevor* mir klar wurde, dass er bei meinem Bluff mitging, obwohl es eigentlich gar kein Bluff gewesen war.

»Sag du es mir. Das war deine Idee.«

»Nö.« Er schüttelte den Kopf. »Meine Idee war, dir zu zeigen, wie man sich einen runterholt. Hier voreinander bis auf den nackten Körper zu strippen ...« Er wies auf meinen Körper. »Das war deine Idee.«

»Ich bin nicht nackt.« Aber ich wollte es irgendwie sein. Das Problem war nur, dass ich keine Ahnung hatte, was ich tun wollte, wenn ich erst einmal nackt war. Archer mochte mit Sex und allem, was dazugehörte, sehr vertraut sein, aber ich war es nicht. Ich hatte wirklich keine Kenntnisse, die über die Erfahrung mit Sam hinausgingen, und unser Sexleben konnte man bestenfalls als lauwarm bezeichnen. Es war niemals kühn gewesen. Befriedigend, ja, aber nicht berauschend.

»Hey«, sagte er, seine Stimme war nicht mehr neckisch. »Mach das nicht.«

»Was denn?«

»Dich vor mir verstecken.«

Als ich nach unten blickte, bemerkte ich, dass ich die Arme vor der Brust verschränkt hatte. Ich musste das unbewusst getan haben. Schließlich würde ich mich hier nicht tatsächlich ausziehen, ich wollte Archer nur beweisen, dass ich die Kontrolle hatte.

»Dein Körper, Emily ...« Er senkte seine Stimme und klang ernster, als ich ihn je gehört hatte. »Lass mich ihn ansehen.«

Langsam stieß ich einen langen Atemzug aus und ließ gleichzeitig meine Arme fallen. Ich fühlte mich nackt, obwohl ich es nicht einmal annähernd war.

Archers grüne Augen verfinsterten sich, als er flüsterte: »Warum du diesen schönen Körper die ganze Zeit unter Pullovern versteckst, ist mir ein Rätsel.«

Seine Worte ermutigten mich. Ich hob mein Kinn und sagte: »Zeig es mir.«

»Was soll ich dir zeigen?« Er spitzte seine Lippen zu einer Seite.

Ich schluckte den letzten Rest meiner Nervosität hinunter und ließ endlich meine Hemmungen fallen. »Wie du dich anfasst.«

Er berührte seine Brust und strich mit einer Handfläche über sein Herz. »Etwa so?«

Ich rollte mit den Augen. »Du weißt, was ich meine.«

»Nein. Ich glaube nicht, dass ich das weiß.«

Warum war er so ein Scherzkeks? Und warum zum Teufel gefiel mir das so sehr, wo ich ihn doch noch vor zwei Tagen für den nervigsten Mann auf dem ganzen Planeten gehalten hatte?

Und dann sagte er etwas, das ich nie vergessen würde. »Bleib da sitzen und sieh mir zu, Emily. Schau nicht weg.«

Der Befehlston, den er anschlug, gefiel mir mehr, als mir lieb war. Als er seine Hand in seine Boxershorts gleiten ließ und seine Erektion hervorzog, schnappte ich unwillkürlich nach Luft.

Ich wollte vor allem seinen Gesichtsausdruck sehen. Mein Körper brannte bei dem Gedanken, ihm in die Augen zu sehen, während er sich zum Orgasmus brachte. Obwohl er befohlen hatte, nicht wegzuschauen, hob ich meinen Blick, und mein Herz schlug mir bis zum Hals, als ich sah, dass er mir direkt in die Augen schaute.

»Du machst mich verrückt«, murmelte Archer. »Du und diese verdammten Sommersprossen und deine Unfähigkeit, zuzuhören ...«

Ich griff nach oben und berührte meine Nase und meine Wangen, wo die Sommersprossen am deutlichsten hervortraten. Als ich das tat, biss er sich auf die Unterlippe und stieß ein leises Stöhnen aus, das meinen Magen hüpfen ließ. Ich wusste nicht, was ich tun oder sagen sollte. Aber mein Körper wusste es. Und zum ersten Mal in meinem Leben überließ ich ihm die Führung und begann, meine Hüften ein wenig zu wiegen und gegen die Matratze zu reiben.

»Du spürst es auch, nicht wahr?« Die Bewegung seiner Hand verlangsamte sich, der Griff seiner Faust lockerte sich.

Ich sah ihm wieder in die Augen, und in meinem Gesicht breitete sich Hitze aus, genau wie zwischen meinen Schenkeln.

Er grinste. »Bist du feucht, Emily?«

War ich das? Wahrscheinlich. Aber wollte ich es laut zugeben? Nicht wirklich. Zum Glück fragte Archer nicht weiter nach.

»Du willst dir Erleichterung verschaffen? Willst du auf dieselbe Art kommen, wie ich es tun werde?«

Ich blinzelte, und meine Brust hob sich. Sprechen war unmöglich, also nickte ich bloß.

»Dann tu es doch. Steck deine Finger in deinen Slip. Zieh ihn zur Seite. Fühle, wie feucht du bist. Ich kann dir garantieren, dass du jetzt schon unglaublich nass bist.«

Mein Nacken war heißer als mein Gesicht; meine Ohren sausten. »Ich ... Ich weiß nicht ...«

»Ist schon gut. Sei nicht schüchtern«, murmelte er und verlor dabei nie sein überhebliches Grinsen.

Was passierte hier gerade? Ich konnte und wollte mich nicht zurückhalten. Archer hatte es geschafft, dass ich mich nur noch auf mein Verlangen konzentrieren konnte, und wenn ich es nicht bald befriedigen könnte, würde ich den Verstand verlieren.

Ich ließ meine Hand nach unten gleiten, wie er es mir befohlen hatte, und schob meinen Slip langsam zur Seite.

»Das ist schön«, flüsterte er und sah meinen Fingern bei der Arbeit zu. »Spreize deine Beine.« Ich tat es. »Noch ein bisschen weiter, damit ich was sehen kann«, flüsterte er und sah mir in die Augen. »Deine Pussy ist wunderschön. Genau wie der Rest von dir.«

Seine Worte ließen mich ein wenig lächeln und entspannten mich auch. »Das hat mir nie jemand ...« Ich zuckte mit den Schultern.

»Verdammte Mistkerle. Alle von ihnen. Deine Pussy ist die schönste, die ich je gesehen habe.«

Ich fühlte mich von seinen Worten ermutigt und ließ einen Finger über meinen Kitzler gleiten, kreisend, reibend ... »O Gott!«

Archers Zunge fuhr über seine Unterlippe, ein Knurren

entrang sich seiner Kehle. »Genau so, Baby. Tu so, als ob ich es wäre.« Er masturbierte wieder schneller. »Stell dir vor, dass es meine Finger sind, die dich berühren. Stell dir vor, ich wäre zwischen deinen Schenkeln. Mein Mund genau dort an deiner hübschen Pussy.«

Archer bewegte seine Hand schneller, unsere Knie berührten sich leicht, aber mehr nicht.

»Archer«, wimmerte ich und spürte bereits den Beginn meines Orgasmus. Meine Finger waren klatschnass. Ich war mir sicher, dass ich zwischen den Beinen schrecklich aussah, aber das war mir plötzlich egal. Zum ersten Mal in meinem Leben erlaubte ich mir, den Moment zu genießen, ohne mir Gedanken über die Folgen zu machen.

Ich kreiste immer schneller mit meinen Hüften, sah ihn an und stellte mir vor, dass es seine Zunge war, die ich spürte, und nicht meine eigene Hand, so wie er gesagt hatte.

Ich stöhnte laut, lauter, als ich es je zuvor getan hatte. Und dann kam ich, ein glückseliges elektrisches Pulsieren und ein herrlicher Schmerz der Lust, von dem ich nicht genug bekommen konnte.

»Fuck, Emily«, knurrte Archer leise, und als ich ihn ansah, seinen gesenkten Kopf, seine Hand, die weiter seinen Schwanz rieb, erschauderte ich durch die Nachwehen meines Orgasmus, während er selbst kam.

Sekunden verstrichen.

Ich keuchte, versuchte zu Atem zu kommen und konnte meinen Blick nicht von seinem erröteten Gesicht wenden, als er den Kopf wieder anhob. Seine Augen waren geschlossen, seine Schultern entspannt.

Archer sah mich nicht an. Aber er öffnete seine Augen und stand auf. Ruhig schlüpfte er in seine Boxershorts und streifte dann seine Jeans über, wobei er meinem Blick immer noch auswich.

Ich erstarrte, innerlich und äußerlich. Zwischen uns

herrschte auf einmal eine Kälte, wie ich sie noch nie erlebt hatte. Sie breitete sich in mir aus, gefolgt von Enttäuschung.

»Archer?«, flüsterte ich und griff nach einer Decke, um meine Beine zu bedecken.

Dann stand er vor mir, unsere Knie berührten sich wie zuvor, aber in diesem Moment fühlte ich mich weiter von ihm entfernt als je zuvor. Sein Haar fiel ihm über eines seiner Augen und ließ ihn wie ein wildes Tier aussehen. Tollwütig.

Er kräuselte die Lippen, ein Grinsen breitete sich auf seinem Gesicht aus. »Lektion beendet, JB.«

Er wandte sich von mir ab, griff nach seinem Hemd und schlüpfte in seine Stiefel. Dann verließ er den kleinen Raum, ohne ins Bad zu gehen, um zu duschen oder sich die Hände zu waschen.

Er verließ *mich*.

Und machte sich nicht die Mühe, zurückzukommen.

Mitternacht kam und ging, bevor ich mich endlich in der Lage fühlte, wieder ins Haus zu gehen. Ich war mir sicher, dass Emily dachte, ich hätte mich aus dem Staub gemacht, obwohl mein Bike immer noch dort stand, wo ich es bei unserer Ankunft geparkt hatte. Ich war nicht so dumm, sie allein zu lassen. Die Frau war meine Fahrkarte zu Pops. Auf keinen Fall würde ich das Risiko eingehen, sie davonlaufen zu lassen, nur weil ich kurz den Verstand verloren und gedacht hatte, ich könnte tatsächlich *Gefühle* für eine Frau haben, vor der ich mir gerade einen runtergeholt hatte.

Nein, falsch. Nicht für eine Frau. Für *Emily*. Die kleine Schwester meines besten Freundes. Emily, die mich zur Weißglut treiben konnte und mich zu viel für sie empfinden ließ. Eine schöne, freche, verdammt kluge Frau, die gerade vor mir ihre Beine gespreizt und mir einen Teil von sich gezeigt hatte, von dem ich mir ziemlich sicher war, dass sie ihn bisher noch nie mit jemand anderem geteilt hatte.

Meine Brust zog sich zusammen, und das lag nicht an der Zigarette, die ich rauchte.

Aber es spielte keine Rolle. Ich konnte diese Grenze nicht

noch einmal überschreiten, verdammt noch mal! Nicht jetzt. Niemals wieder. Nicht, wenn ich vorhatte, das Leben ihres Vaters zu beenden, und *sie* vorhatte, mit einer Verräterin durchzubrennen und somit selbst zu einer Verräterin meines Clubs zu werden.

Ich war jetzt befriedigt. *Das war*, was zählte. Ich hatte mich erleichtert, meinen Spaß gehabt ...

Aber ich hatte nicht genug bekommen. Überhaupt nicht, um ehrlich zu sein. Wenn überhaupt, war ich noch angespannter als zuvor. Und ich hatte keine verdammte Ahnung, warum. Oder ich hatte eine Ahnung, war aber nicht in der Stimmung, es zuzugeben.

Ich biss die Zähne zusammen, ging auf die Tür zu und öffnete sie langsam. Wahrscheinlich sollte ich mich dafür entschuldigen, dass ich abgehauen war. Andererseits war sie mir ja auch nicht nachgelaufen. Ich vermutete eher, dass sie erleichtert war, dass ich gegangen war, und sich einredete, dass das, was passiert war, keinen zweiten Gedanken wert war. Sie stand nicht auf Biker-Typen. Das hatte sie jedem im Club klargemacht.

Trotz dieses Gedankens machte mein Herz einen kleinen Hüpfer, als ich in den Waggon trat. Anstatt sie berühren zu wollen, wollte ich ihr einfach nur wieder in die Augen sehen. Wollte ihren Pony wegstreichen und mit den Fingerspitzen über ihre Sommersprossen fahren.

Ich blieb zwischen den Betten stehen und setzte mich hin, den Blick auf den Boden gerichtet, die Ellbogen auf den Knien. Als ich sie etwas im Schlaf murmeln hörte, hob ich mein Kinn an und erlaubte mir, sie anzusehen. Mein Magen verkrampfte sich bei ihrem Anblick. Das Mondlicht, das durch das Fenster über ihrer Koje fiel, warf einen Schatten auf ihre Wange, und meine Stimmung wurde noch seltsamer als ohnehin schon. Es war, als hätte mir jemand einen Schlag in den Magen verpasst und mir die Luft aus der Lunge gepresst. Es tat weh zu atmen, wirklich.

Ihr langes Haar fiel ihr über die Wangen und die Schulter, und sie lag zusammengerollt da, ohne Decke, die Hände unter dem Kinn zusammengelegt, als würde sie im Schlaf beten. Emily sah so unschuldig und süß aus. Kein Mensch hätte an ihrem schlafenden Gesicht erkennen können, dass sie ein verflixt loses Mundwerk hatte und mich mit ihrer widerspenstigen, kampfesfreudigen Art in ihren Bann gezogen hatte.

Ohne den Blick von ihr abzuwenden, legte ich mich auf die Seite und stützte mich auf den Ellbogen. Auf diese Weise betrachtete ich sie, bis mir die Augen schwer wurden. Ich betrachtete ihre Wimpern auf ihren Wangen, prägte mir den Schwung ihrer Lippen ein – Lippen, die verführerischer waren als alle zuvor.

Das allein hätte mir eine Warnung sein sollen. Aber ich war zu geblendet, um sie zu erkennen.

»Archer. Archer, bitte. wach auf. Bitte.« Ihre Hände rüttelten mich mitten in der Nacht wach. Oder war es schon am Morgen? Ich hatte keine Ahnung, wie spät es war, verdammt!

Ich blinzelte und fragte mich, ob ich träumte. Meine Augen weiteten sich, als ich sah, dass Emily auf dem Boden zwischen den Betten lag und vor Panik und Angst zitterte.

»Was zur Hölle?« Desorientiert setzte ich mich auf und fragte mich, ob sie schlecht geträumt hatte.

Sie öffnete den Mund, um etwas zu sagen, doch dann ertönten zwei Knallgeräusche außerhalb des Waggons. Schüsse?

»Verdammt!« Ich riss sie zu Boden, legte meinen Arm über ihren Kopf und drückte meinen Körper an ihren, als draußen drei weitere Schüsse erklangen. Emily kreischte, schob mich aber nicht weg. Ich hielt sie fest und sog scharf die Luft ein, als draußen ein lautes Krachen ertönte – Metall auf Metall. Zwei Minuten später erfüllte das Aufheulen eines Motorradmotors die Luft und hallte in der Ferne wider, als der Fahrer davonfuhr.

Wir waren in einen Hinterhalt geraten.

Oder es war als Verwarnung gemeint, was am wahrscheinlichsten war, denn sonst wäre es ein jämmerlicher Versuch gewesen, uns aus dem Weg zu räumen.

»Alles okay?« flüsterte ich Emily ins Ohr.

»Ja. Ich ... Ich habe versucht, dich zu wecken, als ich das Motorrad draußen anhalten gehört habe.«

»Gut. Das hast du gut gemacht.« Ich lehnte mich zurück und sah in ihre großen, verängstigten Augen.

»Wer war das?«

Ich zuckte mit den Schultern und setzte mich auf. »Ich weiß es nicht. Aber ich muss mich vergewissern, dass niemand sonst da draußen ist.«

Sie zerrte an meinem Arm, als ich auf allen vieren zum Tisch krabbelte.

»Ich komme mit dir mit.«

»Den Teufel wirst du tun«, zischte ich und griff nach meiner Waffe.

»Archer. Bitte. Geh nicht ohne mich.«

»Ich lasse dich nicht allein.« Ich senkte meine Stimme. Die Verletzlichkeit in ihren Worten, in ihrem Blick schnürte mir die Kehle zu.

»Aber du ...« Sie brach ab, als sie die Waffe auf meinem Schoß entdeckte, die Unterlippe zwischen die Zähne geklemmt.

Wenigstens flippte sie dieses Mal beim Anblick der Waffe nicht aus, sondern blieb still.

»Emily.« Ich steckte die Waffe in die Vorderseite meiner Jeans und legte ihr eine Hand auf die Schulter. Die andere Hand legte ich an ihr Gesicht und forderte sie auf, mir in die

Augen zu sehen, während ich sprach. »Ich gehe nicht weg. Ich muss nur nachsehen, ob da draußen noch jemand ist, um den wir uns Sorgen machen müssen.«

»Und wenn ja?«

Ich zeigte auf meine Waffe. »Dann wird die hier sich um ihn kümmern.«

Überraschenderweise wich sie nicht zurück. Stattdessen nickte sie und stürzte sich auf mich, um mich erneut zu umarmen. Sie schien mir zu vertrauen.

»Bitte sei vorsichtig.«

Mein Hals wurde trocken. Aber ich schlang meine Arme nicht um ihren Rücken, um die Umarmung zu erwidern. »Ich komme schon klar.«

Sie nickte an meinem Hals und schniefte. »Das musst du.«

Ich schloss die Augen und fragte mich, warum sie mir so sehr zu vertrauen schien, obwohl es offensichtlich war, dass ich ihr immer noch nicht vertraute ... auch wenn es täglich schwieriger wurde, es nicht zu tun.

»Sag mir einfach, wenn du mich brauchst«, sagte sie und zog sich zurück.

Trotz allem konnte ich mir ein breites Grinsen nicht verkneifen, als ich zur Waggontür kroch. Sie würde einen Scheißdreck für mich tun können, wenn etwas schiefging. Aber dass sie den Gedanken ausgesprochen hatte, bedeutete mir in diesem Moment unglaublich viel.

Als ich an der Tür war, erhob ich mich und warf einen Blick durch die Glasscheibe.

»Setz dich unter den Tisch, bis ich grünes Licht gebe«, sagte ich ihr, und unsere Blicke trafen sich.

Sie nickte und tat ausnahmsweise, worum ich sie gebeten hatte. Ich blickte sie an, sah die Panik in ihren großen Augen, meine Brust wurde eng. Anscheinend war sie heute Morgen nicht in der Stimmung zu sterben, und ehrlich gesagt: Ich war es auch nicht.

Langsam schob ich die Tür auf, mein Herz raste vor Adrenalin, nicht vor Nervosität. Ich wurde *niemals* nervös. Ich hatte keine Angst, wenn es darum ging, zu kämpfen. Oder zu beschützen. Das war es, was ich als Red Dragon tat. Als Mann. Ganz unabhängig davon, wen es zu beschützen galt – eine Old Lady, die Nichte eines Bruders oder eine Frau, an die ich nicht aufhören konnte zu denken.

Die Sonne ging gerade auf, und das Erste, was mir auffiel, waren die vielen Büffel, die draußen auf dem Feld herumliefen. Das zweite: mein Bike.

Oder was davon übrig war.

»Scheiße«, zischte ich.

»Was ist los?«, rief Emily.

Ich hielt eine Hand hoch, damit sie sitzen blieb, und suchte mit den Augen das kaum beleuchtete Feld ab. Wir waren so weit von der nächsten Hütte oder Unterkunft entfernt, dass ich sicher war, falls jemand die Schüsse gehört hatte, hatte er sie für Jagdschüsse gehalten. In der Nähe gab es ein Jagdgebiet. Was für eine bescheuerte Idee, einen Wildschutzpark neben Jagdgebieten einzurichten.

»Archer?«

»Es ist alles in Ordnung«, sagte ich.

Meine Schultern entspannten sich, als ich die Tür öffnete und nach draußen trat. Reifenspuren führten vom Tatort weg, und Schlammspritzer bedeckten den Waggon. Wer auch immer das getan hatte, hatte uns nichts anhaben wollen. Er wollte, dass wir an Ort und Stelle blieben. Es war eine Warnung, die lautete: *Bleibt weg!* Aber von wem?

Mein erster Instinkt war, Slade anzurufen oder ihm eine Nachricht zu schreiben und zu fragen, ob einer der RDs in unsere Richtung geschickt worden war. Aber meine Brüder wären nicht so dumm, mein Motorrad zu demolieren. Und wenn sie herausgefunden hätten, wo wir waren, wären wir jetzt schon längst wieder auf der Straße zurück nach Rockford.

Ein Keuchen ertönte hinter mir. Ich schaute mich nicht um, um zu sehen, was los war, denn ich wusste es bereits. Mein Motorrad war ein verdammtes Wrack. Die Reifen geplatzt, der Sitz zerfetzt, die Chromrohre eingedellt ...

Wenn ich eine Heulsuse wäre, würde ich jetzt flennen.

Mein geliebtes Bike!

»Archer, schau mal!«, sagte Emily. Das Knarren der Stufen verkündete, dass sie heraustrat.

Ich drehte mich zu ihr um und entdeckte die schwarze Kutte, die ein paar Meter entfernt auf dem Boden lag.

»Ist das ...?«, fragte sie.

»Ist es.« Ich ging auf die Kutte zu, zog sie aus dem Schlamm und hielt sie hoch. Stirnrunzelnd betrachtete ich das Emblem auf der Rückseite.

Ein Red Dragon.

»Scheiße!«

»Steht da ein Name drauf?« Sie hockte sich neben mich und zeigte auf die Kutte.

Ich drehte sie um, um nachzusehen, aber der ehemalige Besitzer hatte das Namensschild auf der Vorderseite abgerissen. Wer auch immer das getan hatte, war zu feige zu verraten, wer er war, aber Macker genug, um uns wissen zu lassen, dass er mit den RDs fertig war.

Allem Anschein nach hatten wir einen waschechten Verräter in der Runde. Und ich hätte fast wetten können, dass er jetzt für Pops arbeitete.

Zwanzig Minuten später machten Emily und ich uns auf den Weg, die Taschen über die Schultern geworfen und ein gemeinsames Ziel vor Augen. Wir mussten ein anderes Motorrad oder ein anderes Fahrzeug finden. Ich wollte nicht, dass die Polizei zu viele Fragen stellen würde, wenn sie den zerschossenen Waggon entdeckte. Also schob ich mein zerstörtes Bike in die nächste Stadt, in der Hoffnung, dass jemand Bauteile kaufen oder sonst irgendeinen Handel mit uns abschließen würde. Die Chancen standen schlecht, da wir uns in einer kleinen Farmstadt in Indiana befanden. Aber ich hatte Kontakte im ganzen Bundesstaat. Irgendjemand musste doch jemanden kennen ...

»Du hast nicht so viele Tattoos auf deinem Körper wie die anderen. Das ist mir gestern Abend aufgefallen.« Es war das Erste, was Emily gesagt hatte, seit wir losgegangen waren. Seltsam, dass sie es gerade jetzt ansprach, aber vielleicht war es ihre Art, mit Stress umzugehen. Vielleicht half es ihr, über solche beliebigen Dinge zu sprechen, um die Spannung zwischen uns und das, was passiert war, zu vergessen. Und die Tatsache, dass ich danach weggegangen war ...

»Ich lasse mir nur Tattoos stechen, die etwas bedeuten.«

»Oh. Verstehe. Macht Sinn, ja.«

Ich nickte und ging weiter durch die Felder, eine Hand am Lenker meines Motorrads, die andere auf dem Sitz. Der Schweiß rann mir an den Schläfen herunter. Es war feucht, und der Untergrund war verdammt schlammig. Aber wenigstens regnete es nicht.

»Das auf deiner Brust«, fuhr sie fort. »Ist das ein Rabe?«

»Ja.«

Einen Augenblick lang sagten wir beide nichts. »Was bedeutet es?«

Ohne zu zögern, antwortete ich: »Pech gehabt«.

»Wirklich?«

Ich nickte. »Ich habe innerhalb von drei Jahren viel verloren. Zwischen meinem zwölften und fünfzehnten Lebensjahr. Zuerst meine Mutter, dann meinen alten Herrn ...« Ich zuckte mit den Schultern und war dankbar, als wir endlich eine Straße erreichten.

Mit einem Schnaufen begann ich, das Motorrad die Böschung hinaufzuschieben, nur um noch tiefer in den Schlamm zu geraten und stecken zu bleiben. »Verdammt!«

Ohne dass ich sie um Hilfe gebeten hätte, eilte Emily auf die andere Seite und nahm die gleiche Position ein wie ich – eine Hand auf dem Sitz, die andere am Lenker.

»Auf drei?«, fragte sie.

Ich nickte.

Emily zählte.

Stöhnend und ächzend schoben wir beide, bis wir das Bike auf die Straße gebracht hatten. Unsere Blicke trafen sich über meinem Motorrad, und wir schauten uns an, länger, als mir recht war. Sie lächelte mich schüchtern an. Ich konnte es mir nicht verkneifen zurückzulächeln.

Als mir der Blickkontakt zu viel wurde, räusperte ich mich und schaute die Straße hinunter. »Danke.« Dann nickte ich in Richtung eines Schildes, auf dem die nächstgelegenen Städte ausgewiesen waren. »Acht Kilometer. Schaffst du das?«

»Ja. Kein Problem«, sagte sie und hielt Schritt, als wir uns wieder in Bewegung setzten.

Aus irgendeinem Grund wollte ich das Gespräch über Tattoos am Laufen halten. Ich liebte es, über Tattoos zu reden, genau wie über Motorräder.

»Der Rabe war das erste Tattoo, das ich mir habe stechen lassen«, sagte ich ihr.

»Ach ja?«

»Es soll mich daran erinnern, dass man nie zu sehr an einer Sache hängen sollte, verstehst du? Dass es am besten ist, immer in Bewegung zu bleiben, sonst holt einen das Pech ein.« Das war eine Art Lebensmotto für mich, besonders wenn es um Frauen ging.

Emily brummte nachdenklich und hievte ihre Reisetasche höher auf ihre Schulter. Ich nannte das Teil Reisetasche, weil es für mich genau das war, aber es war über und über mit schicken Ds und Bs bedruckt, also war ich sicher, dass es ein teures Exemplar war.

»Du denkst also, jemanden zu lieben ist ein Fluch?«, fragte sie eine Sekunde später. »Einschließlich deiner Familie?«

»Das tue ich.«

Eine Minute verging. »Und das an deinem Arm, das mit dem Stacheldraht. Was bedeutet das?«

Ich wusste genau, welches Tattoo sie meinte. Ein Spruch in altem Gälisch, eine Hommage an mein irisches Erbe und an den so frühen Verlust meiner Mutter.

Schmerz wird zu Stärke.

Zu persönlich. Zu ehrlich. Ehrlich war ich nur zu mir selbst, das war schon beängstigend genug.

»Das, JB, ist mein kleines Geheimnis.«

Sie fragte nicht weiter nach. Sie machte nicht mal einen bissigen Kommentar. Ich sah sie eine Sekunde lang an, neugierig, was sie wohl dachte. Nicht, dass ich besonders gut darin war, sie zu durchschauen. Emilys Augen waren nach vorne gerichtet, aber in den Augenwinkeln war eine Spannung zu erkennen. Ich wusste, dass sie versuchte, sich abzulenken. Also würde ich ihr den Gefallen tun und mitspielen, als Gegenzug für ihre Hilfe bei meinem Motorrad.

»Hast du irgendwelche Tattoos?«

Sie schüttelte den Kopf. »Nein.«

»Warum nicht?«

»Ich wüsste nicht, was ich mir machen lassen sollte.« Sie zuckte mit den Schultern. »Und genau wie du würde ich mir auch nicht wahllos irgendwelche Dinge auf den Körper tätowieren lassen.«

»Nicht einmal ein Arschgeweih?«

Sie lachte. »Nicht einmal das.«

Ihre Worte ließen mich ein wenig grinsen. Sie war eine kluge Frau. »Hast du jemals *irgendetwas* Leichtsinniges getan?«

Sie sah mich aus den Augenwinkeln heraus an. »Ist das eine Fangfrage?« Sie dachte eindeutig an letzte Nacht.

Ich schaute ihren Mund an. Wie er ein wenig zuckte, als ob sie gegen ein Grinsen ankämpfte. »Nö. Diesmal nicht.«

Sie verlor ihr Lächeln und schaute mich an. Ihr Gesicht war jetzt ernst. Ihre Augen leuchteten nicht mehr, und auch ihre Lippen zuckten nicht mehr.

»Wenn man leichtsinnig ist, gibt man Kontrolle ab.« Sie erschauderte. »Das ist beängstigend. Es ist auch der Grund, warum die letzten Monate meines Lebens hundsmiserabel waren. Weil ich in keinem Moment wusste, was mich erwartete.«

»Wegen des Clubs?«

Die RDs waren weder draufgängerisch noch unberechenbar. Wir waren auf Kontrolle und Ordnung bedacht. Die Leute sahen unsere Lederkutten und hielten uns für Gesetzlose, aber das war nicht der Fall. Wir waren gute Männer und wollten Ordnung und Frieden. Glück und Brüderlichkeit. Verdammt, seit über einem Jahr versuchten wir, das zu erreichen. Doch um Frieden zu finden, würden wir wahrscheinlich einige wirklich üble Dinge tun müssen – vor allem ich. Aber am Ende aller Tage würde ich der Welt damit einen Gefallen tun, diesen Mann und seine kleine Bande auszuschalten. Vor allem würde ich meinen Brüdern einen großen Dienst erweisen.

»Nein. Nicht wegen des Clubs ...« Sie brach mitten im Satz ab und schüttelte den Kopf. »Eher, weil meine Mutter mich all die Jahre darüber belogen hat, wer mein Vater ist. Und jetzt weiß ich nicht, ob ich ihr vertrauen kann.«

»Warum zum Teufel gehst du dann überhaupt zu ihr?«

»Weil ich keine andere Wahl habe. Sie ist meine Mutter, und auch wenn sie nicht die ist, für die ich sie früher einmal gehalten habe, kann ich nicht anders, als zu denken, dass sie mich braucht – auch wenn sie mich nie um Hilfe gebeten hat.«

Es war dumm von ihr zu gehen, in der unbegründeten Hoffnung, sie könne die Dinge in Ordnung bringen. Andererseits tat ich ja genau dasselbe, aber für meine Brüder und den Club, für niemanden sonst.

Emily schürzte ihre Lippen und fuhr fort. »Weißt du, wie es ist, dem einen Menschen, der einem in diesem Leben eigentlich Halt geben sollte, nicht zu vertrauen?«

»Nein, das weiß ich nicht.« Meine Brüder hatten mich nie angelogen. Meine Mutter und mein Vater hatten auch nie mit der Wahrheit gegeizt. Ich halte meinen Kreis an Vertrauten bewusst klein. Menschen an mich heranzulassen, nur damit sie sich am Ende gegen mich wendeten oder – schlimmer noch – starben ... Nein, das wollte ich nicht.

»Du hast Glück.« Sie seufzte.

Ich widersprach nicht. Aber ich stimmte ihr auch nicht zu. Ich *war* ein Glückspilz in dem Sinne, dass die Menschen, die ich liebte und denen ich vertraute, ehrlich waren, echte Freunde. Aber ich war ein Pechvogel, weil ich einige dieser Menschen verloren hatte.

»Es dreht sich also im Grunde alles um deine Mutter?«, fragte ich. »Und du warst zu allen so abweisend, weil du niemanden an dich heranlassen wolltest?«

»Ja.«

Mit anderen Worten: Emily war genau wie ich.

Mein Gott, das war ... seltsam.

Sie schaute auf die Straße, als sie weitersprach. »Könntest du das den anderen sagen, wenn du zurückgehst? Dich für mich entschuldigen?«

»Warum?« Ich runzelte die Stirn, nicht sicher, ob ich es überhaupt nach Hause schaffen würde. Aber das erwähnte ich nicht.

Sie zuckte mit den Schultern. Und ich hakte ausnahmsweise nicht nach.

»Okay. Ich werd's versuchen. Aber ich bin mir nicht sicher, ob es helfen wird.« Wenn meine Brüder sie nicht schon vorher gehasst hatten, dann würden sie es mit Sicherheit tun, sobald sie herausfanden, was sie getan hatte. Genauso wie sie herausfinden würden, was *ich* getan hatte.

Emily wandte sich ab und schaute in die andere Richtung. Aber ich nahm meine Worte nicht zurück. Sie musste wissen, was auf sie zukommen würde, wenn sie ihre Mutter tatsächlich vor Pops retten konnte. Wenn sie oder Lisa in Zukunft jemals einem meiner Brüder über den Weg laufen würden, würden diese sie, ohne mit der Wimper zu zucken, töten. Sie *und* ihre Mutter.

»Dass du abgehauen bist, ist nur das eine, Emily. Das weißt du, oder?«

»Ja, ich weiß«, flüsterte sie.

Ich räusperte mich. »Aber ich verstehe es.« Das tat ich wirklich. Mehr, als sie wahrscheinlich wusste.

Sie sah mich an und runzelte die Stirn. »Was verstehst du?«

»Ich *verstehe*, wie es ist, wenn man neu anfangen muss, obwohl es das Letzte ist, was man will.«

Ihre Augen weiteten sich. »Wirklich?«

»Ja.« Ich schaute nach vorne. Mein Körper spannte sich an, als ein Auto näher kam, und ich atmete tief durch, als es einfach an uns vorbeifuhr. »Veränderung ist etwas Gutes. Manchmal ist es wichtig, die Vergangenheit loszulassen, um eine neue Zukunft aufbauen zu können. Es ist verdammt beängstigend. Aber es ist machbar, wenn man es richtig anpackt. Handle klug und sei dir vor allem bewusst, was du tust.«

Emily wurde still. So still, dass ich sie ansehen wollte, aber ich konnte mich nicht dazu durchringen. Als sie schließlich sprach, brachten mich ihre Worte völlig durcheinander.

»Du bist ein wunderbarer Mensch, Archer, trotz deiner Playboy-Mentalität. Ich möchte nur, dass du das weißt.«

»Es gibt nichts an mir, was wunderbar ist.« Meine Kehle schnürte sich zu. »Außer meinem Schwanz vielleicht.«

»Du bist der König der Ablenkungsmanöver.« Sie lachte. »Warum ist das so?«

»Ich will nicht ablenken. Ich bin einfach der Typ Mann, der solche ernsten Gespräche hasst.«

Emily blieb stehen. Sie schwieg. Ich hielt auch an, die Hände verkrampften sich an meiner kaputten Maschine. Stirnrunzelnd drehte ich mich zu ihr um, aber sie war schon dabei, um die Vorderseite meines Motorrads herumzulaufen. Sekunden später stand sie vor mir.

»Was machst du da?«, fragte ich, und mein Körper verkrampfte sich noch mehr, als sie ihre Hand hob und sie auf mein Herz legte.

»Es tut mir leid«, flüsterte sie und musterte mein Gesicht.

»Was zum Teufel tut dir bitte leid? Wir sind mitten auf der Straße und ...«

»Hör auf zu reden.« Sie bedeckte meinen Mund mit ihrer freien Handfläche. »Im Ernst. Lass mich dir das sagen, bitte.«

Ich rollte mit den Augen und versuchte zu ignorieren, dass mein Herz wie wild in meiner Brust raste.

Sie ließ ihre Hand sinken. »Es tut mir leid, dass ich anfangs nicht geglaubt habe, dass du mehr bist als das.« Sie deutete auf meinen Körper. Dann strich sie mit ihrer Handfläche zwischen meinen Brustmuskeln über die Vorderseite meines Hemdes.

»Was, dass ich mehr bin als ein heißer Playboy, den du nie haben kannst?« Ich sagte es nur halb im Scherz. Denn in diesem Moment glaubte ich nicht, dass ich meinen Körper jemals wieder einer anderen Frau geben wollte als Emily. Verdammt, was bedeutete das?

Trotz allem, was uns bevorstand, hatte ich mehr Angst davor, mich dieser Frau zu öffnen, selbst hier auf irgendeinem Feldweg mitten im Nirgendwo, als vor dem Tod selbst.

FÜNFZEHN

EMILY

Etwa eine Stunde später erreichten wir eine Tankstelle. Keiner von uns beiden hatte wirklich viel gesagt, außer einem gelegentlichen Ja oder Nein oder einem unbestimmten Grunzen. Ich glaube, ich hatte Archer mit meinem Geständnis endgültig in Panik versetzt. Er hatte nichts mehr zu sagen.

Wenn ich losließ und meine Gefühle zeigte, neigte ich dazu, wie ein Wasserfall draufloszuplappern. Archer hingegen war eher wie ein tropfender Wasserhahn. Es würde ewig dauern, bis er ein Waschbecken gefüllt hätte, aber auch in seinem eigenen langsamen Tempo würde es geschehen.

Ich grinste bei dem Gedanken und hörte gleich wieder auf, als mich die Erkenntnis in Form eines tiefen, sehnsüchtigen Schmerzes in der Brust traf. Archer hatte mich zwei Tage lang bearbeitet, um herauszufinden, was mich dazu brachte, einen Mann zu begehren, und hatte schließlich herausgefunden, was die Antwort war.

Weder ein heißer Körper noch ein kluger Kopf.

Nicht einmal ein Mann, der ganz genau wusste, wie man eine Frau zum Kommen bringt.

Was einen Mann für mich begehrenswert machte, war,

wenn er sich der Welt und den Menschen in ihr öffnete und ihnen unbewusst ein Stück seines Herzens schenkte – auch wenn er es vielleicht gar nicht wollte. Und Archer hatte genau das getan. Nicht, dass ich es ihm so direkt sagen würde. Ich würde auch nicht versuchen, mich an ihn ranzumachen. Den Fehler hatte ich schon gemacht, als ich versucht hatte, ihn zu küssen. Ganz zu schweigen davon, was wir sonst noch getan hatten, obwohl wir uns faktisch nicht wirklich berührt hatten.

Archer und ich würden nie zusammen funktionieren. Und ich wusste, dass er das ebenfalls wusste. Unser Leben würde in verschiedene Richtungen laufen, sobald ich meine Mutter gefunden hatte, und jede Beziehung, die ich nach Rockford und zu den Red Dragons hatte, würde beendet werden müssen.

»Hier gibt es Duschen.« Archer zeigte auf ein Schild an der Raststätte, das neben dem Eingang hing.

»Gott sei Dank.« Ich war verzweifelt genug, dass ich bereit war, einen Blick in die öffentlichen Duschen zu wagen, um mir den Schlamm und den Schweiß vom Körper zu waschen.

»Hast du kein Problem damit, dich an einem Ort wie diesem auszuziehen?«, fragte er und hob die Brauen.

»Ja, ich bin keine zimperliche Prinzessin.« Ich verdrehte die Augen, trotz meines Geständnisses vor nur knapp einer Stunde. Dieses Hin und Her zwischen uns. Es war der einfachste Modus. Damit konnte ich umgehen, und ich musste mich wieder auf diesen Umgang mit ihm zurückbesinnen, am besten ein für alle Mal.

»Kannst du schnell machen?« Er stellte sein Motorrad an der Hauswand ab und strich sich mit der Hand durchs Haar, während er mich ansah.

»Ich kann sehr schnell machen.«

Seine Lippen verzogen sich, als läge ihm ein schmutziger Witz auf der Zunge. Aber zu meiner Überraschung sprach er ihn nicht aus. »In Ordnung. Ich versuch mich in der Zwischenzeit schlauzumachen, wo ich ein neues Motorrad oder sonst irgendein Fahrzeug kriegen kann. Dann komme ich nach und dusche auch.«

»Unter die Dusche?« Ich hielt den Atem eine Sekunde zu lange an und schnappte dann nach Luft.

»Ins *Bad*, nicht zu dir unter die Dusche. Ich bin sicher, die haben da Wände, also kann ich dich nicht einmal heimlich beobachten.« Er zwinkerte.

»Ja ...« Ich hielt inne und musterte ihn kritisch. »Ich glaube nicht, dass ich dir vertrauen kann.«

»Ich meine es ernst.« Er grinste, trotz seiner Worte. »Pfadfinderehrenwort, ich werde dir nicht auf die Titten schauen.«

»Ich bezweifle, dass du jemals bei den Pfadfindern warst.«

»Nein, war ich nicht.« Archer zuckte mit der Schulter. »Aber es klingt besser als Biker-Ehrenwort, meinst du nicht?« Er schlang einen losen Arm um meine Schultern und führte mich zum Eingang des Gebäudes.

Ich konnte nicht anders und atmete seinen überwältigenden Duft von Zigarettenrauch und Gewürzen ein. Mein Körper erhitzte sich bei dem Gedanken, meine Nase weiter in seinem Nacken zu vergraben.

So viel zur Rückbesinnung.

Zwanzig Minuten später, nachdem ich im McDonald's nebenan eine Zimtschnecke verzehrt und ein billiges Promi-Magazin gelesen hatte, hockte sich Archer vor den Stuhl, auf dem ich saß, und hielt mir einen Schlüssel vor die Nase, auf dem »Bad 32« stand.

»Bereit?« Eine blonde Haarsträhne fiel über seine schelmischen Augen, und ich stellte ihn mir plötzlich vor, wie er als Kleinkind in alle möglichen Schwierigkeiten geriet. Er hatte sich gar nicht so sehr verändert, da war ich mir sicher.

Aus irgendeinem Grund war ich nervös. Ich nahm ihm den Schlüssel aus der Hand und stand gleichzeitig mit ihm auf. Wir standen Brust an Brust da, aber ich bewegte mich nicht. »Ich bin so bereit, wie ich es jemals sein werde, schätze ich.«

Er griff nach unten und nahm mein Handgelenk in eine seiner Hände. Seine rauen Finger strichen über meine Schlagader. Dann zwinkerte er mir zu und sagte: »Komm!« Er zog mich hinter sich her, einen langen Flur hinunter und nach links.

Ich ignorierte seine gebieterische Art und fragte: »Hast du etwas wegen deines Motorrads herausgefunden?«

»Ja.«

Ich wartete auf weitere Ausführungen von ihm, aber sie blieben aus. Die nächste Stadt war gut siebzig Kilometer entfernt, und wenn wir nicht mit einem Trucker mitfahren wollten – was ich strikt ablehnte –, waren wir reisetechnisch ziemlich aufgeschmissen. Archer hatte mit jemandem von einer Abschleppfirma telefoniert, während ich gegessen hatte. Er weigerte sich strikt, sich von einem Lyft oder einem Uber abholen zu lassen, wie ich es vorgeschlagen hatte, und behauptete, er hätte alles im Griff. *Sein* Ansatz und *mein* Ansatz waren grundverschieden.

Egal, ich war zu müde und zu schmutzig, um jetzt zu streiten.

Das Bad Nummer zweiunddreißig war leicht zu finden. Ein Familienzimmer, jedenfalls stand das außen an der Tür. Vermutlich bedeutete das, dass der Raum groß genug für mehr als eine Person war, aber privat genug, um nicht mit Fremden dieselbe Einrichtung teilen zu müssen. Intimitäten auszutauschen verstieß laut der kilometerlangen Liste, die draußen an der Wand hing, gegen die Hausordnung. An dem Grinsen auf Archers Gesicht konnte ich erkennen, dass er diese Regel gerade selbst entdeckt hatte. Trotzdem machte er keine Kommentare oder Witze. Tatsächlich hatte er sich seit gestern Abend mit Witzen über Sex zurückgehalten, selbst als ich ihm vorhin dazu Gelegenheit geboten hatte. Ich hätte es zu schätzen wissen sollen. Aber irgendwie vermisste ich sie auch. Was das wohl über mich aussagen mochte? Es war mir im Moment ziemlich egal.

Wir waren verschwitzt und dreckig, brauchten dringend ein Transportmittel, und angesichts seines Verhaltens gestern Abend hätte ich mir diese Gedanken gar nicht machen sollen. Aber als er gegangen war, hatte ich mich weder verletzt noch bloßgestellt gefühlt; ich hatte nur gewollt, dass er zurückkam. Manchmal arbeitete mein Gehirn auf rätselhafte Weise, und wenn es beschloss, dass es etwas Bestimmtes wollte, neigte es dazu, nicht davon abzulassen, bis der Wunsch erfüllt war.

Vermutlich war das die Wissenschaftlerin in mir.

Ich eilte voraus, bereit, um das Recht, zuerst zu duschen, zu kämpfen, aber der Anblick des Raumes vor mir ließ mich innehalten und mit offenem Mund stehen bleiben. Es war so … *schön* da drin. Schöner als die Badezimmer im Club. Sogar schöner als das Bad in meinem eigenen *Haus*. Dunkelbraun und hellbraun gefliese Wände, eine hohe Dusche auf der rechten Seite des Raums und links eine kleine Sitzecke mit einer Ledercouch und einem Waschbecken, die durch eine Wand von dem Duschbereich abgetrennt war.

»Was ist das hier?«, fragte ich erstaunt.

Archer trat hinter mich und legte seinen Mund an mein Ohr. »Ein verdammt teures Badezimmer.«

Ich erschauderte, als ich seine Lippen an meinem Ohr spürte, drehte mich aber schließlich zu ihm um und brachte etwas Abstand zwischen uns. »Ich dachte, Reisende duschen hier umsonst?«

Er steckte die Hände in die Taschen und zuckte mit den Schultern. »Das tun sie. Aber alle Privatzimmer waren besetzt. Ich musste einem Kerl hundertfünfzig Öcken zahlen, um an den Schlüssel zu kommen. Sonst hätten wir nicht zusammen in einem Zimmer sein können.«

»Warum hast du das getan?« Ich runzelte die Stirn. »Du

hättest einfach vor der Tür stehen können, während ich dusche.«

»Ja, aber du hättest weglaufen können, während *ich* dusche.« Er zog eine Augenbraue hoch und schob sich an mir vorbei zum Waschbecken.

»Glaubst du immer noch, dass ich weglaufen will?« Ich starrte finster seinen Hinterkopf an.

»Vielleicht.«

Es hätte mich nicht so sehr angehen dürfen, dass Archer mir nicht vertraute. Wir würden uns wahrscheinlich – hoffentlich – nie wiedersehen, wenn wir erst nach Kentucky gekommen waren. Aber aus irgendeinem Grund war ich verletzt, dass er immer noch dachte, ich würde ihn im Stich lassen. Ja, ich hatte versucht zu fliehen, als er mich im Bus gefunden hatte, aber inzwischen konnte ich mir nicht mehr vorstellen, ihn für den Rest der Reise *nicht* bei mir zu haben. Es war schon seltsam, wie schnell sich die eigene Perspektive verschieben konnte.

Kopfschüttelnd schnappte ich mir meine Tasche und stellte sie vor der Dusche ab. Ich hörte Archers Schritte auf der anderen Seite der Wand, dann folgte ein schwerer Seufzer, als er sich auf die Couch fallen ließ.

Ich schlüpfte in die Kabine, zog mich aus und warf meine Sachen auf meine Tasche. Meine Gedanken verschwammen, als ich das Wasser aufdrehte, und bewegten sich in Richtungen, die sie besser hätten vermeiden sollen, um schließlich bei der vergangenen Nacht anzukommen.

Die beiden Betten.

Meine Hand zwischen meinen Beinen und Archers Hand auf seiner Erektion, während er die schmutzigen Worte zu mir sagte, die mir durch den Kopf gingen, seit er mich danach allein gelassen hatte. Ich war mir sicher gewesen, dass er nicht zurückkommen würde. Bis ich eine halbe Stunde später nach draußen geschaut hatte, wo er auf dem Picknicktisch saß und in den Nachthimmel rauchte.

Bei dem Gedanken schloss ich die Augen und lehnte meinen Kopf unter dem warmen Duschstrahl zurück. Nachdem ich mein Haar eingeschäumt und ausgespült hatte, machte ich mich an meinen Körper und rieb vor allem den Schlamm an meinen Armen und Knöcheln ab.

Bevor mir bewusst wurde, was ich tat, legte ich eine Hand-fläche an die Steinwand unter dem Duschkopf und ließ die Finger der anderen Hand langsam zwischen meinen Brüsten über meinen Bauch und zwischen meine Schenkel gleiten. Gott, er hatte mich in einen riesigen Ball der Lust verwandelt. Die Versuchung, mich selbst zu berühren, war so stark, dass es fast wehtat.

Die Gewissheit, dass Archer auf der anderen Seite der Wand stand, ließ mich erschaudern. Ich fragte mich, was er wohl tun würde, wenn ich ihn bitten würde, seine Sorgen und Ängste zu vergessen und mit mir in diese Dusche zu steigen, für die er eine obszöne Menge Geld bezahlt hatte. Ich wollte ihn berühren – mit meinem Mund oder meiner Hand. Wollte, dass er auch mich berührte.

Gott, ich wollte es so sehr. So sehr. Egal, wie sehr er mich aufregen und nerven konnte, und egal, wie sehr es mich verwirrte, mit ihm zusammen in einem Raum zu sein. Ich wollte den Rausch erleben, dass Archer meinetwegen die Kontrolle verlor. Und noch mehr als das wollte ich selbst die Kontrolle verlieren.

»Alles klar da drin?«

Ich erstarrte beim Klang seiner Stimme. Er war so nah. Als ich über meine Schulter nach unten sah, bemerkte ich den Schatten seiner Stiefel hinter dem Vorhang. Ich leckte mir über die Lippen und atmete tief durch die Nase ein, während ich mir meine Antwort zurechtlegte. Ich musste das Zeitgefühl verloren haben, denn das Wasser wurde bereits kalt.

Ich wollte sagen: *Nein, mir geht es nicht gut.* Ich wollte den Vorhang zurückreißen, ihn bei seiner Lederkutte packen, seinen harten Körper an meinem spüren und ihm direkt ins Gesicht sagen: *Ich will dich. Ich will dich so sehr, dass es wehtut, daran zu denken, dass ich dich nicht haben kann.*

Aber ich tat es nicht. Oder ich konnte es nicht tun. Er und ich? Wir waren nicht füreinander bestimmt.

»Ja«, sagte ich mit brüchiger Stimme. »Alles klar.«

Unser Glück wendete sich eine halbe Stunde später zum Besseren, als wir beide sauber waren und das Bad verließen. Am anderen Ende des Flurs stand ein Fremder mit einer Motorradkutte.

Bei seinem Anblick versteifte ich mich und packte Archer von hinten am Arm.

»Alles in Ordnung«, sagte er und drückte mein Handgelenk. »Wartest du kurz hier?«

Ich wollte mit ihm gehen, aber seine Augen drängten mich, hierzubleiben, und beim Anblick des großen Mannes am Ende des Flurs mit dem üppigen Bart war ich mir nicht sicher, ob ich wirklich widersprechen wollte.

Also tat ich es nicht.

»Ich habe gehört, du brauchst ein neues Bike«, murmelte der Fremde, als Archer sich ihm näherte.

Mein Mund öffnete sich vor Schreck, als Archer seine Hand schüttelte und sagte: »Du hast richtig gehört«.

Danach unterhielten sie sich einige Minuten lang leise und tauschten irgendwelche Gegenstände aus. Schlüssel, soweit ich sehen konnte, und möglicherweise auch Geld. Fünf Minuten später nickte mir der Fremde knapp zu und verließ den Saal, während Archer mit einem breiten Lächeln auf mich zukam.

»Lass uns gehen, JB. Die Zeit drängt.« Er hob meine Tasche vom Boden auf und ging in dieselbe Richtung wie der Fremde.

»Wer war das?« Ich beeilte mich, mit ihm Schritt zu halten.

Er lief jetzt noch schneller, als ob er es kaum erwarten könnte, von hier wegzukommen – und vor allem weg von mir.

»Mach dir keine Sorgen«, sagte er, gab den Schlüssel für das Bad zurück und führte mich dann auf den Parkplatz hinaus.

Ich runzelte die Stirn. Mir gefiel weder die Geheimnistuerei noch sein Stimmungswandel.

»Bist du sicher, dass wir ihm vertrauen können?«, fragte ich, um mich zu vergewissern.

»Ja«, sagte er, als wir neben einem Motorrad zum Stehen kamen.

Ich betrachtete es stirnrunzelnd und fragte mich, wem es gehörte. Schlimmer noch, ich fragte mich, ob es geklaut war oder so etwas in der Art. »Wem gehört das Motorrad?«, fragte ich.

Er befestigte meine Tasche mit einem Lederriemen an der Seite. »Dieses hübsche Baby hier gehörte früher meinem alten Herrn.«

»Was?« Ich sah ihn erstaunt an. »Das Motorrad deines Vaters?«

Er nickte und befestigte die Tasche mit einem weiteren Seil. »Weißt du, wie viel Zeug manche Leute in ihren Häusern horten?«

»Ja.«

»Nun, mein guter alter Vater hat im ganzen Land Bikes gehortet, um sie sicher aufzubewahren.« Er zuckte mit den Schultern. »Als er starb, gingen sie alle an mich und einen alten MC-Kumpel von ihm. Ab und zu brauche ich eines, wenn ich irgendwo ohne mein Bike bin. Manchmal ist es Stunden entfernt, manchmal nur Minuten.«

Ich keuchte. »Wie viele Motorräder sind es?«

»Fünfzig oder so. Aber alle im Mittleren Westen, also keine Sorge.«

»Du wusstest also die ganze Zeit, dass eins in der Nähe ist.«

»Nein, anfangs nicht.« Er kratzte sich am Kinn und wich meinem Blick aus. »Aber ich habe ein paar Anrufe getätigt, wie ich schon sagte.«

»Wen hast du angerufen?«

»Den Freund meines Vaters. Er hat die Koordinaten und Zugangscodes für die eine Hälfte von ihnen, und ich habe die für die andere. Mein alter Herr war ziemlich seltsam.« Er lachte liebevoll, was mir einen warmen Schauer über den Rücken jagte und mich zum Lächeln brachte. Es war offensichtlich, dass er seine Eltern sehr geliebt hatte.

»Hast du immer so viel Glück?« Ich lächelte und schaute auf den Sitz. Er war breiter, was mein Hintern bestimmt zu schätzen wissen würde. Meine Oberschenkel hingegen würden es nicht genießen, für lange Zeit so weit gespreizt zu sein ... auch wenn sie das Gefühl von Archer zwischen ihnen mochten.

»Nein.« Er räusperte sich.

Ich sah auf und erwartete, dass er mich angrinste. Aber sein Blick war wieder nüchtern und leer. Vielleicht sogar ein wenig traurig, wenn ich genau hinsah.

»Nein?«

Er rückte näher an mich heran und strich mir ein paar verirrte, nasse Haare hinters Ohr, während er flüsterte: »Ich würde sagen, mein Glück war noch nie so beschissen wie heute.«

SECHZEHN

ARCHER

Wir erreichten die Grenze zu Kentucky gegen sieben Uhr abends. Ein Gewitter jagte uns über die Staatsgrenze. Das Grollen des Donners klang wie eine unheilvolle Warnung: *Lauf weg, sieh nicht zurück!* Vielleicht hätte ich den Rat der Natur befolgen und genau das tun sollen, denn in mir braute sich gerade ein Dreiklang aus Unentschlossenheit, Angst und Traurigkeit zusammen.

Morgen würden wir uns auf den Weg zu meiner Mutter machen. Das Problem war, dass ich nicht mehr hundertprozentig überzeugt war, das Richtige zu tun. Vielleicht war es einfach Nervosität. Oder die Ablenkung durch Archer Benedict. Aber seit wir die Raststätte verlassen hatten, beunruhigte mich etwas. Und zwar sehr. Und zwischen mir und Archer hatte sich die Stimmung auch sehr verändert.

Nachdem wir nur zweimal angehalten hatten – einmal, um auf die Toilette zu gehen, das andere Mal, um zu tanken und etwas zu essen –, wollte ich inzwischen nur noch runter vom Motorrad, um mir die Beine zu vertreten und die Nacht auf festem Boden zu verbringen. Es war zu stürmisch, um zu meiner Mutter und Pops in die Berge zu fahren, aber um ehrlich zu sein, war mir das egal. Ich war geradezu froh, es noch etwas hinauszögern. Nicht nur, weil ich nervös war, sondern auch, weil ich noch nicht bereit war, mich von Archer zu verabschieden.

Auch er schien bedrückt. Ich wollte, dass er mir vertraute, so wie ich ihm vertraute, und mir sagte, was es war. Ich wollte auch, dass er erkannte, dass wir in so vielerlei Hinsicht ähnlicher waren, als wir je gedacht hätten.

Vor allem wollte ich mich ihm wieder näher fühlen.

Archer war sehr still gewesen, seit wir die Raststätte verlassen hatten. Nicht, dass wir beim Fahren viel reden konnten. Aber selbst bei den beiden Stopps, die wir eingelegt hatten, war er nervöser als sonst. Und er verkrampfte sich jedes Mal, wenn ich auf dem Motorrad die Arme um ihn legte. Vielleicht war er einfach nur nervös, weil er Pops allein aufsuchen wollte. Der Gedanke, diesen Mann zur Strecke zu bringen, machte mir genauso viel Angst wie ihm, wenn nicht sogar mehr. Er war allein. Und wahrscheinlich hatte er nur die eine Waffe bei sich. Die Wahrscheinlichkeit, dass er sterben würde, war größer, als es für mich der Fall war.

Ich blinzelte bei dem Gedanken und spürte, wie sich meine Augen mit Tränen füllten. War es das, was er wollte? Wollte er sterben? Das würde ich nicht zulassen. Er musste zum Club zurückkehren, auch wenn das für mich ausgeschlossen war. Und genau deshalb hatte ich nun eine Entscheidung getroffen und mir versichert, dass es die richtige war. Für ihn.

Die Stadt in der Nähe des Ortes, von dem der letzte Brief meiner Mutter abgeschickt worden war, bestand aus nichts als einer Tankstelle, ein paar Häusern und einem Postamt, das abends geschlossen war. Allem Anschein nach gab es keine Hotels oder sonst irgendwelche Übernachtungsmöglichkeiten. Es war eine Geisterstadt, die eigentlich gar nicht als Stadt hätte gelten dürfen.

Da es keinen Platz gab, an dem wir uns vor dem drohenden

Regen schützen konnten, fuhr Archer über eine kleine, größtenteils stabile Brücke und steuerte auf eine scheinbar verlassene Scheune zu, um die herum sich kilometerweit leeres Ackerland erstreckte. Es war unsere einzige Möglichkeit, vor dem Sturm Schutz zu finden, und als das Motorrad durch die Kraft des Windes ins Wanken geriet, wussten wir beide, dass uns nicht mehr viel Zeit blieb.

Es waren keine Menschen zu sehen, und die Gebäude wirkten verlassen. Auf dem Ortsschild war der Name der Stadt durchgestrichen worden – bis auf ein C –, und ein plötzliches Gefühl des Unbehagens überkam mich. In dieser Ortschaft herrschte eine postapokalyptische Stimmung.

Der Regen setzte ein und wurde stärker, als Archer eine kleine Schotterstraße entlangfuhr. Der Regen klatschte auf unsere Köpfe und durchnässte mein Hemd, meine Strickjacke und meine Jeans. Ich konnte alles spüren, jedes Tröpfchen brannte auf meiner Haut wie flüssiges Feuer. Der Regen war so stark, dass ich darüber fast unsere Probleme miteinander vergaß und mir nichts sehnlicher wünschte, als in der kleinen Scheune, auf die wir zusteuerten, Schutz zu finden.

Er stellte den Motor ab und schrie über das Donnern hinweg: »Runter!«

Ich tat genau das und folgte ihm, als er das Motorrad hinter die Scheune schob. Während er es dort abstellte, breitete sich ein Blitz am Himmel aus.

Ich sprang auf und griff reflexhaft nach seiner Hand. Er hielt sie fest und verschränkte unsere Finger ineinander, während wir zurück zum Eingang der Scheune eilten und unsere Füße in den schlammigen Acker sanken. Wortlos stießen wir gemeinsam das Scheunentor auf und gingen hinein, während sich der Abendhimmel schwarz färbte. Der Wind blies wütend gegen die verschlagenen Fenster und pfiff zwischen den Brettern hindurch, während der Regen versuchte, sich einen Weg ins Innere der Scheune zu bahnen.

»Nur bis der Sturm vorbei ist!«, brüllte Archer über den zunehmenden Regen hinweg.

Ich nickte und zitterte, als ich dort in der Mitte der Scheune stand und mich wegen so vieler Dinge unsicher fühlte. Es waren zu viele, um sie aufzuzählen: das Unwetter, meine Mutter und vor allem Archer und ich.

Mit um die Taille geschlungenen Armen setzte ich mich in die Mitte des Scheunenbodens. Als das Donnergrollen über uns noch lauter wurde, erschauderte ich und zog meine Knie an meine Brust. Archer kam sofort zu mir.

»Alles in Ordnung?«, fragte er. Seine Stimme klang, als würde er gleich weinen, aber Archer wurde nie emotional. Jedenfalls nicht wegen mir.

»Ja. Bei dir?« Ich strich mir die Ponyfransen aus dem Gesicht und schaute zu ihm auf. Ich war überrascht, als er sich vor mir niederließ.

Anstatt zu antworten, anstatt Abstand zu halten, griff er nach mir, zog mich zu sich und setzte mich auf seinen Schoß, meine Beine um seine Taille geschlungen.

»Es tut mir leid, Emily«, flüsterte er. Sein nasses Haar streifte mein Gesicht.

Ich schloss meine Augen und spürte seinen heißen Atem an meiner Wange.

»Was tut dir leid?«

Seine Arme spannten sich an. Ich dachte nicht, dass er antworten würde, aber er tat es, und seine Worte brachten mich beinahe um den Verstand. »Alles, was ich jetzt mit dir tun und zu dir sagen werde.«

SIEBZEHN

ARCHER

»Ich bin verflucht, Emily. Normalerweise lasse ich es nicht zu, dass so was in meinem Leben passiert, denn wenn ich es täte, würde ich wahrscheinlich alles verlieren.«

Ich kam mir vor wie ein Loser, als ich das laut aussprach. Aber anstatt mich anzuschauen, als wäre ich bescheuert, runzelte Emily nur verwirrt die Stirn. Aber sie sollte es wissen. Ich war es leid, diese Gedanken zurückzuhalten. Die Frau hatte mein Herz, meinen Kopf und alles, was ich zu bieten hatte, durcheinandergebracht. Sie hatte mir meine Welt genommen und sie in zwei Hälften geteilt – die RD-Welt, in die sie nicht gehören wollte, und ihre Welt. Sie war die Einzige, die mir jemals derart den Kopf verdreht hatte, und außer dem Drang, sie nackt auszuziehen und sie auf dem Boden dieser Scheune zu ficken, wusste ich nicht, was ich sonst tun sollte, als ihr mein Herz auszuschütten und zu erklären, *warum* es keine gute Idee für mich war, sie so zu begehren, wie ich es tat.

Die Spannung hatte sich den ganzen Tag über in mir aufgebaut. Seit gestern Abend, als sie mich fast um den Verstand gebracht hatte und ich beinahe die Kontrolle verloren hätte. So offen und vertrauensvoll wie sie gestern auf den kleinen Betten im Waggon hatte sich mir gegenüber noch nie eine Frau gezeigt. Es gefiel mir – und nicht nur, weil es so heiß war. Sondern weil ich sie mochte. Wahrscheinlich schon seit dem ersten Moment, als ich sie kennengelernt hatte, wenn ich ehrlich zu mir selbst war. Und jetzt, wo ich sie hier bei mir hatte, wollte ich sie nicht mehr gehen lassen. Und am allerwenigsten wollte ich sie zu ihrer Mutter bringen. Ich wusste einfach nicht, was ich tun sollte. Sie konnte nicht zurück nach Rockford und in den Club gehen. Aber ich konnte den Club nicht verlassen.

Emily lehnte sich näher heran und legte ihre Stirn in meine Halsbeuge. Als sie ihre Arme um meine Taille schlang, tat ich dasselbe und umarmte sie so fest, dass ich befürchtete, sie würde vielleicht keine Luft mehr bekommen.

»Ich verstehe das nicht. Warum erzählst du mir das?«

»Es ist besser, wenn du es nicht weißt.« Ich schob meine Finger hinten an ihrem nassen Hemd hoch und griff mit einer Hand in ihr Haar. In diesem Moment bemerkte ich, wie sehr sie zitterte. Und wie kalt die Haut an ihrem Hals war.

»Du bist eiskalt«, sagte ich.

»Ein bisschen.« Sie krallte ihre Hand an meinem Hemd fest, als hätte sie Angst, dass ich weglaufen würde. »Aber es geht mir gut.«

Ich drückte sie noch fester an mich und fand, dass dieses Umarmen doch zu etwas taugte. Nicht nur, um sie warm zu halten, sondern weil ich es mochte, wie sie sich an mir anfühlte. Und es gefiel mir, dass sie mich anscheinend auch nicht loslassen wollte.

Emily Lincoln hatte mich tatsächlich verflucht. So wie meine Mutter meinen Vater verflucht hatte. Aber in diesem Moment wollte ich es hinnehmen, anstatt es weiter zu ignorieren. Nur dieses eine Mal. Denn wer zum Teufel wusste schon, was der morgige Tag bringen würde.

»Körperwärme ist eine wunderbare Art, sich aufzuwärmen,

weißt du«, flüsterte sie aus heiterem Himmel und drückte ihre Lippen auf meinen Hals.

Ich versteifte mich. Dann zog ich mich zurück und blinzelte überrascht zu ihr hinunter. »Ist das so?«

Sie klimperte mit ihren dunklen Wimpern und lächelte verschmitzt. Versuchte sie, mich zu verführen?

Und sollte ich sie gewähren lassen?

Ja, verdammt. Das sollte ich.

Ich hob meine Arme und forderte sie auf, mir mein durchnässtes Hemd auszuziehen. Sie biss sich auf die Lippe und zögerte, aber nicht lange.

Als sie es auf den Boden der Scheune warf, atmete Emily tief ein und betrachtete einen Augenblick lang meine Tätowierungen mit einem Funkeln in den Augen, das ich nie vergessen würde. Auf meiner Brust über meinem Herzen gab es eine leere Stelle. Schon seit einer Weile wollte ich mir dort etwas tätowieren lassen. Und wenn ich lebend nach Rockford zurückkäme, würde ich als Erstes in Mayas Tattoo-Shop gehen und sie bitten, mir zwei Buchstaben zu stechen.

E und L.

Ich griff nach ihrer lila Strickjacke, knöpfte sie in aller Ruhe auf und grinste, als ich das Top darunter entdeckte.

»Du liebst Lila wirklich, nicht wahr?«

Sie schürzte die Lippen, als ein weiterer Donnerschlag über uns tobte.

»Ich liebe *Lavendel* sehr.«

Ich schüttelte den Kopf, zog ihr das *lavendelfarbene* Top aus und erstarrte beim Anblick ihres hellen weißen BHs. In der Mitte befand sich eine Schleife. Eine lila Schleife. Und ich beschloss, dass die Buchstaben, die ich mir in die Haut stechen lassen würde, genau diese lila Farbe haben würden.

Lavendel, um genau zu sein.

Lange Zeit war ich darauf bedacht gewesen, ein Spiel zu spielen und so viele Frauen wie möglich ins Bett zu kriegen.

Aber dann war diese Frau dahergekommen und hatte mich verändert – sie machte mich kaputt.

Ich war wirklich verflucht. Morgen könnte die Welt wieder ganz anders aussehen, aber heute Abend hatte ich keine Angst vor dem, was das alles bedeutete.

»Denk nicht nach.« Sie hielt mein Gesicht zwischen ihren Händen, unsere Blicke trafen aufeinander wie Tag und Nacht. »Ich will das, Archer. Und ich weiß, du willst es auch. Es muss nichts bedeuten. Aber ich kann morgen nicht zu meiner Mutter gehen, ohne mich dieser Anziehung zwischen uns hinzugeben.«

Ich schloss die Augen und versuchte, das unregelmäßige Klopfen in meiner Brust zu bändigen. Dann beugte ich mich vor und drückte meine Nase gegen ihre, um ihren Duft einzuatmen, als die ersten Regentropfen auf unsere Köpfe fielen.

Ich schaute zur Decke hoch. Emily tat dasselbe.

Ohne lange zu überlegen, stand ich auf, ihre Beine immer noch um meine Taille geschlungen, und ging rückwärts in eine dunkle Ecke. Das Licht vom nahen Highway und die gelegentlichen Blitze erhellten die Scheune, es war also nicht stockdunkel. Trotzdem war das Einzige, was ich in diesem Moment sehen wollte, Emily.

Ihr Körper zitterte, als ich mit meiner Zunge und meinen Lippen ihren Hals auf und ab wanderte. Sie schmeckte nach Regen und Salz und roch auch nach Rosen im Sturm. Bald tauchten ihre Finger in mein Haar und zwangen meinen Blick, den ihren zu treffen. Ich wusste, dass sie mich küssen wollte. Das merkte ich an der Art, wie sie sich über den Mund leckte. Aber ich hatte nicht vor, diese Regel heute Abend zu brechen. Nicht, weil ich es nicht wollte, sondern weil ich mir ziemlich sicher war, dass ich sie nie wieder loslassen könnte, wenn ich es täte.

Stattdessen ergriff ich hinter ihrem Kopf ihre Haare und drückte sie zusammen, um sie auszuwringen. Sie zitterte noch mehr. Ich stellte sie auf die Beine, nur um ihr sofort die Hose herunterzuziehen, mich vor sie zu hocken und zärtlich in ihre nackten Hüften zu beißen.

»Archer«, keuchte sie und grub ihre Finger in mein Haar.

Ich drückte meine Lippen gegen ihren Slip, brummte an ihre herrliche Pussy und flüsterte ein Wort, das ich noch nie zuvor bei einer Frau benutzt hatte.

»Meins.«

Ich wusste, dass sie es wegen des Donners und des Regens nicht hören konnte. Aber ich musste es sagen, denn in meiner verfluchten Welt war sie die einzige Frau, die ich für mich allein haben wollte. Wenn die Dinge anders gelaufen wären, wenn wir nicht so unterschiedliche Dinge gewollt hätten, hätte ich gewettet, dass wir beide fantastisch zusammen gewesen wären.

Ich zog ihren Slip beiseite und leckte über ihre Klitoris, während ich meine Nase an ihre weiche Haut drückte. Es war schwer, nichts zu überstürzen. Ohne Whiskey, der meine Sinne betäubte, war ich bei dieser Frau dem Durcheinander meiner Gefühle und Bedürfnisse hilflos ausgeliefert. Schon nach ein paar Zungenschlägen wusste ich, dass ich mich nicht würde zurückhalten können, wenn sie mich um mehr bat.

Ihre Hüften zuckten. Ein Stöhnen entglitt ihrer Kehle.

Ich grinste und hob eines ihrer Beine an, um es über meine Schulter zu legen. »Leg deine andere Hand an die Wand«, befahl ich.

Sie stöhnte erneut auf und bewegte ihre Hüften schneller.

Ein weiteres Donnern ertönte. In diesem Moment wollte ich nichts, außer sie zu einem Höhepunkt zu bringen, der ihr die Sinne raubte und all die Scheiße in unserem Leben nur noch wie einen entfernten Albtraum erscheinen ließ.

Ich brummte genüsslich bei dem Gedanken und fuhr mit meiner Zunge wieder über ihren Kitzler.

Ich vergrub meine Nase tiefer, saugte heftiger.

»Ich kann gar nicht genug von dir bekommen«, sagte ich

und leckte genüsslich ihre Pussy. »Ich weiß nicht, warum.« Oder ich wusste es und konnte es nicht aussprechen.

»Archer, bitte.«

Ich schüttelte den Kopf und schloss die Augen. »Du bist gefährlich, Frau.«

Mit einem Keuchen stieß sie mich zurück und drängte mich weg. Ich wartete und leckte ihren Geschmack von meinen Lippen, während ich in ihre großen Augen blickte.

»Ich liebe deine Titten«, sagte ich lächelnd und fühlte mich wie ein Teenager, als ich aufstand.

Sie lachte leise, griff nach meiner Hand und drückte sie an ihr Top. »Zeig mir, wie sehr.«

Grinsend tat ich genau das, umfasste ihre Brüste und drückte sie, bis sie meinen Namen schrie, ihr Gesicht in meinem Nacken vergrub und bettelte: »Bitte, Archer. Ich will dich in mir spüren.«

Verdammt, ich liebte den Klang dieser Worte aus ihrem Mund.

Ich sah mich um und machte eine schnelle Bestandsaufnahme unseres Unterschlupfs. Die Scheune war alt und abgenutzt, aber sauber, als würde sich jemand um sie kümmern. Auf einem Heuhaufen zu meiner Linken lag eine grün-blau karierte Decke. Ein verdammt praktischer Zufall. Ich griff nach ihr und warf sie auf den Boden, dankbar, dass sie sauber genug war.

Emily half eifrig und legte sich dann noch eifriger auf den Boden. Ich stand eine Sekunde lang über ihr und fragte mich, ob das alles ein Traum war. Ich begehrte diese Frau auf eine Art, wie ich noch nie eine andere begehrt hatte, und obwohl es mir Angst machte, würde ich nicht weggehen. Diesmal nicht.

Sie nahm mich bei der Hand, zog mich auf sie hinunter, und wölbte mir ihre Hüften entgegen. Ich küsste ihren Hals, schmeckte ihre süße Haut, dann führte ich meinen Mund zu ihren Brüsten und saugte durch ihr Top an ihren Nippeln. Sie zitterte am ganzen Körper – ob vor Kälte oder vor Erregung, ich war mir nicht sicher. Ich war jedenfalls mehr als bereit, sie aufzuwärmen.

Bis mir klar wurde, was ich vergessen hatte. »Shit!« Ich senkte meinen Kopf auf ihre Stirn.

»W...Was?«

»Ich habe kein Kondom.«

»Oh!« Sie grinste.

»Schau nicht so selbstgefällig.«

»Ich schau gar nicht selbstgefällig.« Sie griff hinter sich und zog ihre schicke Reisetasche näher heran. »Aber ich bin gut vorbereitet.«

Sie holte eine Schachtel Kondome heraus und ... in diesem Moment verliebte ich mich vermutlich ein bisschen in sie.

Der Gedanke traf mich wie ein Schlag ins Gesicht. Scheißfluch.

Scheiß auf alles, was auch nur im Entferntesten falsch daran war, mit dieser Frau zusammen zu sein.

Ich, Archer Benedict, hatte Gefühle. Starke Gefühle. Die furchterregendste Art von Gefühlen, die es gab.

Ich atmete tief durch und nahm ihr das Kondom aus der Hand. Ich zog meine Jeans und Boxershorts herunter, nahm meinen Schwanz in die Hand und zog das Gummi über, wobei ich ein wenig lächelte. Ich fühlte mich wie ein verliebter Teenager und Idiot.

»Warum lächelst du?«, fragte sie, kam näher und legte mir eine Hand auf die Schulter.

Ich sah ihr in die Augen und schüttelte den Kopf. »Ich habe keinen blassen Schimmer.« Natürlich wusste ich, weshalb ich lächelte. Aber Emily würde es nie und *nimmer* erfahren.

Ich lenkte sie ab, drehte mich auf den Rücken und zog sie auf mich, wobei ich ihr den Slip runterzog. »Reite mich, Baby«, flüsterte ich und beobachtete ehrfürchtig, wie ihr dunkles Haar über ihre Schultern herabfiel. »Ich will spüren, wie du kommst.«

Sie erschauderte, ihr Blick war verschwommen, ihre Wangen gerötet. Sekunden später ließ sie meinen Schwanz in sich hineingleiten, und ein einziges Wort schoss mir dabei durch den Kopf.

Zuhause. Sie war mein verdammtes Zuhause. Und ich würde sie verlassen.

Sie würde *mich* verlassen.

»Emily«, zischte ich bei dem Gedanken, Angst und Wut drehten mir den Magen um. Aber jetzt war sie es, die mich ablenkte. Ihre Hände auf meiner Brust, begann sie, sich auf mir zu bewegen, die Hüften kreisend, die Haare hinter die Schultern geworfen ...

Wenn es jemals eine Zeit in meinem Leben gegeben hatte, in der ich mit dem Kopf statt mit dem Schwanz hätte denken sollen, dann war es jetzt. Aber Emily Lincoln hatte mir den Kopf verdreht, und ich wusste nicht mehr, wo oben und unten war.

Diese Frau brachte mich so verdammt durcheinander.

»Sag Nein.« Ich zog sie näher an mich heran und biss ihr in den Nacken, in der Hoffnung, der Schmerz würde sie umstimmen. »Sag mir, dass du mich nicht willst.«

»Niemals!«, rief sie, anstatt sich zurückzuziehen, und schlang beide Arme um meinen Hals, während sie ihre Hüften immer schneller bewegte.

»Emily, verdammt noch mal«, zischte ich, so nah, dass ich ihre feuchte Hitze spürte, die mich umhüllte. »Du willst mich nicht. Du willst nicht.«

»Ich will dich.« Sie hörte lange genug auf, sich auf mir zu bewegen, um ihre Hände links und rechts von meinem Gesicht auf den Scheunenboden zu stemmen. »Egal, wie sehr ich versucht habe, mir einzureden, dass ich es nicht tue, ich weiß jetzt, dass ich noch nie in meinem Leben etwas anderes wollte als dich.«

Ich zog ihr Gesicht an meinen Hals und vergrub meine

Hände in ihrem Haar. Der Regen prasselte auf das Dach und sickerte hindurch, fiel auf uns herab. Aber es war egal. Es war richtig. *Sie* war richtig. Und morgen würde ich einen Plan machen, was zu tun war. Wie ich sie in Sicherheit bringen konnte. Wie ich sie nach Hause bringen und ihre Mutter von Pops wegschaffen konnte, wenn es sein musste.

Mein Körper bebte. Es fühlte sich so verdammt richtig an, dass ich diesen Moment niemals hätte beenden können, selbst wenn ich es versucht hätte. Deshalb musste *sie* hier die Kluge sein. Die Widerständige.

Aber sie war es nicht.

Ich schüttelte den Kopf und gab mich ihr hin. Gab alles von mir hin. Sie ritt mich langsam, ihre heiße, feuchte Hitze war unwiderstehlich und fühlte sich unglaublich an. Ich wollte, dass es mir nicht gefiel. Ich wollte, dass es mich langweilte. Aber das tat es nicht.

Ich war mir ziemlich sicher, dass es keinen Mann jemals langweilen könnte, Emilys sich windenden Körper zu spüren.

Sie zu verlieren, wäre mein Verderben. Aber mein Herz an sie zu verlieren? Es würde mich noch mehr verletzen, als Pops oder seine Männer es je könnten.

»Bitte. Ich will dich auf mir«, sagte sie, und ich gab ihr genau das, rollte sie langsam auf den Rücken. Ich wusste, dass es nur in dieser Position, in der ich die Kontrolle hatte und *ich* das Tempo bestimmte, möglich sein würde, diese verdammten Gefühle in mir zu ignorieren.

Ich hatte sie auf einen Sockel gestellt. Aber zu ihrer Sicherheit und für die meines Herzens musste ich sie wieder herunterholen, selbst wenn ich mich dafür am Ende hassen würde.

Ich bewegte mich hart und schnell in ihr. Unsere Hüften schlugen aneinander, ihr Körper zuckte und wand sich unter meinem.

»Ja«, flehte sie, ihre Nägel gruben sich in meinen Rücken,

der Schmerz tat so verdammt gut, dass ich nicht mehr klar sehen konnte.

Ich raunte in ihr Haar und biss vorsichtig in ihr Ohrläppchen.

Sie hob ihre Hüften noch höher, zwang mich, ihr Tempo anzunehmen. Ich stieß zu, unbarmherzig und schnell, genau wie sie es wollte. Eine meiner Hände stützte sich auf den hölzernen Scheunenboden, die andere umklammerte ihren Hinterkopf. Ich kippte ihr Kinn zurück, mein Kopf über ihren Lippen, und sah ihr in die Augen.

»Ich gehöre dir nicht, hörst du?«

Sie nickte schnell und sagte: »Dann gehöre ich dir auch nicht.«

Zwei hässliche Lügen. Ich biss die Zähne zusammen, wollte ihr widersprechen. Wollte ihr sagen, dass sie mir gehörte, seit sie sechzehn war, als sie mich mit ihrem frechen, klugen Mundwerk, ihren hübschen Augen, ihren geröteten Wangen in die Knie gezwungen hatte.

»Das ist alles, was du je von mir bekommen wirst.« Ein weiterer strafender Stoß, und ihr Körper schlug gegen das Holz. Ich war mir sicher, dass es überall Schrammen und Kratzer geben würde, blaue Flecken, aber ihre Augen blieben groß und sicher, ihr Gesichtsausdruck war voller Lust, nicht voller Schmerz.

»O Gott«, murmelte sie.

»Scheiße, Emily!« Ich stieß noch härter, schneller, drückte meine Augen fest zu, um mich nicht weiter zu quälen. »Fuck, fuck, fuck!«

Ihre Antwort war ein Schrei, krallende Finger bewegten sich an meinen Schultern und über meinen Rücken hinunter zu meinem Arsch ... Und dann fühlte ich es, das Pulsieren ihrer Pussy, die meinen Schwanz umklammerte. Ihren Orgasmus, der in Form eines Schauderns durch ihren Körper lief. Der Regen, der gegen die Scheune prasselte, verblasste hinter dem

Klang ihres kehligen Stöhnens. Es war der schönste, quälendste Sturm, den ich je erlebt hatte.

Ich machte weiter, ein Stoß nach dem anderen, eine Hand auf ihrer Hüfte, die sie anhob ... »Emily«, knurrte ich. Ich kam heftig, und wusste, dass es unmöglich sein würde, das hier nie wieder zu tun, denn ich wollte *nie wieder* aufhören.

Nichts, was ich in meinem Leben bisher erlebt hatte, war so gefährlich wie das hier.

ACHTZEHN

EMILY

Als die Sonne untergegangen war, waren Archer und ich wieder angezogen – er saß auf einem Heuhaufen neben der Tür, hatte mich an seine Brust gezogen und versuchte, Wache zu halten, schlief aber sofort ein. Keiner von uns beiden hatte ein Wort gesagt, und das war mir recht. Vielleicht weil meine Gedanken auch so schon beängstigend genug waren. Mein Kopf schwirrte, und ich glaubte nicht, dass ich jemals schlafen würde.

Ich hatte mich in einen Mann verliebt, der nicht fähig war zu lieben.

Es war mit Abstand das Dümmste, Leichtsinnigste und Bittersüßeste, was ich je getan hatte.

Ich war mir nicht sicher, wann ich schließlich doch eingeschlafen war, aber es war der Kuss auf meine Schläfe, der mich aufweckte, eine Hand in meinem Haar, die mich streichelte.

»Es ist Zeit zu gehen«, flüsterte Archer. Seine großen, muskulösen Arme drückten mich noch fester an sich, als er die

Worte sagte. Er war da, ja, aber seine Gedanken waren meilenweit entfernt, genauso wie meine eigenen.

Wir standen auf. Ich würde mich für den Rest meines Lebens an Archer und die letzten beiden Nächte erinnern. Diese wilden grünen Augen hatten sich für immer in meine Erinnerung eingebrannt. Aber für den Moment würde ich sie ruhen lassen müssen und alle meine Gefühle verdrängen, bis wir getrennte Wege gegangen waren.

Archer war ganz anders, als ich gedacht hatte. Er war auch der einzige Mann, der mich jemals wirklich verstanden hatte. Aber ich konnte mich nicht guten Gewissens zwischen ihm und meiner Mutter entscheiden. Ich würde es nicht tun.

Heute Nachmittag oder später am Tag, wenn ich meine Mutter fand, würde er in die eine Richtung gehen und ich in die andere. Aber dank der SMS, die ich Niyol von Archers Handy geschickt hatte, nachdem er letzte Nacht eingeschlafen war, würde er das nicht mehr alleine tun müssen.

Ich hatte meinem Bruder gesagt, wo wir waren. Wo Pops sein würde. Ich hatte ihm erzählt, was passiert war, was meine Pläne waren, und ich hatte ihm gesagt, dass Archer nur das getan hatte, was er für richtig hielt, und dass sie verdammt noch mal besser mich als ihn dafür hassen sollten.

Ich hatte ihm auch geschrieben, dass es mir leidtat. Dass ich ihn und Summer sehr liebe. Als die drei kleinen Punkte über den Bildschirm tanzten und anzeigten, dass er dabei war, seine Antwort zu verfassen, hatte ich das Handy ausgeschaltet und unter einem Heuhaufen versteckt, weil ich nicht wollte, dass Archer sah, was ich getan hatte. Und Niyols Antwort wollte ich auch nicht sehen.

Wenigstens wusste ich jetzt, dass er in Sicherheit sein würde.

Ich hoffte nur, dass die Red Dragons rechtzeitig hier sein würden, um Archer zu helfen, aber nicht zu früh, um mich mit meiner Mutter gehen zu sehen.

Mit dem Ärmel seines T-Shirts wischte Archer den nassen Sitz des Motorrads ab, so gut er konnte, dann schwang er sich auf das Motorrad und lud mich mit einem kleinen Klaps auf das Leder ein, es ihm nachzutun.

Ich leckte mir über die Lippen und fragte mich, was er denken oder sagen würde, wenn ich ihm erzählte, was ich getan hatte. Würde er mich hassen? Mir danken? Es spielte keine Rolle. Er dachte, er könnte es allein schaffen. Aber das brauchte er nicht.

»Was ist los?« Er runzelte die Stirn.

»Nichts.« Ich versuchte zu lächeln, aber es gelang mir nicht. Archer konnte mich jetzt durchschauen.

»Du musst das nicht tun, Em.«

Bei seiner Aussage, vor allem bei dem Spitznamen, kribbelte es in meinem Bauch.

Em. Ich glaube, ich mochte es, wenn er mich Em nannte. Ich mochte den Klang des Wortes, die Art, wie es auf seinen Lippen aussah, wenn er es laut aussprach.

»Sag das noch mal«, flüsterte ich und ignorierte ihn.

»Was?«

»Den Spitznamen.«

»JB?« Er blickte finster drein.

»Nein«, lachte ich. »Sag ›Em‹.«

Seine Augen wurden zärtlich und ernst. Er hob seine Hand, streichelte meine Wange und fuhr mit seinem Daumen über meinen Kiefer. »Em.«

Ich lächelte. »Das gefällt mir.«

Er beugte sich vor, kam näher und drückte unsere Stirnen aneinander. Seine Stimme zitterte, als er sagte: »Tu das nicht.«

Ich versteifte mich.

»Komm mit mir nach Hause. Zurück nach Rockford. Ich bitte dich. Geh nicht weg, verdammt!«

Meine Augen brannten vor lauter unvergossenen Tränen. Ich schloss meine Augenlider, denn ich wollte nicht weinen. Ich wollte nicht, dass Archer meine Tränen sah. Und vor allem wollte ich diese Entscheidung nicht treffen.

»Das wird niemals funktionieren«, sagte ich und zog mich zurück. »Du weißt, was passieren wird, wenn ich versuche, meine Mutter zurückzubringen ...«

»Dann bring sie nicht mit.« Seine Augen verengten sich. »Deine Mutter hat dich verlassen, Emily. Was verstehst du daran nicht?«

Ich schüttelte den Kopf. »Sie hat es getan, weil sie es musste. Mom hat versucht, mich und Niyol zu retten.«

Er knurrte und schüttelte den Kopf. »Scheiß drauf.«

Ich berührte seinen Arm, drückte seinen Ellbogen fest. »Bitte, Archer. Du musst wissen, dass ich hier keine Wahl habe. Ich kann nicht bleiben. Meine Mutter braucht mich.«

»Und was, wenn sie es nicht tut?« Er lachte bitter auf. Das Geräusch verursachte mir eine Gänsehaut und ließ mich einen kleinen Schritt zurückweichen. »Was, wenn du dort ankommst und sie mit ihrem Leben verdammt glücklich ist? Was, wenn sie dich nicht dahaben will? Was, wenn sie dich wieder anlügt? Du weißt, dass sie dazu fähig ist.«

Ein Kloß bildete sich in meiner Kehle, aber ich hob stur mein Kinn an. »Dann werde ich sie vom Gegenteil überzeugen.«

»Dumme, dumme Frau.« Er packte den Lenker seines Motorrads so fest, dass seine Knöchel weiß wurden.

Ich zuckte zusammen und setzte mich hinter ihn. Ich versuchte, die Tränen zurückzuhalten, während ich meine Stirn an seinen Rücken drückte.

Überraschenderweise startete Archer den Motor nicht. Stattdessen drehte er sich auf dem Sitz um und sah mich an, Schmerz in seinen Augen. Er sah gequält aus. »Hör mir zu, Em.

Deine Mutter wird vom ganzen Club gesucht. Wenn sie euch jemals zusammen finden ...«

Mein Herz pochte in meiner Brust, als mir klar wurde, worum es hier ging. Archer hatte Angst um mich.

»Es wird alles gut.« Ich nahm sein Gesicht in meine Hände. »Ich weiß, dass es das wird.« Für ihn, ja. Aber nicht für mich. Mein Leben war vorbei. Meine Mutter dazu zu bringen, mit mir zu gehen, war mein einziger Plan. Ich hatte keine Ahnung, was danach kommen würde.

Ich war wirklich dumm.

»Das weißt du nicht«, sagte Archer und ließ die Hände sinken. »Ich will dich in Sicherheit wissen, Emily. Du kannst dich nicht auf die Seite von Verrätern stellen und erwarten, dass alles gut wird. Selbst wenn ich mich um Pops kümmere, hat deine Mutter eine Menge Leute verärgert, und dass du mit ihr auf der Flucht bist, wird dich auch zur Zielscheibe machen. Ich bin nur ein Mann in einem Club mit Hunderten anderen.«

»Ich bitte dich ja nicht, mich zu beschützen. Ich würde nie verlangen, dass du dich für die eine oder die andere Seite entscheidest«, flüsterte ich.

Seine Finger glitten durch mein Haar, er legte eine Hand an meine Wange. Unsere Blicke trafen sich, die Spannung zwischen uns war fast greifbar, als bahnte sich eine Explosion an. »Du bist noch verrückter als ich, weißt du das?«

Ich versuchte zu lächeln, aber es gelang mir nicht. Alles tat weh, wenn wir uns so nahe waren. Alles zog mich in eine Richtung, die der meiner Mutter entgegengesetzt war. Ich war hin- und hergerissen. Und es machte mich fertig, weil ich wusste, dass die Entscheidung, die ich treffen wollte – mit Archer zusammen zu sein –, nicht die Entscheidung war, für die ich bestimmt war.

»Wenn du zurückkommen willst, werde ich es möglich machen«, fuhr er fort. »Ich beschütze dich, erfinde irgendeinen Scheiß, dass Pops dich bedroht oder so. Verdammt, wir können jetzt sofort umkehren. Aber wenn du mit deiner Mutter gehst, kann ich nichts für dich tun. Und das ...«

»Was?« Ich flüsterte.

»Das wird mich umbringen.«

Meine Unterlippe zitterte, und mein Herz schmerzte vor lauter zerstörten Hoffnungen und dummen Träumen, die für immer ruhen würden. »Dann ist es ja gut, dass ich dich nicht um Hilfe bitte, oder?«

Archer zögerte und musterte mich mit zusammengezogenen Brauen. Und gerade als ich dachte, er würde weiterargumentieren, nickte er und tat das Gegenteil. Er drehte sich auf dem Sitz um, ich schlang meine Arme um seine Hüfte, und wir ließen die Scheune hinter uns.

Nachdem wir die Felder überquert und unsere Schuhe und Hosen mit einer dicken Schlammschicht überzogen hatten, erreichten wir schließlich die Hauptstraße. Wir waren noch nicht lange unterwegs, als es wieder zu regnen begann und der Asphalt rutschig wurde. Als wir uns der kleinen Brücke näherten, die wir gestern überquert hatten, wurde ich nervös und hatte Mühe, meinen rasenden Herzschlag zu verlangsamen. Kurz vor der Brücke rauschte Wasser über die Fahrbahn. Der Anfang der Brücke war gut zu sehen, aber es würde schwierig sein, dorthin zu gelangen. Archer fuhr trotzdem weiter, in langsamem Tempo, seine Beine und Füße so fest an das Motorrad gedrückt, dass keine Naturgewalt ihn hätte herunterreißen können.

Mein Körper andererseits ...

Ich spähte über seine Schulter, um die Situation zu überschauen. Ich war von Natur aus ein totaler Kontrollfreak. Mein Kinn war so nah an seinem Hals, dass er meinen Atem heiß auf seiner Haut spüren musste. Er zitterte ein wenig, und ich machte mir kurz Sorgen, dass ich ihn vielleicht ablenken würde ... bis ich ihn sagen hörte: »Verdammte Scheiße, jemand verfolgt uns.«

Ich schaute über meine Schulter, und meine Augen weiteten sich beim Anblick des dunklen Autos, das sich uns näherte. »Wer ist das?«, schrie ich und spürte, wie mein Herz schneller schlug und sich mein Magen zusammenzog.

Archer zuckte mit den Schultern und erhöhte die Geschwindigkeit.

»Wir müssen irgendwo anhalten und uns verstecken!«, rief ich ihm ins Ohr.

Er schüttelte den Kopf und bog nach rechts ab, wo er einen nicht ausgeschilderten Weg nahm, den ich nicht gesehen hatte.

Schnell schaute ich mich nochmals um, das Auto immer noch im Blick. Die Straße, auf der wir fuhren, verengte sich, aber das schwarze Auto fuhr weiter, wurde schneller, und der Regen prasselte stärker gegen die Windschutzscheibe.

Dann bog Archer scharf nach links ab, kurz darauf nahm er eine noch schärfere Rechtskurve. Meine Arme schlossen sich um seine Hüfte. Als ich mich wieder umdrehte, sah ich nichts außer den Bäumen um uns herum und den fallenden Regen.

»Wir haben sie abgehängt!«, brüllte ich über das Donnergrollen hinweg.

Er nickte, aber anstatt schneller zu fahren, verlangsamte er und fluchte laut. Wasser klatschte nicht nur gegen unsere Gesichter, sondern auch gegen unsere Waden, als der Regen immer stärker wurde und das Wasser sich am Boden sammelte.

Es hatten sich geradezu Flüsse gebildet.

»Halt dich gut fest.«

Ich vergrub mein behelmtes Gesicht an seinem Rücken und betete.

Aber meine Bitten wurden nicht erhört.

Das Wasser um uns herum floss immer schneller, und mein Herz raste, als wüsste es, dass es zu entkommen galt. Schließlich war Archer gezwungen anzuhalten. Er hielt unter einem

Baum auf einem kleinen Hügel an, der immer schneller von Wasser umspült wurde.

Als er das Motorrad abstellte, erhellte ein Blitz den Himmel. Wir zuckten beide zusammen. Er rutschte vom Bike und griff nach meiner Hand. In seinem grimmigen Blick lag etwas Gefährliches.

Zum ersten Mal, seit ich Archer kannte, sah ich Schrecken in seinen Augen.

»Wir müssen von hier weg.«

Ich nickte und eilte ihm hinterher, wobei meine Füße im Schlamm rutschten, als ich ihm folgte. Ich hasste Regen – eigentlich alles, was mit größeren Mengen an Wasser zu tun hatte –, und jedes Gewitter, bei dem ich mich draußen befand, war eines zu viel.

Irgendwo in der Nähe ertönte das Rumoren eines Automotors. Ich sah mich um und entdeckte das schwarze Auto, das versuchte, auf den Weg zu kommen, auf dem wir uns befanden. »Archer!«, rief ich und machte eine Handbewegung in Richtung des Wagens.

»Wir müssen weg. Sofort.« Wir rannten los, bis ich in die Knie ging, als mein Fuß im Schlamm versank und stecken blieb.

»Emily!«, rief er.

Ich zerrte an meinem Hosenbein, an meinem Knöchel, schaute zurück zum Auto, dann wieder zu dem Loch, in dem mein Bein von Sekunde zu Sekunde tiefer zu versinken schien. Mein Helm war beschlagen, und ich konnte nichts sehen, also nahm ich ihn ab. Archer kam bei mir an, zerrte an meinem Bein und löste meinen Fuß, ohne den Schuh.

Von hinten ertönte ein lautes Knirschen. Wir beide drehten uns gerade noch rechtzeitig um, um zu sehen, wie Archers neues Motorrad von den Wassermassen umgestoßen wurde.

»Fuck!«, fluchte er laut und beugte sich vor, um mich in seine Arme zu nehmen.

Meine Augen brannten vor Tränen, als das Wasser um uns

herum immer höher stieg. Ich vergrub mein Gesicht in seinem kalten Nacken und sprach ein weiteres stilles Gebet, dass wir es über den Hügel bis zum Feld auf der anderen Seite schaffen mochten, bevor das Wasser uns völlig überflutete. Bevor das schwarze Auto uns fand.

»Kannst du da hochklettern?« Sein Haar klebte ihm im Gesicht, und er war komplett mit Schlamm bedeckt.

Ich folgte seinem Fingerzeig. Ein Baum direkt vor mir.

»Ja, kann ich.«

»Gut. Du gehst vor.« Er stellte mich auf die Füße, drängte mich vorwärts und deutete auf einen niedrigen Ast. »Da hoch«, befahl er.

Als Kind hatten wir meistens in kleinen Mietwohnungen gelebt. Auf Bäume zu klettern war nicht Teil meiner Kindheit gewesen. Aber zum Glück waren meine Beine kräftig und mein Körper durch regelmäßige Besuche im Fitnessstudio gut trainiert, und ich erklomm den Baum ohne Probleme.

Als ich so weit wie möglich nach oben geklettert war, drehte ich mich um und sah erschrocken, dass Archer immer noch am Boden stand und das Wasser beobachtete, mit dem Rücken an den Baum gelehnt. Ich schrie seinen Namen und flehte ihn an hochzukommen. Doch als er seinen Kopf zurückwarf und in meine Richtung blickte, wurden mir zwei Dinge klar.

Erstens: Er würde nicht hochklettern.

Und zweitens: Er hatte sich für mich geopfert.

»Nein!«, schrie ich und dachte nicht lange nach, ließ mich an dem knarrenden Ast herab, rutschte zum Stamm und begann meinen Abstieg.

»Emily, was zum Teufel machst du da?«

Als ich mich neben ihm niederließ, gab es nichts mehr, was mich aufhalten konnte. »Du Arschloch.« Ich schlang meine Arme um ihn und keuchte, als ich in das kalte Wasser trat, das mir jetzt bis zur Mitte der Waden reichte.

Ein weiterer Blitz schlug ein, und der Donner folgte innerhalb von Sekunden.

»Du Idiotin«, schrie er zurück, zog mich näher zu sich, seine Lippen auf meinem Kopf, seine Arme um meinen Körper gelegt. »Warum zum Teufel ...?«

Ich unterbrach ihn und zog sein Gesicht zu meinem. Dann tat ich, was er mir verboten hatte.

Ich küsste ihn.

NEUNZEHN
ARCHER

Ich hatte keine Angst vor dem Tod. Ich hatte nie groß darüber nachgedacht. Ich glaubte nicht an Gott und den ganzen Scheiß, und ich war immer damit einverstanden gewesen, dass das Leben endlich ist und es kein Jenseits gibt.

Aber unter diesem Baum hatte ich zum ersten Mal in meinem Leben Angst vor dem, was bevorstand. Nicht Angst um mich selbst, sondern um die Frau in meinen Armen. Die Frau, die alle meine Regeln brach.

Mein Vater hatte mir einmal gesagt, dass Küssen den Fluch des sicheren Untergangs besiegelte und dass ich es besser sein lassen sollte. Nie wieder. Bis auf ein paar Ausnahmen, als ich achtzehn war und dann wieder mit zwanzig, hatte ich seinen Rat befolgt und meine Lippen für mich behalten. Aber Emily ... die süße, freche, sture Em. Sie hatte mich um den Verstand gebracht und mein Regelwerk ruiniert.

Verdammt, ich war mir ziemlich sicher, dass sie mich, was Frauen betraf, grundsätzlich ruiniert hatte. Die Situation schien ausweglos. Ich würde sterben, ob durch die Hände von Pops oder in diesem Wasser, das spielte keine Rolle. Alles, was ich wollte, war, Emily zu ihrer Mutter und vor Pops und seinen

Schergen in Sicherheit zu bringen. Dann würde ich als würdiger Mann sterben.

Der Gedanke, dass die Frau, die ich immer für eine verwöhnte Nervensäge gehalten hatte, nun die Eine war, ohne die ich nicht leben wollte ... Eine Frau, die ihre Familie in Sicherheit wissen wollte, genau wie ich. Wie zum Teufel hätte ich ihr jemals widerstehen können?

Ich griff in Emilys Haar und zog ihren Kopf zurück. Wasser füllte meine Schuhe, bedeckte meine schwächelnden Knie, aber verdammt noch mal, ich wollte nicht sterben, ohne jeden Zentimeter ihres Mundes auf meinem gespürt zu haben. Langsam, aber bestimmt öffnete ich ihren Mund mit meiner Zunge und ließ sie über die Oberfläche dieser roten Lippen gleiten, die mich schon seit Tagen, eigentlich seit Jahren, reizten.

Ihre Finger krallten sich an meinem Rücken in mein Hemd – ob vor Angst oder aus Lust, weiß ich nicht. Vielleicht war es eine Kombination aus beidem. Aber ich nahm alles hin, ließ es geschehen, verschlang sie. Ich liebte sie.

Das Wasser stieg höher und erreichte meine Oberschenkel. Emily taumelte gegen mich, und ich stützte eine Hand gegen den Baum, die andere hielt ich in ihren Haaren. Mein Gleichgewicht war beschissen, es fühlte sich an, als würde ich gleich unter Wasser gezogen werden. Aber wenn ich schon sterben musste, dann nicht, ohne sicherzustellen, dass Emily Lincoln sich daran erinnern würde, wer ich war und wie es war, von einem Mann geküsst zu werden, der geschworen hatte, es nie wieder zu tun.

Die Spitzen unserer Zungen berührten sich kaum, bevor sie sich zu lösen begannen. Unsere Lippen lösten sich, wir standen da, Stirn an Stirn ...

»Archer!«, schrie sie und verlor ebenfalls das Gleichgewicht.

»Halt dich fest, verdammt noch mal. Lass mich bloß nicht los! Ich werde uns hier rausholen.«

Sie nickte mir zu, schlang ihre Beine unter Wasser um meine Hüfte. Wir begannen, abgetrieben zu werden, meine Hände glitten von ihrem Körper ab, ihre Beine rutschten weg.

»Emily!«

Ihre Augen weiteten sich vor Panik. Ich griff nach ihrem Ärmel, doch mein Körper wurde zurückgerissen ... und sie verschwand in den steigenden Wassermassen.

ZWANZIG

EMILY

Mein Kopf pochte. Das Wasser nahm mir die Luft zum Atmen, aber der Boden unter meinem Körper war trocken, und als ich blinzelte, wurde ich in die Luft gehoben, und etwas hielt mich fest. Ich hustete, konnte nicht schreien, die Sicht verschwommen vor Tränen. Ein vertrautes Gesicht erschien … und verschwand wieder.

Als ich aufwachte, befand ich mich in einem Krankenhaus, eine Krankenschwester war über meinem Gesicht und notierte sich meine Werte. Meine Ohren brummten, als wären sie mit Wasser gefüllt, doch ich wusste, dass die Krankenschwester mit mir sprach, denn ich konnte sehen, wie sich ihre Lippen bewegten.

Panik schnürte mir die Kehle zu, und ich setzte mich sofort gerader im Bett auf, mein Blick suchte verzweifelt das Zimmer ab und versuchte zu schreien: »Archer! Archer!«

Unser Kuss.

Seine von Panik erfüllten Augen.

Seine Finger, die sich an den Ärmel meiner Strickjacke klammerten, kurz bevor das Wasser uns auseinandertrieb.

Ich erschauderte. Meine Unterlippe begann zu zittern. O Gott! Wo war er nur? Warum war er nicht hier? Warum hatte er nicht einmal versucht, auf diesen blöden Baum zu klettern? Warum war er so stur?

Hatten die Männer im Auto ihn gefunden? *Mich* gefunden?

Ich riss die Decke von meinem Schoß und griff nach meiner Infusion, aber eine Hand legte sich auf meine Schulter. Die Krankenschwester. Ich sah sie an und blinzelte, um trotz meiner Benommenheit, meiner Tränen und meiner Panik etwas zu sehen.

»Wo ist er? Wo ist der Mann, mit dem ich zusammen war? Sein Name ist Archer Benedict. Er ist blond und groß und … und …« Ein Schluchzen entrang sich meiner Brust und drohte mich zu ersticken. Ich hätte ihm sagen sollen, dass er nicht mitkommen soll. Ich hätte weglaufen sollen. Es war egoistisch und dumm von mir gewesen, ihn mitkommen zu lassen, und ich hasste mich selbst. So sehr.

Er war nicht da.

Er war weg.

Die Worte der Krankenschwester wurden deutlicher, sie schaute verwirrt über ihre Schulter in Richtung von etwas – oder besser gesagt von *jemandem.* Eine Gestalt betrat den Raum und stellte sich neben die Krankenschwester.

Kleine Statur, langes Haar, Augen, die zu meinen passten … Ich keuchte und presste mir die Hand auf den Mund, als ich erkannte, wer es war. Anstelle von Glück oder Erleichterung spürte ich nur Verwirrung und Wut.

So. Viel. Wut.

Es war ihre Schuld, dass wir hier waren.

Ihr Fehler, dass Archer weg war.

Sie war schuld daran, dass mein Leben aus den Fugen geraten war, weil sie mich belogen hatte.

Ich wollte nicht meine Hand nach ihr ausstrecken und sie umarmen. Stattdessen wollte ich meine Hände um ihren Hals legen und sie schütteln.

Meine Mutter.

Meine Mutter.

Warum war sie hier?

Wo war sie *gewesen*?

Sie lächelte mich an und winkte mir kurz zu. In einer Hand hielt sie eine Tasse Kaffee. Immer dieser verdammte Kaffee, in einem verdammten Styroporbecher. Sie sah gesund aus. Sie hatte sogar ein bisschen zugenommen. Sie sah ... gut aus. Sie sollte nicht gut aussehen. Sie sollte die Gefangene von Pops sein. Zerschunden und zerschlagen und abgemagert. Ich hatte mir solche Sorgen um sie gemacht, hatte sie von ihm wegbekommen wollen. Und jetzt stand sie vor mir, eine gut gekleidete und *glückliche* Frau.

Ich hörte die Krankenschwester sagen: »Sie haben so ein Glück, dass Ihre Mutter noch rechtzeitig zu Ihnen gekommen ist.«

Ich drehte meinen Kopf in ihre Richtung und kniff die Augen zusammen. »Was?«

»Ihre Mutter. Sie sagt, sie sei Ihrem Auto gefolgt, aber sie sei von Ihnen getrennt worden.«

Das schwarze Auto. Mom war in diesem schwarzen Auto gewesen.

EINUNDZWANZIG

ARCHER

Ich wachte mit Handschellen an eine Wand gefesselt auf. Wie ironisch. Perverse Sexspielzeuge würden für mich in Zukunft andere Assoziationen auslösen als bisher. Nicht nach meiner Zeit mit Emily. Mit *Em*.

Bei dem Gedanken an sie zerrte ich an den Handschellen. Ich musste hier raus. Musste weg von hier, um sie zu finden und sicherzustellen, dass es ihr gut ging. Gott, wenn ich sie nur besser festgehalten hätte oder sie gezwungen hätte, auf dem Baum zu bleiben ...

Denk nach, Archer. Für Reue ist später Zeit.

Ich atmete tief ein und sah mich in dem Raum um, um herauszufinden, wo zum Teufel ich war. Vier weiße Wände, keine Fenster, und ein alter schwarzer Tisch mit Klappstühlen. Ich wusste nicht, wer mich erwischt hatte, denn ich war k. o. geschlagen worden – das verriet mir die Beule an meinem Hinterkopf. Aber ich war nicht dumm. Wir waren sehr nahe an Pops Standort gewesen, was bedeutete, dass er mich wahrscheinlich gefunden hatte. Wer sonst hätte es sein sollen?

Bei dem Gedanken wurde mein Magen heiß und hart. Mein Gehirn raste zwischen Bildern von Emily und dem

Wasser hin und her. Das schwarze Auto. Wenn sie nicht ertrunken war, gab es keinen Zweifel, dass derjenige, der mich erwischt hatte, auch sie erwischt hatte.

»Nein«, knurrte ich vor mich hin und zerrte noch mehr an den Handschellen. Doch ich kam nicht los.

Ich lehnte meinen Kopf zurück an die Wand, der Schweiß tropfte mir den Nacken hinunter. Verdammt, es musste ihr gut gehen. Emily war eine Kämpferin. Die Frau, die meine Mauern niedergerissen und mich durchschaut hatte, wie es niemand sonst gelungen war. Sie war die einzige Person in meinem Leben, bei der ich mir verdammt sicher war, dass ich jede meiner Regeln brechen würde, wenn ich sie jemals wiedersehen würde.

Gott ... lass mich sie wiedersehen, bitte. Wenn es dich gibt, schuldest du mir das.

Aus Angst und Verzweiflung zerrte ich noch einmal an den Handschellen, diesmal fester. Ich stöhnte, als sich die Ketten in mein Handgelenk gruben und meine Haut aufschürften, aber der Schmerz war nichts im Vergleich zu dem, was ich empfinden würde, wenn ich erfahren müsste, dass sie es nicht geschafft hätte.

Mein Adrenalinspiegel schnellte in die Höhe, als mir die Vorstellung von ihr, gefesselt wie ich, durch den Kopf schoss. Ich musste weg. Raus hier. Aber als ich aufzustehen versuchte, gaben meine Knie nach. Ich war zu schwach, um mich aufrecht zu halten.

Mein Magen drehte sich um. Großer Gott, ich musste mich übergeben.

Ich würgte, drehte mich nach links und kotzte alles voll.

Ich stöhnte auf und fiel erneut auf meinen Hintern. Es war, als hätte man mich unter Drogen gesetzt.

Schweiß bedeckte meine Schläfen. Ich neigte meinen Kopf zur Seite und versuchte, sie mit meiner Schulter zu trocknen.

Unter den hellen Lichtern verschwamm meine Sicht noch mehr, und ich blinzelte, um etwas zu sehen.

In diesem Moment öffnete sich die Tür, und eine vertraute Stimme ertönte. »Du siehst beschissen aus.«

Ich erstarrte, hob meinen Kopf und erblickte den letzten Menschen, den ich dort erwartet hätte.

»Chop?«

Er kam näher und hockte sich vor mich hin, die Ellbogen auf die Knie gestützt. »Ich hätte wissen müssen, dass es von allen Brüdern du sein würdest.« Seine Lippen kräuselten sich. Ich wusste sofort, worauf er anspielte. Emily. »Aber ich hätte nicht gedacht, dass *sie* so dumm sein würde, dich in ihr Bett zu lassen.«

»Ich weiß nicht, wovon du redest.« Es war eine Lüge, eine Lüge, um Emily zu schützen, für den Fall, dass er sie irgendwie auch erwischt hatte. Denn es war nicht absehbar, was für einen psychopathischen Amoklauf er vielleicht starten würde, wenn ich ihm verriet, was ich wirklich für sie empfand und wie wir die letzte Nacht in der Scheune gevögelt hatten, als gäbe es kein Morgen?

»Sie gehört mir, verstanden? Ich wollte sie für mich beanspruchen. Sie sollte *meine* Old Lady werden.« Die Adern in seinen Augen traten hervor, rot und bedrohlich. Ganz anders als der smarte Chop, den ich im letzten Jahr kennengelernt hatte, der nerdige Technikfreak des Clubs. »Wir wären ein verdammt gutes Paar gewesen. Aber dann musstest du eingreifen und sie mir wegnehmen.«

»Sie hat dich nie gewollt, du Arschloch«, zischte ich und grub meine Fingernägel in meine Handflächen. »Du hast sie unter Druck gesetzt. Du hast sie verletzt.«

Er schüttelte den Kopf und stand auf. »Weil sie nicht zuhören wollte. Ich musste sie gehorsam machen. Sie unter meine Kontrolle bringen. Ihr zeigen, wer hier das Sagen hat.«

Psycho-Arsch. »Sie wollte dich nie. Niemals. Du hast sie mit deinen dreckigen Händen angefasst und ...«

»Lügen.« Er trat einen Schritt zurück. »Ihr seid alle Lügner, genau wie er mich gewarnt hat.«

Ich versteifte mich. »Von wem zum Teufel redest du?«

Er antwortete nicht, sondern begann, wütend auf und ab zu laufen. Er spuckte seine nächsten Worte wie Erbrochenes heraus. »Vögelst du auch Summer und Maya? Reicht ihr die Frauen frei herum, nach guter brüderlicher Art?« Er blieb wieder vor mir stehen, baute sich vor mir auf. »Ihr seid alle ein trauriger Haufen Scheiße.« Dann spuckte er mir ins Gesicht. »Ich hätte in den Waggon gehen und dir eine Kugel durch den Schädel jagen sollen, wie ich es vorhatte. Aber nein ...«, jammerte er. »Du bist der Köder, den wir brauchen, um diese Fehde ein für alle Mal zu beenden.«

Ich blinzelte, spürte die Nässe seines Speichels auf meiner Stirn. Aber in Gedanken war ich nur bei dem Scheiß, den er gerade gesagt hatte.

Es war Chops Kutte gewesen.

Chop war es gewesen, der mein Motorrad demoliert hatte.

Und jetzt benutzte er *mich* als Köder.

Chop war ein Abtrünniger. Ein RD-Verräter.

»Für wen arbeitest du?«, knurrte ich und kannte die Antwort bereits. Pops.

»Das wirst du noch früh genug herausfinden.« Er grinste.

Meine Zunge wurde schwer und trocken. »Wo ist sie? Wo ist Emily?«

Er schmunzelte. »Du musst dir keine Sorgen um sie machen, sie ist in Sicherheit.« Dann hob er einen Finger und sagte: »Eigentlich hast du mir die Arbeit sehr erleichtert, indem du sie hierhergebracht hast, also vielen Dank dafür.«

»Lass sie ... verdammt noch mal ... in Ruhe.« Ich schaffte es, irgendwie auf die Beine zu kommen, nur um gleich wieder gegen die Wand zu fallen.

»Ich will schon seit Monaten zwischen ihre Beine, aber sie hat sie nie für mich gespreizt.« Er rieb sich mit einem Finger über den Mund. »Aber jetzt, wo sie weiß, dass du hier bist, würde sie sicher alles tun, was ich will, nur um dich freizubekommen.«

»Fass sie nicht an ...« Ich stöhnte auf, als ein stechender Schmerz durch meine Schläfen fuhr und mich fast blendete. Chop verschwamm vor meinen Augen, aber ich erkannte, dass er auf mich zukam. Ich konnte seinen heißen Atem an meinem Gesicht spüren, während er sprach.

»Ich werde sie anfassen, wann immer ich sie anfassen *will*.«

Ohne nachzudenken, warf ich mich nach vorne und verpasste ihm eine Kopfnuss. Blut floss zwischen meinen Augenbrauen hinunter, und mir wurde noch schwindliger, aber wen kümmerte das schon? Ich würde ihn umbringen, bevor er sie jemals wieder in die Finger bekam.

»Du Scheißkerl.« Er sprang auf mich zu und packte mich am Hinterkopf, riss mir eine Handvoll Haare heraus und schleuderte mich mit dem Gesicht nach unten auf den Boden.

Ich blinzelte kaum, als meine Stirn auf dem Boden aufschlug. Aber in meinem Kopf drehte sich alles, und als ich aufblickte, um ihn anzusehen, sah ich ihn doppelt.

Doch ich war noch nicht bereit aufzugeben, knurrte und gab ein lallendes Geräusch von mir, als ich versuchte zu sprechen. Blut und Schweiß liefen mir über die Lippen, und der kalte Zementboden drohte meine Wange aufzuschürfen.

»Ich wollte nett sein. Für dich um Gnade betteln.« Er stieß sein Knie in meinen unteren Rücken. »Aber nicht jetzt.« Dann stand er auf und trat mir mit der Spitze seines Stiefels in die Rippen.

Einmal. Zweimal. Dreimal.

Ich stöhnte auf, ein quälender Schmerz schoss durch meinen Körper, durch meinen Rücken, meinen Bauch, in meine Brust. Chop richtete sich auf und entfernte sich lachend, als sich die Tür hinter ihm öffnete. Irgendwie konnte ich noch genug sehen, um die Person zu bemerken, die den Raum betrat, vor allem ihre schwarzen Stiefel, die kurz darauf nur wenige Zentimeter vor meinem Gesicht stehen blieben.

Als der Neuankömmling in die Hocke ging, erkannte ich ihn sofort an dem Geruch von Pfefferminztabak. Nur um sicherzugehen, dass ich nicht halluzinierte, was durchaus möglich war, öffnete ich ein Auge und sah das dunkle Gesicht meines besten Freundes Hawk ... nur dass es um die dreißig Jahre älter war. Schwarzes, schulterlanges Haar. Dunkle Augen, blasse, fleckige Wangen ...

Pops.

Ich wusste es. Ich wusste es, verdammt!

Galle stieg mir die Kehle hoch. Ich hob meinen Kopf so weit an, dass ich auf seine Stiefel kotzen konnte. Dieser Mann hatte so viele Menschen getötet und Leben ruiniert, mitunter das meines Vaters.

»Es ist eine Weile her, *Benedict*«, murmelte Charles Lattimore zu mir hinunter, einen sarkastischen Unterton in seinen Worten. »Du hast schon besser ausgesehen, so viel ist sicher.«

Ich wusste nicht, wen ich mehr hasste: den Mann, der Emily verletzt hatte, oder den Mann, der ihr das Leben geschenkt hatte. Wie auch immer, ich schwor mir in diesem Moment, dass ich beide töten würde ... und wenn es mich das Leben kostete.

Ich kräuselte meine Lippen und versuchte, diesen Gedanken laut auszusprechen, aber es kam nichts Verständliches heraus.

Ich musste jedoch irgendetwas hervorgebracht haben, das den Kerl verärgerte, denn Pops packte mich mit einer Hand bei der Kehle und drückte zu. Ich hatte nicht einmal mehr die Kraft, ihn wegzuschieben. Meine Arme waren zu taub, mein Körper schlaff.

»Kämpfe mit mir, Junge.« Er drückte fester zu, und ich

schloss meine Augen, entspannte mich und stellte mir Emily vor.

Ihre Lippen. Ihren Körper. Ihr Lächeln. Ihr Lachen.

»Kämpfe mit mir!« Pops schrie noch lauter, mir wurde kurz schwarz vor Augen, dann wurde es heller, dann wieder schwarz.

Die Zeit verging – Minuten, Sekunden, Stunden –, und irgendwie blieb ich die ganze Zeit über bei Bewusstsein, obwohl ich nicht atmen konnte. Ich war mir ziemlich sicher, dass mein Kiefer gebrochen war, meine Nase auch. Ich spürte meine Arme nicht mehr, und es fühlte sich an, als würde mein Brustkorb platzen. Aber als er meinen Kopf gegen die Wand drückte und mir ins Gesicht schlug, sah ich dem Arschloch in die Augen. Und ich lächelte.

»Dieser verdammte Mistkerl«, sagte er. »Ich habe den Mann gewarnt.« Pops ließ mein Haar los oder das, was davon übrig war, aber er blieb dicht vor mir. »Er hat euch alle schwach gemacht, besonders meinen Sohn. Und sieh dich an ... alles nur wegen meiner kleinen Schlampe von Tochter.«

Ich spuckte ihm ins Gesicht, so wie Chop mir ins Gesicht gespuckt hatte. Niemand durfte so über Emily sprechen.

Die Tür wurde geöffnet, und ich hörte Chop sagen: »Sie ist auf dem Weg«.

Pops schaute mir weiter fest in die Augen, eine stille Botschaft. Er wollte Geheimnisse. Er dachte, ich würde klein beigeben. Er dachte, eine kleine Tracht Prügel würde genügen, um mich dazu zu bringen, meinen Club aufzugeben.

Pech für ihn, dass ich kein Verräter war.

Eher würde ich sterben, als zuzulassen, dass meinen Brüdern etwas zustieß.

Schritte bewegten sich durch den Raum. Ich schloss die Augen, ich brauchte Schlaf. Oder vielleicht war ich dabei, ohnmächtig zu werden. Ich wusste es nicht. Es war mir egal.

»Charles?«, ertönte eine Frauenstimme. Sie klang wie

Glocken. Wie die Kirchglocken zu Hause. Nicht in Rockford. In Irland.

»Was ist hier los?«, fragte sie.

Meine Unterlippe begann zu zittern. Ich halluzinierte, das musste es sein. Ich kannte diese Stimme.

Ich versuchte, meine Augen zu öffnen. Versuchte zu blinzeln. Versuchte herauszufinden, ob es echt war oder ob mein Verstand mir einen Streich spielte. Blut floss über meine Augenlider, über meinen Mund und rann aus meiner Nase. Ich verlor eine Menge Blut. Aber ich musste es wissen.

»*A leanbh?*«, flüsterte sie. Alte gälische Worte. Worte, die ich als Kind unzählige Male gehört hatte.

Unmöglich.

ZWEIUNDZWANZIG

EMILY

Ich weigerte mich, sie anzuschauen. Weigerte mich, mit ihr zu sprechen. Ich konnte es nicht. Nicht nach dem, was sie gerade zu mir gesagt hatte.

Ich liebe Charles.

Ich musste ihn von Flick und diesen Männern wegbringen.

Wenn ich das nicht getan hätte, wäre er getötet worden. Er ist ein guter Mann, der so viel mehr verdient hat als das, was ihm gegeben wurde.

Ich wollte dich nicht verletzen. Das ist das Letzte, was ich jemals wollen würde.

Ich lehnte mich im Krankenbett zurück und schüttelte ungläubig und angewidert den Kopf. Mom war eine gute Schauspielerin. Aber das übertraf selbst ihre Fähigkeiten. Daher wusste ich, dass sie die Wahrheit sagte.

Den Briefen hatte ich entnommen, dass sie in Gefahr sei, dass sie entführt worden war und ich ihr zur Flucht verhelfen könnte, wenn ich sie finden würde. Aber ich hatte mich geirrt. Sie hatte ihn über den Club gestellt. Und über ihre eigene Tochter und ihren eigenen Sohn. Meine größten Befürchtungen waren wahr geworden. Der eine Zweifel, der seit dem

Tag, an dem sie abgehauen war, in meinem Hinterkopf herumgeisterte.

Aber ich war zu wütend, um mir weiter Gedanken darüber zu machen. Und ich machte mir Sorgen um Archer und fragte mich, wo er sein könnte. Wenn auch nur die geringste Chance bestand, dass er noch am Leben war, würde er bei Pops sein – wo auch immer Pops gerade war. Und wenn ich ihn da rausholen wollte, wenn ich ihn jemals wiedersehen wollte, dann musste ich so gut wie möglich kooperieren.

Meine einzige Rettung war das Wissen, dass Niyol und der Rest der Red Dragons wahrscheinlich auf dem Weg hierher waren.

Dann erschien ein neues Gesicht im Türrahmen. Das Leder seiner Jacke knarzte, als er sich bewegte. Sein Haar war leuchtend rot, und seine Augen waren von einem noch leuchtenderen Grün, das mir schmerzlich bekannt vorkam. Er war groß und schlank, mit einem kantigen Kiefer. Er sah aus wie ein Model, aber er war noch sehr jung. Ein knabenhaftes Gesicht. Rote Wangen.

Als er einen Hut aus seiner Gesäßtasche zog und ihn über sein wirres Haar stülpte, keuchte ich unwillkürlich auf.

O mein Gott! Ich *kannte* ihn. Er war der Mann, der auf meiner Veranda gestanden hatte. Die Person, die mir den letzten Brief von Mom persönlich überbracht und dann das Feuer gelegt hatte.

Neugierde erhellte sein Gesicht, als er mich einen Moment lang betrachtete, und ich konnte an der Sanftheit in seinem Blick erkennen, dass er weder ein Killer noch einer von Pops Schergen war. Aber wenn er meine Mutter kannte, dann musste er irgendwie zu Pops' Leuten gehören.

»Bitte, Emily. Sprich mit mir«, fuhr Mom fort und lenkte meine Aufmerksamkeit von ihm ab. »Ich bin jetzt hier bei dir, und wir können endlich als Familie zusammen sein. Das ist doch wunderbar. Du, ich, dein Vater ...«

»Er ist *nicht* mein *Vater,* und er wird es auch nie sein.« Ich blickte zum Fenster und biss die Zähne zusammen, um nicht die Kontrolle zu verlieren. In mir brodelte es vor Wut, und ich dachte an eine Zeit zurück, in der Mom und ich eine einfache und ehrliche Beziehung gehabt hatten.

»Du kennst ihn doch gar nicht. Bitte, Emily, gib ihm eine Chance. Nur dieses Mal.« Sie holte tief Luft und spann ihr Lügennetz weiter.

»Nein. Das kannst du nicht von mir verlangen.«

»Bitte.« Sie nahm meine Hände in ihre. »Sei nicht böse auf mich, Schatz. Du weißt doch, wie es ist, jemanden so sehr zu lieben, nicht wahr? War es bei dir und Sam nicht auch so?«

Ich blinzelte und war verblüfft, wohin meine Gedanken gingen.

Ein irischer Akzent, starke, männliche Finger. Ich konnte beinahe spüren, wie er sich nackt an mich schmiegte, wie er letzte Nacht in der Scheune in mich eingedrungen war ...

Er wusste auch mich zum Lachen zu bringen. Auch wenn er dazu neigte, mich zu verärgern, gab es niemanden, der meine Gefühle so in Wallung bringen konnte wie Archer Benedict.

»Emily?«

Tränen stiegen mir in die Augen. *Bitte, Archer. Es muss dir gut gehen.* Wo auch immer er war, ich hoffte nur, dass er in Sicherheit war, dass Slade oder mein Bruder ihn holen würden, ihn finden, ihm helfen würden. Dass sich die Red Dragons versammelt hatten und Pops gemeinsam ein für alle Mal zur Strecke bringen würden.

Als Mom still wurde, wurde ich mutiger. Ich musste herausfinden, ob sie wusste, wo Archer war. »Es war jemand bei mir. Wir wurden im Wasser getrennt. Ist er ...?« Ich schluckte schwer, Tränen bildeten sich in meinen Augen. »Geht es ihm gut? Ist er hier?«

Ich war nicht so selbstgerecht, um nach einer Chance auf Glück oder Überleben für mich zu hoffen. Nicht, wenn alles so verkorkst war – und ich so dumm gewesen war. Ich hatte Archer einem Risiko ausgesetzt, indem ich hierhergekommen war. Ich wollte nur, dass es ihm gut ging. Es *musste* ihm gut gehen.

»Archer, meinst du?«, fragte meine Mutter und verengte ihre Augen ein wenig.

Ich hatte vergessen, dass sie wusste, wer er war. »J...Ja. Er hat mich hierhergebracht, um dich zu finden.«

Ihr Gesicht wurde weicher, und sie setzte ihren Kaffee ab, um näher an mein Bett zu kommen. »Schatz, Archer geht es gut. Er ist jetzt bei Charles. Er wird sich um ihn kümmern. Charles kümmert sich immer um seine Männer.«

»Dieser Mann ist ein *Mörder*!«, zischte ich. »Wie kannst du auf seiner Seite stehen?«

»Es war nie seine Absicht«, flüsterte sie, »und er hat es immer auch für die Jungs im Club getan.« Eine Bewegung in der Nähe der Tür ließ mich aufschauen. Der Bote von meiner Veranda kam herein. Seine Augen verengten sich. Er lächelte weder, noch sprach er. Stattdessen war sein Gesicht stoisch und ernst, was ihn viel älter aussehen ließ, als er in Wahrheit sein musste.

»Die meisten Jungs, die Charles rekrutiert hat, sind jung und sanft. Genau wie dieser hübsche Mann hier.« Mom stand auf und ging auf den stillen Teenager zu.

»Pff, das bezweifle ich.« Ich lachte schnaubend. »Ist dir überhaupt bewusst, wie viel Terror und Zerstörung dieser Mann, den du angeblich liebst, verursacht hat, seit du weg bist? Menschen sind seinetwegen gestorben. Maya und Slade wurden beide fast getötet, und Archer ist ...«

Meine Kehle schnürte sich zu. Ein erstickter Schluchzer staute sich darin auf. Ich wollte nicht weinen. Ich wollte tapfer sein. Aber meine Sorge um Archer verzehrte mich.

»Beruhige dich«, sagte Mom sanft und setzte sich neben mich aufs Bett. »Alles wird wieder gut. Das verspreche ich dir.«

Pops hatte sie ganz offensichtlich einer intensiven Gehirnwäsche unterzogen – und sie in diese Hülle einer Frau verwandelt, die sie jetzt war. Es war unerträglich – und wir waren gerade erst wiedervereint.

Ich setzte mich im Bett auf und drückte den Knopf, um die Krankenschwester zu rufen. »Ich muss gehen. Kannst du mich zu ihm bringen? Zu Archer?«

Mom runzelte die Stirn. »Schatz, das ist im Moment noch nicht möglich. Aber bald. Ich verspreche dir, du wirst ihn bald sehen.«

»Nein. Ich will ihn jetzt sehen.« Ich schüttelte den Kopf. »Ich muss entlassen werden«, sagte ich der Frau über den Lautsprecher. »Es geht mir gut, und ich möchte jetzt gehen.«

Meine Hände zitterten, als ich nach meiner Infusion griff und sie herauszog. Blut spritzte, rann meinen Arm hinunter, aber das war mir egal. Je länger ich hierblieb, desto länger könnte Archer in Gefahr sein.

»Emily, hör auf. Du wirst dir noch wehtun. Warum bist du so aufgeregt?«

»Weil ich Archer sehen muss!«

Mom packte mich am Arm, als ich nach meiner Tasche mit den Klamotten greifen wollte. »Nein. Du musst dich beruhigen.«

Ich stieß sie mit dem Rücken gegen das Bett, verkabelt und wütend. »Ich werde mich erst beruhigen, wenn ich ihn mit eigenen Augen lebend gesehen habe, also bring mich zu ihm. Jetzt sofort.«

Der Teenager kam zögernd näher. Wenn er so etwas wie ein Leibwächter für meine Mutter sein sollte, dann war er eine Niete.

»Alles okay, Angel«, sagte Mom und hielt eine Hand hoch, um ihn aufzuhalten.

Ich drehte meinen Kopf in Richtung des Jungen und sah ihn finster an. »Dein Name ist Angel?«

Mom legte ihre Hand auf meinen Unterarm. »So ist es, Süße.«

Ich schob sie weg, und sie zuckte zusammen. Gut so.

»Angel«, fuhr sie fort, ohne ihren Blick von meinem Gesicht abzuwenden, »kannst du Emilys restliche Sachen für sie holen? Wir gehen jetzt.«

Bei dem Gedanken, mit ihr dorthin zu gehen, wo sie und Pops wohnten, wurden mir die Knie weich. Selbst wenn sie nicht gelogen hätte – es war dumm von mir gewesen, zu glauben, dass ich sie überhaupt von Pops wegbringen könnte. Archer hatte mal wieder recht gehabt. Warum hatte ich nicht auf ihn gehört? Warum hatte ich geglaubt, dass ich das jemals schaffen würde? Eine Heldin zu sein, mein altes Leben wiederzufinden und dann so zu tun, als hätte sich nichts geändert, seit sie mich verlassen hatte?

»Ich bin so dumm«, flüsterte ich leise und setzte mich wieder hin.

Mom saß neben mir auf dem Bett und wickelte ein Handtuch um meinem Arm, um die Blutung zu stoppen. »Du bist nicht dumm.« Sie seufzte. »Du bist nur naiv.«

Ich blinzelte. »Naiv? Wirklich?«

»Du verstehst den Club nicht. Du weißt nicht, was er bedeutet. Wusstest du, dass dein Vater einer der Gründer der Red Dragons war?«

»Nein.« Und es war mir auch egal.

Mom drückte meinen Arm. »Du verstehst nicht, wie es für ihn ist. Er hat alles verloren.«

»Wir müssen nicht nur unsere eigenen Leben schützen, Mom. Summer ist schwanger, verdammt noch mal!«, platzte es aus mir heraus.

Ich sah auf und zuckte zusammen, als ich sah, wie sich Moms tränenüberströmter Blick weitete. Sie bedeckte ihren Mund und blinzelte durch ihre Tränen hindurch.

»Summer ist schwanger?«

»Ja. Sie und Niyol werden Eltern werden.« Und ich werde meine Nichte oder meinen Neffen vielleicht nie kennenlernen. Oder meine beste Freundin wiedersehen. Ich schloss meine Augen und kämpfte gegen eine weitere Welle von Tränen an.

Mom legte ihre Hand um mein Handgelenk und drückte zu. Als ich sie anblickte, sah ich ein Lächeln auf ihren Lippen. Ich hielt den Atem an und betete, dass die alte Mom noch da war. Dass sie versuchen würde, mit mir zu gehen. Mir vielleicht sogar helfen würde, Archer zu befreien.

»Ich werde wirklich Großmutter?«

»Ja, wirklich.« *Komm zurück zu mir, Mom. Bitte, komm zurück.*

Sie nahm meine Hand in ihre und schniefte. Ihr dunkles Haar war fast so lang wie meins, gespickt mit grauen Strähnen, die im letzten Sommer noch nicht da gewesen waren.

Ich hielt den Atem an und wartete darauf, dass sie sprach. Und als sie es endlich tat, brach es mir das Herz.

»Dein Vater wird so begeistert sein, wenn er das hört.«

In diesem Moment wurde mir klar, dass ich sie für immer verloren hatte.

Der Arzt kam, verließ mein Zimmer nach wenigen Minuten wieder und befahl mir, mich während der nächsten Tage nicht zu übernehmen. Ich zog mir eine alte marineblaue Jogginghose und ein grün gestreiftes T-Shirt an, und wir verließen das Krankenhaus – ich, Mom und Angel.

Mom war ständig an meiner Seite und bemutterte mich. Ich ließ sie gewähren und schaltete meine Gedanken aus.

Die ganze Zeit über hatte ich in meinem Kopf eine Vorstellung aufgebaut, einen Plan, der vorsah, dass ich und Mom vor Pops *weglaufen sollten*, anstatt auf ihn *zuzugehen*. Alles schien auseinanderzufallen, und der einzige Ort, an dem ich wieder sein wollte, war in Archers Armen. Ich wäre sogar lieber eine seiner Monatsaffären, als hier in Pops' Klauen gefangen zu sein.

Wir kletterten auf den Rücksitz eines abgenutzten Chevys, der nach schalem Bier und Minzkaugummi roch. Mom setzte sich neben mich, während Angel, der kaum alt genug aussah, um zu fahren, auf dem Fahrersitz Platz nahm. Unsere Blicke trafen sich im Rückspiegel, und statt eines gewöhnlichen, mürrischen Bikers sah ich einen unsicheren, geheimnisvollen Jungen – kaum ein Mann.

Ich schaute zu Mom hinüber, betrachtete ihre Wangenknochen und die neuen Falten um ihre Augen. Sie war nicht mehr dieselbe, nein. Aber ich war es auch nicht.

Fünfzehn Minuten später, nachdem wir auf gewundenen Straßen durch eine Stadt gefahren waren, deren Namen ich noch nicht herausgefunden hatte, bogen wir links in Richtung Berge ab und fuhren bald darauf eine Schotterstraße hinauf. Je weiter wir fuhren, desto lauter dröhnte es in meinen Ohren. Ich schaute aus dem Fenster und versuchte zu erkennen, in welche Richtung wir fuhren, aber ich war nach wie vor so verwirrt, dass ich nicht klar denken konnte. Wo immer wir auch waren, es musste dort sein, wo Archer war, oder? Dieser Gedanke ließ mich aufrechter sitzen.

Zehn Minuten fuhren wir über den Schotter, das Auto rumpelte über Schlaglöcher, Steine schlugen gegen die Seite und die Fenster. Wir fuhren unter einem Baldachin aus Eichen, so dicht, dass ich den Himmel darüber nicht sehen konnte. Ich hatte es *so satt*, mitten im Nirgendwo zu sein. Wenn ich das nächste Mal einen Highway sah, würde ich auf die Knie fallen und ihn küssen.

Bei diesem Gedanken schossen mir wieder Erinnerungen an Archer durch den Kopf. Sein freches Mundwerk, sein Haar, das ihm über ein Auge fiel, seine süßen grünen Augen, die aufleuchteten, wenn er mich neckte. Ich wusste ohne Zweifel, was er sagen würde. *Ich hab da eine viel bessere Idee, was du küssen könntest, während du da unten kniest, JB.*

JB. Was bedeutete dieser Spitzname überhaupt? Ein Schauer lief mir über den Rücken. Was, wenn ich es nie erfahren würde? Was, wenn ich nie wieder hören würde, wie er meinen Namen nannte?

»Wir sind da.« Mom drückte meine Hand, und etwas in ihren Augen wurde weicher. Aber ich war nicht dumm genug, zu glauben, dass sie Mitleid mit mir hatte. Die Frau dachte tatsächlich, dass meine Anwesenheit hier bedeutete, dass wir wieder eine Familie sein würden. Und dafür tat sie mir leid.

Die Türen wurden entriegelt und dann geöffnet. Als Angel vor mir stand, würdigte ich ihn kaum eines Blickes, sondern schaute zu dem verlassenen Gebäude hinauf, vor dem wir gehalten hatten. Waren sie hier die ganze Zeit über gewesen? Mom hatte gesagt, dass sie erst seit zwei Wochen hier waren, aber das sah eher nach einer dauerhaften Bleibe aus.

»Komm schon.« Mom nahm meine Hand in ihre und drückte sie erneut. »Er wird auf uns warten.«

Ich holte Luft und folgte ihr, wobei ich am ganzen Körper zitterte. Angel folgte uns den langen Zementweg hinauf, und in diesem Moment wurde mir klar, dass ich ihn noch nie hatte sprechen hören.

»Spricht er?«, fragte ich und drehte meinen Kopf zu ihm um.

Mom fuhr leicht zusammen und flüsterte dann: »Nur mit seiner Mutter und gelegentlich mit mir, aber sonst nicht. Charles … lässt ihn nicht sprechen.«

Ich runzelte die Stirn und schaute den Jungen noch einmal an. Er sah so leer und traurig aus.

»Der letzte Brief, den du geschickt hast«, sagte ich und brachte Mom zum Stehen. »Hat er ihn mir überreicht?«

Sie lächelte und nickte. »Das hat er. Er ist ein Bote für den Club. Er macht viele Botengänge.« Mom mochte diesen

Jungen, das merkte ich. Aber warum? »Jedenfalls hat er für uns in Rockford Erkundigungen eingeholt, und ich habe ihn gebeten, dir den Brief zu überbringen, anstatt ihn zu schicken.«

»Er hat sich auf das Gelände geschlichen, Mom.«

»Ja, das ist mir bewusst.« Sie lächelte fest, gab aber keinen weiteren Kommentar ab.

Vor uns öffnete sich eine Tür, und die Bewegung lenkte meinen Blick auf die Fassade des Gebäudes. Ich hielt inne, als drei ältere Männer herauskamen und ein V um einen Mann bildeten, den ich sofort erkannte.

»Tochter.« Er nickte, blieb aber hinter seinen Männern. Dann sah er meine Mutter an, die sich an meinen linken Arm klammerte, als suchte sie Schutz. Es war offensichtlich, dass meine Mom Angst vor dem Mann hatte, in den sie so verzweifelt verliebt war.

Aber ich hatte keine Angst.

Ich hob mein Kinn. »*Arschloch.*«

Er warf den Kopf zurück und lachte.

Angel hatte sich etwas entfernt.

Pops trat hinter seinen Männern hervor und kam auf uns zu. Seine Augen waren jedoch nur auf mich gerichtet. »Du bist eine ausgemachte kleine Schlampe, was? Ich werde wohl deinen sturen Charakter brechen müssen, so wie ich es mit deiner Mutter hier getan habe.«

Ich zuckte zusammen und schaute auf einen Punkt hinter ihm, um mich zu beherrschen.

Sein kleiner Schutztrupp war von drei auf zehn Männer angewachsen. Sie waren unterschiedlich alt. In Rockford hatte ich einmal gehört, dass der Großteil von Pops' Leuten recht jung war, aber die meisten dieser Männer waren älter. Vielleicht war es nur eine Show für mich, eine Machtdemonstration. Seine jüngeren Leute waren womöglich drinnen und machten sich in ihre winzigen Hosen. Aber ihr Alter spielte keine Rolle. Für mich waren sie alle Feinde.

»Ich habe einen Freund von dir hier. Du wirst dich freuen, ihn zu sehen.« Pops zwinkerte.

Mein Herz machte einen Sprung. Archer ... Er *war* hier.

»Aber das Wiedersehen heben wir uns für später auf.« Dann packte er mich am Hinterkopf und zog mich hinter sich her.

Mom schnappte nach Luft und schrie: »Stopp! Du hast versprochen, ihr nicht wehzutun.«

Ich fiel auf die Knie und keuchte, als der Zement meine Handflächen aufschürfte.

»Halt dein Maul, Frau, bevor ich es dir stopfe«, brüllte Pops meine Mutter an.

Ich fuhr zusammen, und meine Augen brannten, als er versuchte, mich auf dem Hintern weiterzuziehen. Irgendwie kam ich auf die Beine und stolperte ihm hinterher, blind vor Schmerz und Wut, während seine Männer um mich herum lachten und grölten. Ein Schluchzen kroch mir die Kehle hoch, aber ich weigerte mich, es herauszulassen; er schien sich am Schmerz anderer zu ergötzen. Pops hatte sich kein bisschen verändert, seit ich ihn das letzte Mal gesehen hatte. Doch in seinen Schritten und Bewegungen lag jetzt eine Dringlichkeit, die ich von früher nicht kannte.

Wir gingen schnell, rannten fast, und ich hatte kaum Gelegenheit, mich umzusehen, als wir das Haus betraten. Es erinnerte mich an ein Bürogebäude, mit kleinen Räumen, die links und rechts vom Flur abgingen. Als wir das Ende des Flurs erreichten, ließ Pops endlich mein Haar los.

»Mach auf!«, brüllte Pops Angel an. Ich hatte nicht bemerkt, dass er mit uns reingekommen war.

Als ich mich umdrehte, um nach meiner Mutter zu sehen, stellte ich fest, dass sie nicht bei uns war.

»Warte ...« Ich packte Pops' Arm und strich mit der anderen Hand über die kahle Stelle, an der er mir die Haare aus der Kopfhaut gerissen hatte. »Wo ist Mom hin?«

»Frag nicht so blöd. Halt einfach die Klappe und tu, was man dir sagt.«

Er schob mich in einen Raum mit einem Schreibtisch und zwei ramponierten Holzstühlen. Dann drückte er mich in einen der Stühle und nahm mir gegenüber hinter dem Schreibtisch Platz. Er befahl Angel, den Raum zu verlassen und die Tür hinter sich zu verriegeln.

Zitternd drehte ich mich um und blickte dem jungen Mann in die Augen. Er sah fast reumütig aus, aber kurz darauf wurde sein Gesicht wieder ausdruckslos, und er tat, was von ihm verlangt worden war.

Sekunden später schlug die Tür zu, und ich hörte das verräterische Geräusch eines klackenden Schlosses auf der anderen Seite. Ich versteifte mich und sah Pops erst an, als ich das Schnipsen eines Feuerzeugs hörte.

»Hör zu, Schlampe. Wir machen es kurz. Wenn du nicht auf meine Fragen antwortest, kannst du dich auf was gefasst machen. Wenn du aber kooperierst, dann lasse ich dich zu deinem Freund.«

»Ich werde dir nichts sagen«, zischte ich.

Er lachte und klopfte an die Wand hinter ihm. »Dann werden wir das wohl auf die harte Tour machen müssen.«

Ein Vorhang hob sich und enthüllte ein Fenster, das zu einem weiteren Raum ging. Holzwände, Holzboden, ein Tisch, Stühle, und mittendrin war ... »Archer!«

Ich sprang auf, ging direkt zum Fenster und hämmerte dagegen. Er sah aus, als schliefe er, aber je länger ich gegen das Fenster hämmerte, desto klarer wurde mir, dass er bewusstlos war.

»Was hast du getan?«, schrie ich und sah Pops an.

»Ich habe einen Arzt in der Nähe, der ihm gerne helfen würde. Ich meine, er hat einige innere Blutungen und eine lange Liste anderer Verletzungen, die irreversible Schäden verursachen könnten, wenn er nicht bald Hilfe bekommt.«

Meine Augen brannten. Ich wusste, was er vorhatte. Ich *wusste* es. Aber wenn ich ihm etwas über den Club erzählte, würden noch mehr Menschen in Gefahr sein. Trotzdem konnte ich Archer nicht sterben lassen.

»Was willst du wissen?«

»Warum sagst du mir nicht erst einmal, was zum Teufel Flick in Texas gemacht hat?« Er zog die Augenbrauen hoch, lehnte sich in seinem Sitz zurück und legte seine Stiefel auf den Schreibtisch.

Ich konnte das schwache Heben und Senken von Archers Brust sehen. *Sag es ihm, Emily. Sag es ihm jetzt.*

»Er ist …« Ich schluckte.

Für Archer. Tu es für Archer.

Ich holte tief Luft, wandte mich an Pops und sagte: »Flick baut einen Trupp auf.«

DREIUNDZWANZIG

ARCHER

Ich wurde von derselben Stimme geweckt, die ich beim Einschlafen gehört hatte. Ihre Stimme. Mas Stimme. Nur war sie nicht mehr so rau und hart wie früher. Ma hielt meine Hand, ragte über mir hoch, während ich ausgestreckt auf dem Boden lag. Neben ihr stand Lisa Lincoln.

»Emily ...«, brachte ich hervor, aber es tat zu sehr weh, um weiterzusprechen. Verdammt, alles tat weh, vor allem meine Brust. Es fühlte sich an, als hätte jemand eine Tonne Ziegelsteine auf mich geworfen, doch es waren die Tritte mit Stiefeln, die Faustschläge und wer weiß was noch alles, die ich spürte.

»Nicholas«, krächzte Ma. »Kannst du mich hören, *a leanbh?*«

Meine Augen schlossen sich wieder.

Verdammt, was hätte ich in diesem Moment nicht für einen Whiskey gegeben.

VIERUNDZWANZIG

EMILY

Ich saß in dem Büro, in dem Pops mich zurückgelassen hatte. Seit eineinhalb Stunden war ich dort allein eingeschlossen und wartete ab, was passieren würde.

Sie hatten Archer sofort weggebracht, als ich die Wahrheit über Flick verraten hatte, sein Körper hing schlaff und leblos in den Armen der Männer. Ich hatte bei diesem Anblick geschluchzt, war aufgestanden und hatte gegen das Fenster gehämmert. Als ich verlangt hatte, zu erfahren, was sie mit ihm vorhatten, hatte Pops gelacht und mich eine ungeduldige Schlampe genannt.

In dem Moment, in dem dieser Mann den Raum verließ, überkamen mich Gefühllosigkeit und Selbsthass, von dem ich ziemlich sicher war, dass er nie wieder verschwinden würde.

Ich war schwach gewesen und hatte Geheimnisse ausgeplaudert, die ich nicht hätte mitteilen dürfen. Ich hoffte nur, dass Pops seinen Teil der Abmachung einhalten und Archer die versprochene medizinische Hilfe besorgen würde.

Mein einziger Trost war Angel gewesen. Er hatte sich vor mir hingehockt, und seine sanften grünen Augen hatten mein Gesicht abgesucht, bevor er sprach. Als er schließlich sprach, klang seine Stimme so seltsam, dass ich zusammenzuckte. Ich fragte mich, ob jemand, vielleicht Pops, ihm etwas angetan hatte. Ob er ihn gezwungen hatte, Chemikalien zu schlucken oder etwas noch Schlimmeres.

»Er wird schon wieder«, hatte er mir gesagt, mutig und freundlich, ohne auf meine Reaktion zu achten, während er sprach.

Doch trotz seiner Worte wusste ich es besser. Ich sah keinen Ausweg aus dieser Situation. Nicht nach allem, was Pops getan hatte. Selbst wenn die Red Dragons kämen, wäre es vielleicht schon zu spät für Archer.

Bei dem Gedanken hielt ich mir den Mund zu, ein Schluchzen aus Angst und Schmerz blieb mir in der Kehle stecken. Er musste es schaffen. Ich könnte nicht damit leben, wenn es anders wäre.

Ich schaukelte hin und her und versuchte, meinen Körper davor zu bewahren, an Ort und Stelle zu erstarren. Vielleicht würde ich kämpfen müssen. Wo war meine Mutter? Warum war sie nicht wieder zu mir gekommen?

Es war eiskalt. Ich trug immer noch die Jogginghose und das gestreifte Hemd aus dem Krankenhaus und hatte das Gefühl, dass mein Körper nicht mein eigener war. Als die Sonne unterzugehen begann, wurde es immer dunkler im Raum. Es gab keine Lampen oder Deckenleuchten, nichts außer dem Licht, das durch den Spalt unter der Tür drang, und dem Schatten von jemandem, der draußen herumlief.

»Hau ab!«, schrie ich denjenigen an, der dort stand. Ich vermutete, dass es Angel war. Ich hatte ihn nicht weggehen hören, ich hatte nicht einmal gehört, wie er die Tür abgeschlossen hatte. Aber zu fliehen versuchen? Das war nicht möglich.

Nicht einmal fünf Minuten später wurde die Türklinke heruntergedrückt. Ein großer, breiter Mann stand im Eingang und starrte mich an, eine Kapuze über dem Gesicht, die es in

Schatten verbarg. Ich trat ein paar Schritte zurück, bis ich an die Wand stieß, wandte mein Gesicht ab ...

Dann hörte ich seine Stimme.

»Emily.«

Meine Augen weiteten sich. Ich musste mich irren. Das konnte nicht sein ...

»Chop?« Langsam stand ich auf, mein Unglaube vernebelte meinen Verstand. Warum war er hier?

Ich wollte noch nie von einem Prinzen gerettet werden, aber ein Biker mit einem Drachentattoo wäre vielleicht ganz okay. Selbst wenn besagter Biker mich in der Vergangenheit verletzt hatte.

»Du bist hier«, flüsterte ich und ging langsam und gleichmäßig auf ihn zu, wobei mir vor Nervosität und Erleichterung die Knie schlotterten.

»Wo sind Niyol und Slade? Flick?« Ich biss mir auf die Lippe und zuckte zusammen. »Es tut mir so leid. Ich habe Pops Dinge erzählt. Ich musste es tun, sie haben Archer.«

Chop lächelte mich nicht an, um mich zu beruhigen. Tatsächlich bewegte er keinen einzigen Muskel in seinem Gesicht.

Ich blinzelte und dachte, dass er vielleicht immer noch wütend auf mich war, weil ich mit Archer weggegangen war. Aber hier ging es um Leben und Tod. Oder vielleicht waren sie alle hier, aber keiner von ihnen wollte mich retten, nach allem, was ich getan hatte.

»Wo ist Niyol?« Ich blickte hinter ihn. »Wir müssen ihnen sagen, dass Archer verletzt ist und ...«

»Komm!« Er nahm mein Handgelenk und zog mich hinter sich her. »Ich bin jetzt für dich verantwortlich, also folgst du mir.«

Schmerz schoss meinen Arm hinauf. »Du tust mir weh.«

Ohne mich zu beachten, ging Chop schneller und führte uns einen Flur hinunter, in dem die Lichter flackerten. Es erinnerte mich an einen Horrorfilm. Die Wände waren offene Ziegelmauern, kahl und schmucklos, nicht wie auf dem Gelände der Red Dragons. Keine Kutten, keine alten Fotos von ehemaligen Bikern, auch keine Abbildungen von Drachen. Am auffallendsten aber war die Abwesenheit von echten Bikern in diesem Gebäude. Es lag kein Gefühl von Brüderlichkeit oder Freundschaft in der Luft. Jedes Mal, wenn wir an jemandem vorbeigingen, blieb er still und sah mich an, als wäre ich eine Aussätzige. Angst ließ mein Herz auf Hochtouren laufen, und Panik raubte mir die Stimme. Die spöttischen Blicke in Rockford waren nichts im Vergleich zu der Art, wie die Männer mich hier ansahen.

»Wohin gehen wir?«, fragte ich und stolperte über einen Türrahmen und einen weiteren Flur hinunter zum Haupteingang.

»Halt einfach die Klappe, ja?«

Ungewissheit und Entsetzen durchströmten meine Adern, und mit aller Kraft, die ich aufbringen konnte, entriss ich mich seinem Griff und blieb stehen, kurz bevor er uns nach draußen führen konnte. »Wo. Gehen. Wir. Hin?«

Er drehte sich zu mir um und drückte mich mit dem Rücken gegen die nächstgelegene Wand, ein spöttisches Lächeln auf den Lippen, die Hand an meiner Kehle. »Auf mein Zimmer.«

»Nein.« Ich schüttelte den Kopf, mein Gesicht wurde kalt. »D...Du ...« Er war nicht hier, um mich zu retten. Er war auf Pops' Seite.

Chop war ein Verräter. Er löste seine Hand von meinem Nacken und fuhr sich durch sein zerzaustes blondes Haar, trat einen Schritt zurück und beruhigte sich gerade so weit, dass er fast wieder wie der Mann aussah, von dem ich früher einmal gedacht hatte, dass ich mit ihm befreundet sein könnte.

»Wie konntest du das tun?«, flüsterte ich und legte eine Hand auf meinen Mund.

Bevor er mir antworten konnte, wurde die Haustür aufgerissen. Eine Frau kam herein. Sie trug ein grünes Kleid, das ihr bis zu den Knien reichte, hatte dunkelbraunes Haar, das ihr bis knapp unter das Kinn hing, und freundliche braune Augen. Sie kam mir viel zu bekannt vor.

Beim Anblick von Angel, der hinter ihr stand, erstarrte ich. Es gab keinen Zweifel daran, dass die Frau vor ihm seine Mutter war. Die Ähnlichkeit war erschreckend, selbst die Sommersprossen auf ihren Nasen glichen sich.

Angels Mutter sah mich zögerlich an. Sie schien lächeln zu wollen, war sich aber nicht sicher, wie. »Guten Abend«, sagte sie, und mein Herz machte einen Sprung. Sie war Irin, wie Archer. Ihre Stimmen waren gleich, ihre nur etwas weniger tragend. Konnte das Zufall sein?

Bevor ich etwas sagen konnte, packte Chop mich am Oberarm und zerrte mich nach draußen.

»Los jetzt, Beeilung«, sagte er und hetzte mich durch einen grasbewachsenen Vorgarten.

Ich schaute über meine Schulter zurück zu Angel, dessen Mutter ihre Hand vor seine Brust hielt. Mein Herz machte einen Sprung, als mir klar wurde, dass er mich beschützen wollte. Ich verlor die beiden aus den Augen, als Chop mit mir über ein Feld rannte und mich hinter die Rückseite des überwucherten Fabrikgebäudes drängte.

Tränen stiegen mir in die Augen, aber bevor ich etwas sagen konnte, wurde ich in ein weiteres Gebäude geschoben, klein und quadratisch wie eine Sozialwohnung. Ich stolperte und fiel zu Boden. Schmerz durchschoss meine Handgelenke, und ich wurde mit den Schultern gegen eine Wand gestoßen.

Erst dann verlor der Mann, der einst als Chop, ein Bruder der Red Dragons, bekannt gewesen war, seinen hasserfüllten Blick und sagte: »Du bist jetzt in Sicherheit, Emily. Ich werde nicht zulassen, dass dir jemand wehtut.«

FÜNFUNDZWANZIG

ARCHER

Ein kalter Lappen lag auf meinem Kopf, als ich endlich wieder zu mir kam. Als ich sie dieses Mal sah, wusste ich, dass es keine Halluzination war.

»Ich bin so froh, dass du aufgewacht bist. Du hast mir einen ziemlichen Schrecken eingejagt.«

Ich kniff die Augen zusammen und stemmte mich im Bett hoch, aber an meinen Beinen rasselten Ketten und hielten mich gefangen.

»Bist du ... ein Geist?«, krächzte ich. Das Brennen in der Kehle und das Pochen in meinem Kopf schmerzten.

Ma kicherte leise vor sich hin und schüttelte den Kopf. Das Geräusch war mir so verdammt vertraut, und ich spürte, wie sich meine Kehle vor lauter Erinnerungen und Gefühlen zusammenschnürte – dieselben Gefühle, die immer auftauchten, wenn ich an sie dachte.

»Es gibt keine Geister«, sagte sie und wischte mir das Blut von den Händen und Armen, das aussah, als wäre es schon seit Tagen dort. Ihre Bewegungen waren unsanft; es war eine lange Zeit vergangen, seit sie Mutter gewesen war. Aber sie war real, und sie war hier, und ich konnte nicht aufhören, sie anzustarren, obwohl ich im Moment nur ein funktionierendes Auge hatte, um sie anzusehen.

»W...Wie ...«, stotterte ich, dann sah ich mich um, auf der Suche nach etwas Flüssigkeit, um meine Kehle zu befeuchten. Ich entdeckte ein Glas Wasser und versuchte, mit dem Kinn in dessen Richtung zu nicken, aber meine Schultern waren zu schwach, um meinen Kopf zu halten.

Zum Glück verstand sie und setzte mir den Strohhalm an die Lippen. Ich trank gierig, obwohl ich wusste, dass ich bei dem Tempo wahrscheinlich wieder kotzen müsste. Aber das Wasser war angenehm kalt und ohne es würde ich nicht sprechen können. Außerdem würde ich hier nicht rauskommen, bevor ich nicht wieder etwas zu Kräften gekommen war – zu trinken war nur ein Schritt auf dem Weg dorthin.

Ma stellte das Glas wieder ab, und ich schaute mich um und versuchte, den Grundriss des Zimmers zu erfassen. Ich erkannte nichts, außer dass es aussah, als wäre ich in einer Art Büro mit einem Krankenhausbett. Die einzige Lichtquelle war eine winzige Schreibtischlampe, die in der Ecke des Raumes stand. Sonst gab es nichts, woraus ich schließen konnte, dass dies kein ständiger Aufenthaltsort von Pops und seinen kleinen Handlangern war. Sie waren in Bewegung, hielten sich nirgendwo lange auf. Die Frage war nur, in welche Richtung sie sich bewegten. Zogen sie nach Süden, oder waren sie auf dem Weg zu uns nach Rockford?

Bei dem Gedanken kräuselten sich meine Lippen, und das Wasser, das sich noch in meinem Mund befand, tropfte über meine Unterlippe und rann meinen Hals hinunter.

Mein Herz raste bei dem Gedanken, dass Emily hier irgendwo sein könnte. Ich musste sie finden, sie in meinen Armen halten. Sie musste wissen, dass das, was zwischen uns passiert war, mich selbst überrascht hatte. Aber wenn ich hier lebend herauskäme, würde ich es akzeptieren und meine verdammten Arme für sie öffnen, solange sie wollte und es erlaubte.

»Em ...«, war alles, was ich herausbekam.

Ma sah mich stirnrunzelnd an. »Was willst du damit sagen?«

»Em ...«

Ihr Gesicht wurde weicher. Sie nickte. Das konnte nur eines bedeuten. Sie wusste, von wem ich sprach. Sie hatte sie gesehen oder war ihr begegnet, und das bedeutete, dass sie hier war, vielleicht sogar ganz in der Nähe. Ich versuchte, mich wieder aufzusetzen, diesmal etwas schneller, aber Schwindel überkam mich mit voller Wucht, und das ganze Wasser, das ich getrunken hatte, drohte wieder hochzukommen.

»Ruh dich aus.« Ma berührte meine Schulter. »Im Moment ist sie in Sicherheit. Angel hat ein Auge auf sie.«

Wer zum Teufel war Angel?

Ma lächelte mich an, und es schmerzte, sie anzuschauen. Ich hatte sie nicht gesehen, seit ich zwölf Jahre alt war. Sie war gestorben. Papa und ich hatten sie beerdigt.

»Du liebst sie, nicht wahr?«, fragte Ma und riss mich aus meinen Gedanken.

Ich runzelte die Stirn.

»Emily«, stellte sie klar und führte das Wasser wieder an meine Lippen. Obwohl mir immer noch schwindelig war, kippte ich das Zeug gierig runter.

»Sie ist hübsch. Aber ich fürchte, sie ist schon vergeben.«

Meine Augen verengten sich.

Der Schmerz, das Brennen und Pochen – es war nichts im Vergleich zu dem Gedanken, dass Emily mit einem anderen zusammen war.

»Es tut mir leid. Aber Chop hat sie beansprucht ...«

»Nein«, zischte ich und schüttelte den Kopf. Emily gehörte mir, nicht *Chop*, diesem Mistkerl. Diesem verräterischen

Bastard. Ich würde ihn töten. Mit bloßen Händen, ihm mit einer Pistole den Kopf wegpusten, ganz egal.

»Du musst dich ausruhen.« Ma seufzte. »Ich weiß, dass du Fragen an mich hast. Und ich werde versuchen, so viele zu beantworten, wie mir erlaubt ist. Aber wenn du hier lebend rauskommen willst, Junge, dann musst du so tun, als hättest du die Seiten gewechselt, hörst du mich?«

Ich gab meinem Kopf einen Ruck und bereute es sofort. Der Schmerz schoss mir in den Rücken, in den Arm und in die Rippen.

»So muss es geschehen, Nicholas.« Nicholas. Sie war die letzte Person, die mich jemals bei meinem richtigen Namen genannt hatte, abgesehen von Dad. Aber das war ich nicht mehr. »Das hier ist nicht deine Welt. Es ist die von Pops.«

»Nein.« Niemals, verdammt noch mal, würde Pops ein Teil meiner Welt sein.

»So stur, genau wie dein Vater.« Sie zerzauste mein Haar so zärtlich, wie sie es noch nie getan hatte, und legte dann beide Hände auf ihren Schoß. »Er hätte meiner Spur nicht folgen sollen. Zusammen mit dir in die Staaten zu kommen, war die schlechteste Entscheidung, die er für dich hätte treffen können.«

»Du ... hättest ... leben sollen.«

Sie zuckte zusammen. »Ja. Ich weiß, es muss eine Überraschung für dich sein. Und ich werde es dir bald erklären, aber ich flehe dich an, Nicholas. Versuch nicht, ein Held zu sein. Du bist im Moment zu schwach.«

»Lass mich ... anrufen ...«

»Auf keinen Fall. Niemand hier hat ein Handy, außer den ganz großen Kalibern.«

»Hol ... jemand.« Ich musste meine Brüder anrufen. Wenn sie ankamen, würde dieser Ort bis auf die Grundmauern niederbrennen, und wenn sie nicht aufpasste, würde Ma vielleicht mit untergehen. Ich war mir nicht sicher, auf wessen Seite sie stand, ob ihre Loyalität Pops galt. Ich war mir nicht sicher, ob ich ihr vertrauen oder sie lieben konnte. Aber ich hatte im Moment keine Zeit, darüber nachzudenken. Nicht, wenn ich wusste, dass Emily in der Nähe war.

Dann öffnete sich die Tür, und ein Junge kam herein. Ich sah ihn stirnrunzelnd an. Er konnte nicht viel älter als fünfzehn oder sechzehn sein. Er hatte schlaksige Beine und Arme, eine dünne Statur und grüne Augen.

Ich versteifte mich, nahm ihn mit zusammengekniffenen Augen wahr, beobachtete seine Bewegungen, die Art, wie er sich schützend an die Seite meiner Mutter stellte.

»Wer zum Teufel ... bist du?«, brachte ich heraus.

Er starrte mich mit verschränkten Armen an. Der Junge war blass, als hätte er nie die Sonne gesehen. Außerdem hatte er viele Sommersprossen. Rotes Haar, an den Spitzen ein wenig gelockt.

Aber seine Augen ... Mein Gott, ich kannte diese Augen. Es war, als sähe ich in einen Spiegel. Meine Brust brannte mit jedem pochenden Schlag. Und als ich Ma ansah, den Kopf gesenkt, Tränen im Gesicht, wusste ich auf Anhieb, was los war.

Er war ihr Sohn.

Dieses Kind war mit mir verwandt.

Ein Bild meines Vaters durchkreuzte meine Erinnerung. Er sah wild und zerzaust aus, aber in meiner Erinnerung lächelte er. Wir waren wieder zu Hause in Irland. Er und Ma saßen auf seinem Motorrad und sagten mir, dass sie eine Weile unterwegs sein würden. Sie sahen so verdammt glücklich aus, als sie an jenem Nachmittag davonfuhren, und Mas Zopf wehte hinter ihr her. Und weil ich gerne allein zu Hause war, um mir die Tittenmagazine meines alten Herrn anzusehen, war ich verdammt aufgeregt, dass sie zusammen weggefahren waren.

Doch dann hatte sich alles geändert.

Meine Welt.

Mein Vater.

»Archer?«, flüsterte Ma und wies mit einem Daumen auf den Jungen. »Das ist Angel. Er ist ...«

Ich sah sie wieder an, die Augen verengt, die Lippen geschürzt ...

Spuck es aus! Spuck es verdammt noch mal aus!

Aber sie tat es nicht. Stattdessen stand sie auf, wischte sich mit den Händen über die Vorderseite ihres Kleides und sagte: »Ich kann das jetzt nicht tun. Es tut mir so leid.«

Dann ließ sie mich und mein neues kleines Geschwisterchen allein.

Genau das, was ich jetzt brauchte.

Als ob es nicht genug wäre, in diesem verdammten Bett gefangen und mit meiner totgeglaubten Mutter wiedervereint zu sein. Jetzt musste ich mich auch noch mit Verwandtschaft auseinandersetzen, von der ich nicht gewusst hatte, dass ich sie besaß. Ein lange verschollenes Geschwisterchen? Scheiß drauf.

Doch als Ma den Raum verließ, konnte ich nicht anders, als den Jungen neugierig anzusehen. Vor allem wollte ich wissen, ob er Emily gesehen hatte.

»Komm her.« Ich winkte ihn mit einem Finger heran. Zumindest glaubte ich, dass ich das tat. Ich war dankbar, dass ich die verdammten Dinger überhaupt wieder fühlen konnte.

Der Junge kam nicht zu mir. Stattdessen stand er mit verschränkten Armen an der Wand und starrte mich an.

»Komm ... hierher ... verdammt!« Das Sprechen fiel mir jetzt leichter, aber das bedeutete gar nichts. Ich war vielleicht ein bisschen mehr bei Sinnen, aber das hieß noch lange nicht, dass ich bereit für ein ausführliches Gespräch war.

Er hob herausfordernd eine Augenbraue. Und dann sah ich es. Sein klugscheißerisches Grinsen. Dieses Grinsen war *mein* Markenzeichen. Nicht seins.

Oder sollte ich sagen, es war das Grinsen unseres *Vaters*.

Ich holte scharf Luft, und mein Magen drehte sich um, als ich in meinem Kopf die Jahre zählte.

Heilige Scheiße! Er war nicht nur Mas Sohn, sondern auch der meines alten Herrn.

Ich schloss die Augen und ließ den Kopf zurück aufs Bett sinken. Wie war das möglich? Wie zum *Teufel* war das möglich? Ich brauchte Antworten. Ich brauchte ehrliche Antworten. Aber zuerst musste ich aus diesem Drecksloch ausbrechen und Emily finden. Und ich hoffte, dass dieser Junge, mein Bruder, mein Schlüssel zur Freiheit sein würde.

SECHSUNDZWANZIG

EMILY

»Hör mir einfach zu, ja?« Chop bedeckte sein Gesicht und schüttelte ebenfalls den Kopf. »Es tut mir leid, dass ich dich verletzt habe. Es tut mir wirklich leid. Aber Pops hat meine Familie bedroht. Meine Mutter und meine kleine Schwester. Er hat auch meine Ex bedroht.«

Ich lehnte meinen Kopf zurück an die Wand und wollte ihn nicht ansehen, während er weitererzählte. Die Wahrheit darüber, wie er in Pops' Club hineingeraten war und wie er seine Freunde ausspioniert und verraten hatte.

»Wann war das?«, fragte ich.

»Kurz nachdem ich den Red Dragons beigetreten war. Ich ... Ich bekam eine E-Mail ...« Er fuhr sich mit den Fingern durch die Haare. »Zuerst habe ich mir nicht viel dabei gedacht, ich hielt es für einen Streich von einem der Brüder. Aber ...«

»Aber was?«

»Erinnerst du dich an den Abend, als wir uns letztes Jahr in der Bar kennengelernt haben? Bevor ich anfing, Summer zu beschatten?«

Ich nickte. Ich erinnerte mich gut. Nicht wegen der Begegnung mit ihm, sondern wegen der Begegnung mit Archer in jener Nacht. Ich war in den Club gegangen, einer der seltenen Abende, an denen ich mein kleines Haus verlassen hatte, um mich von den Gedanken an Sam abzulenken. Er hatte an jenem Nachmittag angerufen und mich um eine weitere Chance gebeten, und mein Herz schmerzte, weil ich ihn wieder hatte abweisen müssen. Ihn von mir und meinem ganzen Ballast fernzuhalten, war das Beste, was ich je für unsere Beziehung getan hatte. Aber ich vermisste ihn sehr. Die Schuldgefühle machten mich an jenem Abend fertig und ich wollte mich nur noch betrinken – etwas, worin ich nicht besonders geübt war.

Archer hatte mich an der Bar gefunden, noch bevor Chop ankam. Ich war am Trinken. Er hatte sich neben mich gesetzt, wortlos, unsere Schenkel hatten sich gestreift, aber es schien ihm egal zu sein, wer ich war und dass wir so eng beieinandersaßen. Ich erinnerte mich, dass ich damals einen Funken gespürt hatte. Einen winzigen elektrischen Ruck, den ich als Verärgerung abgetan hatte. Von allen Männern im Club war er derjenige, der mich am meisten störte. Ich dachte, es läge daran, dass er der kontrollsüchtigste war. Aber rückblickend schien der eigentliche Grund dafür zu sein, dass er der Einzige war, der *mich* die Kontrolle verlieren ließ.

Mein ganzer Körper hatte sich erhitzt. Wir hatten ein paar Worte gewechselt, und ich dachte, dass mit mir etwas nicht stimmte, weil ich so widersprüchliche Gefühle empfand. Eine Sekunde lang hatte ich etwas gespürt. Und ich hatte die Ablenkung je auch gesucht. Aber dann hatte sich eine andere Frau neben ihn gesetzt und unverhohlen die Erektion ergriffen, die sich unter seiner Hose abzeichnete, während seine Hand noch auf *meinem* Oberschenkel und seine Lippen noch an *meinem* Ohr lagen.

Ich war so beschämt und wütend auf ihn *und* mich selbst, dass ich ihn von seinem Stuhl gestoßen hatte und gegangen war. Tränen rannen mir über das Gesicht, und ich lief verwirrt den Flur in Richtung der Schlafsäle hinunter, wo ich schließlich einen weinenden Chop auf dem Boden vor seinem Zimmer fand, das Gesicht in seinen Händen vergraben.

»Was war an diesem Tag passiert?«, fragte ich Chop und lehnte mich an die Seite des Schuppens, in den er mich gebracht hatte.

»Ich hatte an diesem Morgen einen Anruf aus dem Krankenhaus bekommen. Mein Vater war von einem Auto angefahren worden. Er wäre fast gestorben. Da wusste ich, dass die Nachrichten, die ich erhalten hatte, ernst gemeint waren.«

Ich zuckte zusammen und drehte mich zu ihm um. »Steckte Pops dahinter? Warum hast du Flick, Slade oder meinem Bruder nichts gesagt? Oder Archer?«

Er lachte. »Ich war kaum integriert.« Er zuckte mit den Schultern. »Ich hatte nichts zu sagen, geschweige denn den Einfluss, um sie davon zu überzeugen, dass ich glaubwürdig war.«

»Du hattest doch die E-Mails.« Ich runzelte die Stirn. »Und dein Vater war im Krankenhaus.«

»Es hätte niemanden interessiert, glaub mir.« Er knurrte, richtete sich auf und ging vor mir auf und ab. »Für sie war ich bloß der IT-Mann. Der Typ, auf den sie sich verlassen haben, um ihnen Statistiken und so einen Scheiß zu liefern. Ein kluger Junge, aber austauschbar.«

»Das ist nicht wahr.« Ich schüttelte den Kopf und stand auf. »Die Red Dragons passen aufeinander auf ...«

»Einen Scheiß tun sie. Aber es ist ja auch egal.« Er lachte, obwohl nichts an alledem lustig war. »Pops meinte, er würde meine Familie töten, wenn ich ihm nicht helfen würde. Deshalb habe ich es getan.« Er blieb vor der Tür stehen und schluckte. »Du warst die einzige echte Freundin, die ich hatte, Emily. Und ... du bist gegangen. Ich hätte dir helfen können. Sehr viel mehr als Archer.«

»Woher wusstest du, dass ich gehen würde?«

»Was glaubst du, wer die ganzen Briefe an deine Schule

gebracht hat?« Er schüttelte den Kopf, als wäre er verwundert darüber, wie dumm ich war.

»Aber Angel ...«

»Er ist an diesem Abend nur gekommen, weil ich zu Flicks Rückkehr da sein musste.« Er grunzte. »Ich war derjenige, der ihn durch die Tore gelassen hat.« Er fuhr sich mit der Hand durchs Haar. »Ich hätte dir den Brief ja schlecht übergeben können. Jedenfalls nicht, ohne meine Tarnung auffliegen zu lassen.«

Doch, es wäre möglich gewesen. Er hätte den Brief hinterlassen können wie all die anderen.

Ich sah auf meine Hände hinunter, zu verwirrt und müde, um den Gedanken weiterzuverfolgen.

Chop sagte, er hätte mir helfen wollen, aber er war so sehr darauf bedacht, Pops nicht zu verärgern und seine Familie zu schützen – er hätte niemals die Sicherheit seiner Familie für mich riskiert.

»Es tut mir leid«, sagte ich und fühlte einen winzigen Anflug von Mitgefühl. Nicht, weil ich ihn mochte oder ihm sogar helfen wollte, sondern weil ich wusste, wie es war, sich zwischen zwei Dingen entscheiden zu müssen, die man liebte. »Ich wünschte, die Dinge wären anders.«

»Wie auch immer. Du kannst nichts für mich tun.«

Ich blinzelte und sah zu, wie er zur Tür ging. Es gab so viele unbeantwortete Fragen, und ich wollte nicht wieder in einem verschlossenen Raum festsitzen und auf Rettung warten.

»Ich komme mit. Ich weiß, dass sie Archer irgendwo in diesem Gebäude festhalten, und ich möchte ...«

»Archer ist so gut wie tot.«

Ich versteifte mich. Das Blut wich aus meinem Gesicht, und mir war plötzlich sehr kalt. »Nein. Das ist nicht wahr. Ich habe ihn gerade gesehen.«

Chop drehte sich mit leeren Augen zu mir um und grinste. »Er ist so gut wie tot, Emily. Das kannst du mir glauben.«

Chop schloss die Tür, aber ich würde auf keinen Fall brav in seiner Wohnung bleiben. Ich musste Archer finden. Ihn von hier wegbringen. Uns beide. Ich hatte nur keine Ahnung, wo ich zu suchen anfangen sollte.

Ich fand ein unverschlossenes und nicht vergittertes Fenster im Badezimmer und schlüpfte hinaus. Zum Glück war es nur ein Stockwerk, sodass der Fall nicht sehr tief war. In dem umliegenden Wald waren keine bewaffneten Biker zu sehen. Keine Autos oder sonst etwas. Die Vorstellung, dass dieser Ort im Freien war, so ungeschützt und leicht zu finden, war seltsam.

Draußen war es jetzt dunkel, kurz vor Mitternacht. Ich versuchte, mich leise dem Hauptgebäude zu nähern, aber der Boden war mit Ästen übersät, und egal wie sehr ich versuchte, ihnen auszuweichen, das Knirschen und Knacken war unvermeidlich.

Ich ging von einem dunklen Fenster zum nächsten und versuchte, einen Einstieg zu finden. Ich hatte fast aufgegeben, als ich eine angelehnte offene Tür bemerkte, unter der kein Licht zu sehen war. Das war ein Risiko, das ich in diesem Moment einzugehen bereit war. Ich musste Archer finden und ihm erklären, dass die Red Dragons entweder heute Abend oder morgen hier sein würden – zumindest *hoffte* ich das.

Langsam schob ich mich durch die Tür, wobei die Scharniere so sehr knarrten, dass ich wie angewurzelt stehen blieb, um sicherzugehen, dass mich niemand gehört hatte. Von irgendwoher ertönten Stimmen, so leise, dass sie kaum vernehmbar waren. Ich entdeckte keine weiteren abtrünnigen Red Dragons, während ich den Flur entlangschlich. Nicht, dass ich auf das Gegenteil gehofft hätte.

Gegen eine Wand gepresst arbeitete ich mich weiter vor, spähte in die Zimmer und hielt den Atem an, wenn der Boden unter meinen Füßen knarrte. Ich schaute nach links und rechts, die spärliche Flurbeleuchtung flackerte klackend und summend über mir.

Ein leises Murmeln links von mir ließ mich innehalten. Es klang wie das Flüstern einer Frau. Hoffnung ließ meinen Magen hüpfen. War es meine Mutter? Oder die andere Frau, die ich vorhin gesehen hatte? Ich beschleunigte meine Schritte und blieb kurz vor der Tür stehen. Ich legte mein Ohr an das Holz und hielt noch einmal den Atem an, wartete und betete, dass die Flure leer blieben.

Ich erkannte den Akzent. Irisch. Es *war* die Frau von vorhin. Angels Mutter? Hoffnungsvoll drückte ich die Türklinke hinunter, aber bevor ich die Tür öffnen konnte, tauchte links von mir eine Gestalt auf.

Beim Anblick von Angel zuckte ich zusammen und drückte mir eine Hand auf die Brust.

Seine Hände ballten sich zu Fäusten, und er kam näher, Misstrauen in seinem Blick.

Ich streckte meine Handflächen aus. »Bitte tu mir nicht weh. Ich ... Ich muss meinen Freund finden.«

Er blieb auf der Stelle stehen und legte den Kopf zur Seite. Mit einer beunruhigenden Intensität musterte er mich, dann hob er seine Hand und berührte leicht meinen Pony. Es war seltsam – nicht nur, dass er mich berührte, sondern vor allem die Tatsache, dass er es nur mit der Spitze eines Fingers tat.

Mit angehaltenem Atem wartete ich darauf, dass er zu Ende sprach, während ich das Schlimmste befürchtete.

Einen Moment später wurde die Tür aufgerissen. »Angel, kommst du mit ...?«

Die Irin steckte ihren Kopf heraus, und ihre Augen weiteten sich bei meinem Anblick. Sie schaute nach links und rechts, dann packte sie mich am Arm, zog mich hinein und schloss die Tür hinter mir und Angel.

»Hast du den Verstand verloren, Kind?«, fragte sie mich.

Bevor ich klarstellen konnte, dass ich kein Kind, sondern

eine Hochschulabsolventin und Lehrerin war, begann die Frau eine leise Tirade.

»Ich verstehe langsam, warum er dich so gernhat, aber Herr im Himmel, du musst lebensmüde sein, wenn du hier so herumläufst.« Sie schüttelte den Kopf. »Du hast Glück, dass alle in der Church sind und den Run planen.«

Den Run? Auf welchen *Run* bezog sie sich? War ein Angriff auf den Club zu Hause geplant? Bei dem Gedanken an meine Familie zitterten meine Hände.

Meine Familie. Summer war meine Familie. Niyol war meine Familie. Die Red Dragons, auch wenn ich sie nicht gut kannte – sie hätten auch ein Teil dieser Familie sein können. Sie hatten mich beherbergt, mich beschützt. Sie hatten mich auf ihrem Land wohnen lassen und ... Gott! Sie waren genau so, wie Archer es mir gesagt hatte. Ich war nur zu geblendet gewesen von der Hoffnung, meine Mutter wiederzufinden, um es zu erkennen.

Die Frau nahm mich am Arm und setzte mich auf einen Stuhl, wobei sie etwas murmelte, das ich nicht verstehen konnte.

»Mein Name ist Anne.« Die Irin griff nach meiner Hand und schüttelte sie einmal. Sehr geschäftsmäßig. Fast grob. Aber sie hatte trotzdem etwas an sich, das mir Respekt einflößte.

»Ich bin Emily«, sagte ich.

»Ich weiß, wer du bist.« Sie nickte mir zu. »Aber was ich nicht verstehe, ist, wie du in das Hauptgebäude gekommen bist. Es hätte doch verschlossen sein müssen.«

»Eine Tür stand offen.« Ich schluckte schwer, weil ich Angst hatte, dass sie es jemandem erzählen würde. Ich kannte sie noch nicht gut genug, um ihr zu vertrauen. Ich konnte nur hoffen, dass sie mich nicht auffliegen lassen würde.

»Ich nehme an, du suchst nach deiner Mutter?«

Mein Herz schlug mir bis zum Hals, und eine Mischung aus Wut und Traurigkeit stieg in mir auf. Ich hatte sie seit heute

Morgen nicht mehr gesehen, aber ich hatte auch nicht mehr viel an sie gedacht. Schon komisch, wie sich die Prioritäten mit der Zeit änderten. Ich war hierhergekommen, um ihr bei der Flucht zu helfen ... aber sie wollte nicht fliehen. Jetzt würde ich selbst alles tun, um hier rauszukommen, aber mit Archer, nicht mit meiner Mutter.

Sie hatte ihre Wahl getroffen und sich für Pops statt für mich entschieden. Es tat weh, ja – mehr, als ich im Moment zugeben wollte. Aber ich hatte ein neues Ziel, um mich abzulenken: Ich musste Archer von hier wegschaffen. Ihn nach Hause bringen. Und vielleicht – nur vielleicht – mit ihm fliehen.

»Ich ...« Ich biss mir auf die Unterlippe, weil ich mir nicht sicher war, ob ich dieser Frau vertrauen konnte. Dann sah ich wieder zu Angel hinüber, und er nickte, als wüsste er, was ich fragen wollte. Aus irgendeinem Grund entspannte ich mich genug, um zu sagen, was ich sagen musste. »Ich suche eigentlich einen Mann, der etwa zur gleichen Zeit wie ich hierhergebracht wurde. Sein Name ist Archer.«

In den Augen der Frau blitzte etwas auf. Ich konnte nicht genau sagen, was es war, und das beunruhigte mich. Vielleicht hatte ich zu viel gesagt.

»Du kannst ihn nicht sehen.« Sie hob ihr Kinn. »Sein Zimmer ist schwer bewacht, und du würdest dir nur Ärger einhandeln, wenn du es versuchst.«

»Geht es ihm gut? Lebt er?« Ich hielt den Atem an.

»Ja. Der Arzt war vorhin hier, um ihn zu behandeln. Er wird wieder gesund werden.«

»Sagen Sie mir, wo er ist? Bitte? Ich muss ihm eine Nachricht zukommen lassen.«

»Nein, meine Liebe. Es tut mir leid. Ich kann dir nicht helfen.«

Meine Schultern erschlafften, und Tränen füllten meine Augen. Ich wusste, dass es ein abwegiger Gedanke war, dass es niemals gelingen würde, einfach irgendwo hineinzuspazieren und Archer von hier wegzubringen. Aber der Gedanke, ihn nie wieder umarmen oder küssen zu können, machte mich ganz verrückt.

Dann legte sie eine Hand auf meine Schulter und sprach sanfte, beruhigende Worte: »Lass es mich anders ausdrücken. Ich kann dir nicht helfen. Aber Angel kann es.«

Ich hob meinen Kopf wieder, und in meiner Brust flackerte Hoffnung auf.

»Möchtest du ihm eine Nachricht übermitteln?«, fragte sie.

»Ja, bitte.«

Sie ging zu einem Schreibtisch hinüber und kam mit einem Stift und einem kleinen Stück Papier zurück. »Du musst es jetzt sofort tun und dann wieder dorthin zurückgehen, wo du warst, hast du mich verstanden?«

Ich nickte, Erleichterung durchflutete mich. Mit zitternden Händen schrieb ich ihm auf meinem Knie einen Brief, schüttete ihm mein Herz aus, während meine Tränen auf die Tinte fielen.

Ich schrieb so viel wie möglich. Was ich über Chop und vor allem über die Loyalität meiner Mutter zum Club erfahren hatte. Dann schrieb ich ihm, was ich für ihn empfand. Und dass ich Niyol eine SMS geschrieben und ihm gesagt hatte, was los war und wohin wir unterwegs waren. Dass ich Archer in Sicherheit wissen wollte und dass die Red Dragons herkommen mussten, um dafür zu sorgen, dass er hier rauskam. Archer würde sauer auf mich sein, dass ich seine Brüder kontaktiert hatte, aber ich hatte es aus Zuneigung für ihn getan ... wobei »Zuneigung« ein schwaches Wort dafür war, was ich wirklich für Archer Benedict empfand.

Als ich fertig war, berührte die Frau mich beruhigend am Arm. Sie nahm den Brief, ohne ihn zu lesen, faltete ihn zusammen und gab ihn Angel. »Angel wird die Nachricht heute Abend überreichen.«

Ich nickte erneut. »Okay. Ja. Ich danke Ihnen.«

Sie lächelte, entschied sich aber zu schweigen.

»Was ist mit meiner Mutter? Was glauben Sie, wann ich sie wiedersehen kann?« Auch wenn ich ohne sie gehen würde, wollte ich mich von ihr verabschieden.

»Du wirst sie in zwei Tagen sehen, wenn wir von hier wegfahren. Ich nehme an, da du Pops' Tochter bist, werdet ihr drei zusammen in einem Auto fahren.«

Mein Magen zog sich heftig zusammen. »Wegfahren?«

»Ja. Wir bleiben immer nur ein oder zwei Wochen an einem Ort.«

Ich leckte mir über die trockenen Lippen. »Ähm, wissen Sie, wohin wir als Nächstes gehen?«

Sie schüttelte langsam den Kopf. »Das wird den Frauen nie mitgeteilt, fürchte ich. Aber ich habe Gerüchte gehört ...«

»Was für Gerüchte?« Ich erstarrte.

»Pops will das Gelände in Rockford übernehmen.«

»O Gott!« Ich hatte recht gehabt. Das bedeutete, dass jeder im Red Dragon Club in Gefahr war.

Im Moment konnte ich nichts unternehmen. Aber vielleicht könnte es helfen, diese Frau und ihren Sohn auf meine Seite zu bringen.

»Können Sie mir sagen, wie Sie an diesen Motorradclub geraten sind?« Ich zuckte zusammen und fragte mich, ob es aus freiem Willen gewesen war.

Sie zögerte, schaute erst Angel und dann mich an und stieß einen langen Atemzug aus. »Wir haben nicht viel Zeit, und ich fürchte, wir werden ständig beobachtet.« Sie sah zu Angel, der durch den Raum gegangen war, um näher an der Tür zu stehen. Er verschränkte die Arme wie ein Krieger, und das ließ mein Herz anschwellen.

So jung und doch so mutig. Ich konnte ihm ansehen, dass er einer der Guten war.

»Bitte.« Ich sah Anne an und nahm ihre Hand in meine. »Sie können mir vertrauen.«

Sie tätschelte meine Hand, und auf ihrer rechten Wange bildete sich ein kleines Grübchen, als sie lächelte. Ich musterte es und runzelte die Stirn. Archer hatte dort auch ein Grübchen.

»Vor fünfzehn Jahren wurde ich meinem Mann und meiner Familie in meiner Heimat gestohlen und an ein Kartell verkauft, das junge Frauen und Mädchen gegen Geld, Drogen und Waffen eintauschte.«

Ich hielt mir die Hand vor den Mund.

»Es ist okay. Ich war eine der Glücklicheren. Ich konnte entkommen, und Gott sei Dank, denn ich war schwanger.« Schwanger. Alleine in einem Land, das sie nicht kannte.

»Haben Sie jemals versucht, nach Hause zu gehen? Zurück nach Irland, meine ich?«

Sie nickte. »Ja, das wollte ich unbedingt. Aber ich hatte kein Geld und keine Möglichkeit, meine Familie zu kontaktieren. Angel und ich lebten in Obdachlosenunterkünften und versteckten uns jahrelang vor meinen Entführern.«

»Sind Sie nie zur Polizei gegangen?«

»Nein. Ich hatte zu viel Angst. Als ich genug Geld hatte, um das Land zu verlassen, habe ich herausgefunden, dass mein Mann und mein Sohn nach Amerika gegangen waren, aber ich hatte keine Ahnung, wo genau sie waren.« Sie holte tief Luft, bevor sie fortfuhr. »Jeder Kontakt zu ihnen war verloren. Aber dann, letztes Jahr, hörte ich …« Sie hielt inne, und Tränen füllten ihre Augen. Ich stand auf, um sie zu umarmen, aber Angel hatte sich von der Tür entfernt, war im Nu an ihrer Seite und legte seinen Arm um ihre Schulter.

»Alles in Ordnung.« Sie versuchte, ihn zu verscheuchen, aber er war fest entschlossen, sie nicht loszulassen. In den Armen ihres Sohnes erzählte sie ihre Geschichte zu Ende.

»Vor etwa sechs Monaten arbeitete ich in einem Lebensmittelladen in Missouri und kam gerade so über die Runden. Eines

Tages sah ich auf, und ein Mann stand vor mir. Er sagte mir, er kenne meinen Mann und meinen Sohn. Und er würde mich zu ihnen bringen, aber ich müsste ihm vorher einen Gefallen tun.«

»Was für einen Gefallen?«

Sie wischte sich mit einer zittrigen Hand über den Mund. »Ich sollte ihm und seinem Club behilflich sein. Ich diene ihm und den Brüdern als Mutter, als Ehefrau, als Putzfrau, als Krankenschwester, als Abhilfe für ihre, ähm ... Bedürfnisse. Ob sexueller oder anderer Art.« Sie lachte bitter auf. »Es ist traurig, dass eine Gruppe von Männern wie diese immer noch eine Frau braucht, um ihnen bei der Erfüllung ihrer täglichen Bedürfnisse zu helfen.«

Mit anderen Worten: Sie war eine Sklavin.

»Wie hat Pops dich gefunden?«, fragte ich und hatte Mühe, mein Grauen zu unterdrücken.

Sie zuckte mit den Schultern. »Ich bin mir nicht sicher.«

Ich hörte mit einem Kloß im Hals zu, als sie davon erzählte, was sie durchgemacht hatte. Wie Angel, der gerade vierzehn geworden war, gezwungen worden war, dem Club als Prospect beizutreten und viel zu früh erwachsen zu werden. Sie hatten ihm gedroht, dass er, wenn er das nicht täte, seine Mutter nie lebend wiedersehen würde.

Als sie von ihrer verlorenen Familie in Irland erzählt hatte, hatte ich ohne den geringsten Zweifel erkannt, wer diese Frau und ihr Sohn wirklich waren. Sie hatten die gleichen eindringlichen Augen, die gleiche helle Haut ... Sie waren eine Familie. Sie war Archers Mutter. Und Angel war Archers kleiner Bruder.

Als sie geendet hatte, spürte ich einen Kloß im Hals, den ich nicht hinunterschlucken konnte. Ich kannte diese beiden Menschen kaum, aber ich würde trotzdem alles tun, um ihnen zu helfen, von hier wegzukommen.

»Es tut mir sehr, sehr leid.« Ich neigte den Kopf und legte mein Kinn auf die Brust.

»Nichts davon ist deine Schuld, meine Liebe«, sagte sie, erhob sich von ihrem Sitz, stellte sich vor mich und legte beide Hände auf meine Schultern.

»Aber ich habe Archer hierhergeführt und ihn in Gefahr gebracht. Ich ...«

»Ja, das hast du. Aber du rettest auch Leben, verstehst du nicht?«, fragte sie.

Ich sah auf und begegnete ihren Augen. »*Wie das?*«

»Weil du, meine Liebe, der Schlüssel zu unserer Flucht bist.«

SIEBENUNDZWANZIG

ARCHER

Angel war heute Morgen bei mir im Zimmer. Ich konnte die Tatsache, dass ich einen Bruder hatte, immer noch nicht fassen. Einen echten Blutsbruder. Natürlich war er nicht allein – Chop war bei ihm, saß am Tisch und schaute gelangweilt in die Gegend.

»Pass auf mit der Klinge, Kleiner?«, zischte ich, als das Rasiermesser in Angels Hand meine Haut verletzte. Ich wusste, dass er nichts dafür konnte. Er war jung. Wahrscheinlich hatte er sich noch nie in seinem Leben rasiert. Trotzdem, eine falsche Bewegung, und er würde mir die verdammte Kehle aufschlitzen. Ich wollte nicht sterben, bevor ich die Chance hatte, Emily noch einmal zu küssen.

Der Gedanke daran, ihre weichen Lippen auf meinen zu spüren, ließ mich nicht los. Jedes Mal, wenn ich die Augen schloss, erlebte ich den Kuss, den wir geteilt hatten, in Gedanken erneut. Es war das Einzige, was mich im Moment am Leben hielt. Das Einzige, was mir die Kraft gab, durchzuhalten, um von hier zu verschwinden.

Als Programmpunkt für den heutigen Vormittag hatte Chop beschlossen, dass Angel mir die Haare abrasieren sollte.

Ich war nicht besonders froh darüber. Aber die Hälfte meines Schädels war sowieso bereits kahl, weil Pops und Chop mir die Haare herausgerissen hatten.

Ein Summen hallte wie ein Donnerschlag durch meinen Schädel. Ich hatte wahrscheinlich eine Gehirnerschütterung. Vermutlich auch ein paar gebrochene Rippen. Ich hatte keine Ahnung, warum sie mich überhaupt am Leben ließen. Dachten sie, Flick würde mit ihnen um mich feilschen, wenn die Zeit gekommen war? Denn das würde er nicht. Ich war Vize, ja. Aber das spielte keine Rolle. Flick würde das Land und die Macht, die er durch die Übernahme des Clubs erlangt hatte, nie aufgeben.

»Du kannst froh sein, dass wir dir hier nur die Haare vom Körper schneiden und nicht sonst noch was.« Chop zog eine Zigarette aus seiner Schachtel und steckte sie zwischen seine Lippen.

Ich grinste. »Wenn du eine Entschuldigung dafür willst, dass ich mit meinem Mädel schlafe, kannst du lange warten.«

»Sie gehört nicht dir.« Chop stand auf, schob seinen Stuhl zur Seite und hockte sich vor mich hin. Angel ließ die Klinge sinken und entfernte sich, woraufhin Chop mich am Kinn packte und mir ins Gesicht schlug. »Nicht nach dem, was ich letzte Nacht mit ihr angestellt habe.«

»Halt dein verdammtes Maul, du Wichser«, knurrte ich so laut, dass meine Kehle brannte. Je fester ich an den Handschellen an meinem Arm zerrte, desto mehr brannte meine von Blasen übersäte Haut. Der Schmerz machte mir in diesem Moment nichts aus. Mein Kopf war gefüllt mit Fantasien, das Rasiermesser in der Hand meines kleinen Bruders zu nehmen und es Chop in die dreckige Kehle zu schieben.

»Wie fühlt es sich an?« Er senkte seinen Mund an mein Ohr. »Wie fühlt es sich an, zu wissen, dass ihre Muschi mir gehört?« Sein lautes Lachen hallte durch den Raum, als hätte er gerade eine Art Spiel gewonnen.

Wenn ich hier rauskäme, würde ich sowohl ihn als auch Pops töten und ihr dann erklären, dass ich bereit war, ein für alle Mal ein besserer Mann zu werden, wenn sie mich haben wollte.

»Ohne Haare bist du gar nicht mehr so hübsch.« Er nahm ein Handtuch und schlug es gegen meinen rasierten Kopf.

Der stechende Schmerz war nichts im Vergleich zu der Wut, die heiß und dunkel in meinen Adern kochte und meine Seele vergiftete. Ich wollte ihm sagen, dass er sich mit seinem Handtuch besser aufhängen sollte, aber ich spürte, wie mein Kopf wieder nach vorne fiel, als ob ein erneuter Schub unbekannter Drogen durch mich hindurchliefe. Ich hatte zwei Tage lang mit Handschellen an diese Wand gefesselt aufrecht gesessen, aufrecht geschlafen ... Ich war nicht annähernd in dem Zustand, in dem ich hätte sein müssen, um mich zu wehren und hier rauszukommen.

Chop verließ schließlich den Raum und ließ mich mit Angel allein, der sich nicht mehr bewegt hatte, seit Chop ihn aus dem Weg gestoßen hatte. Ich runzelte die Stirn und wünschte, ich könnte ihm in die Augen sehen und ihm sagen, dass es da draußen eine bessere Art zu leben gab als diese. Aber ich konnte meinen Kopf nicht heben. Stattdessen richtete ich meinen Blick auf den Boden und beobachtete, wie er unscharf wurde.

»Alles klar, Kleiner?«, brachte ich heraus.

Er antwortete nicht. Bewegte sich auch nicht.

»Ich weiß, dass du da bist«, sagte ich und schürzte die Lippen, während ich zur Wand sah. »Aber es ist schwer zu reden, wenn du hinter mir stehst, oder?«

Ich konnte hören, wie er schlurfte und näher kam. Irgendwie schaffte ich es, über meine Schulter einen Blick auf ihn zu werfen, und fuhr bei seinem Anblick zusammen. Er hielt die Hände eng an der Seite, den Blick gesenkt. Er sah genauso aus wie mein alter Herr. Aber wie die verängstigte Version von ihm, still wie ein Geist.

Ich würde ihn Casper nennen, wie den Zeichentrickgeist.

»Du bist sein Ebenbild, weißt du«, sagte ich, ganz außer Atem. »Er würde dir wahrscheinlich sagen, du seist ein hässliches Entlein. Das hat er mir auch immer gesagt.« Ich kicherte über meinen eigenen Scherz.

Statt eine Antwort zu geben, sah er mich einfach weiter an. Dann blinzelte er.

Was wäre nötig, um den Burschen zu knacken? Ich wette, Emily würde es wissen.

»Du redest nicht viel«, fuhr ich fort und räusperte mich. Mein Sichtfeld verschwamm an den Rändern, ein Anzeichen dafür, dass ich bald wieder ohnmächtig werden würde.

Seine Lippen bewegten sich, öffneten sich und schlossen sich wieder. Dann schaute er zu Boden und schüttelte den Kopf. Ich wette, man hatte ihm beigebracht, so zu schweigen. Ich wette, Pops hatte ihn so zugerichtet. Der Gedanke machte mich wütend. Ich war auch wütend auf meine Ma. Wie konnte sie so etwas zulassen?

»Wie lange seid ihr schon bei Pops, du und Ma?«, fragte ich. Ich brauchte Antworten. So viele wie möglich. Wir hatten nicht viel Zeit.

Er zögerte, schaute zur Tür, die immer noch geschlossen war, und dann wieder zu mir, bevor er schließlich sagte: »Sechs Monate.«

»Hm.« Ich nickte. »Willst du mir erzählen, wie ihr hierhergekommen seid?« Was ich wirklich wissen wollte, war, wo zum Teufel meine Mutter die ganze Zeit gewesen war. Und vor allem, warum sie nicht versucht hatte, mich und meinen alten Herrn zu finden.

»Pops.«

»Er hat euch gefunden?«

Der Junge nickte und wand sich ein wenig.

»Setz dich.« Ich deutete auf den Stuhl mir gegenüber. »Ich werde dich hier nicht um Hilfe bitten. Ich will nur ein paar Antworten.« Ich räusperte mich noch einmal, mein Mund wurde trocken, meine Zunge immer schwerer. »Ich und Dad dachten, Ma sei tot. Wir dachten, jemand hätte sie umgebracht.«

Seine grünen Augen wurden groß, das konnte ich deutlich sehen. »Du ... kennst Dad?«

»Ja.« Ein Knoten bildete sich in meiner Kehle bei dem Gedanken an meinen Vater. »Ich *kannte* Dad.«

Der dauerbetrunkene Beschützer. Der Mann, der fast alles aufgegeben hatte, als er dachte, seine Frau sei für immer weg. Dann, eines Tages, als ich vierzehn war, hatte er wieder geheiratet, zwei Wochen nachdem er meine Stiefmutter kennengelernt hatte. Es war seine Art, mir zu helfen, daran hatte ich keinen Zweifel, aber mein alter Herr hatte diese Frau nie geliebt. Sein Herz hatte die Fähigkeit zu lieben in dem Moment verloren, als sie Mas Leiche fanden. Oder besser gesagt ihre vermeintliche Leiche.

Dann, eines Tages, sechs Monate nachdem er wieder geheiratet hatte, beendete er das ganze Theater, packte unseren Kram zusammen und sagte zu mir: »Wir ziehen nach Amerika.« Ich hatte versucht zu fragen, warum, ich mochte den Gedanken nicht, meine Freunde und die Schule zu verlassen, aber er sagte, dass ich dort, wo wir hingingen, neue Freunde finden würde. Und zwar die besten.

Ich habe die Schule nie beendet, bin nur bis zur Mitte der zehnten Klasse gekommen. Aber ich habe bei den RDs die besten Freunde gefunden, die man haben kann, und eine Familie, von der ich mir nie erträumt hätte, dass ich sie je finden würde.

Später erfuhr ich von Flick, warum Dad überhaupt in die USA gekommen war. Offenbar glaubte er, dass es hier eine

Spur zu Mas Mörder gab, was für mich keinen Sinn ergab, weil sie zu Hause in Irland erschossen worden war. Er war einen Monat lang dieser vermeintlichen Spur gefolgt, doch dann war er in eine Sackgasse geraten und hatte aufgegeben, nachdem er beinahe selbst erschossen worden wäre.

Dann verfiel er endgültig dem Alkohol. Sein Herz war zu gebrochen, um zu heilen. Als er starb, habe ich keine Träne vergossen. Denn der Mann vor mir war nicht mehr mein Vater. Er war nur noch ein Schatten seiner selbst.

»Wo ... ist er?« Angels Stimme knackte. Fast hätte ich gefragt, was mit seiner Stimme los war, aber ich wollte ihn nicht noch mehr verunsichern.

Ich zuckte mit den Schultern und sah auf den Boden. »Er ist tot.«

Angels Schultern wurden steif, und seine beiden Augen verengten sich. Ich konnte erkennen, dass er Mas Beschützer war, auch wenn Pops seinen kleinen Hals ganz offensichtlich mit nur einer Hand hätte zusammendrücken und ihn im Handumdrehen hätte töten können. Ich bewunderte Angels Kampfgeist.

Nach einer Weile entspannte sich sein Gesicht, aber er schaute nicht weg. Ein mutiger kleiner Scheißer war er. Er würde einen guten RD abgeben – die richtige Art von RD. Ich wette, er und Mute würden sich sehr gut verstehen.

Ich beobachtete, wie er aufstand und etwas aus seiner Tasche zog. Ein Stück Papier. Er öffnete es langsam und warf einen kurzen Blick über seine Schulter zur Tür, bevor er es mir gab. Ich konnte die schwarze Tinte darauf sehen. Eine weibliche Handschrift. Ich blinzelte auf das Blatt Papier und sah ihn wieder an; alles war unscharf. Ich war mir nicht sicher, wie zum Teufel ich das lesen sollte.

»Was ist das?« Ich nickte mit dem Kinn in Richtung Brief.

Er hielt es näher, damit ich es sehen konnte, und flüsterte mir das wichtigste Wort meines Lebens zu: »Emily.«

ACHTUNDZWANZIG

EMILY

Seit der Nacht, in der ich Archers Mutter getroffen hatte, war ich zwei Tage lang eingesperrt gewesen. Sie hatte mir gesagt, ich solle zurückgehen, sie habe einen Plan, und ich hatte hier gewartet und versucht, ihr zu glauben.

Chop hatte nach mir gesehen – er hatte mir gesagt, dass ich nicht ohne ihn gehen dürfe. Dass es nicht sicher sei. Er hasste mich wohl, wollte mich aber aus irgendeinem Grund trotzdem beschützen. Ich fragte mich halb, ob er ein schlechtes Gewissen hatte oder ob er immer noch für Flick arbeitete.

Heute war der Tag, an dem wir aufbrechen sollten. Und ein weiterer Tag, an dem die Red Dragons nicht aufgetaucht waren, um Archer zu retten. Ich wollte die Hoffnung nicht aufgeben ... aber sie schwand mit jedem Atemzug, den ich tat. Wenn Anne keinen Plan für die Abreise hatte, würde ich die Dinge selbst in die Hand nehmen müssen.

Ich war es leid, eine Gefangene zu sein.

Es war an der Zeit, von hier zu verschwinden. Ich sprang vom Boden auf und stellte mich auf die Füße, strich mein Hemd glatt und hob mein Kinn. Mich selbst zu opfern, um

Archer zu befreien, wäre einfach. Viel schwieriger würde es sein, Archer dazu zu bringen, dem zuzustimmen. Trotzdem würde ich tun, was nötig war. Ich würde mein Leben aufgeben, um seins zu retten.

Vorausgesetzt Pops würde so großzügig sein, das zu akzeptieren, natürlich.

Ich wollte gerade aufbrechen, als sich die Haustür öffnete und mit einem lauten Knall gegen die Wand schlug. Ich zuckte zusammen und hielt mir die Ohren zu, als Angel im Türrahmen erschien, wie – tja – ein Engel.

»Was machst du da?«

Er schaute mich finster an und schüttelte den Kopf, als er sagte: »Keine ... Zeit.«

Er kam schnell auf mich zu, packte mich am Arm und zog mich hinter sich zur Haustür hinaus.

»Angel, was ist los ...?«

Dann ging alles so schnell, dass ich kaum etwas davon mitbekam.

Eine gewaltige Explosion ertönte, und wenige Augenblicke später stand die Fassade des Gebäudes gegenüber von Chops Wohnung in Flammen.

»O Gott«, murmelte ich und drängte mich an Angel vorbei.

Pops stand am Eingang des Gebäudes und hielt Anne an den Haaren fest. Er stieß sie mit einem hörbaren Grunzen zu Boden, und sie schrie auf.

»N...Nein«, knurrte Angel.

Pops rammte seinen Fuß in Annes Hinterkopf, sodass ihre Stirn hart auf den Zement schlug. Ich hielt mir beide Hände vor den Mund und kämpfte gegen den Drang an zu schreien. In der Ferne ertönte eine weitere Explosion, und auf der Rückseite des Gebäudes stieg Rauch in den Himmel. Ich schaute mich verzweifelt um, in der Hoffnung, meine Mutter oder Archer zu sehen, aber keiner von beiden war da.

Angels Körper bebte hinter mir. Er wollte zu seiner Mutter gehen, sie beschützen, aber aus irgendeinem Grund blieb er bei mir. Ich würde das nicht zulassen. Ich würde seine Mutter nicht für mich sterben lassen.

»Geh, Angel! Hilf ihr!«

Er zögerte und musterte mich.

»Bitte. Lass nicht zu, dass er ihr wehtut.«

Er nickte und lief die Straße hinauf in Richtung des Gebäudes, wobei er eine Waffe aus seinem Gürtel zog. Als hätte er gewusst, dass Angel im Anmarsch war, ließ Pops Anne in Ruhe und rannte zur anderen Seite des Gebäudes. Innerhalb von Sekunden hatte ich ihn in dem Rauch und zwischen den umherstreifenden Bikern aus den Augen verloren, was mein Herz schneller schlagen ließ. Was, wenn er hinter Archer her war? Oder hinter meiner Mom? Ich musste sie finden.

Die Schreie waren über den Lärm des Feuers kaum zu hören, das mit seinem schwarzen Rauch den Himmel bedeckte. Es herrschte Chaos, Leichen wurden aus dem Gebäude geschleppt. Mit jeder leblosen Gestalt, die nicht Archer war, pochte mein Herz wilder in meiner Brust. Wo waren sie?

»Emily!« Eine Stimme rief meinen Namen. Es kam von hinter einem großen Wagen, der neben dem Gebäude stand. Chop rannte auf mich zu und fuchtelte hektisch mit den Armen. »Wir müssen gehen. Sofort.«

Ich blinzelte und sah Chop in die Augen, während er näher kam.

»Jetzt, sofort!«, rief er. »Komm!«

Langsam schüttelte ich den Kopf und weigerte mich, mich vom Fleck zu bewegen. Das Feuer wurde immer größer, blockierte die Türen und Fenster und erfasste das gesamte Gebäude. Archer war irgendwo dadrinnen. Meine Mutter möglicherweise auch.

»Komm schon! Los!« Er riss an meinem Arm und zerrte mich in Richtung der Schotterstraße nach links.

»Nein. Ich gehe nicht mit dir mit.« Ich riss meinen Arm aus seinem Griff und lief auf das Gebäude zu. Wenn ich ins Feuer rennen musste, um die Menschen zu finden, die ich liebte, dann sollte es so sein. Ich würde für sie beide sterben.

»Den Teufel wirst du tun.« Er packte mich von hinten an der Taille und zog mich gegen seine Brust.

»Fass mich nicht an!«

»Doch, ich fasse dich an. Du gehörst jetzt mir«, knurrte er leise in mein Ohr.

»Ich gehöre *niemandem*.« Ich wand mich aus seinen Armen heraus und stieß meinen Fuß zurück. Als er laut aufstöhnte, wusste ich, dass ich ihn an der richtigen Stelle getroffen hatte.

Verzweifelt rannte ich vorwärts, ohne einen Gedanken auf Tod Schmerz, Feuer oder was auch immer sich mir in den Weg stellen mochte, zu verschwenden. Ich musste helfen.

»Emily!«

Ich erstarrte vor der Tür, als ich erkannte, wem diese Stimme gehörte. Meiner Mutter.

Bevor ich zu ihr gehen konnte, schoss ein feuriger Hitzeschwall aus dem Gebäude und zwang mich, zurückzuweichen. Ich hustete und hielt meinen Arm über mein Gesicht. Der Rauch füllte bereits meine Lungen, und meine Augen brannten, als hätte jemand Säure in sie geschüttet.

Ich beugte mich vor und würgte, wünschte, ich könnte Rauch auskotzen.

»Emily, Schatz!« Ich hob meinen Kopf rechtzeitig, um sie vor mir stehen zu sehen, ihre verzweifelten Augen suchten meinen Blick. »Wir müssen hier weg. Das Gebäude wird explodieren.«

»Was ... ist passiert?« Ich hustete.

Sie schüttelte den Kopf. »Ich habe es für dich getan. Für uns alle. Damit wir zusammen sein können. Nicht der Club oder die Brüder. Nur wir. Wir werden Niyol holen. Charles wird ihm sagen, dass es ihm leidtut. Wir können das als Familie klären. Ich weiß, dass wir das können.« Tränen liefen ihr über das Gesicht, Schmutz und Schweiß mischten sich darunter.

»*Du* hast das getan?« Meine Augen weiteten sich, und meine Brust wurde heiß und eng.

Bevor sie antworten konnte, ertönte ein weiteres Grollen, als die Fassade des Gebäudes zu bröckeln begann. Die Seitenwände fielen in sich zusammen, das Gebäude schien sich in der Mitte durchzubiegen.

Mom stolperte zurück, ergriff meine Hand und zog mich mit sich.

»Bitte. Wir müssen gehen, sofort. Wir müssen deinen Vater finden. Er wird sich um dich kümmern. Um mich. Ich verspreche es, Süße. Wir ...«

»Nein!«, schrie ich und schubste sie von mir weg. »Ich muss Archer finden. Er ist irgendwo dadrinnen und ...«

Mom keuchte, ihre Augen weiteten sich, ihr Körper verkrampfte sich, und dann fiel sie zu Boden ...

»M...Mom?«

Sie sank auf die Knie, die Lippen geöffnet, und sah zu mir auf. Entsetzen erfüllte ihr Gesicht, und als ich hochschaute, sah ich warum. Pops stand hinter ihr, in der einen Hand ein blutverschmiertes Messer, in der anderen eine Pistole.

»Das kommt davon, wenn man mich hintergeht.« Er wischte das Messer an der Vorderseite seines Hemdes ab. »Du tätest gut daran, dir das zu merken, Tochter.«

Ich blinzelte. Dann schrie ich.

Die Waffe in seiner Hand war erhoben. Kurz darauf war er vor meinem Gesicht und zwang mich auf die Knie. »Du bist eine verlogene Schlampe, die nichts verdient.«

Meine Kehle schnürte sich zusammen, und mein Schluchzen blieb mir im Hals stecken. Ich schüttelte den Kopf, hielt die Hände hoch. »Nein, bitte.«

Seine Oberlippe kräuselte sich, sein Bart war strähnig, durchtränkt von Schweiß und Ruß. Bevor ich nochmals um

Gnade betteln konnte, nahm er die Pistole und schlug mir damit auf die Wange.

»Charles, bitte, nein«, murmelte Mom am Boden, als ich neben ihr landete.

Mein Gesicht war taub. Ich berührte ihre Hand und drückte sie. Blut tropfte von ihren Lippen, und ihr ganzer Körper zitterte.

»Es ist okay.« Ich schloss meine Augen, mir war schwindelig. »Es ist okay.«

»Er hat mich angelogen. Er hat gesagt, er wolle eine Familie ...«

»Mom, nicht reden«, flüsterte ich, mein Herz pochte, und Tränen brannten mir in den Augen. Alles, was sie gewollt hatte, war eine Familie mit einem Mann, der ihr vom ersten Moment an Lügen in den Kopf gesetzt hatte. Eine kranke Wahnvorstellung. Mom würde sterben, weil sie an den einen Menschen geglaubt hatte, an den sie nicht hätte glauben dürfen. Um uns herum ertönten Schreie, Geräusche von Kämpfen, ein weiterer Schuss löste sich ... und ein Körper fiel neben mir zu Boden, die Augen weit aufgerissen, Blut an seinem Kopf.

Chop.

Er war tot.

Und ich fühlte ... nichts.

Der Schmerzensschrei meiner Mutter zog mich zu ihr zurück. Ich drehte mich zu schnell um, und mir wurde schwindlig, aber ich schaffte es, mich aufzusetzen. Mit zitternden Händen griff ich nach ihr und versuchte, das Blut, das aus ihrer Brust quoll, zu stoppen, aber es nützte nichts.

»Ich kann nichts ... fühlen ...«, brachte Mom hervor, bevor ihr Blut zwischen den Lippen hervortropfte ... bevor sie blass wurde. Bevor sie verstummte.

»N...Nein, Mom, nein, bitte.« Ich schüttelte den Kopf und griff wieder nach ihr, doch Pops packte mich am Hinterkopf und warf mich neben ihr auf den Boden.

»Ihr seid beide verrückte Schlampen. Ich weiß, dass du das getan hast, Emily. Du bist der Grund, warum diese Wichser zuerst angegriffen haben. Du hast meine Pläne ruiniert, verdammt noch mal! Das habt ihr immer getan.« Trotz des Schmerzes ignorierte ich ihn und rückte näher an meine Mutter heran, berührte ihr Gesicht, ihre geschürzten Lippen ... Aber ich wusste, dass es zu spät war. Sie war nicht mehr da.

Er hatte sie umgebracht. Mein *Vater* hatte meine Mutter umgebracht.

Es war wie ein Blick direkt in die Hölle. Flammen und davor der Teufel, der mit gierigen, offenen Armen dastand und wartete. Ich sah auf und wünschte ihm ewige Verdammnis, während er immer noch über uns stand, die Hände an der Seite und ... lächelnd.

»Das hätte ich schon lange tun sollen.« Er griff nach unten und packte meinen Arm. Ich ließ zu, dass er mich auf die Füße zog, völlig taub.

Ich hatte gerade meine Mutter verloren.

Das Einzige, was ich wollte, war Rache.

War das das Lebensgefühl der RDs? War das der Grund, warum sie nie etwas verziehen? War es das Versprechen auf Rache, das sie dazu trieb und befähigte, Höllenqualen durchzustehen?

»Los, Bewegung!«

»Nein. Ich gehe nicht mit dir mit!«, schrie ich, wehrte mich, versuchte, ihn abzuschütteln, scheiterte, ließ mich aber nicht davon abhalten.

Pops lachte bitter auf und kam näher. Heißer, abgestandener Atem strich über mein Gesicht, als er sprach. »Diese Männer haben meinen Club *ruiniert*.« Er packte mich am Hals und drückte zu.

Ich bekam keine Luft und kratzte an seinen Handgelenken.

»Es war mein Leben, nicht ihres.« Er schüttelte meinen Körper und hob mich irgendwie auf die Zehenspitzen. »Ich kontrolliere die Dinge, nicht mein *Sohn*. Nicht dieser Bastard Flick. Keiner von ihnen. Und das werde ich allen klarmachen, indem ich dir jetzt ein Ende setze.«

»Fick ... dich«, zischte ich mit hervorquellenden Augen.

Die Schüsse kamen aus dem Wald, der das Gebäude umgab. Ich hätte Angst haben sollen. Ich hätte Angst haben müssen, getroffen zu werden. Aber in diesem Moment, als Pops' Hände um meinen Hals lagen und zudrückten, überkam mich das seltsamste Gefühl von Frieden.

Findet Archer, flehte ich innerlich. *Bitte lasst ihn nicht sterben.*

Pops ließ seinen Kopf zurückfallen, lachte und ließ meine Kehle los. Ich fiel auf die Knie, legte beide Hände in den Nacken und rang nach Luft.

»Weißt du, woran ich erkenne, dass deine Schlampe von Mutter mich betrogen hat?«

Ich hustete zur Antwort. Wenn Mom ihn betrogen hatte, Glückwunsch an sie.

Pops ging vor mir in die Hocke, die Ellbogen auf den Knien, mit den gelben Zähnen knirschend wie ein wildes, ungezähmtes Tier. Keiner kam zu seiner Seite; niemand schien sich überhaupt für ihn zu interessieren. Dieser angebliche *Anführer* hätte im Sterben liegen können, und ich war mir ziemlich sicher, dass niemand hier auch nur mit der Wimper gezuckt hätte. Seit Monaten baute er seine Truppe auf, versetzte alle in Angst und Schrecken, doch am Ende aller Tage war er allein, hatte niemanden außer sich selbst.

»Weil meine Tochter wissen würde, was gut für sie ist. Du weißt es nicht.« Dann gab er mir eine Ohrfeige.

Ich fiel zurück und versuchte, den Schmerz mit einer Hand wegzureiben, aber er packte mich um die Taille und warf mich über seine Schultern. Er rannte in Richtung Wald, rannte auf einen Pfad zu. Sein Atem war flach, aber schnell; jeder Schritt, jeder Aufprall seiner Füße setzte sich als Schlag in meinen Magen fort, während er mit mir über der Schulter rannte.

Ich schrie und ließ all meiner Wut und all meiner Angst freien Lauf. Mit meinen geballten Fäusten schlug ich ihm auf den Rücken. Ich trat ihm mit den Füßen gegen die Brust.

Aber es nützte nichts.

NEUNUNDZWANZIG

ARCHER

Ich stöhnte, wackelte mit den Fingern und Zehen, hob den Kopf und sah nichts als Schwarz um mich herum. Das hier war kein Traum, sondern ein Albtraum, ein feuriger Höllensturm aus Rauch und Tod. Der Flur stand in Flammen. Der Raum war mit Rauch gefüllt. Ich war immer noch ein Gefangener in diesem verlassenen Gebäude irgendwo in Kentucky, aber es gab einen Hoffnungsschimmer: Ich war nicht mehr mit Handschellen an die Wand gefesselt. Ich wusste nicht, wie es dazu gekommen war oder wer es für mich getan hatte, aber ich hatte nicht vor, einem geschenkten Gaul ins Maul zu schauen.

Ich schaffte es, auf die Knie zu kommen, aber ein plötzlicher, scharfer Schmerz in meinem Bauch – wahrscheinlich von gebrochenen Rippen verursacht – durchschoss mich, und ich atmete scharf aus. Meine Eingeweide brannten und verkrampften sich.

Stimmen dröhnten von der Eingangshalle herüber, laut und widerhallend. Dann verstummten sie, und das Einzige, was ich hörte, war das laute Tosen des Feuers. Dann schoss mir Emilys Gesicht durch den Kopf. Die Angst um sie, wo auch immer sie war, zwang mich, etwas zu tun. *Irgendetwas.*

Ich stützte mich an der Wand ab, richtete mich auf und keuchte vor Schmerz. Ich hätte mich vielleicht mit dem Tod abgefunden, aber ich würde ganz sicher nicht Emily mit untergehen lassen. Rauch füllte den Flur. Ich war allein. Alle waren weg.

Ich hielt mich an dem Tisch fest, den ich die letzten Tage unentwegt angestarrt hatte, und machte ein paar Schritte. Irgendwie schaffte ich es, aufrecht zu bleiben, obwohl ich das Gefühl hatte, meine Rippen würden jeden Moment durch meine Bauchdecke hervorbrechen.

»Motherfucker«, knurrte ich und humpelte trotz der hellen Flammen, die ich dort erkennen konnte, in Richtung Flur.

Langsam trat ich aus dem Raum, ich konnte mich nicht schneller bewegen.

Wie es schien, waren die Drogen aus meinem Körper verschwunden, was bedeutete, dass ich früher oder später vor Schmerzen ohnmächtig werden würde. Trotzdem musste ich zu Emily, ich musste sie finden, bevor es zu spät war. Bevor Pops oder Chop sie von hier wegbrachten ... oder Schlimmeres.

Ich knirschte bei dem Gedanken mit den Zähnen und hatte auf einmal mehr Angst als je zuvor in meinem Leben.

Auf dem Flur war alles stockdunkel wegen des Rauchs. Ich legte meinen Mund in meinen Ellbogen und hustete. Der Schmerz, der meine Rippen durchzuckte, ließ mich zusammenfahren. Dann tropfte etwas Dickflüssiges aus meinem Mund, das verdächtig nach Blut schmeckte. Das war nicht gut. Ich musste zu einem Fenster oder zu einer Tür gelangen, und ich konnte mich nicht von einer kleinen inneren Blutung davon abhalten lassen.

Ich komme zu dir, Em. Ich schwöre es.

Durch den Rauch zu kriechen war keine Option, der Schmerz in meinem Brustkorb war zu groß. Meine beste Chance war es, aufrecht gehend einen Ausgang zu finden, vielleicht ein Fenster.

Ich schnappte mir ein altes T-Shirt, das ich auf dem Boden fand, hielt es mir über Nase und Mund und lief den Flur entlang. Jedes Mal, wenn ich einen neuen Raum betrat, brannten meine Augen. Auf der rechten Seite hatten die meisten Büros Fenster, die mit Brettern vernagelt waren. Das war *nicht gut*. Auf der linken Seite hingegen gab es nichts als leere Wände und Vorratsschränke.

Gerade als mir so schwindlig wurde, dass ich dachte, ich würde ohnmächtig werden, erreichte ich die letzte Tür zu meiner Rechten. Meine Knie pochten, als ich gegen das Holz trat, mein Magen verkrampfte sich, und ich musste Blut kotzen. *Mist!* Das war wirklich nicht gut.

Hinter der Tür war es pechschwarz, sogar noch schwärzer als auf dem Flur. Ich richtete mich wieder auf, und als ich den Kopf hob, sah ich, wonach ich gesucht hatte. Ein Fenster.

Ich sah, wie sich orangefarbene Flammen aus dem Flur der Tür näherten. Ich fluchte, musste mich bewegen. Jetzt.

Ich sah mich um, griff nach den Vorhängen und riss einen von der langen Metallstange, die über dem Fenster hing. Ich knotete ihn an den anderen Vorhang und ließ ihn wie eine weiße Fahne aus dem Fenster baumeln, in der Hoffnung, dass ihn jemand sehen würde. Das Fenster war breit genug, um hindurchzuklettern. Aber der Abstand zum Boden draußen war zu groß. In meinem Zustand wäre das unmöglich.

»Shit! Ich bin geliefert.« Ich wischte mir mit beiden Händen über das Gesicht und ließ mich auf den Hintern fallen. Ich lehnte mich mit dem Rücken gegen die Wand und verkrampfte mich, als mein Magen zu pochen begann. Anstatt meine Verletzungen zu untersuchen und zu sehen, ob ich irgendetwas für mich tun konnte, zählte ich in meinem Kopf die Sekunden bis zum Einsturz des ganzen Gebäudes und fragte mich, ob Emily hier rausgekommen war, bevor es in die Luft gegangen war.

»Gott, lass es ihr gut gehen«, sagte ich laut.

Ich könnte es nicht ertragen, wenn sie nicht entkommen wäre. Das war alles, woran ich denken konnte. Vor allem, weil ich der Grund war, warum sie überhaupt hier war. Wenn ich nicht die Seitenstraße genommen hätte, um von diesem verdammten schwarzen Auto wegzukommen, dann wären wir nicht in den Fluten stecken geblieben. Wie ich es auch drehte und wendete, alles, was passiert war, seit ich ihr Handschellen angelegt hatte, war meine Schuld.

Es fühlte sich wie Stunden an, aber es waren wohl eher Minuten, bis das Feuer die Wände und die Tür in Brand setzte. Meine Lungen brannten fast so schlimm wie meine Haut und mein Bauch; meine Atemzüge wurden seltener, während ich um Luft aus dem offenen Fenster rang. Als ich es nicht mehr aushielt, beschloss ich, dass jetzt ein guter Zeitpunkt wäre, meine Augen zu schließen und einen Typen, an den ich nicht einmal glaubte, um dieses eine letzte Wunder zu bitten ...

Rette Emily. Rette sie, bitte.

Dann knallte etwas gegen den Fensterrahmen. Als ich die Augen öffnete und mich umdrehte, sah ich zuerst eine Leiter ... eine Leiter mit einem Kerl darauf, der knallrotes Haar hatte. Dann sah ich seine Sommersprossen. Er spähte herein, und ich wusste sofort, dass ich eine zweite Chance bekommen hatte. Angel war da.

Als er mich entdeckte, blieb sein Gesicht stoisch, mit einem Ausdruck, den ich in den letzten Tagen als seinen Scheiß-drauf-Blick kennengelernt hatte. Der Junge hatte ihn sogar besser drauf als Slade.

Ich nickte und hustete erneut, meine Kehle war so eng und voller Rauch, dass ich nichts sagen konnte. Er beendete seinen Aufstieg, schwang ein langes Bein nach dem anderen durch den Fensterrahmen wie eine Art Turner oder ein knallharter Ninja-Krieger. Er griff nach unten, nahm meine Hand, brachte mich auf die Beine und drängte mich zum Fenster. Das Feuer war jetzt im Raum, füllte ihn mit Rauch, flackernde Flammen leckten an den Wänden.

Ich zuckte zusammen und sprach durch den Schmerz hindurch, als wir uns bewegten. »Du bist ein verdammter Held. Wie der Bruder, so der Bruder.«

Seine Antwort war ein Nicken – immer dieses verdammte Nicken.

Ich erinnere mich nicht mehr an den Weg zum Fenster, aber ich spürte die Luft auf meinem Gesicht, auch seine Fingernägel, die sich in meine Haut gruben, als er mich hinter sich herzog. Er drängte mich, zuerst zu gehen. Ich wollte widersprechen, aber der Blick in seine Augen verriet, dass ich mich besser nicht mit ihm anlegen sollte. Also schob ich mein Bein durch das Fenster und begann den Abstieg ... Als ich fast unten war, übermannte mich die Schwerkraft, und ich verfehlte die letzten vier Stufen.

Wie in Zeitlupe stürzte ich rückwärts runter.

Keine zehn Sekunden später eilte Angel an meine Seite und starrte mich mit panischen Augen an.

»Mir geht es gut, mach dir keine Sorgen um mich.«

Wie er so über mir stand, sah er aus wie Banshee aus *X-Men* – auch ein Ire. Mein kleiner tougher Bruder. Ich glaube, ich liebte den Jungen bereits.

Ich stemmte mich wieder auf die Beine, stemmte eine Hand gegen die Gebäudewand und sagte mit einem schmutzigen Husten: »Wir müssen ...«

Dann hörte ich einen Schrei, und mein unbeschädigtes Auge weitete sich. »Das war Emily.«

Angel nickte, schon wieder dieses verdammte Nicken. Ich war mir nicht sicher, was es bedeutete, bis ich sah, wie er in seine Tasche griff und etwas herauszog. Meine Augen verengten sich, als ich den schwarzen Lauf erblickte.

»Bist du überhaupt alt genug, um das Ding zu bedienen?«, fragte ich.

Zum ersten Mal, seit ich ihn getroffen hatte, rollte er mit den Augen.

»Du kleiner Scheißer.« Ich lachte, aber es klang eher wie ein hämisches Husten. Dann nahm ich die Waffe, die er mir hinhielt, und meine Sicht verschwamm. Ich sah alles doppelt. Ich war mir ziemlich sicher, dass ich mein Ziel verfehlen würde, wenn ich mit diesem Ding schießen musste.

»Danke, Mann!«

Er nickte mir noch einmal zu, wies mit dem Kopf nach hinten und tat einen Schritt in diese Richtung.

»Du hast einen Plan, nicht wahr?«

Er nickte erneut.

»Dann los!«

Wir schauten uns noch eine Sekunde lang in die Augen. Eine unausgesprochene Frage lag in seinem Blick: *»Hast du verstanden?«*

»Geh!« Ich nickte ihm mit dem Kinn zu, und erst dann drehte er sich um und lief in die entgegengesetzte Richtung, weg von den Geräuschen des Kampfes.

Die Angst um Emily war der einzige Grund, warum ich einen Fuß vor den anderen setzen und mich auf den Weg nach vorne machen konnte. Als ich am Ende der Hauswand ankam, holte ich tief Luft, hustete noch einmal und spähte dann um die Ecke des Gebäudes herum.

»Heilige Scheiße!« Es sah aus wie in einem verdammten Kriegsgebiet, nur dass niemand wirklich kämpfte.

Verbrannte Körper lagen auf dem Boden vor dem Gebäude. Die Hälfte war tot, einige waren fast tot. Die verbliebenen Männer waren etwa fünfzig Meter vom Gebäude entfernt, die Hände in den Haaren vergraben, zusammengekauert und weinend. Ich blickte mich um, zählte die Lebenden und die Toten. Es waren unzählige Leichen. Nicht viele, die noch am Leben waren. Zwölf. Ich zählte zwölf Kerle, die noch atmeten, aber ich konnte Emily nirgends sehen.

Ich hörte einen weiteren Schrei, der mir weniger vertraut war. Der Gedanke an Emily brachte mich dazu, mich wieder in Bewegung zu setzen, so gut es ging, und einen ausreichenden Abstand zwischen mich und das Gebäude zu bringen, damit ich nicht darunter verschüttet würde, wenn es einstürzte.

In der Nähe einer kleinen Garage fand ich den Ursprung des Schreis, den ich gehört hatte. Es war meine Mutter, die über einer anderen Frau kniete. Ich blinzelte ein paarmal und sah, wie sie den Körper schluchzend schüttelte.

Ich trat einen Schritt näher, und ich erstarrte, nahm sofort das dunkle Haar wahr. Die kurzen Beine ...

»Nein, nein, nein.« Mein Herz schlug mir bis zum Hals, meine Augen brannten. Ich stolperte, stürzte aber nicht, ignorierte die Blicke von Pops' Möchtegernsoldaten und konzentrierte mich nur auf die reglose Frau.

Emily.

Fuuuuuck! Sie konnte es nicht sein, verdammt noch mal! Das konnte einfach nicht sein, verdammt!

»Weg da!«, schrie ich meine Ma an, die über ihrem Körper kauerte, und fiel neben ihr hin. Ich erstarrte, als ich merkte, dass es nicht Emily war, die auf dem Boden lag.

Es war Lisa.

Mein Herz setzte einen Schlag aus. Ich schaute atemlos zu meiner Mutter, als ich erkannte, dass Lisa tot war.

Das Einzige, was ich in diesem Moment spürte, war Emilys Schmerz; sie lebte zwar, aber die Trauer über den Verlust ihrer Mutter würde sie vielleicht umbringen.

»Wo ist Emily?«

Ma schüttelte den Kopf, Tränen liefen ihr über die Wangen, als sich unsere Blicke trafen. Diese Frau weinte nie. In all den Jahren, in denen ich sie gekannt und geliebt hatte, hatte ich sie nie eine Träne vergießen sehen.

Aus irgendeinem Grund machte mich dieser Anblick wütend.

»Hör auf zu weinen und sag mir, wo zum Teufel Emily ...«

Wieder fielen Schüsse, und ich schmiss mich auf den Bauch und warf meine Mutter auf Lisas leblosen Körper. *Verdammter Mistkerl!*

Ma zitterte, sie sprach Gälisch, und wenn ich die Schule nicht abgebrochen hätte, sondern in Irland geblieben wäre, dann hätte ich vielleicht verstanden, was sie sagte. Gleichzeitig brauchte man kein Genie zu sein, um zu wissen, dass sie betete, die Worte wiederholten sich, immer und immer wieder ... Wann zum Teufel war meine toughe Biker-Ma religiös geworden?

Ich wandte meinen Kopf ab und versuchte, durch die Bäume zu spähen und etwas zu sehen – Emily, Pops ... irgendjemand. Aber stattdessen sah ich noch mehr Leichen. Einer unter ihnen war mir vertrauter als die anderen.

Chop. Tot, nur drei Meter entfernt. *Heilige Scheiße!*

Es blieb keine Zeit für Fragen. Ich blinzelte und erblickte weitere Körper. Doch diese waren lebendig – große Kerle in schwarzen Jeans und Kutten mit roten Drachen ... Dreißig oder vierzig von ihnen stürmten wie Krieger mit gezogenen Waffen durch die Bäume.

Ich lächelte. Trotz des Körpers unter mir, der Zerstörung um mich herum und der Tatsache, dass ich nicht wusste, wo Emily war, lächelte ich verdammt noch mal!

Die Kavallerie war hier. Die RDs ... ohne die Texas-Crew. Flick hatte sie doch nicht kommen lassen.

Es geschah so schnell, dass ich es nicht kommen sah. Pops rannte mit mir über der Schulter durch den Wald, dann fiel ich und landete auf dem Boden mit einem Aufprall, der mir den Atem raubte. Flick stand über mir, eine Hand an seiner Waffe, während Niyol Pops gegen einen Baum drückte, den Unterarm an seinen Hals gepresst, die Waffe an seiner Schläfe.

»Du bist ein Weichei«, knurrte Pops. »Du hast nicht den Mumm, mein Leben zu beenden.«

»Da wär ich mir nicht so sicher.« Niyol drückte Pops die Waffe noch fester an die Schläfe. Zum ersten Mal in meinem Leben hatte ich Angst vor meinem Bruder. Nicht weil ich dachte, er könnte mir etwas antun, sondern weil er Mord im Sinn hatte, und das war beängstigend, selbst wenn sein beabsichtigtes Opfer einen schrecklichen, gewaltsamen Tod verdient hatte.

Das war das Leben der Red Dragons, an dem ich nie hatte teilhaben wollen.

Aber hier war ich, im Zentrum des Geschehens. Nur Archer war nicht bei mir.

Archer. Vielleicht befand er sich noch in dem Gebäude.

Ich verschluckte mich an einem Schluchzen und presste die Augen zu. Ich zog meine Knie an meine Brust, blieb sitzen und starrte den Rauch an, der in der Ferne aufstieg. Selbst als die Schüsse seltener wurden und schließlich aufhörten, überkam mich ein Gefühl der Verzweiflung, als ob ich dem Tod geweiht wäre, obwohl ich keine wirklichen Verletzungen hatte.

Wenn Archer es nicht geschafft hatte, wie konnte ich es dann schaffen? Ich hatte ihn von mir weggestoßen. Hatte nichts mit ihm oder seinem Club zu tun haben wollen. Aber jetzt würde ich alles tun, um ihn in meinem Leben zu haben.

Ein Schuss löste sich. Ich sprang auf und drehte mich um. Flick stand vor Pops Leiche, die vor ihm zu Boden fiel. Flick murmelte etwas, das ich nicht verstehen konnte, aber es klang, als würde er lachen. Es war jetzt nicht der richtige Zeitpunkt zum Lachen, verstand er das nicht? Wusste er nicht, dass Archer es wahrscheinlich nicht geschafft hatte?

Bei dem Gedanken schrie ich, setzte mich auf und war entschlossen, zurückzugehen und nachzusehen.

»Hey, hey«, sagte Niyol und hockte sich neben mich, seine dunklen Brauen zusammengezogen, als er mein Gesicht musterte. »Bist du in Ordnung? Beweg dich nicht, du blutest.«

»Ich ... Ich ...«

»Schh, ist ja gut. Alles ist gut.« Niyol zog mich an seine Brust und drückte mich an sich. Ich verstand es nicht. Ich verstand es nicht. Er musste mich doch hassen. Alle mussten mich hassen. Ich sollte diejenige sein, die tot war, nicht Archer. Schwindel überkam mich, bevor ich diese Gedanken aussprechen konnte, und ich wurde in den Armen meines Bruders ohnmächtig.

EINUNDDREISSIG

ARCHER

Ich kroch an meiner Mutter und Lisas Leiche vorbei und griff nach einer Pistole, die jemand fallen gelassen hatte, als von links weitere Schüsse abgefeuert wurden. Einer nach dem anderen fiel tot zu Boden. Meine Brüder zeigten kein Erbarmen mit der Truppe, die Pops geschaffen hatte. Jeder, der mit diesem Mann in Verbindung gestanden hatte, endete als Leiche. Es spielte keine Rolle, ob sie jung oder alt waren, ob sie nur unbedeutende Handlanger waren oder nicht. Sie hatten sich mit dem falschen Mann zusammengetan und sich mit dem falschen Motorradclub angelegt.

Die erste Person, die ich erkannte, war Crazy, der mit ausgebreiteten Armen und wilden Augen vor mich sprang. »Heilige Scheiße«, sagte er mit einem langen Pfiff und nahm erst mich, dann meine Ma und schließlich Lisas Leiche in Augenschein.

»Steh da nicht so rum, du Arschloch«, zischte ich und legte einen Arm um meinen schmerzenden Brustkorb. »Mach dich nützlich.« Irgendwie kam ich wieder auf die Knie, dann auf die Füße, die Waffe in meinen zittrigen Fingern.

Slade kam dazu, der Schweiß tropfte ihm von den Schläfen,

seine dunklen Augen waren noch wilder als die von Crazy. Bei meinem Anblick erblasste sein Gesicht. »Du lebst?« Er deutete mit seiner Waffe auf den Boden. »Setz dich hin, bevor ich dich zwingen muss.«

»Nein. Emily ist …«

Ein weiterer Schuss wurde abgefeuert, diesmal von irgendwo vorne im Wald. Ich schaute auf und verengte die Augen, als könnte ich sehen, woher der Schuss kam. Vielleicht war Emily auch dort.

Bei dem Gedanken geriet ich in Panik, schob sowohl Slade als auch Crazy beiseite und rannte den Hügel hinauf zum Waldrand, über Äste, Schlamm, an einem Baum vorbei, dann an einem weiteren … bis ich sie entdeckte, reglos, mit dem Kopf auf Hawks Schoß.

Bei diesem Anblick drehte sich mir der Magen um. Ich lief noch schneller, stolperte weiter vorwärts. Und dann war ich da, fiel neben Emily auf die Knie und schwor mir, dass ich nie wieder aufstehen würde, wenn sie es nicht auch tat. Ist es das, was Liebe mit einem Menschen macht? Dass man sich verdammt hilflos und verloren fühlt bei dem Gedanken, jemals ohne den Partner oder die Partnerin zu sein? Ich konnte sie nicht verlieren. Ich wusste in diesem Moment, dass es mein Ende wäre, wenn ich es täte.

»Weg da!« Ich stieß Hawk weg und zog Emilys schlaffen Körper an meine Brust. »Baby, bitte. Wach auf. Bitte. JB, Emily, Em, komm schon. Mach die Augen auf.« Ich suchte ihr Gesicht, ihren Körper ab, hob ihr Hemd an, aber Flick schlug meine Hand weg.

»Hol dir deine Kicks woanders. Nicht bei ihr.« Er kräuselte seine Oberlippe.

Ich ignorierte ihn und küsste ihren Kopf, ihre Nase, ihre Augen. *Komm schon, Dornröschen. Verlass mich nicht.*

Emily begann, sich in meinen Armen zu bewegen.

»A…Archer?«, flüsterte sie, die Lippen zu einer Seite gezogen, während sie mein Gesicht musterte. Sie griff nach meinem Handgelenk, ihre schwachen Finger rangen darum, sich an mir festzuhalten.

»Mein Gott, Em! Du hast mich zu Tode erschreckt.« Ich legte meine Stirn an ihre und atmete zum ersten Mal seit Tagen wieder richtig durch.

Es ging ihr gut. Sie war am Leben. Sie war auch das Einzige, was ich sehen und atmen und riechen und ... lieben konnte.

Verdammt, ich liebte diese Frau.

Ja. Ich *liebte* sie. Scheiß drauf. Ob verflucht oder nicht, ich war ein verdammter Glückspilz, das war ich.

Ich hievte sie höher auf meinen Schoß, weil ich sie so nah wie möglich bei mir haben wollte. Sie muss das Gleiche gefühlt haben, denn sie setzte sich auf meinem Schoß und legte ihre Arme um meine Hüfte, als würde sie mich nie wieder loslassen wollen. Sie vergrub ihr Gesicht in meinem Nacken, und ich wusste in diesem Moment, dass ich für immer bei ihr sein sollte.

Um uns lagen Tod und Zerstörung. Bald würden Leute eintreffen, um den Schauplatz zu räumen, aber ich war noch nicht bereit, zu dem Gemetzel zurückzukehren. Nicht, wenn ich alles, was ich brauchte, hier auf meinem Schoß hatte.

Als ob sie wüsste, was ich dachte, lehnte sich Emily gerade so weit zurück, dass sie mir ins Gesicht sehen konnte. Sosehr ich auch alles vergessen wollte, ich wollte mit ihr reden, musste wissen, was sie durchgemacht hatte, um herauszufinden, wie ich es für sie in Ordnung bringen konnte. Für uns.

»Was ist passiert? Erzähl es mir.« Ich umfasste ihr Gesicht und fuhr mit beiden Daumen über die blauen Flecken auf ihrer Wange, auch über den neben ihrem Auge.

»Nichts, womit ich nicht zurechtkommen werde.« Sie griff zwischen uns und nahm meine Hand in ihre. Für zwei Menschen, für ein Paar, war das wahrscheinlich eine natürliche Geste. Aber für mich? Ems Hand zu halten fühlte sich so echt und intim an, als würde ich sie küssen. Es war ein Gefühl, wie ich es noch nie bei einem anderen Menschen erlebt hatte. Selbst beim Sex hatte ich mich nie so gefühlt wie jetzt, als ich Emilys Hand in meiner hielt. Das Gleiche galt für ihre Umarmungen.

»Meine Mutter ...«, flüsterte sie eine Minute später, ihre Augen füllten sich mit Tränen, und in ihrer Stimme lag ein Schaudern.

Ich drückte ihre Finger, so fest ich konnte, um ihr zu zeigen, dass ich da war. Dass sie reden konnte, so viel sie wollte, und ich mein Bestes tun würde, zuzuhören. Ich wollte ihr zeigen, dass sie, wenn sie einfach nur weinen und alles vergessen wollte, von mir die besten Umarmungen bekam, die sie je finden würde.

»Sie hat es nicht geschafft, Archer. Ich konnte sie nicht retten.«

»Ich weiß.« Ich drückte meine Nase gegen ihre, spürte ihren Schmerz so tief in meiner Brust, dass es sich anfühlte, als wäre es mein eigener. Ich hatte meine Ma einmal verloren. Ich wusste, wie sich das anfühlte, auch wenn sie von den Toten auferstanden war. Der Schmerz, den Emily fühlte? Er würde nie vergehen.

Emily schniefte und strich mit ihrer freien Hand über meinen Handrücken. »Aber deine Mutter ...«

Ich räusperte mich. »Ja.«

»Wusstest du das?«

»Nein.« Ich zuckte zusammen, als ein Schmerz durch meine Rippen schoss.

Ihre Finger wanderten von meinem Handrücken zu meinem kurz geschorenen Haar.

»Wer war das eigentlich?«

»Angel«, sagte ich. »Aber Chop hat ihn dazu gebracht. Ich schätze, er ... mochte meine hübschen«, ich hustete und zuckte wieder, »goldenen Locken nicht.«

Statt zu lachen, runzelte sie die Stirn und schüttelte den Kopf.

Sie fing wieder an, meinen Kopf zu streicheln, und sagte: »Wenn der Typ nicht schon tot wäre, würde ich ihn allein dafür umbringen.«

Ich brummte, schloss die Augen und atmete kurz durch.

»Hey, nicht die Augen zumachen«, sagte sie und rieb meine Wange. »Wir brauchen Hilfe hier oben«, rief sie durch die Bäume, dann sah sie mich wieder an. »Du bist wirklich verletzt, nicht wahr?«

»Nein. Ich bin nur etwas angeschlagen, das ist alles.«

Sie runzelte die Stirn, offensichtlich glaubte sie mir nicht.

»Es tut mir leid.« Ich zuckte.

»Was?«

»Dass ich nicht für dich da war, wie ich es hätte sein sollen. Für das, was in der Flut passiert ist und ...«

»Tu das nicht.« Sie senkte ihre Stirn auf die meine.

»Was?«

»Du redest, als würdest du dich von mir verabschieden wollen, Archer. Es ist meine Schuld, dass du verletzt bist, also wenn sich jemand entschuldigen sollte, dann ich.«

Ich wollte ihr widersprechen, ihr sagen, dass sie mich nie gezwungen hatte, irgendwohin zu gehen, und dass ich bis jetzt jede Entscheidung allein getroffen hatte. Dass ich, abgesehen von den Schmerzen und davon, dass sie verletzt worden war, von der Überschwemmung und all der Scheiße, die passiert war, keine Sekunde meiner Zeit, die ich mit ihr verbracht hatte, eintauschen würde. Aber die Worte blieben mir im Hals stecken, und der Schmerz wurde zu groß.

Emily rief wieder nach jemandem, diesmal noch lauter. »Wir bringen dich in ein Krankenhaus. Ich werde dich nicht verlieren, hast du mich verstanden?«

Ich zuckte zusammen, ihre Stimme verschwamm in meinen Ohren und verschwand wieder. Das war nicht gut.

»Küss mich«, brachte ich hervor. Wenn ich schon gehen musste, dann wollte ich ihre Lippen spüren. Um sie mit ins Grab zu nehmen.

»Immer«, flüsterte sie und senkte ihren weichen, tränengetränkten Mund auf meinen.

ZWEIUNDDREISSIG

EMILY

Archer war im Krankenhaus. Auch ich wurde für eine Nacht eingeliefert und litt unter starker Dehydrierung. Es ließ sich nicht leugnen, dass ich mich beschissen fühlte, aber ich hatte keine Zeit, krank zu sein oder an mich selbst zu denken. Nicht, wenn ich mich um Archer kümmern musste.

Ich hatte kaum Gelegenheit gehabt, an meine Mutter zu denken. Ich wusste, dass die Einsicht, dass sie tot war, mich treffen würde, sobald ich diese Stadt verließ und nach Rockford zurückkehrte – falls ich dort überhaupt wieder willkommen war. Niyol schien kein Problem mit meiner Rückkehr zu haben, aber alle anderen zeigten mir die kalte Schulter. Ich fragte mich, ob sie mir die Schuld an Archers Zustand gaben, an allem, was passiert war. Ich wusste, dass ich das an ihrer Stelle tun würde.

Innerhalb der letzten vierundzwanzig Stunden hatte er zwei Operationen hinter sich gebracht. Eine wegen eines gebrochenen Schlüsselbeins und eine weitere wegen innerer Blutungen in seinem Magen. Sie hatten die undichten Gefäße mit einer Wärmesonde abgedichtet, und als Archer davon aufgewacht war, hatte er eine Stunde lang darüber gescherzt, dass er jetzt wieder fit genug sei, *mich* noch einmal gründlich zu untersuchen. Wie der Kerl so versaut sein konnte, nachdem er so viel durchgemacht und so viel Schmerz empfunden hatte, war mir unbegreiflich. Und als er sich zehn Minuten später von der Medizin übergeben musste und wollte, dass ich bei ihm war und seine Hand hielt, bedeutete mir das mehr, als irgendwelche Liebesbekundungen zwischen uns es jemals könnten.

Jetzt, einen Tag später, war er wieder im Operationssaal, wegen seines Auges. Es war zertrümmert worden, und sie waren sich nicht ganz sicher, ob seine Sehkraft jemals wieder vollständig hergestellt werden könnte. Von allen Operationen war dies diejenige, bei der ich weinte ... Ich war mir nicht sicher, warum. Vielleicht lag es an dem Schlafmangel. Oder daran, dass es mich fertigmachte, Archer so leiden zu sehen.

Anne hatte mir gesagt, ich bräuchte eine Pause. Ich solle rausgehen und eine Weile mit den Brüdern im Wartezimmer verbringen. Obwohl ich dabei sein wollte, wenn Archer aus dem OP herauskam, wusste ich, dass sie recht hatte. Ich war hungrig und durstig, und ich musste Summer anrufen.

»Hey«, sagte ich und lehnte mich in dem Stuhl im Wartezimmer des Krankenhauses zurück. Summer hatte meinen FaceTime-Anruf innerhalb von Sekunden beantwortet. Ich benutzte Flicks Handy; er war überraschenderweise der Einzige aus dem Club, der mir seins gegeben hatte, als ich darum bat, eines zu leihen.

»Mach das *nie* wieder, hörst du? Wenn du gehst, gehe ich mit dir. Punkt.« Summer wischte sich das nasse Gesicht ab, sie klang wütend.

Ich streckte die Hand aus, um den Bildschirm zu berühren, und zeichnete Summers langes blondes Haar nach. Ihre Augen waren heller, als ich sie in Erinnerung hatte. Aber das konnte auch an ihren Tränen liegen.

»Es tut mir leid. Du weißt, dass ich es tun musste.«

Sie seufzte und streckte die Hand aus, um ebenfalls den

Bildschirm zu berühren. »Ich weiß. Aber es war so dumm, Emily.«

Ich schluckte schwer. »Ja. Es ist alles schiefgegangen.«

Meine Kehle brannte, als ich mich an Moms Augen erinnerte, die mich voller Angst anblickten. Sie war nicht heldenhaft gestorben. Sie war nicht einmal für eine Sache gestorben. Sie war für einen Mann gestorben, der sie nie geliebt hatte.

»Schatz, es tut mir so, so leid«, flüsterte Summer. Ich war froh, dass sie nicht fragte, ob es mir gut ging, denn dann hätte ich einen unvermeidlichen Zusammenbruch erlitten. Dafür würde später noch Zeit sein. Im Moment musste ich für Archer stark sein.

»Danke.« Ich wischte mir mit einem Taschentuch das Gesicht ab und erblickte Flick, der mir gegenübersaß. Seit wir im Krankenhaus angekommen waren, warf er mir unheimliche Blicke zu, und ich war mir nicht sicher, ob er meinen Untergang plante oder was Sache war.

»Wie geht es Archer? Ist er schon aus dem OP raus?«

Ich blinzelte und sah wieder auf das Handy. »Nein. Sie meinten, diese Operation würde wahrscheinlich die komplizierteste von allen werden. Pops hat großen Schaden am Auge angerichtet.«

»Scheiße! Ich hasse das alles. So sehr.«

»Ich auch.« Ich runzelte die Stirn. »Aber wir müssen daran glauben, dass es wieder besser wird, oder?«

»Ja. Vor allem, weil mein Baby Paten braucht«, sagte sie. »Also verlass mich *nie* wieder, versprochen?«

Ich wollte ihr versprechen, dass ich immer für sie da sein würde, aber realistisch betrachtet ... Die RDs würden mir nie verzeihen, was ich getan hatte, auch wenn ich einen Mann liebte, der ein entscheidendes Mitglied ihres Clubs war, das Herz der RDs.

Summer atmete langsam aus und wechselte das Thema. »Schlechte Nachrichten an der Arbeitsfront übrigens.«

»O Gott, was gibt's?«

»Gerüchten zufolge wird es Kürzungen geben. Alle nicht verbeamteten Lehrer haben im nächsten Jahr so gut wie keinen Job mehr.«

Ich zuckte mit den Schultern, nicht wirklich überrascht. »Ist schon in Ordnung. Ich werde mir etwas anderes suchen. Vielleicht belege ich ein paar Online-Kurse, mache meinen Master. Oder ich nehme mir eine Auszeit und kümmere mich um ...« Ich wollte sagen »um Moms Hochzeitsplanungsgeschäft« – das, das sie zurückgelassen hatte, als sie mit Pops weggegangen war. Aber es war ein zu heikles Thema, um jetzt darüber nachzudenken, vielleicht um überhaupt jemals darüber nachzudenken.

»Hey!« Summer tippte auf den Bildschirm und zog meine Aufmerksamkeit wieder auf sich. »In viereinhalb Monaten werde ich ein Kindermädchen einstellen.«

Ich rümpfte die Nase. »Ich liebe dich. Und ich werde meine zukünftige Nichte oder meinen zukünftigen Neffen über alles lieben, aber ich verzichte.«

Eine Sekunde später kam der Arzt durch die Tür. Der ernste Blick in seinem dunklen Gesicht ließ mich erzittern, ich stand auf und verabschiedete mich von meiner besten Freundin, ohne überhaupt auf den Bildschirm zu schauen.

Langsam ging ich zu Flick, Anne und Angel hinüber, die dem Arzt aufmerksam zuhörten.

»... stabilen Zustand und sollte bald aufwachen.«

Mein ganzer Körper schien bei dieser Nachricht zu erschlaffen. Ich hielt mir den Mund zu, um meinen aufkommenden Schluchzer der Erleichterung zu verbergen. Anne sah mich mit hoffnungsvollen Augen an, was mir noch mehr Zuversicht gab, dass er es schaffen würde. Eigentlich würden wir das alle. Ich kannte diese Frau nicht einmal. Aber ich hatte das Gefühl, dass ich sie kannte.

»Können wir ... zu ihm ...?« Angel versuchte zu sprechen, dann neigte er den Kopf und schüttelte ihn.

Flick versteifte sich, und als ich in seine Richtung schaute, sah ich die Verwirrung in seinem Gesicht. Wahrscheinlich versuchte er herauszufinden, was mit der Stimme von Archers Bruder los war.

»Wenn Sie Familie sind«, sagte der Arzt und nickte ihm zu.

Als er weg war, beschlossen wir, dass ich mit Angel gehen würde, um Archer zu sehen. Aber Flick durchkreuzte unsere Pläne.

»Ich muss erst mit dir reden, Mädel«, sagte er und zog mich aus der Gruppe.

Angel trat näher an mich heran, in seinem Blick lag ein Beschützerinstinkt, den ich nicht verdient hatte. Ich berührte sein Handgelenk und lächelte schwach, denn ich wusste, dass es vorbei war. Mein Schicksal war besiegelt. Flick würde mir mein One-Way-Ticket hier raus geben, egal was mit Archer passierte.

Ich wünschte nur, ich hätte mehr Zeit gehabt.

»Es ist okay«, sagte ich zu Angel. »Geht ihr schon mal vor, du und Anne.«

Er nickte nicht. Er starrte mich nur an, dann Flick, und in seinen Augen lag so etwas wie Angst gepaart mit Wut.

»Mach dir nicht ins Hemd, Kleiner«, sagte Flick und legte seinen Arm um meine Schulter. Ich versteifte mich. »Ich muss nur mit ihr reden, das ist alles.«

Als sie gegangen waren, standen Flick und ich uns gegenüber. Der Rest der Biker erhob sich, um zu gehen, und keiner von ihnen warf uns dabei einen Blick zu.

»Setz dich, Mädel.« Flick zeigte auf den Stuhl, auf dem ich vorhin gesessen hatte.

Ich gab ihm sein Handy zurück und tat, was er verlangte. Wenn ich mit Archer zurück nach Rockford gehen wollte, brauchte ich

Flicks Vergebung für das, was ich getan hatte. Nicht nur dafür, dass ich abgehauen war, sondern auch dafür, dass ich mit meiner Mutter in Kontakt gewesen war, ohne es jemandem zu sagen.

»Hör zu«, sagte ich, als wir Platz nahmen, einen Stuhl zwischen uns. »Ich erwarte nicht, dass du mir verzeihst, aber du sollst wissen, wie leid mir das mit den Briefen tut ...«

»Mach dir keine Sorgen um irgendwelche Briefe. Ich wusste die ganze Zeit, wo Pops ist.«

Meine Augen weiteten sich. »*Was?*«

»Willst du mich bei meinen Jungs verpetzen?« Er zog eine Augenbraue hoch und sah aus, als wäre ihm meine Antwort egal. »Du bist im Moment nicht gerade ihre Lieblingsperson.«

»Ich ... Ich weiß nicht ...« *Er wusste es? Die ganze Zeit über?*

Er lehnte sich nach vorne, stützte sich auf seine Knie und grunzte. »Sieht so aus, als steckten wir in einer kleinen Zwickmühle, hm?«

Wäre ich nicht so wütend gewesen, hätte ich über die feine Ausdrucksweise aus seinem schmutzigen, dreckigen, bärtigen Mund gelacht. »Willst du mich etwa erpressen?«

Er zuckte mit den Schultern. »Vielleicht.«

»Warum sagst du mir das dann überhaupt?«

Langsam zog er etwas aus der Innenseite seiner Kutte heraus. Ein Umschlag im gleichen Format wie die Briefe, die meine Mutter geschickt hatte. Ich erkannte die Handschrift sofort.

»Verdammtes Gewissen, deshalb.«

Ich blinzelte, öffnete den Mund, schloss ihn und öffnete ihn wieder, als ich fragte: »Ist das ...?«

»Ja.« Er grinste ein wenig, aber sein Gesicht zeigte keine Belustigung. »Den ersten Brief bekam ich in Texas. Ich dachte, es wäre ein unwahrscheinlicher Zufall. Ich ließ ihn von ein paar Leuten überprüfen.«

»Und ...?«

»Es war kein Zufall. Deine Mutter hat mir auch geschrieben.«

Meine Augen brannten vor Tränen. Die ganze Zeit hatte ich das Geheimnis für mich behalten, weil ich Angst hatte, was passieren würde, wenn jemand von den Red Dragons herausfinden würde, dass ich Kontakt zu meiner Mutter hatte. Aber der Präsident desselben Motorradclubs hatte auch Briefe bekommen.

»Was hat sie dir geschrieben?«

Er überreichte mir den Brief und fuhr sich mit der Hand über den langen Bart. Flick wirkte lässig und ruhig, obwohl seine linke Hand leicht zu zittern schien, als er sie an seiner Jeans auf und ab rieb.

»Lies es. Finde es selbst heraus.« Dann stand er auf, ohne sich umzudrehen, und rief mir zu: »Wir sehen uns in Rockford ... Tochter.«

Mir fiel die Kinnlade runter.

Dann ging er.

Ohne zu zögern, öffnete ich den Brief und breitete ihn auf meinem Schoß aus, behutsam, als wäre er aus Seide. Er war an den Ecken zerknittert, und in der Mitte waren winzige Löcher, als hätte er ein- oder zweimal eine Zigarette darauf ausgedrückt. Auch die Tinte war an vielen Stellen verschmiert, als wäre er mit den Fingern über bestimmte Wörter gefahren. Ich hätte wetten können, dass er den Brief mehr als einmal zusammengerollt und weggeworfen hatte, nur um ihn dann wieder zu öffnen. Das hatte ich mit dem ersten Brief, den ich bekommen hatte, auch gemacht.

Die Tränen kamen sofort, als ich zu lesen begann, und als ich bei der zweiten Zeile angelangt war, zitterte meine Unterlippe bereits. Ich hielt mir den Mund mit einer Hand zu und las die Worte, mehrfach, aber sie ergaben trotzdem keinen Sinn. Bald weinte ich nicht nur. Ich schluchzte, der Brief war wie ein Dolch in meinem Rücken, ein stechender Schmerz in meiner

Brust und meiner Lunge. Ich konnte nicht mehr atmen. Ich konnte nicht denken. Und ich verstand auch nicht.

Der Brief.
Die Wahrheit.
Nicht Pops war mein Vater.
Sondern Flick.

DREIUNDDREISSIG
ARCHER

»Mach das verdammte Licht aus, ja?« Mein Kopf schmerzte wie damals, als ich an einem Nachmittag ein Fünftel meines Lieblingswhiskeys getrunken hatte. Nur dass es diesmal beim Schlucken stattdessen nach Chemikalien schmeckte.

Ein leiser Seufzer ertönte von meiner rechten Seite, als das Licht ausging. Eine Sekunde später spürte ich ihre Hand auf meiner, als sie sich wieder neben mich setzte.

»Bist du immer so mürrisch, wenn du aufwachst?«

Ich grinste und zuckte sofort vor Schmerz zusammen. »Bring mich nicht zum Lachen.« Ich atmete durch die Nase, und es fühlte sich an, als würden tausend Nadeln in meine Eingeweide stechen. »Scheiße, tut das weh.«

Sie drückte ihre Lippen auf meinen Armrücken, auf meine Hand, und flüsterte leise Worte auf meine Haut. »Es tut mir leid, dass dir das passiert ist.«

»Mir auch.« Ich räusperte mich. »Geht es dir gut?«

»Jetzt, wo du wach bist und nicht mehr operiert wirst, geht es mir gut, ja.«

Ich lächelte. Wenigstens das tat nicht weh.

»Ich sitze hier schon seit einer Stunde und versuche, mir

über einige Dinge klar zu werden.« Sie setzte sich neben mich aufs Bett und legte ihren Kopf auf meine Brust. Sie war so zierlich, dass ich kaum spürte, wie sie sich an mich drückte.

Ich legte meinen Arm um ihre Taille und küsste ihre Schläfe, dankbar, sie hier zu haben, sicher in meinen Armen. »Tut dein Gehirn wieder weh?«

»Ich wünschte, das würde es. Dann würde ich vielleicht nicht so viel nachdenken.«

Ich wollte es nicht laut aussprechen. Es war beschissen, frische Wunden wie diese anzusprechen. Aber vielleicht wartete sie darauf, dass ich sie frage. »Denkst du an deine Mutter?«

Sie nickte. »Unter anderem.«

»Woran noch?« Ich schloss die Augen und machte mir plötzlich Sorgen, dass sie an uns zweifelte … an mir. Wir hatten keine Zeit und Ruhe gehabt, herauszufinden, was das zwischen uns war.

»Woran ich noch denke?«, fragte sie.

»Ja. Sag es mir.«

Zuerst war sie still, und ich dachte, sie hätte es sich vielleicht anders überlegt. Vielleicht wollte sie überhaupt nicht reden. Aber dann fragte sie mich etwas, das so leicht zu beantworten war, dass ich wusste, dass sie sich das schwierige Thema für später aufhob.

»Wofür steht JB?«

Ich grinste, aber es tat weh, und es wurde nur ein halbes Grinsen. »Du willst es wirklich wissen?«

Ihr warmer Atem streifte meinen Hals, als sie ihr Kinn auf meine Brust legte. »Ja. Es macht mich verrückt, es nicht zu wissen.«

Ich seufzte. Ich hatte mir geschworen, es ihr nie zu sagen. So viel dazu. »Es steht für ›Juwelenboxerin‹.«

Ich erwartete halb, dass sie mich anschreien würde. Mich ein Schwein nennen oder mir sagen würde, dass ich ein Arsch bin. Aber sie tat nichts von alledem und begann stattdessen zu lachen.

»Findest du das witzig?« Sie lachte so heftig, dass ich dachte, ich würde sie bestimmt niemals wieder so lachen hören. Obwohl mein Bauch wehtat, konnte ich nicht anders, als mit ihr zu lachen. Der Schmerz war das Vergnügen auf jeden Fall wert.

»Es ist originell.« Sie schnaubte. Sie schnaubte tatsächlich vor Lachen.

»Und du bist verdammt gut darin.«

Ihr liefen vor Lachen die Tränen über die Wangen, und ich konnte nicht anders, als den Arm auszustrecken und sie wegzuwischen. Offenbar wirkten die Schmerzmittel, denn ich spürte zum Glück nichts mehr an meinem gebrochenen Schlüsselbein.

»Von dem Moment an, als ich dich traf, Archer Benedict ...«

»Oha, jetzt beim vollen Namen?« Ich stieß sie in die Rippen, und sie zuckte zusammen, wobei ihr Schenkel über meinen fiel.

»Lass mich ausreden.« Sie rollte mit den Augen.

»Okay. Niemand hält dich auf.«

Sie stöhnte und legte ihre Stirn auf die Mitte meiner Brust. »*Wie ich schon sagte*«, holte sie langsam aus. »Von dem Moment an, als ich dich kennengelernt habe, hast du nichts anderes getan, als mich zu verwirren oder zu verärgern oder mir das Gefühl zu geben ... lebendig zu sein. Sogar in all den Jahren, als ich mit meiner Mutter im Club war, habe ich dich immer beobachtet. Und ich habe die Tatsache gehasst, dass du von allen Männern dort derjenige warst, der mich am meisten faszinierte. Man hatte mir beigebracht, niemals die schlechten Dinge im Leben zu wollen, weißt du.«

»Ich sollte wohl beleidigt sein, hm?«

»Nein. Ich meine es auf eine gute Art und Weise.« Sie zuckte mit den Schultern. »Außerdem kenne ich jetzt dein wahres Ich, Archer.«

»Und wie ist mein *wahres Ich*, hm?«

Sie legte ihr Ohr wieder an meine Brust, und ich bemerkte das Lächeln auf ihrem Gesicht. »Willensstark. Immer noch zu frech und großspurig. Aber du bist mutig und fürsorglich, und du gibst alles für die Menschen, die du liebst. Du bist nicht so, wie ich dachte.«

»Hm.« Ich grinste ein wenig und wollte ihr langes Haar nach hinten streichen.

»Was ich damit sagen will, ist, dass ich glaube, dass es einen Grund gibt, warum ich mich zu dir hingezogen fühlte, obwohl ich dich damals nie wirklich mochte. Vielleicht wusste ich damals schon, dass unser Leben irgendwie ... du weißt schon.«

Sie zeichnete langsam einen Kreis auf mein Brustbein. Allein diese sanfte Bewegung ließ meinen Schwanz unter meinem Krankenhauskittel hüpfen, und verdammt, ich war froh zu wissen, dass es ihm gut ging und er noch am Start war. Immerhin hatten er und das Reich zwischen Emilys Schenkeln gerade erst Bekanntschaft geschlossen.

»Spuck es aus. Sag alles, was dir auf der Zunge brennt. Ich will es hören, JB.«

»Gut. Die Wahrheit ist, dass ich in dich verliebt bin. Und bevor du anfängst, mir zu sagen, dass du nicht lieben kannst, dass es ein Fluch ist, lass mich erst etwas klarstellen.«

Mein Herz schlug mir bis zum Hals, als ich auf ihre roten Wangen hinunterstarrte, diese braunen Augen, die so aufrichtig und ehrlich waren, dass ich verdammt noch mal in ihnen leben wollte.

»Ich höre zu«, flüsterte ich und fuhr mit meinen Fingern über ihre Wange, ihre Augen, ihre Nase, ihre Lippen, während sie mir ihre Wahrheit sagte.

»Die Statistik zeigt, dass Menschen, die gemeinsam ein Trauma durchleben und sich dabei verlieben, nicht immer zusammenbleiben. Aber manchmal tun sie es, und darauf verlasse ich mich bei dir. Sosehr ich früher auch dachte, dass Weglaufen die Lösung sei ... Jetzt kenne ich die Wahrheit.

Selbst wenn meine Mutter es geschafft hätte ...« Sie hielt inne. Ich sah die Tränen und legte einen Daumen in ihren Augenwinkel, um sie aufzufangen. »Selbst wenn sie es geschafft hätte«, fuhr sie fort, »wäre ich zurückgekommen.«

»Für Summer, meinst du? Und Hawk und das Baby?«

»Nein, Archer. Ich hätte es nicht ertragen, von dir getrennt zu sein.« Emily senkte ihre Stirn auf meine und atmete mich ein, so wie ich sie einatmete. »Ich will *dich*, Archer. Ich will dich so lange, wie du mir erlaubst, dich zu haben.«

Trotz der Tatsache, dass ich von den Medikamenten völlig durcheinander war, reagierte mein Schwanz auf diese Worte, als hätte sie ihn gerade mit ihren Lippen umschlossen. Ich konnte nicht anders. Ich war nun mal so gepolt, und es würde einige Zeit dauern, bis ich zu dem Mann wurde, den Em verdiente.

»Ich habe eine hypothetische Frage an dich.« Ich fuhr ihr mit der Hand über die Wange und strich ihr eine Haarsträhne hinters Ohr. »Angenommen, du merkst, dass du den Club doch verlassen möchtest – würdest du es tun? Ich würde nämlich mit dir kommen. Aber wenn du mich verlassen möchtest, brauche ich Zeit, um mich vorzubereiten.«

Sie schüttelte den Kopf, Tränen fielen ihr aus den Augen. »Du würdest deinen Club verlassen? Für mich?«

»Das würde ich.« Und zwar sofort. Ich liebte meine Brüder. Aber sie liebte ich mehr.

»Das würde ich nicht von dir verlangen. Niemals. Die Red Dragons sind deine Familie und ... ich möchte, dass sie jetzt auch meine Familie sind.«

Ich atmete tief aus und kicherte ein wenig vor Erleichterung. Die RDs zu verlassen, wäre nicht leicht, ja, aber der Gedanke, Em zu verlieren, war unerträglich.

»Jetzt verstehe ich es.«

Sie runzelte die Stirn. »Was verstehst du?«

»Du bist aus demselben Grund weggelaufen wie ich.«

Sie blinzelte und legte ihren Kopf wieder auf meine Brust. »Um die Menschen zu beschützen, die wir lieben, meinst du?«

»Genau, Em. Genau.« Ihre Mutter hatte es nicht geschafft. Aber ich war entschlossen, ihr zu helfen, eine neue Familie in der zu finden, die sie in Rockford zurückgelassen hatte. Mit mir und Hawk und all den Brüdern. Dort gehörte sie hin. Zu mir.

Ich legte meine Hand auf ihre Hüfte und ließ sie zu ihrer Taille hochgleiten. Sie presste ihre Hüften an mich, ein leises Keuchen verließ ihren Mund. Ich drückte ihre Stirn an meine, sah ihr in die Augen und sagte: »Küsst du mich jetzt, oder was?«

Sie grinste breit und hob ihren Kopf, ihre Lippen dicht an meinem Mund. »Bald.« Sie blinzelte. »Wir haben noch viel Zeit für Küsse auf den Mund. Aber im Moment möchte ich dich woanders küssen.«

»Ohne Scheiß?« Ich grinste.

Sie nickte, senkte langsam ihren Körper auf meinen, küsste meinen Hals, zog mein Krankenhaushemd gerade so weit hoch, dass ihre Lippen meinen Bauch berührten. Ich fuhr zusammen, aber nicht vor Schmerz; ihr heißer Atem auf meiner Haut war ein wahres Vergnügen.

Und dann gab sie mir einen Kuss, der Flüche aufzuheben vermochte – den besten, den ein Mann sich wünschen kann –, und schloss ihre perfekten Lippen fest um meinen Schwanz.

Als sie fertig war, lag ich keuchend und an ihren Haaren ziehend da, erfüllt von dem Gefühl ihrer Lippen auf meinem Körper. Dann zog ich sie schließlich zu mir und küsste sie auf den Mund.

EPILOG

EMILY

Ein Jahr später

»O Gott, Babe. Das fühlt sich so verdammt ...« Seine Worte verwandelten sich in ein leises Stöhnen, als ich meine Daumen tiefer in seine Haut rieb und drückte.

»Gefällt dir das?« Ich legte meinen Mund an sein Ohr und küsste grinsend sein Ohrläppchen. Sein Haar war gewachsen, nicht lang, aber so lang, dass ich mit den Händen hindurchfahren konnte und es meine Handfläche kitzelte, wenn ich es tat.

»Scheiße, ja. Hör nicht auf. Gott, hör niemals auf ...«

»Was zum Teufel ist hier los?« Flick riss meine Autotür auf, und seine Augen blieben an mir hängen ... auf Archers Schoß.

»Fick dich, du Spaßbremse«, stöhnte Archer und lehnte seinen Kopf zurück gegen den Sitz. Seine Augen waren so schmal, dass ich sicher war, er würde wieder Kopfschmerzen bekommen.

Wir waren vollständig angezogen.

Wir hatten auch keinen Sex.

Ich tat nur meinen Job als Freundin und massierte meinen

Freund abseits des Clubs, allerdings in einer *sehr* kompromittierenden Position. Archer dachte bestimmt, dass das hier etwas ganz anderes werden würde.

»Hawk rennt überall herum und sucht dich. Die Jungs sind startklar, verdammt noch mal!«

Ich lehnte mich gegen das Lenkrad und starrte meinen, ähm, *Vater* an und fragte mich, ob ich mich jemals daran gewöhnen würde, dass ein Mann, den ich kaum kannte, plötzlich versuchte, der Mann zu sein, der er schon vor Jahren hätte sein sollen.

Der Brief meiner Mutter hatte mich zutiefst erschüttert.

Flick war mein Vater.

Flick hatte nicht *gewusst,* dass er mein Vater war.

Mom, die sich schuldig fühlte, während sie Pops monatelang quer durchs Land folgte, muss im Laufe der Zeit den Ansatz eines Gewissens entwickelt haben, das sie schließlich dazu brachte, die Wahrheit zuzugeben.

Flick war nicht gerade ein idealer Vater. Und ich war mir nicht sicher, ob ich ihn jemals Dad nennen könnte. Aber im letzten Jahr hatten wir ein wenig geredet und etwas Zeit miteinander verbracht. Er hatte mir von sich und meiner Mutter erzählt, von ihrer Beziehung und wie er sie beschützen wollte. Irgendwann sei er bereit gewesen, sich gegen seinen Präsidenten zu stellen, um das zu erreichen. Aber meine Mutter war zu ängstlich, dumm gewesen und hatte keine Ahnung gehabt, was Loyalität bedeutete, was wichtig war und was nicht. Dadurch hatte sie fast alles in meinem Leben ruiniert. Aber wie heißt es so schön: Alles geschieht aus einem bestimmten Grund.

Flick tat, was er konnte, und versuchte sogar, mir dabei zu helfen, das Hochzeitsplanungsgeschäft meiner Mutter wieder auf Vordermann zu bringen. Aber schon nach der ersten Hochzeit war mir klar, dass ich diesen Job absolut *hasste.*

»Er kommt gleich.« Ich lächelte auf Archer herab und fuhr

mit dem Finger über die kleine Narbe neben seinem linken Auge.

Er kniff die Augen zusammen und packte meine Hüften unter meinem zerknitterten Kleid. »Ja, wir kommen gleich.«

»Vergiss nicht, dass das meine *Tochter* ist, Arschloch.« Flick schlug die Tür zu und ließ uns allein. Wir brachen beide in Gelächter aus und legten die Köpfe aneinander, als er weg war.

Kurz darauf, nachdem ich sichergestellt hatte, dass ich keine Wimperntusche mehr auf den Wangen hatte, wegen der Tränen, die ich gelacht hatte, vergrub Archer seine Nase in meinem Haar.

»Ja, und ich werde seine Tochter ordentlich zum Schreien bringen, wenn ich sie heute Nacht unter mir habe.«

Mein Kichern verwandelte sich in ein Stöhnen, und ich schloss die Augen, als ich spürte, wie seine Zähne sich in meinen Nacken gruben. »Ist das ein Versprechen?«

»Verdammt, ja, das ist es.« Er stemmte seine Hüften hoch, die harte Erektion unter dem Reißverschluss seiner dunklen Jeans rieb an meiner feuchten Mitte. Mein Slip war allein vom Massieren seiner Schultern durchnässt, so sehr, dass ich befürchtete, jemand könnte es sehen.

Ich hatte diese Momente zwischen uns *wirklich* vermisst.

»Du bist also endgültig zurück?« Ich keuchte.

Er nickte, hob seine Hände unter meinem Kleid hervor und strich mit beiden Daumen über meine Brüste. »Hast du mich vermisst, JB?«

»Schrecklich.« Ich zog mich zurück und umfasste seine Wangen mit meinen Händen. Dann tat ich das, was wir so gut konnten: Ich küsste ihn so sanft, so leicht, dass mir schwindelig wurde.

Im letzten Monat war er mit seiner Mutter und Angel in Irland gewesen. Sie hatten die Reise geplant, nachdem Anne erfahren hatte, dass ihre Tante noch lebte. Anne wollte unbedingt, dass Archer und Angel sie kennenlernten, und Archer, der eine enge Bindung zu seinem kleinen Bruder entwickelt hatte, war mitgefahren, in der Hoffnung, den ruhigen, beschützenden Jungen besser kennenzulernen, der uns beide gerettet hatte. Mit seinen siebzehn Jahren machte sich Angel, den Archer liebevoll Casper nannte, wirklich gut. Vor drei Monaten war er bei den Red Dragons als Prospect eingestiegen, und bald würde er ein vollwertiger Bruder des Clubs sein. Ich spürte einen Beschützerinstinkt für den schweigsamen Jungen, aber ich wusste auch, dass er bei seinem Bruder und den anderen Männern hier in guten Händen war.

Wer hätte gedacht, dass ein Lebensstil, den ich einst gehasst hatte, zu einem Lebensstil werden würde, den ich jetzt genoss?

Archers Zunge glitt gekonnt zwischen meine Lippen, weich und geschmeidig, vielleicht sogar ein wenig übereifrig. Seine Finger schoben sich weiter meinen Oberschenkel hinauf, spielten mit meinem Slip, und ich seufzte, völlig zufrieden mit der Welt. Ja, ich wollte, dass er einen Finger unter den Gummizug schob, aber nachdem ich ihn fast verloren hatte, nach allem, was wir durchgemacht hatten, hatte ich gelernt, die kleinen Dinge im Leben zu schätzen – zum Beispiel eine kleine Knutschsession in meinem Auto, zehn Minuten bevor unsere besten Freunde heiraten würden.

Der minzige Geruch seines Atems durchströmte mich, und ich erschauderte, als er seine stumpfen Nägel bis zu meinen Knien hinunterzog. Ich lächelte, liebte seinen Geschmack und fühlte mich wie ein verdammter Teenager.

»Ich liebe dich.« Er hauchte die Worte, wie er es immer tat, lehnte sich zurück und sah zu mir auf. Manchmal fragte ich mich, ob er sich überhaupt bewusst war, dass er es aussprach. Aber ich spürte, dass es so war. Spürte es so sehr. Immer. Archer liebte, wie er es noch nie getan hatte: ausdrucksstark und zärtlich, rau und echt. Ich war entschlossen, für immer bei ihm zu sein.

»Ich liebe dich auch.« Ich küsste ihn auf die Nase, grinste

und spürte, wie meine Nerven in Wallung gerieten, als es mich auf einmal traf – dieses Gefühl, diese Frage ...

»Was ist los?«, fragte er und zog seine tiefgrünen Augen besorgt zusammen.

Ich blinzelte, lächelte noch breiter, und die Worte rutschten mir heraus, bevor ich überhaupt über ihre Folgen nachdenken konnte. »Heirate mich.«

Er versteifte sich, dann blinzelte er. Er sagte nichts.

Verdammt, was habe ich getan?

»Nicht jetzt oder innerhalb des nächsten Jahres. Und wenn du das nicht möchtest, ist das okay. Ich will nur ...«

Er zog mich wieder an sich, sein Mund an meinem, seine Finger in meinem Haar, sein Körper zitterte ...

So ein Mist! War das ein Nein? Sagte er Nein und tat es auf die einzige Art, die er kannte, nämlich indem er mich ablenkte?

Sekunden später klopfte es erneut an das Fenster. Dieses Mal vorsichtiger. Ich erschrak, Schweiß tropfte mir von den Schläfen, und Tränen standen mir in den Augen. Archer starrte mich an, als wüsste er nicht, was er sagen sollte, und ich gab ihm den Ausweg, den wir beide brauchten, und öffnete die Tür.

»Endlich«, knurrte Niyol, der mit seinem dunklen Haar, der dunklen Weste über einem weißen Hemd und den für ihn typischen schwarzen Jeans und Stiefeln wie immer gut aussah.

»Tut mir leid.« Ich räusperte mich und lächelte die kleine Person in seinen Armen an.

»Ja«, sagte er und reichte mir seine Tochter, als ich aus dem Auto ausstieg. »Es wird dir leidtun, wenn du zusehen musst, wie Summer mich mit einem Lineal durch den Gang prügelt.«

Archer sprang aus dem Auto, brachte Distanz zwischen uns. Aber seine Stimme blieb sanft und lässig. Seine gewohnte Fassade, die nur ich durchschaute.

»Sorry! JB war mir was schuldig.« Er schlang einen Arm um meine Taille, seine Finger drückten sich an meine Hüfte. Er gab meiner Nichte einen kleinen Kuss auf den Kopf und zwinkerte dann meinem Bruder zu. »Du weißt doch, wie das ist, oder?«

»Es ist mein verdammter Hochzeitstag, Arschgesicht.« Niyol, wie immer ein Gentleman, schlug Archer gegen den Kopf.

Die kleine Blondine legte ihr Köpfchen auf meine Schulter und gähnte, was eine sofortige beruhigende Wirkung auf mich hatte, fast wie eine Droge. Ich hielt sie in meinen Armen und war zum millionsten Mal dankbar, dass es diese kleine Person in meinem Leben gab. Trotz meines ursprünglichen Desinteresses daran, Kindermädchen zu sein, hatte ich nur acht Wochen nach ihrer Geburt, als Summer sich schwertat, eine Betreuerin für sie zu finden, erkannt, dass ich für diesen Job tatsächlich am besten geeignet war. Eines Tages wollte ich wieder arbeiten, am liebsten als Lehrerin für Naturwissenschaften. Aber im Moment war dieser Job perfekt für mich.

Eleanor »Ellie« Lattimore, benannt nach ihrer Großmutter – Summers Mutter. Ich wusste nicht, wie ich den Tod meiner Mutter ohne sie überstanden hätte. Ich wäre durchgedreht.

Als Niyol loslief und über den Kies des Geländes in Richtung des kleinen Feldes schritt, das sie für die Zeremonie geschmückt hatten, stockte mein Atem, und ich hoffte, dass sich die Spannung zwischen mir und Archer auflösen und diesen Tag nicht ruinieren würde.

»Bist du bereit?« Archer räusperte sich und steckte die Hände in die Taschen.

Ich nickte und strich mit meiner Hand über Ellies schlafenden Hinterkopf. Ihr Körper war in meinen Armen schlaff geworden. Wahrscheinlich würde sie die ganze Zeremonie verschlafen.

Ich sah Archer nicht an, als ich nickte, aber meine Brust schmerzte vom wilden Pochen meines Herzens. Er räusperte sich und hielt einen guten Meter Abstand zwischen uns, als wir losgingen. Verdammt, ich hasste das! Ich kannte seine Haltung zu Ehe und Familie, aber das Gefühl hatte mich so plötzlich überkommen, dass ich nicht mit dem Kopf, sondern mit dem Herzen gedacht hatte.

Kurz vor den Toren des Geländes, als mir die Tränen in die Augen schossen, berührte er mich am Arm und brachte mich zum Stehen.

»Hast du dich im Auto über mich lustig gemacht? Oder ist das dein Ernst?«

Ich blinzelte, und die Tränen flossen. Der Gitarrist, den Summer engagiert hatte, hatte bereits zu spielen begonnen.

»Lass uns später darüber reden, okay?«

»Nein.« Er schüttelte den Kopf, obwohl ich jetzt sehen konnte, wie Summer und ihr Vater aus dem Clubhaus kamen.

Wie sie den Mann dazu gebracht hatte, zuzustimmen, dass die gesamte Hochzeit auf dem Gelände des Clubs stattfinden würde, war mir schleierhaft, aber darum ging es jetzt nicht.

»Emily.« Archer senkte seine Stimme, kam näher, legte seine Hand an mein Gesicht und schaute mich an. »Sag mir, dass du mich nicht verarschen wolltest.«

Ich biss mir auf die Lippe, denn ich wusste, dass alle Augen jetzt auf uns gerichtet waren. Summer und Niyol hatten geplant, dass Archer und ich mit Ellie als Letzte die Zeremonie betreten sollten.

»Nicht jetzt.«

»Sag es mir, verdammt noch mal!«, knurrte er.

»Nein, ich wollte dich nicht verarschen, klar?«, zischte ich lauter als beabsichtigt. Dies war weder der richtige Zeitpunkt noch der richtige Ort, um das zu diskutieren.

Seine Augen weiteten sich vor Erstaunen, aber er lächelte nicht. O Gott! Archer wollte nicht heiraten. Was hatte ich mir nur dabei gedacht?

Die Schritte von Summer und ihrem Vater waren rechts von mir zu hören, sie knirschten auf dem Kies. Ellie regte sich

in meinen Armen und hob gerade noch rechtzeitig das Köpfchen, um ihre Mutter zu sehen. Sie stieß einen lauten Schrei
aus und griff nach ihr, und ich eilte auf die Menge der Schau-
lustigen zu, dankbar für die vorübergehende Ablenkung von
meinem offensichtlichen Fehler.

Ich würde es nie lernen.

Ellie weinte noch lauter, als wir zu unseren Plätzen vorne
gingen. Ich drückte mein Gesicht in ihre weichen Locken und
flüsterte ihr besänftigende Worte ins Ohr. Als sie merkte, dass
ich sie festhielt, beruhigte sie sich endlich, aber ihr kleiner
Körper zitterte noch von den vergossenen Tränen. Das hier war
ein verdammter Albtraum.

Der Hochzeitsmarsch setzte ein, und ich drehte mich um,
um meine beste Freundin zum Altar schreiten zu sehen,
während ich die Blicke der Biker ignorierte, die um mich
herumstanden. Offensichtlich wussten sie nicht, was zum
Teufel los war.

»Die Antwort ist Ja.«

Archers Arme legten sich um meine Taille und zogen mich
und Ellie fest an seine Brust.

Ich schloss die Augen und verpasste den Moment, in dem
Summer zu Niyol trat, und flüsterte das einzige Wort, das ich
sagen konnte, wobei mir die Tränen schnell über die Wangen
liefen. »Ja?«

»Nicht nur ja, Em. Ja, bitte!«

Er kraulte mein Haar und zog mein Gesicht am Kinn zu
sich heran. Wir sahen uns an, lächelten mit den Augen und mit
dem Mund. Und dann sanken seine Lippen langsam und
mühsam auf die meinen, und er küsste mich. Ein Kuss, der
meine Zehen kitzeln ließ und mir sagte: *Ich habe mich gerade
mit einem Biker verlobt.*

MEHR VON BOOKOUTURE DEUTSCHLAND

Für mehr Infos rund um Bookouture Deutschland und unsere Bücher melde dich für unseren Newsletter an:

deutschland.bookouture.com/subscribe/

Oder folge uns auf Social Media:

 facebook.com/bookouturedeutschland

twitter.com/bookouturede

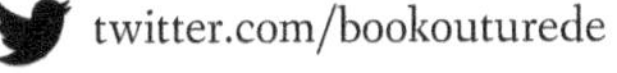 instagram.com/bookouturedeutschland

EIN BRIEF VON HEATHER

Liebe Leser:innen,

ich möchte mich ganz herzlich dafür bedanken, dass ihr euch entschieden habt, *Hot Ride* zu lesen. Wenn euch das Buch gefallen hat und ihr über alle meine Neuerscheinungen auf dem Laufenden bleiben wollt, meldet euch einfach unter folgendem Link an. Eure E-Mail-Adresse wird nicht weitergegeben, und ihr könnt euch jederzeit wieder abmelden.

deutschland.bookouture.com/subscribe/

Ich hoffe, dass euch *Hot Ride* gefallen hat. Wenn ja, wäre ich euch sehr dankbar, wenn ihr eine Rezension schreiben würdet. Eure Meinung interessiert mich, und eure Rezensionen helfen neuen Leser:innen, meine Bücher für sich zu entdecken.

Ich freue mich immer, von euch zu hören. Ihr könnt mich über meine Facebook-Seite, über Twitter, Goodreads oder meine Website kontaktieren.

Danke,

Heather

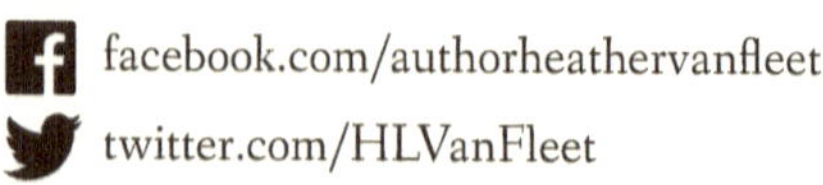

DANKSAGUNG

Man braucht ein Dorf, um ein Buch zu schreiben, und ich bin so dankbar, dass ich ein erfülltes Leben mit wunderbaren Menschen habe, die mich unterstützen und mir das ermöglichen.

Chris. Mein Mann. Mein bester Freund. An manchen Tagen kann ich dir gar nicht genug für alles danken, was du für mich und unsere Familie tust. Die Überstunden, die du bei der Arbeit machst, die Fahrten zum Schrottplatz, die Nebenjobs ... Du machst es mir möglich, zu Hause zu bleiben und zu schreiben, und obwohl du die Turbulenzen des Autorinnendaseins nicht immer verstehst, bist du stets die erste Person, die mich umarmt, wenn Tränen fließen, und mir fruchtige Getränke serviert, wenn es schwierig wird. Ich liebe dich wie nichts anderes auf dieser Welt.

Kelsey, Emma, Bella. Ihr Mädels seid meine Königinnen, und *mein Gott* bin ich glücklich, eure Mutter zu sein. Ich liebe euch drei bis zum Mond und zurück. Oh, und danke, dass ihr immer Verständnis habt, wenn eure Mutter sich unter der Dusche ausheulen muss. Ihr wisst, was ich meine 😊.

Jess, J, Jessica. Meine Schwester. Meine beste Freundin. Ich bin mir ziemlich sicher, dass ich ohne dich den Verstand verlieren würde. Wir halten bis zum Ende zusammen, und egal, was im Leben passiert, unsere Verbindung und unsere Freundschaft werden mit der Zeit nur noch stärker werden, daran habe ich keinen Zweifel. Danke, dass du du bist. #NMFTG

Lana! Du bist unglaublich und so verdammt hilfsbereit. Ich

bin gesegnet, dich in meinem Leben zu haben. Mögen wir gemeinsam danach streben, die schmutzigsten, unanständigsten, sexy Zeilen zu schreiben. #TeamAwesome2.0forever

Jen! Meine hervorragende Schreibpartnerin und wunderbare Freundin. Archer hat (endlich) seinen Abschluss gefunden und würde ohne deine Augen nicht existieren. Ich bin so dankbar, dass ich dich meine Freundin nennen darf. Und der Tag, an dem wir uns treffen? Das wird eine epische Umarmung.

Und schließlich an das gesamte Team von Bookouture. Danke, dass ihr meiner Serie ein Zuhause gegeben habt, und vor allem dafür, dass ihr meinem erotischen Liebesroman eine Chance gegeben habt. Ganz besonders danke ich dir, Jennifer ... Es gibt keine andere Person in dieser Branche, die so an mich geglaubt hat wie du. Ich bin gesegnet, dich meine Lektorin und meine Freundin nennen zu dürfen. Ich danke dir aus tiefstem Herzen für alles.